www.b-books.co.kr

우리,
계약
할래요?

우리, 계약할래요?

초판 1쇄 찍음 2017년 7월 20일
초판 1쇄 펴냄 2017년 7월 27일

지은이 | 김소현
펴낸이 | 정 필
펴낸곳 | **(주)뿔미디어**

편집장 | 박경희
기획·편집 | 박경희, 이영은

출판등록 | 2002년 9월 11일 (제1081-1-132호)
주소 | 경기도 부천시 원미구 소향로 17, 303(두성프라자)
전화 | 032)651-6513 / 팩스 | 032)651-6094
E-mail | dahyangs@naver.com
블로그 | http://blog.naver.com/dahyangs
비북스 | http://b-books.co.kr

값 9,000원

ISBN 979-11-315-8069-1 03810

우리,
계약
할래요?

김소현 장편 소설

DAHYANG ROMANCE STORY

CONTENTS

프롤로그

스타 탄생

장내는 고요했다.

노란 스포트라이트가 동그란 달빛처럼 비추는 무대 위. 띠리링, 가볍게 기타를 퉁기는 희고 가는 손가락에 시선이 집중된다. 넓은 객석을 빽빽이 메운 청중도, 앞자리의 심사위원들도 모두 다.

"Moon river, wider than a mile……."

연분홍 입술 사이로 청아한 음성이 흘러나왔다. 맑은 노랫소리가 달빛 강물이 되어 사람들의 마음 깊은 곳을 적셨다.

"……Two drifters, off to see the world……."

꿈꾸는 듯 촉촉이 젖은 눈동자가 객석 쪽으로 무심코 흐르다 문득 한곳에 머물렀다. 흐트러짐 없는 단정한 머리와 말쑥한 슈트 차림의 남자. 차가운 느낌의 은테 안경 너머 아름답지만 서늘한 눈매가 한 치의 흔들림 없이 도도하게 그녀의 시선을 받아 낸다.

"……Oh, dream maker. you heart breaker……."

긴 속눈썹을 살포시 내려 얽힌 시선을 먼저 풀었다. 하얀 뺨이 붉게 물들고 목소리가 가늘게 떨려 그녀의 청순미가 더욱 돋보였다. 그 모습을 지켜보는 사람들의 가슴도 설레었다.

"……Moon river and me."

마지막 소절이 한숨처럼 잦아들었다.

그렇게 노래가 끝났지만, 누구 한 사람 움직이지 않았다. 숨이라도 크게 쉬면 달빛이 반짝이는 강가에 그녀와 함께 서 있는 이 마법의 순간이 사라질까 봐.

"……네. 마지막 무대, 한루비 씨의 'Moon River'였습니다."

낭랑한 음성이 정적을 가르자 화들짝 놀라며 다들 '한여름 밤의 꿈'에서 깨어났다.

짝짝짝. 그제야 누군가가 손뼉을 쳤다. 박수 소리는 산불처럼 화르르 번져 나갔다.

"한루비! 한루비!"

피켓을 들고 연호하는 팬들과 기립 박수를 치는 청중들로 장내가 들썩였다.

의자에 기타를 내려놓고 일어나 살포시 고개를 숙여 인사한 루비의 입가에 보름달 같은 미소가 걸렸다. 행복했다. 마음이 꽉 찬 느낌이랄까.

"와! 지금 이곳, 열기가 대단합니다. 한루비 양. 어때요, 지금 기분이?"

진행을 맡은 유하라의 질문이 이어졌다.

뭐라고 해야 할까. 그녀로선 이번 오디션 참가 중 가장 만족한 무대였다.

"아…… 어쩌면 오늘이 마지막이 될지도 모르지만, 정말로 감사드리고, 또 최선을 다한 무대였기에 후회는 없습니다. 고맙습니다, 여러분."

"네, 수고하셨습니다, 루비 양. 지금 관객들의 열광하는 분위기로 봐서는 1등도 문제없을 거 같습니다만, 어쨌든 평을 들어 봐야겠죠."

카메라가 심사위원석을 비추었다. 세 남자와 한 여자. 누구나 알 만한 대한민국 최고의 연예계 인사들이다.

"그럼, 먼저 D&P 엔터테인먼트의 대표 이현 씨 심사평부터 듣 겠습니다. 대한민국 역사상 최고의 아이돌 그룹이라 해도 과언이 아닌, '블랙 레인'의 리더였죠."

예상보다 생방송 시간이 남을 것 같은지 천천히 진행하라는 PD의 사인이 떨어졌다. 화려한 미모에 재치 있는 진행으로 이름을 날리는 유하라답게 관객들이 지루하지 않도록 적당한 사설을 넣어 시간을 끌었다.

"고등학생 때 제가 '블랙 레인'의 팬클럽 회장이었다는 거, 다 들 모르셨죠? 그땐 오빠라고 불렀는데 지금은 제가 소속된 기획사 대표님이십니다. 사장니임!"

유하라의 멘트에 장내는 웃음바다가 되었다. 내내 얼음처럼 차가 운 표정이던 이현도 피식, 웃고 말았다.

"오늘 한루비 양의 무대가 심상치 않은데, 이현 씨께선 어떻게 보셨습니까?"

"네, 잘 봤습니다. ……본격적인 심사평에 앞서서, 한루비 양한 테 질문 하나 할게요."

깍지 낀 손등 위에 턱을 걸친 이현이 안경 너머로 시선을 맞췄다. 순간, 노래하던 중 그와 눈빛이 얽혔을 때처럼 루비는 가슴이 쿵 내려앉는 기분이 들었다.

'아, 나 왜 이러지? 너무 쫄았나?'

"오늘 '파이널 5인의 스타'에 들 자신, 있습니까?"

"아…… 그, 글쎄요."

겉으론 배시시 웃었지만, 속으론 '왜 또 나야?' 따져 묻고 싶었다. 여기까지 올라오는 동안 사사건건 트집 잡고 태클을 걸던 유일한 심사위원이 아니던가. 어쨌든 그의 코가 납작해질 멋진 답변을 하고 싶었다.

"솔직히…… 제가 여기까지 올라올 줄 몰랐거든요. 최종 9인의 자리까지 올라온 것도 기적이라고 생각합니다."

"그렇죠? 오늘 무대에 오른 아홉 명 중에서 한루비 양이, 뭐랄까……. 제일 약해요."

'헐! 그럼 그렇지. 아주 답정너구나! 그럴 걸 왜 물어? 이 미친 놈아!'

루비는 하얀 이를 드러내며 씩 웃는 이현에게 욕을 퍼붓는 상상을 했다. 상상만으로도 뭉쳐 있던 체기가 쑥 내려가는 것 같은데 실제로 붙으면 속이 뻥 뚫리겠지? 한번 미친 척해 봐?

'후, 참자! 참는 자에게 1억이 있나니!'

파이널 스타 5인이 되면 받게 될 상금 1억 원을 떠올리며 루비는 억지로 입꼬리를 끌어 올렸다. 미소 띤 입가에 파르르 경련이 일었다.

"그건 저도 인정합니다. 하지만 아무것도 모르던 제가 '스타 탄생'을 통해 많이 배우고, 성장할 수 있어서 좋았어요. 파이널 스타

5인에 들지 못하더라도 이 자리에 섰던 것이 헛되지 않도록 앞으로 더욱 노력하겠습니다."

제법 그럴싸하게 받아친 거 같아 흡족해진 루비는 의기양양하게 이현을 바라보았다. 시선이 마주치자 그의 표정이 굳어지는 것 같았지만, 착각이겠지.

"네, 알겠습니다. 일단 한루비 양은…… 보기에 참 맑아요. 목소리도 맑고. 성품도 그렇고…… 다 좋은데, 그게 아마추어에겐 장점이 될 수도 있지만, 프로에겐 단점입니다."

엥? 이건 또 무슨 궤변인가?

루비는 입이 쩍 벌어졌다.

"가수는 자신만의 색이 있어야 하는데, 그냥 맑기만 해요. 루비 양은 아무런 색이 없어요. 무색투명이죠."

"아이참. 우리 예쁜 루비 양, 왜 또 갈궈요? 이현 씨, 마음에 들면 그냥 데이트 신청 해요."

매력적인 허스키 보이스의 소유자 인혜미가 또 또 시작이라는 뉘앙스로 이현을 나무라자 모두 웃음보가 터졌다.

오디션 프로 '스타 탄생'에서 이현은 악역 담당이었다. 본래 알려진 그의 성격대로 출연자 전원에게 까칠하게 굴었지만, 유독 루비에게 더 심했다. 그걸 막아 주는 포지션이 가수 인혜미였고.

'스타 탄생'의 팬들에겐 오늘은 또 무슨 일로 실랑이하려나, 기대하고 보는 재미가 쏠쏠했다. 까칠한 이현답게 나름의 애정 공세가 아니겠느냐 하는 사람들도 있었다. 하지만 당사자인 루비는 죽을 맛이었다.

"다음은 싱어송라이터 정시열 씨. 요즘 엠엔넷 '뮤직 스토리'

진행자로 주가를 올리고 계시죠? 어떠세요, 정시열 씨. 워낙 한루비 양에 대한 편애가 심하기로 유명한데, 오늘 무대도 좋았죠?"

"아하하. 이거 참⋯⋯. 우리 한루비 양, 오늘도 아주 좋았습니다. 완전 제 스타일이네요. ⋯⋯아! 작곡가로서 곡을 주고 싶다는 뜻이니 이상한 생각들은 넣어 두세요."

'발라드의 제왕'이란 별명이 붙은 정시열이 무엇이든 녹일 듯한 감미로운 목소리로 칭찬을 늘어놓는다.

"그런데 아까 'Moon River' 부를 때 정말로 오드리 헵번이 환생한 줄 알았어요."

"아니, 이 남자가. 심사를 해야지 왜 프러포즈를 해?"

영락없이 인혜미가 치고 들어오자 여기저기서 폭소가 터졌다.

"루비 양. 저랑 듀엣 한번 해 보실래요? 목소리가 진짜 청아해요. 무공해, 그 뭐 유기농? 천연? 그런 단어가 막 떠올라요."

정시열은 연신 싱글거리며 나머지 심사평을 마쳤다. 오늘도 그의 평은 초극찬이었다.

"역시, 정시열 씨예요. 사심을 감추지 않으시네요. 심사위원이 아니라 팬클럽에서 나오신 줄 알았어요."

유하라의 멘트가 농담으로만 들리지 않았다.

'후우―'

하이힐을 신은 채 심사평을 계속 듣노라니 다리가 후들거렸다. 어서 이 시간이 휙 지나갔으면 좋겠다는 생각밖에 들지 않았다.

'1억이 옆집 개 이름도 아니고⋯⋯. 조금만 더 힘내라, 한루비!'

"자, 그럼 모두 기다리고 기다리던 순간이 왔습니다. '스타 탄생' 파이널 스타 5인을 발표하겠습니다."

최고의 인기 아이돌 그룹 '화이트 스톰'의 축하 공연이 끝나자 참가자 전원이 무대 위로 올라왔다.

"스타 방송이 주관하고 사성그룹이 후원하는 오디션 '스타 탄생'. 여러분께선 지금 그 위대한 탄생의 순간을 함께하시고 계십니다."

아홉 명의 참가자는 긴장으로 굳어진 얼굴에 억지 미소를 지으며 들이대는 생방송 카메라에 손을 흔들었다.

"심사위원 네 명의 점수와 시청자 투표를 합산하여 최종 5인을 선정합니다. 총상금 10억 원! 파이널 5인에 들면 가수 데뷔는 물론이고 오늘 밤 상금 1억 원이 즉시 계좌로 입금됩니다."

국내 최고 기업 사성그룹이 외국 자본까지 끌어들여 최근 개국한 스타 방송은 막강한 자본금을 바탕으로 오디션 프로에도 물량 공세를 펼쳤다. 그 덕인지 '스타 탄생'은 연일 매스컴과 네티즌의 주목을 받으며 시청률이 고공행진 중이다.

"다시 한번 말씀드리지만, 누가 파이널 5인에 들었는지는 아무도 모릅니다. 며느리도 몰라요. 저는 물론이고 심사위원도 모릅니다. 아는 분은 오로지 저분!"

유하라의 손이 가리키는 곳으로 관객의 시선이 쏠렸다.

"조명 감독님이십니다."

조명 감독이 스포트라이트를 흔들어 답을 했다.

"자! 그럼 발표하겠습니다. 파이널 스타 5인, 그 첫 번째 스타는?"

빰빠밤 빠바바밤빠빰—

요란하게 울려 퍼지던 팡파르가 그침과 동시에 정신없이 무대를 휘젓던 스포트라이트도 어느 한 점에서 멈췄다.

"까아악!"

루비의 바로 옆자리. 폭발적인 성량의 소유자 이지연이었다. 그녀의 핵폭탄급 성량에 루비는 오른쪽 고막이 터지는 줄 알았다. 참가자 모두 이지연을 안아 주며 축하했다. 이지연은 성량뿐 아니라 감정 표현도 가히 폭발적이었다.

"으허엉, 어어엉. 감사……합니…… 어어엉, 흐엉."

이번 대회 최종 우승 후보로 점쳐지는 그녀가 파이널 5인 안에 들 확률은 99.99%. 그런 것치곤 너무 오버액션 아닌가? 우승하면 119 불러야겠네.

'어쨌든 부럽다, 이지연! 오늘 밤 니 통장에 1억이 입금된다니…….'

그렇게 두 번째, 세 번째, 그리고 네 번째. 스포트라이트가 멈춤과 동시에 비명과 환호와 눈물이 범벅된 세리머니가 이어졌고, 루비는 점점 초조해졌다.

그래, 안다. 알아! 내가 여기까지 온 게 기적이란 걸. 하지만 이왕 기적이 일어난 김에 조금 더 큰 기적을 바라면 안 되는 걸까? 난 1억이 꼭 필요한데.

루비는 눈을 꼭 감고 이름을 아는 신에게 마음을 다해 기도했다.

'오, 신이시여! 하느님! 예수님! 부처님! 신령님! 에…… 또, 용왕님! 그리고 알라여!'

세상의 모든 신을 부르고 싶었지만, 더는 아는 게 없다.

'제발 저에게 파이널 5인에 드는 행운을 주소서. 아니, 1억을 내

려 주소서!'

쿡.

그때 누군가 옆구리를 찔렀다.

'아, 왜에?'

이미 접신의 경지에 이르러선지 입이 열리질 않았다. 눈도 잘 떠지질 않고.

"루비야. 야! 한루비!"

여전히 쿡쿡 찌르며 자신의 이름을 부르는 건, 노래도 잘하고 춤도 끝내주고 얼굴마저 예쁜 유나 언니.

"한루비! 너야, 너!"

'나라고?'

번쩍 눈을 떴다.

세상이 온통 새하얘서 루비의 눈엔 아무것도 보이지 않았다.

1

나한테 왜 이러세요?

쿵. 쿵. 쿵.

멀리서 북소리가 들린다.

"아아…… 머리야!"

무거운 눈꺼풀을 억지로 밀어 올렸다. 좁은 원룸의 네모난 천장과 길쭉한 조명등이 눈에 들어왔다. 아직 천국은 아닌가 보네?

"……살아 있네, 한루비."

어젯밤 마신 술 때문에 머리가 깨질 것처럼 아팠다.

"어휴. 너무 마셨어. 아무리 쫑파티지만."

파이널 5인을 선정하는 생방송이 끝난 후 참가자와 심사위원, 피디, 진행자 할 것 없이 전원이 참석한 쫑파티에서 다들 부어라 마셔라 끝장을 보자고 달렸다. 합숙 훈련을 하며 미운 정 고운 정 쌓일 대로 쌓인 후보들은 탈락한 4인을 진심으로 위로해 주고, 결승에 오른 5인을 마음껏 축하해 주었다. 심사위원들도 사석에선 언니 오빠처럼 막역했고. 분위기 짱 좋았지!

"그래도 그렇지. 주량도 얼마 안 되면서. 미련하게……."

그녀의 최대 주량은 맥주 1병. 그 이상 먹어 본 적도 없지만, 평소 술을 즐기지도 않았고 마실 기회도 거의 없었다.

그런데 어제는 끝까지 버티며 무슨 오기로 그리 먹었을까? 미쳐도 단단히 미쳤지!

"우욱!"

루비는 입을 틀어막고 욕실을 향해 달렸다.

울렁이던 속을 뒤집어 확인하고 나자, 메스껍던 게 좀 가라앉은 듯했다. 하지만 손가락 하나 까딱할 기운조차 없었다. 루비는 욕실 문 앞에 시체처럼 축 늘어져 다시 눈을 감았다.

쾅. 쾅. 쾅.

"하아. 이젠 뇌까지 울리네?"

힘겹게 손을 올려 관자놀이를 꾹꾹 눌러 봤지만, 뇌는 여전히 쿵. 쾅. 쿵. 쾅. 흔들렸……. 아니, 이건 머릿속에서 나는 소리가 아닌데? 문 두드리는 소리잖아!

"누, 누구……?"

소리를 지르려다 입을 틀어막았다. 대체 누구기에 이렇게 남의 집 문을 당당히 두드리는 걸까? 설마…… 빚쟁이?

루비는 고양이처럼 살금살금 현관 앞으로 다가갔다. 워낙 코딱지만 한 원룸이라 서너 걸음이면 현관이긴 했지만.

문에 코를 박고 렌즈 너머를 살폈다. 짙은 색 슈트, 흰 셔츠, 그리고 은회색 넥타이. 키가 얼마나 큰지 가슴팍만 보인다.

'빚쟁이치곤 좀 고급스럽네. 근데 아직 남은 빚이 있나?'

순간적으로 놀라 넘겨짚었지만, 빚쟁이는 분명 아닌 거 같다. 있는 거 없는 거 탈탈 털어서 빚은 다 갚았으니. 그럼 집주인 할아버지도 아니고, 가스 검침원도 아니고, 세탁소 아저씨도 아니고. 대체 누가 남의 집 문을 꼭두새벽부터…… 아니, 대낮부터 두드려 대는 걸까? 게다가 저리 멋지게 쫙 빼입고선. 누군가 집을 잘못 찾은 거 아니야?

'내가 아는 남자 중엔 저렇게 고급스러운 슈트를 입는 남자는 없는데. 이현 말고는……'

"한루비 씨! 한루비 씨! 안에 없어요?"

부드럽고 감미로운 목소리.

'헉! 이현이다!'

저 목소리는 이현이 맞다. 생긴 건 얼음 왕자인데 목소리 하난 마시멜로인 남자.

'그리고 내 원수!'

이현이, 철천지원수인 저놈이 여긴 어떻게 알고? 아니, 주소야 알려면 얼마든지 알아내겠지만, 대체 왜? 니가 여길 왜?

당장 문을 열고 나가 멱살을 잡고 싶었지만, 꾹 참고 놈의 행태를 살폈다. 가만 보니 밖에 꽤 오래 서 있었던 거 같다. 간간이 문을 두드리고 이름을 불렀던 모양이다. 놈이 몇 걸음 뒤로 물러선다. 한눈에 들어오는 간지 철철 슈트 핏.

'역시 쭉 뻗었어!'

서성거리던 놈이 주머니에서 휴대 전화를 꺼낸다. 어디에 전화하려는 거지?

"……119죠?"

헉! 119는 또 왜?

"아무래도 사람이 쓰러진 거 같습니다. 친구네 집에 왔는데 1시간째 문을 두드려도, 불러도 대답이 없습니다."

뭐? 1시간을?

"네. 안에 있는 건 확실합니다. ……전화도 안 받습니다."

뭐야! 스토커야?

"그러니까 여기 주소가, 강동구……."

벌컥!

"스톱!"

"어? 한루비!"

"……."

"안 오셔도 됩니다. 친구가……. 네, 괜찮습니다. 죄송합니다. 그럼."

"……."

"한루비. 너…… 왜 그래?"

"우욱!"

"자, 이거."

"……뭐예요?"

"숙취에 좋은 약."

'흥! 병 주고 약 주고.'

루비는 이현이 뚜껑을 따 내민 드링크와 알약을 하는 수 없이 받았다. 일단 이 울렁대는 속부터 어찌해야겠기에. 안 그러면 아까처럼 이현이 욕실까지 따라 들어와 등 두드려 주는 참사가 또 발생할지도 모른다.

알약을 꿀꺽 삼키고 드링크를 마시니 속이 좀 가라앉는 것도 같다. 숙제 검사 하는 선생처럼 팔짱을 끼고 지켜보던 이현이 빈 드링크 병을 받아 치우고 현관으로 성큼 걸어갔다.

"그럼 쉬고 있어. 잠깐 나갔다 올 테니까."

드디어 가나 했더니, 나갔다 온다고? 어딜 또?

대체 당신이 여긴 왜 온 거냐고 따지고 싶었지만, 진이 빠질 대로 빠진 루비는 숨만 겨우 쉬고 있었다.

"아까 약국 다녀오다가 죽 예약해 뒀어."

"아뇨. 됐으니까 그냥 가세요."

"그럼."

루비의 거절 따윈 안중에도 없다. 현관 앞에 걸어 둔 열쇠까지 집어 들더니 마치 제집인 양 유유히 문을 열고 나갔다. 그 와중에도 저 늘씬한 다리며, 떡 벌어진 어깨며, 탄탄한 등 근육이 눈에 들어오다니, 참.

"하여튼 보는 눈은 있어서."

사실 그녀는 대한민국 최고의 몸짱은 거의 다 보았다 해도 과언이 아닐 정도로 쭉 뻗은 남자들에게 둘러싸여 살았다. 아니, 보기만 했나? 만지고 안기고 뭐, 뭐. 하지만 저런 남자는 또 처음이다.

"무슨 슈트가 저렇게 몸에 착착 휘감겨? 원단이 고급이라 그런가? 이건 뭐 레오타드 입은 것보다 더 섹시하잖아."

발레를 삶의 이유로 알던 시절 탄탄한 근육질의 발레리노들이 주위에 지천으로 깔려 있었지만, 봐도 아무 느낌이 없었다. 인체란 무대 위에서 안무를 표현하는 도구일 뿐이라고 생각했으니까. 제아무리 아름다운 몸의 소유자도 남자로 보인 적은 없었다. 단 한 번도.

그런데 저 사람은 왜 다르지?

"다르면 뭐 해. 원순데. 1억! 내 돈 1억!"

어젯밤, 마지막 스포트라이트는 분명 루비를 향해 있었다.

'파이널 스타 5인! 그 마지막 스타는…… 한루비!'

그런데!

놀란 그녀가 눈만 껌뻑거리고 있을 때,

'잡깐!'

'네? 지금 심사위원 이현 씨가 들고 있는 게 뭐죠? '무조건 탈락' 카드네요. 이게 어찌 된 일인지요. 이현 씨? 한루비 양에게 '무조건 탈락' 카드를 내민 이유가 궁금합니다.'

'아시다시피 '스타 탄생'은 아마추어를 발굴해서 프로로 키우는 프로그램이 아닙니다. 특히 파이널 스타 5인은 바로 음반을 내도 손색이 없는 프로급 신인 가수를……'

어젯밤 무대에서의 일이 떠오르자 루비는 끓어오르는 분노를 참을 수 없었다.

"으아아악! 이, 이, 이, 다 된 밥에 염산 테러 한 놈!"

딸깍.

열쇠 돌리는 소리가 나더니 현관문이 열렸다. 죽을 찾아온다던 이현은 뭘 그리 사 왔는지 양손 가득 쇼핑백과 비닐봉지가 들려 있었다.

"내 욕 하고 있었어? 이제 좀 살 만한가?"

"아니, 뭐……."

그러고 보니 약발이 받는지 아까보다는 컨디션이 괜찮다. 이현은 들고 온 쇼핑백을 식탁 위에 놓고 주섬주섬 무언갈 꺼냈다.

"먹어."

"싫어요."

"먹어. 안 그러면 또 토해."

"그럼 나중에……."

"지금!"

하는 수 없이 수저를 들어 그가 사 온 죽을 한술 떴다. 아닌 게 아니라 배가 고팠다. 그와 실랑이할 기운도 열정도 없었다. 사 온 성의를 봐서 몇 술 먹어 주면 제 갈 길 알아서 가겠지.

죽은 막상 입에 넣으니 부드럽고 담백해서 먹을 만했다. 몇 술 뜨니 속이 편해진다. 좀 살 거 같다. 한 그릇 비우고 나니 이제 기운이 솟았다.

"이건 복숭아 통조림인데 이따가 먹어. 그리고 집에 먹을 게 없는 거 같아서 간단히 데워 먹을 수 있는 거로 장 좀 봤어."

루비가 죽을 먹는 사이 자기 마음대로 냉장고 안에 장 봐 온 걸 정리하고 있는 저 남자, 대체 왜 저러는 걸까?

"저기요……."

"응?"

"……지금 왜 이러세요?"

"뭘?"

"그러니까 지금. 아니, 아니. 어제부터네요. 저한테 왜 자꾸 이러시냐고요."

"몰라서 물어?"

"저 지금 그쪽이랑 말장난할 기분 아닙니다. 주소는 어떻게 알고 찾아오셨는지 모르지만."

"정말 모르나 보네. 기억 안 나? 어젯밤?"

안경 너머로 이현의 서늘한 눈매가 빛났다. 순간, 루비의 가슴이 철렁 내려앉았다.

어젯밤? 어젯밤에 당신이 내게 한 테러 말고 또 무슨 일이 있었던 거야? 설마…… 에이, 설마. 아니겠지.

"이봐. 뭘 생각해?"

"네? 아, 아니 아무 생각 안 했는데요?"

흐음. 그가 낮게 한숨을 쉬더니 팔짱을 끼고 루비를 가만히 건너다본다. 고개를 한쪽으로 삐딱하게 기울인 채. 그녀의 반응이 몹시 재미있다는 듯이. 그 모습이 루비는 또 거슬렸다.

'왜? 왜에? 왜 저러고 쳐다본대?'

안 그래도 좁은 방 안에 그와 단둘이 있다는 게 의식되어 죽겠는데, 저 눈빛은 또 뭐야? 신경 쓰이게 자꾸.

"주소는 한루비 씨가 알려 줬잖아. 내비에 입력하라고."

"내, 내가요? 허! 말도 안 돼!"

"말이 안 되긴. 집까지 고이 모셔다드린 게 누군데."

"뭐, 뭐라구요?"

"정말 기억이 안 나나 본데? 그렇담 이거 좀 억울하군."

억울해? 뭐가? 아무러면 코앞의 1억 원을 강탈당한 자신보다 억울할까?

"저기…… 제가 어제는 열을 좀 많이 받아서 과음했습니다. 실수한 게 있더라도 너그러이……."

"어제 보니 술도 별로 못 마시던데, 앞으론 밖에서 술 먹지 마."

위압적인 포스에 밀려 하마터면 네, 라고 대답할 뻔했다. 하지만! 결코 잊어선 안 된다. 저놈 때문에 마신 술이란 걸.

"아, 저기, 그건 제가 알아서 할 일이고요. 아무튼 어제 데려다 주신 건 고맙지만, 이렇게 불쑥 남의 집에 들어와서 참견하고 그러시는 건 실례 아닌가요?"

"불쑥……은 아니지."

그, 그런가? 입을 틀어막고 욕실로 돌진하는 그녀를 뒤쫓아 와 등을 두드려 주고 약은 물론 죽까지 사 줬으니 그렇긴 하다.

"여러모로 신세 진 건 감사합니다. 어쨌든 앞으로 뵐 일 없을 테니, 이만 돌아가세요."

"앞으로 볼 일이 왜 없어? 질리게 볼 사인데."

이건 또 무슨 뚱딴지같은 소리?

"자. 그럼 우리, 계약해야지."

이현이 재킷 안주머니에서 하얀 종이를 꺼내더니 어안이 벙벙해 있는 루비 앞에 들이밀었다.

"제가 왜…… 그쪽이랑 계약을……?"

"이미 구두 계약은 성립되었지만, 그래도 정식 계약서에 도장은 받아야 할 거 같아서 왔지. 확실한 게 좋잖아."

"누가요? 누가 계약을 해요? 누가 당신이랑! 누구 맘대로!"

하! 참! 루비는 기가 막혀서 헛웃음이 나올 지경이었다.

"잊었어요? 어젯밤 일? 누구 땜에 내가 1억을, 아니 파이널 5인 자리를 강탈당했는데! 당신 같으면 그런 원수랑 계약하겠어요?"

"어젯밤 일이라면……."

그가 씩 웃으며 무언가를 꺼내 식탁 위에 올렸다.

'뭐야 저건. 보이스 레코더?'

"기억나지 않는다니…… 아무래도 판도라의 상자를 열어야겠군."

그의 매끈하고 긴 손가락이 플레이 버튼을 눌렀다.

― 한루비 씨. 그럼 녹음 시작합니다.

― 넵.

― 본인 동의하에 이뤄진 녹음은 법적 효력이 있음을 밝혀 둡니다.

― 아, 네에.

― 한루비 씨는 D&P 엔터테인먼트와의 3년간 전속 계약을 하는 것에 동의하십니까?

― 네. 하죠, 뭐. 흠.

― 계약 조건은 충분히 인지하셨습니까?

― 네. 뭐…… 대충.

― 그럼 이 시각을 기점으로 D&P 엔터테인먼트와 한루비 씨의 전속 계약이 성립되었습니다.

— 아! 아까 계약금이 얼마라 했죠?

— 1억 원.

— 맞다! 1억! 니가 뺏어 간 내 1어…….

녹음기 속 여자의 혀가 본격적으로 꼬여 가는 부분에서 이현이 정지 버튼을 눌렀다. 제법 멀쩡하더니 왜 갑자기……? 아마도 '1억'에서 열받아 취기가 확 올랐나 보다.

"더 듣고 싶나?"

"……아뇨."

솔직히 뒤가 궁금했지만, 얼마나 추태를 부렸을지 확인 사살 당하고 싶지는 않았다. 저 재수 없는 남자 앞에서.

근데, 술 취한 사람과의 구두 계약이 법적 효력이 있긴 한가?

"저기, 어제 제가 술에 취해서 큰 실수를 한 거 같은데……."

"실수한 거 없어."

"아니, 그러니까 제가 실수로 그 계약……."

"계약금은 입금됐어."

"네? 계약금이라뇨?"

"당장 1억 내놓으라며. 지금 통장 확인해 봐. 1억 찍혀 있는지."

1억 원이 옆집 개 이름도 아니고. 하지만 마치 자기 집 개 이름인 양, 대수롭지 않게 말할 수 있는 그런 사람이 지금 코앞에 앉아 있다니……! 이거야말로 판타지다.

루비는 이현의 얼굴을, 그 무진장 잘난 얼굴을 물끄러미 쳐다보았다. 너무 빤히 보았나? 그의 미간이 차츰 좁혀진다. 진하고 단정한 눈썹이 꿈틀거리는 모습이 묘하게 자극적이다. 저도 몰래 꿀꺽

침을 삼켰다.

"못 믿겠어? 더 들어 볼래?"

그녀의 노골적인 시선이 불쾌했는지 그가 보이스 레코더로 다시 손을 뻗었다.

"아뇨, 아뇨, 아뇨."

얼마나 급했던지 버튼을 누르려는 그의 손을 덥석 잡고야 말았다. 순간 뭉클하고 보드라운 감촉이 느껴졌다.

"……?"

"네?"

"놔!"

"아 네. 죄송……."

놈의 손은 따스했다.

"흠……. 쿨럭."

그놈의 술, 먹지도 못하는 걸 왜 그리 먹어서는. 화를 내야 하는 건 눈 뜨고 1억 강탈당한 이쪽인데, 놈한테 되려 약점까지 잡히다니! 아니, 그보다 실력 없다고 떨어뜨린 게 누군데! 인제 와서 자기네 회사로 오라고? 그게 말이 돼?

"저, 한 가지 궁금한 게 있는데요."

안경 너머 깊은 눈망울이 말을 한다. 뭐?

"제 실력이 부족해서 떨어뜨린 거 아닌가요?"

"맞아."

"그런데 왜 저랑 계약하자는 건지 도무지 이해가 안 되네요."

"마음에 드니까."

뭐, 뭐야, 이 남자?

뜻하지 않은 이현의 고백에 루비의 얼굴이 확 달아올랐다. 숱하게 많은 남자의 고백을 질리게 들어 왔던 그녀지만, 이렇게 다이렉트로 심쿵한 건 처음이다.

"니 음색."

"네? 으, 음색이요?"

"어. 기본기도 없고 성량도 약하고 발성도 별론데 딱 하나, 음색은 진짜 맘에 들어."

그럼 그렇지. 1억 원쯤이야 자기 집 강아지 일주일 미용비로도 너끈히 쓸 수 있는 남자가, 유하라처럼 능력 있고 예쁜 여자들에게 둘러싸여 지내는 남자가, 순정만화를 찢고 나온 것처럼 비현실적으로 잘생긴 남자가 뭐가 아쉬워서 나를…….

'아! 나 바본가 봐. 이게 다 술 때문이지. 휴, 정신 차리자.'

어쨌든 꼬인 매듭은 풀어야 했다.

"죄송하지만 저, 가수 할 생각 없습니다. 그럴 재주도, 끼도 없고요."

"가수 할 생각이 없어? ……근데 왜 오디션에 나왔어?"

'돈이 필요했어요.'

1억 원만 있으면…… 제대 후 복학할 동생 진수의 등록금을 내고, 학교 앞에 작은 원룸이라도 구해 줄 수 있다. 친구 자취방에 얹혀 지내겠다고 고집부리지만, 남의 신세 지는 것도 하루 이틀이지. 하나밖에 없는 동생이 남들처럼 즐기며 대학 생활은 못 하더라도 눈칫밥 먹게 하긴 싫었다.

남은 돈은 아픈 엄마를 돌봐 주는 이모에게 모두 보내고 싶었다. 누군가에겐 벽장의 곶감 빼 주듯 클릭 한 번으로 이체 가능한 쌈짓 돈이, 다른 이에겐 가족을 살릴 생명줄이 되기도 한다.

"그냥…… 충동적으로, 상금이 탐나서……."

"1억, 1억 하더니. 역시 돈이었군."

총상금 10억 원을 떠들어 대던 오디션 광고가 연일 매스컴을 도배할 때도 그저 남의 일이거니 무심했었는데, 어느 순간 눈이 멀었나 보다. '혹시 알아? 하늘에서 불쌍한 오누이에게 금 동아줄을 내려 줄지?' 그렇게 잠시 흔들렸던 마음이 지금에 와선 부끄러웠다.

"죄송합니다."

"나한테 죄송할 거 없어. 가수가 되려고 피땀 흘려 노력해 온 다른 참가자들에게 미안해해야지. 넌 누군가의 꿈을 뺏으려 한 거니까."

꿈. 꿈이라……. 그 말에 잃어버린 꿈이 떠올라 루비는 눈물이 핑 돌았다.

"계약금…… 돌려 드릴게요. 없던 일로 해 주세요."

"계약금을 돌려줘? 계약을 해지하려면 위약금을 물어야 하는 건 상식 아닌가?"

"위약금이요? 어, 얼마나요?"

"두 배."

검지와 중지를 활짝 펴 V를 만들어 보이며 이현이 씩 웃었다. 그의 사악한 미소는 소름 돋게 아름다웠다.

"저 보시다시피 돈 없어요. 계약금만 받으시고 계약 해지 해 주시면 안 될까요? 네?"

"그건 그쪽 사정이고. 난 내 손에 들어온 건 쉽게 놔주지 않아. 특히 맘에 쏙 드는 거라면 절대로."

왜 내가 당신 마음에 쏙 드는 건데? 실력 없다고 떨어뜨릴 땐 언제고! 부들부들 루비의 손이 떨렸다.

"정말 너무하시네요. 내가 누구 때문에 이렇게……."

"나 때문이란 건가?"

모르겠다. 손에 쥐어진 거랑 다를 바 없는 상금을 강탈해 간 저놈 잘못인지, 가수를 할 생각도 없으면서 오디션 프로에 덜컥 나간 내 잘못인지. 꼬이고 꼬인 매듭을 풀지 못해 끙끙대는 아이처럼 한숨만 푹푹 쉬었다.

"저…… 생각할 시간을 좀 주시면 안 될까요?"

"얼마나?"

"아, 글쎄요. 넉넉하게 좀……."

"그럼 일주일 줄 테니 그 안에 사무실로 와."

이현이 명함을 꺼내 식탁 위에 놓고 의자에서 일어났다. 천장이 원래 낮았던 건지, 이현의 키가 지나치게 큰 건지 구분이 안 된다.

"아까 사 놓은 거 잊지 말고 챙겨 먹어. 속 안 좋으면 남은 약, 마저 먹고."

"저, 이런 친절…… 솔직히 부담스럽습니다."

"친절?"

하하. 그가 어울리지 않게 큰 소리로 웃더니 양손을 쫙 펴 식탁을 짚고 상체를 바짝 기울여 반대편 의자에 앉아 있는 루비와 눈높이를 맞추었다. 루비는 저도 모르게 움찔 뒤로 몸을 뺐지만, 어차피 뒤는 벽이었다.

"뭔가 단단히 오해했나 본데, 난 친절 따윈 모르는 사람이거든?"

부드럽게 속삭이는 음성이 마치 사랑 고백이라도 하는 것처럼 들린다.

"이건 친절이 아니라 관리. 그리고 투자. ……이해됐어? 내 바운더리 안에 들어온 건 원래 철저히 관리하지."

"……."

"그리고 잊지 마."

식탁 위의 보이스 레코더를 집어 들더니 루비의 눈앞에서 흔들어 보였다.

"여기에 아직 열지 않은 게 남아 있다는 걸."

2

넌 나한테 왜 이러는데?

"으으…… 아아아…… 으웃!"

고통인지 희열인지 모를 하이소프라노가 헉헉 몰아쉬는 거센 숨소리와 뒤범벅되어 거칠 것 없이 터져 나온다.

"조금만, 조금만 더!"

"시, 싫어…… 그만! 으으…… 하윽!"

"자, 한 번만 더. 이번엔 좀 세게!"

"아아, 아으으으…… 윽!"

5층 계단을 올라온 이현이 소리가 나는 곳을 향해 뚜벅뚜벅 걸어갔다.

"아흐윽! 차라리 날 죽여!"

"그래. 차라리 죽어라. 죽어!"

"까아악!"

비명과 고함이 난무하는 와중에 까르르 웃음이 터진다. 널찍한 마룻바닥 위에 늘씬한 여자 다섯 명이 뒹굴고 있다. 핫팬츠와 레깅스 아래 쭉 뻗은 다리며, 잘록한 허리와 볼륨감 있는 가슴. 아무렇게나 질끈 동여맨 머리를 하고도 감출 수 없는 미모. 대한민국에서 이들을 모르면 간첩이라 해도 과언이 아닐, 걸 그룹 '코튼 캔디'의 멤버들이다.

본격적인 연습 시작 전 스트레칭으로 몸을 풀 때면 몸치인 리드 보컬 아영이 때문에 늘 난리굿을 벌이곤 한다. 유연성 없는 아영이를 위에서 누르며 다잡는 건 타고난 춤꾼 은지.

연습실 유리창 너머로 그들을 잠시 지켜보던 이현의 입가에 희미한 미소가 걸렸다가 이내 사라졌다.

드르륵.

"오오! 대표님이다!"

"대표니임!"

문을 열고 한 걸음 들어선 이현에게 늘씬한 미녀들이 달려들었다. 정확히는 그가 든 커다란 비닐봉지에. 너무 잘나 그림의 떡인 대표님 얼굴보다 이젠 그 손에 들린 비닐봉지가 더 반갑다.

"까호! 오늘은 아이스크림이다! 고맙습니당!"

"아우, 나 살찌는데. 어떡해."

"뭘 어떡해! 오늘은 먹고 죽자. 아니, 먹고 빼자!"

"요것들이. 니들이 뺄 데가 어딨니? 꼭 마른 것들이 엄살이야."

"그러는 언니는? 언니는 뭐, 쪘어?"

"내가 여기서 제일 몸무게 많이 나가는 거 몰라?"

"웃기네. 너 그거 다 슴가 무게잖아. 부러운 베이글녀, 베이주 양. 아이고, '배이' 야!"

아주 난리가 났다.

없는 게 없다는 D&P의 사옥은 '연예 기획사의 구글'로 불린다. 하지만 다이어트에 목매는 걸 그룹 멤버들은 늘 배가 고프다. 그 와중에 종종 간식을 사다 주는 대표님이 그녀들에겐 산타클로스다. 연습에 지친 어린 영혼에게 잠시나마 행복을 주는 소울 푸드, 떡튀순이나 치킨. 찬바람 부는 계절엔 붕어빵이나 호떡. 무더위에 지쳐 있을 땐 아이스크림이나 슬러시. 산타의 비닐봉지 안엔 늘 맛난 것들이 가득하다.

"우와! 내가 좋아하는 거 다 있네. 뭐 먹지? 두 개 먹어도 돼요, 대표님?"

"안 돼. 하나씩만 먹어."

"이잉. 대표님 너무해요!"

이현의 냉정한 대답에 귀여움을 담당한 막내 주리가 입술을 삐죽 내밀며 앙탈을 부린다. 연습생 시절, 이현이 무서워 눈도 못 마주치던 아이가 주리였다. 엄할 땐 서릿발이지만, 자신이 정한 울타리 안에선 마음껏 뛰놀게 해 주는 게 이현의 방식이란 걸 이제는 그녀도 안다.

"그래? 그럼 두 개 먹고 이따가 피트니스 센터로 올래? 오랜만에 기초 체력 보강 운동 좀 하지 뭐."

"으악! 그것만은 싫어요! 그냥 한 개만 먹고 연습할게요."

까르르. 별것도 아닌 일에 또 웃음이 터지는 아이들이다.

구내식당의 산해진미보다 이런 주전부리가 더 맛있다는 솜털 보송보송한 아이들. 이현도 속으론 그녀들을 막냇동생처럼 아꼈다.

보이시한 매력의 래퍼 미나는 실제 이현의 고종사촌이다. 처음엔 비밀로 하고 데뷔했지만, 그녀와 코튼 캔디의 실력이 입증된 후로는 공공연히 알려진 사실이다.

"그럼 먹고 연습들 해라."

"넵! 두 배로 열쒸미 하겠슴다!"

"잘 먹겠습니다, 대표님."

"다음엔 호두과자로 부탁해요, 대표니임."

수다쟁이들을 뒤로하고 복도로 나온 이현은 계단 앞에 멈춰 섰다.

6층엔 그의 집무실과 널찍한 회의실, 소강당이 있다. 지하 주차장에 차를 댄 후 밖으로 나가 군것질거리를 사 오는 날은 엘리베이터를 타지 않고 한 층씩 걸어 올라가며 D&P 식구들에게 일일이 간식을 나눠 준다. 오늘도 입구의 경비실을 기점으로 식당, 녹음실, 연습실, 어학실, 휴게실, 피트니스 센터, 도서실, 사무실 할 것 없이 사람이 있는 곳은 다 들른 참이다.

잠시 위를 올려다보며 숨을 고른 이현은 무언가 결심한 듯 계단을 올라갔다. 한 걸음 한 걸음 마치 도장이라도 찍듯 신중하게 지르밟으며.

'온다, 오지 않는다, 온다……'

겨우 이틀째인데 벌써 초조해진 건가? '냉혹한 승부사'라는 별명이 무색하게, 고작 연습생 하나에 이런 허튼짓을 하는 제 꼴이 우습지만 멈출 수 없었다.

'……오지 않는다, 온다, 오지 않는……'

"대표님! 손님 오셨던데요."

마침 계단을 내려오던 안길태 매니저가 이현에게 인사하고 다시 바삐 내려갔다.

'왔다!'

이현은 긴 다리로 한 번에 두세 개씩, 남은 계단을 단숨에 올라갔다. 대표 이사실 문을 벌컥 열자 윤 비서가 깜짝 놀라 자리에서 벌떡 일어났다.

"어, 대표님…… 안에……."

설명을 들을 새도 없이 집무실 문을 열었다.

"왔냐?"

"……어, 형."

그녀가 아니다.

"여긴 웬일로?"

"웬일은. 보고 싶어 왔지. 근데, 누구 올 사람 있어?"

정시열이 소파에 앉아 느물거리며 웃는다. 허탈해진 이현은 들고 있던 비닐봉지를 던지듯 테이블 위에 놓고 맞은편 소파에 털썩 주저앉았다.

"아니……. 왜?"

"헐레벌떡 들어오더니 내 얼굴 보고 실망하는 거 같아서."

"실망은 무슨. 밥은 먹었어?"

"방금 니네 식당에서 먹었다. 매번 느끼는 거지만, 구내식당이 아니라 7성급 호텔 레스토랑이라니깐. 나 스카우트 좀 해 줘라. 여기서 매일 밥 먹게."

"누가 형 같은 늙은이를? 몸값도 더럽게 비싸면서."

"여기라면 그냥 숙식만 해결해 줘도 온다니까 그러네. 오늘도 솔직히, 너 보러 온 게 아니라 밥 먹으러 왔다. 바리스타가 만들어 주는 카푸치노 맛도 죽이고! 두 잔이나 먹었어. 괜히 '구글' 이 아니라니까."

연신 너스레를 떨며 정시열은 테이블 위의 비닐봉지를 뒤적여 아이스바 하나를 꺼내 아그작 깨물었다. 하는 짓으로 봐선 도저히 서른세 살로 보이지 않는다.

마침 윤 비서가 생과일주스 두 잔을 가지고 들어오자 정시열은 역시 주스도 급이 다르다며 반색한다. 정말이지 먹을 거 너무 좋아하는 형이라니까, 피식 웃으며 이현은 윤 비서에게 비닐봉지를 내밀었다.

"아래층은 다 돌렸으니까 윤 비서도 하나 먹고 위층에 쉬는 애들 가져다줘."

7, 8층은 연습생들 숙소로 쓰고 있는데, 시설이 워낙 좋다 보니 이곳에 입주하길 희망하는 연예인도 꽤 많았다. 인기 그룹 화이트스톰 멤버들은 작업하기 좋다며 전원이 8층에서 지내고 있었다.

"감사합니다."

비닐봉지를 받은 윤 비서가 생긋 웃으며 나갔다.

"하여튼 자기 식구는 엄청 챙겨요. 넌 밖에서나 냉혈한이지, 새끼한테 벌레 물어다 주는 어미 새가 따로 없다니까. 돈 벌어서 회사 사람들 먹여 살리는 데 다 쓰겠다."

"배가 불러야 일도 잘하지. 근데 진짜 왜 왔어? 술이라도 한잔할래?"

"먹고 싶긴 한데, 이따가 녹음이 있어서. 술은 다음에 하자. 밥 먹으러 왔다니까 안 믿네, 얘가."

"내가 형을 몰라? 얼른 용건이나 말해."

꽤 오래 알고 지낸 두 사람이지만, 이 정도로 친해진 건 최근의 일이다. 정시열이 S대 재학생이란 타이틀로 주목받으며 데뷔했을 때 이현은 이미 한류 스타였다. 데뷔 연차로 따져도 한 살 어린 이현이 대선배였다. 성격도 다르고 음악 색도 완전 달랐던 두 사람이 친해질 만한 접점은 없었다. 그러다 '스타 탄생' 심사위원으로 함께하면서 급격히 친해졌다.

데뷔 10년 차인 정시열은 말 많고 탈 많은 연예계에서 늘 한결같은 이현에게 부쩍 호감을 느꼈다. 거짓과 위선과 아부가 난무하는 이곳에서 시종일관 차갑고 도도하고 까칠한 녀석. 녀석의 굳은 절개가 마음에 들었다.

"너 인터넷 봤니? 난리 났더라."

"뭐가?"

"한루비. 너 때문에 떨어졌다고 갑자기 동정표가 쏟아지네. 안티에서 팬으로 돌아선 여자들도 많고."

"그렇겠지. 실력도 없이 외모 하나로 올라왔다고 주로 여자들이 욕했었잖아. 남자들은 다 형처럼 헬렐레하고."

"야 인마, 내가 언제? 근데 한루비가 이쁘긴 이쁘잖아. 뭐랄까…… 요즘 흔한 강남 언니 스타일이 아니라 이슬 머금고 피어난 한 떨기 수선화? 발레 전공했다더니, 불면 날아갈 거같이 하늘거리는 게 참…… 제대로 취향저격이다."

"형 원래 글래머 좋아했잖아. 방송에서 베이글녀가 이상형이라고 만날 떠들더니, 좋아하는 스타일 언제 바뀌었어?"

"바뀌긴 뭘. 다다익선이지. 어쨌든 네놈이 '만인의 역적'으로 등

극할 만도 하다. 남자들이 아주 그냥 막. 너 때문에 이제 금요일 밤의 낙이 없어졌다고, '만인의 연인' 한루비 돌려 달라고 난리도 아냐. 너 완전 오래 살겠더라. 크하하."

"그래서. 지금 예언하려고 온 거야? 나 만수무강할 거라고?"

"그래. 알았으면 복채나 두둑이 챙겨 줘. 근데 너, 일부러 그런 거냐?"

"뭘?"

"한루비가 파이널 5인에 들면 안티들이 물고 뜯고 씹고, 당장 이번 주 라이브 무대에서부터 다른 참가자들에게 밀릴 게 빤하니까 이쯤에서 그만두는 게 걔 이미지에 낫다고 보고 그랬냐고."

"그건 또 누구 각본이야?"

"아니…… 어떤 연예 블로거가 그렇게 분석해서 올려 둔 거 봤는데, 그게 또 일리가 있는 거 같아서. 니가 진짜 그런 심오한 뜻으로 그랬나, 물어나 보는 거지 뭐."

"형답다. 그런 음모론을 또 믿으세요?"

"아냐? 아님 말구. ……근데 웃긴 게 니가 한루비 싫어하는 게 아니라 사실은 너어무 좋아해서, 감춰 두고 혼자 보려고 뒤로 빼돌렸을 거란 어이없는 베댓도 봤다. 그거 '좋아요' 누른 사람이 만 명이 넘어. 푸하하."

"그런 거 관심 없고요. 심사위원으로서 냉철하게 판단한 거뿐입니다. 질문에 답이 됐습니까?"

"헐. 짜식 재미없긴. 알았다! 나, 간다!"

정시열이 시계를 흘낏 보더니 투덜대며 일어났다.

＊ ＊ ＊

　여름비가 거세게 쏟아지는 목요일 밤 11시. 어둑한 집무실에서 이현 혼자 모니터를 보고 있다. 윤 비서를 비롯한 직원들은 모두 퇴근했지만, 이곳의 밤은 늘 열려 있었다. 밤샘 작업을 하는 가수와 작곡가들. 지치지 않는 열정으로 공부하고 연습하는 연습생들. 그들이 뿜어내는 열기가 24시간 후끈하다.

　내일 있을 '스타 탄생' 생방송 준비로 지난주 방송을 모니터링하던 이현의 시선이 화면 속 여자에게 날카롭게 꽂혔다.

　— Moon river, wider than a mile……

　리모컨의 빨리 감기 버튼을 눌러 건너뛰어도 무방한 장면이다. 이제 저 여자는 '스타 탄생'에 나오지 않으니까. 내일 현장에서 볼일 없으니까. 더는 심사할 필요 없으니까. 그러니까…… 지금은, 불필요한 장면일 뿐이다. 시간 낭비일 뿐이다.

　경영자로서 냉혹하다는 세간의 평을 듣는 이현은 일과 관련 없는 것은 모두 패스한다. 그렇게 달려온 지난날이 있어 오늘 이 자리에 오른 것이다. 대한민국 연예 사업을 이끄는 수장. 한류의 새물결을 일으킨 젊은 사업가. 그를 수식하는 단어들이다.

　하지만 리모컨을 쥔 그의 손가락은 미동도 하지 않았다. 빨려 들듯 모니터를 바라보는 시선조차도.

　"넌…… 나한테, 왜 이러는데?"

　자조 섞인 음성으로 화면 속 여자에게 묻는다. 맑고 투명한 음색만큼 때 묻지 않은 순수함을 간직한 눈빛으로 빤히 바라보고 있는 여자에게.

숨 쉬는 것조차 잊을 것 같은, 몰입의 순간.

똑똑.

노크 소리에 이현은 신경질적으로 버튼을 눌러 모니터를 껐다. 그러곤 창가로 걸어가 비 오는 한강의 야경을 바라보며 잠시 숨을 고른다. 방해받고 싶지 않은 순간을 침범당한 기분이 썩 유쾌하지 않았다.

똑. 똑.

아마도 녹음 중이던 가수거나 뭔가 꽉 막힌 작곡가거나 상담할 게 있는 연습생이거나…….

"들어와요."

달칵.

문이 열리고 조심스러운 발소리가 가까워진다.

"……저, 계약……할게요."

귀를 의심하며 서서히 돌아보니 거기, 그녀가 서 있다. 방금 전까지 자신을 뚫어지게 마주 보던 화면 속 그녀가.

"……너!"

비를 쫄딱 맞은 채, 눈물을 흘리며.

"너, 무슨 일 있었어?"

"아뇨."

"그럼 꼴이 이게 뭐야? 비는 왜 이렇게 다 맞았어?"

손엔 분명 접힌 우산이 들려 있는데 머리부터 옷까지 흠뻑 젖어 있었다. 우산을 펼치는 걸 잊은 건지, 아니면 고장 나 쓸 수가 없었던 건지는 모르겠지만.

"그 계약…… 아직 유효한 거, 맞죠?"

창백한 뺨을 타고 비와 눈물이 뒤엉겨 흘러내리고 있지만, 그녀는 닦을 생각도 않고 넋이 나간 표정으로 묻는다.

"지금…… 계약서, 쓸게요."

자신이 울고 있는지도 모르는 듯 처연한 눈망울로 대뜸 계약하겠다는 여자를 보니 이현은 화가 치밀었다.

"대체, 너! 지금 몇 신 줄 알아? 고작 그것 때문에 이 밤에, 여길 온 거야?"

"……."

"하아, 정말! 제정신이 아니군. 비가 이렇게 쏟아지는데."

이현이 화를 내자 루비는 어깨를 움찔하며 고개를 숙였다. 무슨 정신으로 여기까지 왔는지 모르겠지만 이제야 조금 제정신이 돌아오는 것 같다.

'늦은 밤 예고도 없이 불쑥 들이닥쳤으니 화낼 만도 하지…….'

이름을 밝히기도 전에 한루비 씨 아니냐며, 대표님이 언제든 올려 보내라고 했다며 반색하던 경비 아저씨가 엘리베이터 버튼을 눌러 주어 얼결에 타고 올라오긴 했지만, 아마도 그의 업무를 방해했나 보다.

"밤늦게 찾아와서 죄송해요. 실례가 많았습니다. ……내일, 다시 올게요."

루비가 문을 향해 걸어가는 뒷모습을 노려보던 이현은 성큼 다가가 그녀의 오른쪽 어깨를 잡았다. 손끝에 느껴지는 가녀린 뼈가 바스러질 듯 앙상하기 짝이 없었다.

"잠깐!"

"……!"

그에게 어깨를 잡힌 채, 루비는 가만히 서서 제 발치만 내려다보았다. 똑. 똑. 머리카락과 가방과 옷에서 빗물이 떨어져 신발 아래 작은 웅덩이를 만들고 있었다. 그의 손이 닿은 자리가 타는 듯 뜨거웠다.

"일단 그 젖은 옷부터 어떻게……."

얇은 여름 원피스가 비에 젖어 몸의 굴곡을 여지없이 드러냈다. 틀어 올린 머릿밑으로 드러난 여린 목덜미가 첫눈처럼 눈부시다.

꽈악. 이현의 손아귀에 힘이 들어가는 듯하더니, 화들짝 손을 뗐다. 마치 뜨거운 것에 손을 덴 사람처럼.

"안 되겠다. 따라와."

이현이 옷걸이에 걸린 재킷을 가져다 루비의 어깨에 둘러 주며 말했다. 아까보다 노기는 덜하지만, 여전히 그의 목소리는 차갑고 건조하다.

"그냥 갈게요."

"너 바보야? 이러다 감기 걸리면 어쩌려고?"

"……신경 쓰지 마세요."

"신경 쓰지 마? 그럼 신경 안 쓰이게 행동하던가!"

화를 억누르는 사람처럼 거칠게 숨을 몰아쉰 이현이 다시 말을 이었다.

"내가 말했지. 내 영역 안에 속한 건 철저히 관리한다고."

……맞다. 그랬었지. 계약하러 왔다면서, 또 그의 심기를 거스르다니.

루비는 아랫입술을 잇새로 잘근거렸다.

'이제 난, 그의 회사에 속한 상품일 뿐인데……. 망가진 상품은

가치가 없으니 신경 쓰는 것뿐인데, 왜 자꾸 바보처럼……'

"계약이고 뭐고, 목소리 관리 하나 제대로 못 할 거 같으면 때려치워!"

"……."

"따라와."

집무실 문을 열고 이현이 앞서 나갔다. 루비는 후, 작게 숨을 내뱉고 그의 뒤를 따랐다.

집무실 밖엔 비서의 책상과 널찍한 소파가 놓인 리셉션 공간이 있고, 그곳에 이현의 전용 엘리베이터가 있다. 그가 버튼을 누르자 엘리베이터 문이 바로 열렸다. 엘리베이터 바닥은 젖어 있었다. 방금 루비가 타고 올라온 흔적이다.

"타."

쭈뼛거리며 엘리베이터를 탄 루비는 밀폐된 공간에 이현과 단둘이 있는 게 의식되어 자꾸 마른침을 삼켰다. 다행히 엘리베이터는 금방 목적지에 다다랐다.

이현의 펜트하우스가 있는 9층.

엘리베이터 문이 열리자 호텔 로비 같은 대리석 홀이 나타났다. 맞은편엔 커다란 검은 문이 있고, 왼쪽으로는 옥상 정원으로 통하는 유리문이 있었다.

"들어와."

그가 검은 문을 열고 루비가 들어오길 기다렸다.

"뭐 해? 안 올라오고? 여기, 실내화 신어."

"아, 네. 근데…… 여긴 어디죠?"

실내는 워낙 넓어서 한눈에 구조를 파악하기 어려웠다. 현관문을 열면 정면으로 나선형 철제 계단이 보이고, 그 계단을 중심으로 왼쪽은 거실, 오른쪽은 주방 공간으로 크게 구분되어 있었다.

거실 한쪽 벽은 전체가 접이식 유리문으로 되어 있고, 밖엔 옥상 정원이 있었다. 거실 쪽 천장은 2층까지 뚫려 있어 드높았다. 거실 바닥과 벽은 온통 화이트 톤이라 더욱 넓어 보였고, 중심에 열 명 이상 앉을 수 있을 만큼 크고 긴 소파 두 개가 기역 자 모양으로 배치되어 있었다. 소파 사이에는 큰 사각 테이블이 놓여 있고, 그 주변에 모던한 모양의 암체어가 여러 개 놓여 있었다.

"내 숙소."

"네?"

루비가 눈을 동그랗게 뜨자 이현이 기가 찬다는 듯 피식 웃었다.

"걱정하지 마. 넌 내 취향과는 거리가 머니까."

"누, 누가 뭐래요?"

"뭐라고 안 해도 그 눈에 겁이 뚝뚝 묻어나잖아. 그러니 호랑이 굴에 들어온 불쌍한 토끼에게 안심하라고 미리 알려 주는 거지."

"알아요. 안다고요! 저 싫어하는 거."

앞서 계단을 오르는 이현은 어깨를 가볍게 으쓱해 보일 뿐, 그녀의 말에 부정하지 않았다.

'그러니까 오디션 내내 악평을 하다 하다 급기야 다 된 밥에 재까지 뿌렸겠지.'

루비는 이현의 넓은 등을 향해 혀를 날름 내미는 거로 소심한 복수전을 끝낼 수밖에 없었다.

2층은 1층의 절반 넓이였지만, 그 역시 넓었다. 거실엔 커다란 소파와 대형 텔레비전, 식탁과 책상이 놓여 있고, 마주 보는 문 두

개가 보였다. 이현은 그중 안쪽에 위치한 문을 열고 들어갔다.

"손님방이야. 뭐 여기서 묵고 간 손님은 없지만."

베이지와 아이보리 톤으로 은은하면서도 고급스럽게 꾸민 손님 방을 채 감상할 겨를도 없이 그를 따라 또 다른 문을 열고 안으로 들어갔다. 그곳은 커다란 욕조와 샤워 부스가 따로 있는 욕실이었다.

"먼저 따뜻한 물에 몸을 좀 녹이도록 해."

이현이 욕조의 수전을 돌리자 온수가 콸콸 쏟아졌다.

"물은 금방 찰 거야. 푹 쉬고, 오늘은 이 방에서 자."

"네에? 이 방에서 자라고요?"

"그럼, 이 밤에 비가 저렇게 오는데 다시 비 맞고 집에 가겠다고?"

"계약만 하고 바로 가려고 했어요."

"······나 참. 진짜 대책 없는 애네."

루비는 발끈해서 무어라고 받아치고 싶었지만, 할 말이 없었다. 자신이 생각해도 오늘의 행동은 너무 대책 없이 무모했으니까.

"샤워 가운은 여기 걸려 있고, 옷장 안에 적당히 맞는 옷 있으면 꺼내 입도록 해."

"······."

"뭐 또 필요한 거 있나?"

"없어요."

"흐음······. 혹시 배고프면 나와. 2시까진 안 자고 일하고 있을 거니까."

욕실 문을 나서는 이현의 귀에 '저기요.' 라는 기어들어 가는 목소리가 들렸다. 성가시다는 듯 천천히 뒤돌아본 이현에게 루비가 어깨에 걸치고 있던 재킷을 내밀었다.

"이거……."

이현의 시선이 그녀가 내민 재킷에 머물다 가녀린 팔과 몸에 착 달라붙은 젖은 원피스를 거슬러 올랐다.

"……고마웠어요."

루비의 눈동자에 닿은 이현의 시선이 어둡게 가라앉았다.

"별로."

루비의 손에서 재킷을 휙 낚아챈 이현은 그대로 밖으로 나갔다.

"왜 저래? 비싼 옷 젖어서 화났나?"

루비는 시무룩하게 중얼거리며 축축하게 달라붙은 원피스와 속옷을 벗고 욕조 안에 들어갔다.

"아…… 좋다……."

따뜻한 물에 몸을 담그자 이곳에 오기 전까지 그녀를 괴롭혔던 일들이 생각보다 큰일이 아닌 거로 여겨졌다.

그래. 잘될 거야. 하나씩 차근차근 매듭을 풀어 나가면…….

하지만, 진수는…….

동생 진수를 떠올리자 루비의 눈에 다시 눈물이 차올랐다.

"진수야. 미안해. 누나가 너무 못나서 고생만 시키고."

꾹꾹 눌러 왔던 설움이 봇물 터지듯 세차게 흘렀다. 그녀의 울음 소리가 콸콸 쏟아지는 수돗물 소리에 섞여 빗소리에 녹아들었다.

3

노예 계약

진수가 찾아온 건 지난 화요일 저녁이었다. 상병 정기 휴가에 포상 휴가까지 2주간의 긴 휴가를 받았다더니, 부대 복귀 이틀 전에야 루비의 원룸에 들렀다. 작은 식탁에 마주 앉은 남매는 휴대용 가스레인지 위에 프라이팬을 올려 삼겹살을 구우며 저녁밥을 먹었다.

"아무리 친구가 좋아도 그렇지. 누나한텐 이제야 얼굴 비치니?"

"누나도 방송 때문에 바빴으면서 뭘."

"금요일에 탈락했잖아. 적어도 일요일엔 오지 그랬어."

몇 가지 밑반찬에 참치를 넣어 끓인 김치찌개뿐인 밥상이 초라하게 느껴져 루비는 마음이 편치 않았다. 마트에서 장을 보며 내내 들었다 놨다 했던 한우가 눈앞에 어른거린다. 머릿속에서 계산기를 아무리 두드려 봐도 도저히 답이 나오지 않아 고이 내려놓고 돌아서야 했던.

"반찬은 별거 없지만, 밥이라도 따끈하게 더 해 줬을 텐데……."

"미안해, 누나."

동생이 좋아하는 한우 대신 폭탄 세일 하는 삼겹살이나마 넉넉히 사고 각종 쌈 채소를 풍성히 올렸지만 영 마뜩잖다. 가슴 한구석이 아려 와 괜히 밝은 척 목소리를 높였다.

"하긴. 네 나이 땐 가족보다 친구랑 노는 게 좋을 때지. 엄마한텐 내일 갈 거지?"

"응. 내일 아침만 먹고 바로 강릉 가서 하룻밤 자고 목요일에 부대 들어갈게."

"엄마랑 이모랑 좋아하시겠다. 요거 잘 익었다. 자…… 많이 먹어, 우리 진주."

동생 밥그릇에 노릇하게 구워진 삼겹살을 얹어 주며 억지로 입꼬리를 올렸다.

"진주는 무슨 얼어 죽을 진주……."

진주는 진수의 태명이자 애칭이다. 딸이었으면 진주라고 이름 지었을 거라며 농담 반 진담 반 아쉬워하셨던 아빠. 루비에 이어 진주라니! 대한민국 금은보화는 이 집에 다 쌓아 뒀느냐는 친구분들의 놀림을 꽤나 받으셨단다.

"짜식, 좀 컸다고 반항이냐? 너는 나의 영원한 진주야! 워우워우오……."

"충성!"

씩 웃는 진수의 왼쪽 **뺨**에 보조개가 쏙 들어갔다. 마주 보며 미소 짓는 루비의 오른쪽 **뺨**에도 작은 우물이 고였다. 엄마의 양쪽

뺨에 있는 보조개를 어찌 남매가 사이좋게 하나씩 나눠 가졌을까? 진수는 친탁하고 루비는 외탁해서 얼핏 보면 남매 같지 않지만, 미소를 지으면 다들 분위기가 닮았다 한다.

'내 동생……!'

182센티의 늠름하고 다부진 몸. 군인답게 구릿빛으로 탄 피부. 이젠 누가 봐도 멋진 스물두 살의 남자가 되었지만, 그녀에겐 아직도 어린 동생인 진수. 네 살 터울인 진수를 어릴 땐 진주라 부르며 데리고 놀았다. 치마를 입히고 머리에 리본을 둘러놓고 언니라 부르게 시켰다가 엄마에게 들켜 혼쭐이 나기도 했다. 멀쩡한 사내 녀석 고추 떨어진다고.

"세월 빠르다. 너 군대 간 게 엊그제 같은데 가을이면 제대라니."

"어휴, 빠르긴. 국방부 시계랑 민간인 시계는 다르다니까. 군대 가 봐. 하루가 48시간이야."

"푸훗. 그래 알았다, 알았어. 나라 지키느라 고생 많으십니다, 한진수 상병님. 자, 이거나 드세요."

루비는 상추에 싼 고기를 동생 입에 넣어 주었다. 다람쥐처럼 볼이 불룩하게 받아먹는 모습도 마냥 예쁜 동생이다.

"여행은 재미있었고?"

"어? ……어."

"재영이, 민우, 성훈이. 다 잘들 지내지?"

"음. 애들이 방송 보고 누나가 저렇게 예뻤냐며 깜짝 놀라더라."

"아니, 나 원래 예쁜 거 몰랐단 말이야? 녀석들 그동안 눈뜬장님으로 살았구면."

"아이고 누님! 초등학교 때부터 누님이라면 벌벌 기던 애들인데, 예뻐 보일 수가 있겠어요? 잘해 주다가도 한 번씩 '니들, 내 동생 때리면 가만 안 둬!' 군기 잡고 그랬으면서."

진수의 능청스러운 성대모사에 루비는 숨이 넘어가게 깔깔 웃었다.

"내가 그랬나?"

"어. 재영인 지금도 누나가 제일 무섭대. 근데, 누나. ……가수 할 생각 있는 거야?"

루비가 쥐고 있는 집게를 억지로 뺏어 들며 진수가 물었다.

"가수는 무슨. 내가 그럴 그릇이나 되니? 난 노래하는 건 좋은데 남들 앞에서 부르는 건 싫어."

"그래도 누나 생각보다 카메라발 잘 받더라. 노래야 원래 잘했고."

어린 시절 루비의 청아한 목소리는 아빠의 자랑이었다. 조수미 같은 세계적인 소프라노로 키우겠다는 거창한 꿈도 꾸셨다. 그녀가 발레에 빠지게 되면서 아빠의 꿈은 자연히 멀어져 갔지만.

"그거야 어릴 때 합창단 하던 시절 얘기지. 지금은 말 그대로 '누가누가 잘하나' 수준인데 뭐."

"큭. 누가누가 잘하나? 그거 이현 심사평이지? 참, 사람 생긴 대로 냉정해. 그러니 그 바닥에서 성공한 거겠지."

"야. 그 인간 이름 꺼내지도 마. 이현인지 뭔지, 아주 내가 이가 갈린다."

분에 겨워 씩씩대는 루비를 보며 진수는 웃음을 참지 못하고 킥킥댔다.

"인터넷 보면 누나 얘기로 시끌벅적하던데, 기획사에서 연락 오고 그래?"

"아, 몰라. 하도 여기저기 전화가 와서 모르는 번호는 아예 안 받아. 전화번호는 어떻게 알아낸 건지."

"진짜 적응 안 된다. 누나가 방송에 나오고, 검색어 순위에 오르 내리고 그런 거. 솔직히 누나 성격에 애초에 거기 나간 거 자체가 말이 안 되긴 했어. 대체 무슨 생각으로 나간 건데?"

"글쎄다. 생각이 있어 그랬겠니? 잠깐 정신이 가출한 거지."

아픈 엄마, 학비 걱정으로 휴학하고 군대 간 동생, 소식조차 모 르는 아빠. 이런 고민을 어린 동생에게 구구절절 이야기하고 싶진 않았다. 돈에 눈이 멀어 그랬다고 말할 수도 없고. 정말 상금이 탐 났다고 말하면 진수는 뭐라고 할까? 스물여섯 루비의 어깨가 축 늘 어졌다.

'돈이 뭐라고. 모처럼 휴가 나온 동생 용돈도 넉넉히 못 주고, 좋아하는 한우도 못 사 주고. 에잇!'

동생이 눈치채기 전에 화제를 돌리려고 루비는 애써 밝은 표정 으로 여행 이야기를 꺼냈다.

"부산이랑 남해는 어땠어? 사진은 안 찍었어? 좀 보여 줘."

"귀찮게 그런 걸 왜 찍어. 뭐 다 바다고 음식점이고, 볼 것도 없 어서 그냥 술이나 먹고 잠이나 실컷 자다 왔어."

"그래도 오랜만에 친구들이랑 여행 갔는데 사진도 찍고 좀 그러 지. 남는 건 사진밖에 없는데."

"머리는 박박 밀고 얼굴은 시커메서 무슨 사진! 별로 찍고 싶지 도 않아. 그보다 누나."

"응?"

"먹는데 자꾸 말 시키지 마."

갑자기 진수의 젓가락질이 급해진다.

"알았어. 말 안 시킬게. 천천히 먹어."

진수답지 않은 식탐에 고개를 갸웃하며 루비는 프라이팬에 삼겹살을 더 올렸다.

"아직 삼겹살 많아. 내일 아침까지 먹어도 다 못 먹을 만큼."

"……."

'저렇게 잘 먹는 걸…….'

대답도 없이 꾸역꾸역 먹고 있는 진수를 루비는 물끄러미 바라보았다.

'나만 마음을 달리 먹으면…… 그러면, 달라질까? 이 상황이.'

백화점 문화 센터의 '직장인을 위한 목요 발레' 수업을 마치고 돌아가는 길. 전철역을 향해 걸어가며 휴대 전화를 보니 부재중 통화 기록이 있었다.

"어, 이모. 수업 중이라 전화 못 받았어요. 미안해요. 엄마는?"

— 엄마는 피곤한지 약 먹고 일찍 잔다.

"진수는? 진수는 부대 잘 들어갔죠?"

— 아까 부대 앞이라고 전화 왔었어. 근데 넌 뭔 수업이 이렇게 늦게까지 있어? 밥은 먹은 거야?

"문화 센터 수업인데 직장인들이 듣는 거라서 좀 늦게 끝나요. 배부르면 수업 못 해. 이제 집에 가서 먹어야지."

— 저녁도 제때 못 먹고 일을 하니 그렇게 마르지. 너 텔레비전

으로 보니 더 말랐던데. 한창 물이 올라 예뻐야 할 나이에 피골이 상접해서 영 못쓰겠더라.

"나 요즘 살 많이 쪘는데? 방송에는 좀 마르게 나왔나 봐."

— 그런 말이 어디 있어? 원래 날씬한 사람도 텔레비전으로 보면 살집 있게 나온다던데. 너만 반대냐?

"그러게. 나만 반댄가 보다. 헤헤."

— 계집애. 이모 걱정할까 그러는 거 모를까 봐? 너희 남매는 어찌 다 그러냐.

"왜 진수까지 끌어다 뭐라 그래?"

— 안 그러게 생겼어? 글쎄 군인이 뭔 돈이 있다고 또 돈을 보내?

"진수가? 내가 용돈 준 것도 싱크대 안에 숨겨 두고 갔던데 지가 무슨 돈이 있다고."

— 아까 진수가 전화했을 때 돈 좀 보냈다기에 왜 그랬냐고 야단은 쳤는데, 나중에 통장에 찍힌 액수 보고 놀라서 너한테 전화한 거야.

진수는 늘 그랬다. 사병 월급 그까짓 거 얼마라고. 남들처럼 집에서 주는 용돈도 안 받는 녀석이 그걸 또 모아서 엄마 병원비 하라고 이모한테 종종 부치곤 했다. 루비는 그게 너무 속상했다.

'왜 이렇게 일찍 철이 들어 버린 건지……. 난 그 나이에 정말 아무것도 모르고 발레만 했는데.'

오로지 자신의 꿈만 생각하고 몰두할 수 있었던 시간. 그 녀석에겐 그런 시간이 주어지지 못한 게 모두 제 탓만 같아 미안했다.

'내가 발레만 안 했어도 지금쯤 따박따박 월급 받는 직장인이

되어 부족한 수입으로나마 가장 노릇은 했을 텐데……. 그깟 꿈이 뭐라고.'

뜬구름 같은 꿈을 좇아 열정을 쏟아붓던 시간이, 그 피땀 흘린 노력이 이리 허무하게 뒤통수를 칠 줄이야.

"진수 그 녀석, 이모 말대로 속에 영감이 들어앉았나 봐. 얼마나 보냈는지 몰라도 그냥 쓰세요."

— 백만 원이 뉘 집 애 이름이야? 군인이 백만 원을 어떻게 모은 거니 대체?

"배, 백만 원? 정말 백만 원을 보냈어? 진수가?"

— 그럼 거짓말이겠니? 너네 그러지 마라. 고생 모르고 자란 애들이 자꾸 이러는 거 보면 이모 속상해. 내가, 너희 눈엔 동생 병원비 하나 못 댈 언니로 보여? 이모가 부자는 아니지만, 내 동생 건사할 정도는 된다.

"이모는 또 그 소리……."

— 이모가 돈만 많았어도 전처럼은 몰라도 너희 고생 안 시키고 뒷바라지해 줬을 텐데.

"이모! 그런 말 좀 그만해요. 이모가 엄마 곁에 계신 것만으로도 얼마나 고마운데. 내가 얼른 돈 벌어서 엄마랑 이모 호강시켜 드릴게."

— 호강은 무슨. 난 그런 건 바라지도 않아. 얼른 너희 자리 잡고 네 엄마 건강해지면 됐지. 돈이야 있다가도 없고, 없다가도 있는 건데……. 에휴, 너희 아빠가 그리될 줄 누가 알았다니?

"이모. 나 이제 전철 타야 해. 끊을게요."

이모 입에서 아빠 이야기가 나오자 루비는 서둘러 통화를 마무리하려 했다.

― 그래. 이모가 또 주책 떨어 미안하다. 끊자. 얼른 집에 가서 밥부터 먹어.

"네. 들어가세요, 이모."

통화를 끝낸 루비는 전철역 앞 벤치를 보자 힘없이 털썩 주저앉고 말았다. 아무리 생각해 봐도 이건 아니다. 대체 그 돈이 어디서 난 걸까?

한참을 휴대 전화만 만지작거리던 루비는 결심한 듯 버튼을 눌렀다. 신호음이 몇 번 울리기도 전에 재영의 경쾌한 목소리가 들려왔다.

― 어, 루비 누나. 오랜만이에요. 잘 지내셨죠?

"그래, 재영아. 너도 잘 지냈지?"

― 저야 뭐, 늘 그렇죠. 그나저나 방송 잘 봤어요, 누나.

"응. 고마워. 근데 재영아, 내가 궁금한 게 있어서 전화했거든. 지금 통화 가능하니?"

― 네, 괜찮아요.

"너, 지금부터 내가 묻는 말에 솔직히 대답해 줬으면 해. 그래 줄 수 있지?"

― 누나…….

❈ ✻ ❈

D&P 사옥 펜트하우스 2층 거실. 샤워를 마친 이현은 편한 복장으로 갈아입고 책상에 앉아 잔무를 처리했다.

한동안 일에 몰두하던 이현이 문득 고개를 들어 시계를 보았다.

"벌써 12시가 넘었네."

이현은 기지개를 켜고 목을 몇 번 돌린 후 자리에서 일어나 식탁 뒤쪽 벽장처럼 보이는 곳으로 갔다. 그가 슬라이딩 도어를 밀어 열자 숨겨진 첨단 주방 시스템이 드러났다. 개수대에서 손을 씻은 이현은 냉장고를 열고 안에 든 재료를 스윽 훑었다.

달걀과 당근, 양배추, 버터. 재료를 꺼내 능숙하게 손질을 하는데 삐걱, 문 열리는 소리가 들렸다.

"뭐 좀 먹을래?"

양배추 채를 써는 손길을 멈추지 않고 이현이 물었다.

무얼 망설이는지 한동안 말이 없던 루비의 발소리가 이현의 등 뒤로 가까워지는 게 느껴졌다.

"······뭐 만드시는데요?"

"토스트."

이현은 여전히 뒤도 돌아보지 않은 채 프라이팬에 버터를 녹이고 식빵을 올렸다.

"길거리 토스트인데, 뭐 넣는 거 좋아해? 햄? 치즈?"

"다 좋아해요. 꽁치만 안 넣음 오케이죠."

"뭐?"

그제야 이현은 뒤를 돌아보았다. 몸에 비해 헐렁한 트레이닝복 차림의 루비가 어깨를 으쓱해 보이며 배시시 웃는다. 촉촉이 젖은 머리카락과 장난기 어린 눈매에 머물던 이현의 시선이 잠시 흔들리다 이내 차갑게 굳었다.

"알았어. 달걀에 햄, 치즈 다 넣을게."

식어 말라비틀어진 토스트처럼 딱딱하기 그지없는 음성이다.

"거기 앉아 있어."

루비는 이현이 턱짓으로 가리킨 6인용 식탁 앞으로 걸어가 얌전히 의자에 앉았다. 앉고 보니 조리대 앞에 선 이현의 옆모습이 잘 보이는 자리였다.

사실 따뜻한 목욕물에 몸을 녹이고 옷을 꺼내 입은 후 침대에 털푸덕 누웠을 땐 그대로 자려고 했다. 그런데 눈을 감고 잠을 청해도 배 속 거지가 계속 아우성을 쳐 대니 더는 못 참고 뛰쳐나오고 말았다.

식탁 위에 팔꿈치를 올리고 턱을 괸 루비는 무심히 주변을 둘러보다 이현을 슬쩍 곁눈질했다. 하늘색 반소매 티에 무릎까지 오는 진청색 트레이닝 바지를 입은 모습이 여느 때와는 사뭇 다른 느낌이다.

'슈트발인 줄 알았는데 아무렇게나 입어도 멋지네.'

아닌 게 아니라 본선이 치러지는 8주 동안 보았던 심사위원 이현은 흐트러짐 없이 세팅한 머리에 차도남 이미지를 완성해 주는 은테 안경, 몸에 착 붙는 고급 슈트 차림의 세련된 모습이었다. 그런데 아무리 냉정하게 보려 해도 인정하지 않을 수 없는 완벽한 몸매는 평범한 옷을 입어도 빛이 났다.

'어우, 다리 긴 거 봐. 진수보다 더 큰 거 같은데? 185도 넘겠다.'

전설적인 아이돌 그룹 '블랙 레인'의 리더였다는 이현. 하지만 루비는 그 시절의 이현을 모른다. 텔레비전도 거의 안 보고 연예계엔 일절 관심이 없었으니까. 예고 시절 그녀의 별명이 '간첩'이었다면 더 설명할 필요도 없을 것이다. 발레밖에 몰랐던 그 당시 루비의 우상은 토슈즈가 발명되기 전 이미 발끝으로 섰다는 마리 탈리오니, 지젤의 실제 모델이자 최초의 지젤인 카를로타 그리시, 그리고 세계적인 한국 발레리나 강수진 선배였으니까.

그가 달걀 두 개를 볼에 깨뜨려 넣고 가볍게 섞더니 채 썬 양배추와 당근을 넣어 툭툭 휘젓는다. 별로 힘쓸 일도 아닌데 팔뚝에 힘줄이 도드라져 왠지 섹시해 보였다.

'어머! 나 왜 이러지? 배가 고파서 정신이 나갔나?'

차르르.

달궈진 프라이팬에 풀어 둔 달걀을 붓자 지글지글 맛난 소리와 냄새가 청각과 후각을 동시에 자극했다.

꼬르륵.

'얘는 또 왜 이리 정직해?'

루비는 얼굴을 붉히며 배를 움켜쥐었다.

버터를 듬뿍 발라 노릇하게 구워 낸 식빵에 달걀부침을 얹고 케첩을 지그재그로 뿌린 후 치즈와 슬라이스 햄을 척척 얹는 이현의 현란한 손놀림을 지켜보며 그저 침만 꼴깍 삼켰다.

'드디어 먹을 수 있는 건가……'

그런데 웬걸? 완성된 토스트 두 접시를 식탁으로 가져오던 이현이 고개를 갸웃하더니 몸을 휙 돌려 다시 조리대로 걸어가는 게 아닌가!

'아니, 왜?'

먹고 싶어 애가 탄 루비는 목을 길게 빼고 이현의 동태를 살폈다.

'뭘 빠뜨렸나? 설마……!'

장인 정신 투철한 도공이 제 마음에 차지 않는 도자기를 미련 없이 깨부수듯 쓰레기통에 토스트를 처박아 버리려는 건 아닐지, 간이 오그라들었다. 왠지 이현이라면 그러고도 남을 인간 같았다. 바늘로 찔러도 피 한 방울 안 나올 철두철미한 완벽주의자.

다행히 버리진 않고 토스트 하나를 넓적한 직육면체 기계에 넣더니 뚜껑을 꾹 눌러 닫는다. 그러고는 냉장고에서 우유를 꺼내 유리컵에 따라 포크와 함께 루비의 앞에 가져다 놓았다.

"저, 혹시…… 콜라 없어요?"

"없어."

"그럼 사이다는요?"

"뭐?"

그녀를 내려다보는 이현의 가늘게 뜬 눈에 냉기가 뚝뚝 흘렀다. 평소와 달리 자연스럽게 이마에 흘러내린 앞머리는 그를 성공한 사업가가 아니라 앳된 소년처럼 보이게 했다. 게다가 안경을 쓰지 않은 이현의 눈은 깊이 모를 호수처럼 신비롭기 그지없었다.

본디 아름다운 것에 약한 루비는 그런 이현의 모습에 잠시 넋을 잃었다. 아마도 동공이 풀리고 어쩌면 입술까지 헤 벌어졌을지도 모른다. 이러다 침마저 흘리는 건 아닐까 싶은 순간, '있지만 안 줘.'라는 냉정한 말에 정신이 퍼뜩 돌아왔다.

'뭐! 왜? 그깟 사이다 가지고 치사하게, 흥! 닥치고 주는 대로 먹으란 거야?'

불끈 반항심이 치솟아 눈에 힘을 주고 이현을 노려봤지만, 보면 볼수록 심장이 쿵쾅거려 살며시 눈을 깔고 말았다.

"······왜요?"

"그냥 우유 마셔. 그래야 잠이 잘 오지."

떼쓰는 어린 동생을 타이르듯 부드럽지만 단호하게 말한 이현은 다시 조리대로 향하더니 토스트를 꺼내 도마에 놓고 칼로 쓱쓱 잘라 접시에 담아서 돌아왔다.

"먹어."

식탁 위에 내려놓은 두 개의 접시엔 각기 다른 모양의 토스트가 놓여 있다. 하나는 흔히 보는 길거리 토스트지만 루비 앞에 놓인 건 샌드위치 메이커로 누른 후 칼로 작게 잘라 한입에 먹기 좋게 만든 것이다.

"감사합니다."

그의 세심한 배려가 진심으로 고마워 루비의 입꼬리가 살짝 올라갔다. 하나, 이현이 냉장고에서 페리에를 꺼내 와 맞은편에 앉는 순간, 미소는 흔적도 없이 자취를 감췄다. 두툼한 토스트를 한입 베어 문 그가 페리에 뚜껑을 비틀어 딴 후 자신의 유리컵에만 따르는 게 아닌가. 쪼르륵. 거품이 뽀글뽀글 올라오다 톡톡 터지는 게 보기만 해도 청량한 느낌이다.

'뭐야? 난 우유나 먹으라더니, 자긴 탄산수 마시네?'

어린애 취급 당하는 거 같아 기분이 나빠진 루비는 포크로 토스트를 쿡 찍어 입에 넣고 잘근잘근 씹었다. 왜 나는 안 주느냐고 따지고 싶었지만, 그래 봤자 그의 입에서 나올 말은 빤하지 않은가.

"내가 말했지. 내 영역 안에 속한 건 철저히 관리한다고."

'아우, 그놈의 관리.'

화가 나서 꼭꼭 씹었는데 씹을수록 맛있다. 입안에서 어우러지는 구운 식빵과 달걀과 채소와 햄과 치즈의 맛이 절묘했다. 으음……
맛있다! 굳었던 그녀의 마음이 조금씩 녹아내린다.

'그래, 참자. 인제 난 빼도 박도 못할 D&P 엔터 소속. 제 발로
찾아왔으니 관리당해도 싸지 뭐.'

목이 말라 우유를 꿀꺽 들이켰다. 차갑고 신선한 우유가 따끈하
고 감칠맛 나는 토스트와 환상적으로 어울렸다.

"맛있어요!"

그녀가 활짝 웃었다. 그러자 이현이 이맛살을 살짝 찌푸렸다.

"……좀, 괜찮아?"

"네?"

우유를 마시던 루비가 눈을 똥그랗게 뜬다. 스물여섯이라 했던
가? 뽀얀 얼굴에 웃으면 보조개가 한쪽만 쏙 들어가는 뺨. 열여섯
이라 해도 믿을 만큼 청순하다.

"아까. 비 맞고 온 거."

"아! 네. 괜찮아요."

"무슨 일 있었던 거 아니야?"

"일은요, 뭐. 흐흐. 말씀하신 기한은 다가오고, 위약금 물어낼
돈은 없고……. 그래서 그냥 왔어요. 마음 바뀌기 전에 도장 찍으
려고요. 아! 급히 오느라 도장은 없고, 사인하면 되죠?"

이현은 해맑게 웃는 그녀를 날카로운 시선으로 지켜보다 입을
열었다.

"위약금 때문이라면, 특별히 봐줄 수 있어."

"정말요? 아, 진짜 감사합니다. 근데…….."

"근데? 혹시…… 녹음 내용이 걸려서 그래?"

"……."

"사실 별 내용 없어. 주사 좀 부린 거 말곤."

주사라니! 루비의 얼굴이 화끈 달아올랐다.

"아뇨."

"음?"

"저…… 돈 필요해요. 계약금."

이현은 돈이 필요하다고 다급히 말하는 여자를 물끄러미 바라보았다. 위약금 면제와 녹음 내용에 대해 말한 건 승부사의 직감으로 던진 주사위일 뿐, 결코 그녀를 놓아주기 위함이 아니다. 오늘 한루비는 분명 계약서에 사인할 것이다. 그럴 수밖에 없을 만큼 절박하다는 게 그에겐 다 보였다. 다만 그녀를 옭아맨 족쇄를 풀어 준 상태에서 선택하게 하고 싶었다.

이제 너를 옥죄는 건 아무것도 없어. 그러니 선택은 네가 하는 거야. 자, 한루비. 어떻게 할래?

"계약서 어서 주세요."

"되게 급하군."

"마음 바뀌기 전에, 지금 당장, 사인할래요."

흔들림 없는 루비의 눈동자를 응시하던 이현이 벌떡 일어나 책상 앞으로 걸어갔다. 한 손으로 책상을 짚고 선 채 켜져 있는 노트북을 몇 번 클릭하자, 프린터에서 지잉 소리가 나며 종이가 출력됐다. 출력이 끝난 종이를 두 묶음으로 나눠 스테이플러로 고정한 이현은 그것을 들고 소파에 가 앉았다.

"이리 와서 앉지."

식탁 의자에서 일어난 루비가 소파를 향해 가는 동안 이현은 서류를 넘기며 사인을 했다. 루비는 이현 맞은편의 안락의자에 앉아 부지런히 펜을 움직이는 손가락을 멍하니 바라보았다. 하얗고 길고 매끈한 손가락이 정결한 느낌이다.

"여기, 여기, 여기. 그리고…… 여기."

커피 테이블 위에 놓인 서류에 몇 군데 동그라미를 치더니 펜과 함께 루비 앞으로 내민다.

"동그라미 친 곳에만 서명하고 사인하면 돼."

"네."

"잠깐!"

사인하려던 손을 멈춘 루비가 이현을 쳐다봤다.

"뭐가 그리 급해? 시간 많으니 찬찬히 읽어 보고 사인해."

"……."

그러나 그녀는 계약서를 읽는 대신 잠시 멈추었던 손을 거침없이 움직여 서명과 사인을 마쳤다.

"여기요."

계약서를 이현에게 내밀며 그녀가 쓰게 웃었다.

"읽어 본다고 달라질 게 있나요? 노예 계약이라 해도 아마 사인했을 거예요."

"홋. 노예 계약이라……. 어쩌면 그럴지도 모르는데, 너무 경솔한 거 아니야?"

"전 돈이 필요하고, 대표님은 제가 필요하고. 그러니…… 계약, 성립이죠?"

"……그렇군."

이현이 받아 든 계약서를 휘리릭 넘겨 보고 그중 한 부를 다시 루비에게 건넸다.

"이건 네가 보관하면 돼. 그리고 계약서에 넣지 않은 주요 사항이 있어. 구두로 알려 줄게. 법적인 효력은 없지만, 꼭 지켜야 해."

"뭔데요?"

"연애 금지."

놀라 쳐다보는 루비의 눈을 차갑게 응시하며 이현이 다음 말을 뱉었다.

"특히 사내 연애는 발각 즉시 퇴출이야."

4

아름다운 악마

"오늘 특식 뭐냐?"

"어! 밤에 옥탑에서 파티한다."

"오, 예! 신입 환영회군. 안 그래도 스트레스 쌓였는데 오늘 좀 놀아 줘야겠다."

D&P 사옥 지하 1층. 연습생들 한 무리가 시끌벅적 떠들며 메뉴가 적힌 게시판 앞을 지나 식당으로 향하고 있었다.

"신입? 누구?"

"한루비래."

"아하, 그 한루비! 그 누나 내 타입인데, 오늘 드디어 실물 보겠네. 얼마나 예쁠까?"

"야, 정신 차려! '이현의 여자'라고 뜬 찌라시 제목 못 봤어? 어디 감히 너 따위가."

"뭐? 누구의 여자? 하하, 참. 기사 제목 뽑은 꼬락서니하곤."

"하여튼 기레기들, 클릭 수 높이려고 별짓을 다 해요."

"어! 저기 화이트 스톰 선배님들이다."

식당에 들어서는 '화이트 스톰' 멤버 강우찬, 연해랑, 김세진, 이신후를 발견한 연습생들 표정에 미소와 함께 긴장감이 어렸다.

가족 같은 분위기의 D&P지만, 아이돌을 꿈꾸는 연습생들에게 '화이트 스톰'은 그냥 선배가 아니다. 그들에게 '화이트 스톰'이란 지상에 내려온 별이고 그들이 꿈꾸는 최상의 미래였다. 그러니 선배들이 아무리 편하게 대해 줘도 하늘 같은 우상이 어려운 건 어쩔 수 없었다.

"선배님, 안녕하십니까."

깍듯이 인사하는 연습생들에게 '어, 그래. 많이 먹어.'라고 웃어 주며 그들도 식판을 집어 들고 배식대 앞에 줄을 섰다. 그러자 밥을 먹던 여자 연습생 한 명이 숟가락을 든 채 쪼르르 그들에게 달려갔다.

"선배님들 안녕하세요? 오늘 카레라이스 진짜 맛있어요. 그거 드세요."

"어, 그래. 채린이 더 예뻐졌다."

"어머 진짜요? 감사합니다. 근데 서은결 선배님만 빠지셨네요. 은결 선배님은 왜 같이 안 오셨어요?"

"은결 형? 밤샘 작업 했지 아마? 솔로 앨범 막바지 작업하느라 요즘 정신없어. 우리도 얼굴 보기 힘들어."

매너남 해랑이 부드러운 미소를 지으며 친절하게 대답해 준다.

"은결 형이 본래 뭐 하나에 빠지면 끝장낼 때까지 아무도 못 말리잖아."

"아우, 우리 은결 선배님 진짜 힘드시겠다. 제가 응원한다고 전해 주세요. 꼭!"

"알았어. 우리 귀염둥이 채린이가 응원하더라고 전해 줄게."

"헤헤. 많이 드세요, 선배님들."

연습생 2년 차인 열아홉 살 채린이는 '화이트 스톰' 데뷔 때부터 서은결의 열렬한 팬이다. 노래면 노래, 춤이면 춤, 게다가 멋진 외모까지 빠지는 게 없는 데다 악기도 잘 다루고 곡까지 직접 만드는 서은결은 그녀에겐 신과 다를 바 없는 존재였다.

"7층은 연습생들 방이고 8층은 데뷔한 연예인들 방이에요. 방의 크기가 다르고 시설 차이도 좀 있거든요. 한루비 씨는 811호에 배정되었어요."

안내하는 여직원이 엘리베이터 8층 버튼을 꾹 눌렀다. 아직 데뷔한 게 아닌데 왜 8층이지? 루비는 고개를 갸웃했다.

"제가요?"

"네. ……자, 내리시죠."

여직원이 의례적인 미소를 지으며 안내했다.

"여긴 공용 거실이고, 저 복도 끝에 휴게실이 있어요. 다른 방은 출입 금지입니다. 아무리 친한 사이여도 개인 침실은 들어가면 안 되니, 용무가 있으면 휴게실에서 만나야 해요."

여직원의 뒤를 따라 캐리어를 질질 끌며 긴 복도를 걸어갔다. 복도 양쪽으로 마주 보고 문이 나 있는 게 꼭 호텔 같았다.

"여기예요. 811호."

호텔 객실처럼 군더더기 없이 깔끔하고 고급스럽게 꾸며진 방은 혼자 쓰기엔 과분할 정도로 넓었다. 퀸 사이즈 침대 하나, 누워서 책 읽기 딱 좋을 길쭉한 소파와 테이블, 창가 쪽에 놓인 책상과 의자가 한눈에 들어왔다.

여직원이 창가로 가 반쯤 내려온 블라인드를 완전히 올리자 환한 햇살이 커다란 창을 통해 쏟아져 들어왔다. 창 너머 은빛으로 출렁이는 한강이 보였다.

"우와! 경치 끝내준다!"

절로 탄성이 쏟아지는 전망이다.

"여긴 드레스룸이랑 욕실이에요. 옷이랑 짐은 드레스룸에 정리하세요. 하루 한 번 청소 아주머니가 오시는데 청소 원하지 않으면 이걸 문고리에 걸어 두면 됩니다. 세탁은 이 백에 담아 놓으면 아주머니가 수거해 가고요."

시설뿐 아니라 서비스까지 호텔 뺨친다.

"방문은 지문 인식 시스템으로 열리는데……. 어? 이게 왜 안 되지?"

여직원이 방문 앞에서 도어록을 만지는 동안 루비는 방 안을 자세히 둘러봤다.

바퀴벌레 나오는 옥탑방에서 라면 한 개로 이틀을 버텼다던 스타의 눈물겨운 연습생 시절 무용담은 D&P 소속 연예인 입에선 나올 수가 없을 것이다.

'아하! 이래서 애들이 좋은 데 들어갔다고 그 난리였구나.'

루비가 이현의 기획사 D&P와 계약했다는 보도 자료가 뿌려지자 인터넷 포털 사이트와 각종 커뮤니티 게시판이 발칵 뒤집혔다. 그도 그럴 것이 오디션 내내 한루비라면 못 잡아먹어 안달이던 이현이 아니던가.

그녀의 맑은 음색과 타고난 미성에 다른 심사위원들의 찬사가 쏟아질 때도 독야청청 한루비 까기에 열과 성을 다하던 까칠한 이현이, 파이널 스타 5인에 뽑힌 한루비를 '무조건 탈락 카드'를 써서 단박에 집으로 보내 버린 저승사자 이현이, 한루비를 스카우트해?

〈이현이 버린 여자? NO, 이현이 간택한 여자 한루비〉 같은 제목은 양반 중에 상양반에 속할 정도로 자극적인 기사가 연일 쏟아졌다. 최종 우승자를 가리는 결승이 머지않은 시점에서 '스타 탄생'에 가야 할 관심이 한루비에게 집중되니 주최 측도 난감했을 터. 그러나 대중의 관심은 물 같아서 억지로 거슬러 올라가게 할 순 없었다. 이젠 '스타 탄생' 관계자도 대놓고 한루비를 끼워 넣어 언플 할 지경이다.

이쯤 되면 '스타 탄생 최고의 수혜자는 최종 우승자가 아니라 파이널 5인에서 탈락한 한루비와 그녀를 재빨리 채 간 이현이 아니겠는가!'란 어느 대중문화평론가의 의견에 수긍할 수밖에.

처음 '이현의 한루비 빼돌리기' 설을 제기한 베댓에 네티즌들의 성지순례가 끊이지 않는다고도 한다. 그 댓글에 '좋아요'가 어느새 3만 개를 넘었다고.

루비가 유명세를 체감한 건 한동안 끊겼던 동창들의 연락이 쇄도하면서부터다.

[루비야, 그동안 연락 못 해서 미안. 너 방송 나온 거 보고 얼

마나 놀랐던지! 이제 유명인 다 됐네.]

[한루비! 뭐 하느라 동창회에 나오지도 않니? 다음 모임에 꼭 나와. D&P 들어간 거 축하해. 성공했네!]

[루비야 방송 보니 정말 예쁘더라. 네가 발레단 나간 후에 걱정 많이 했는데 더 잘돼서 기뻐. 발목은 괜찮은 거니?]

[D&P 소속이라니 그저 부럽다 한루비. 사장님이 현니 오빠니 얼마나 좋을까! 나, 오빠 팬인데 소개 좀 해 줘.]

별로 친하지도 않던 애들까지 카톡을 보낸다.

그뿐인가! 〈한루비 성형설?〉, 〈굴욕 없는 한루비 졸업 사진〉 등 끝도 없는 신상 털이까지. 불행인지 다행인지 십 대와 이십 대 전반을 고지식하게 집과 학교, 연습실만 오가며 보낸 탓에 아무리 털어도 털릴 게 없었다.

털 게 없으니 이번엔 〈엄친딸 한루비〉라며 그녀의 지난 이력들이 줄줄이 올라왔다. 사립초, 예중, 예고, 여대 무용과를 거쳐 국립발레단 입단까지 발레리나의 엘리트 코스를 밟았다는 둥. 발목 부상으로 발레를 그만두기 전까지 주목받는 신예 발레리나였다는 둥.

우연히 그걸 본 루비는 손발이 오그라들 지경이었다.

"뭐야! 뭐가 주목받는 발레리나야? 진짜배기들은 이미 고등학생 때 다 유학 가고 세계적인 유명 발레단에 입단했는데. 성실한 발레리나라면 수긍할 수 있지만, 이건 아니지."

루비가 국립발레단에 입단한 건 발레를 향한 끝없는 열정과 노력으로 이룬 것이다. 물론 그녀도 체형과 재능이 받쳐 주긴 했지만, 타고난 천재를 따라잡을 정도는 되지 못했다.

천부적 재능을 지닌 극소수의 친구들은 대학 진학 대신 프로 발레단에 바로 들어갔다. 루비도 그렇게 되길 원했지만, 나중에 교수가 되길 바란 아빠의 뜻도 있어 대학에 진학했다. 졸업 후 발레단에 입단해서도 처음엔 군무만 맡았다. 그래도 무대에 서면 정말 행복했다. 언젠간 프리마가 될 거란 꿈이 있었고, 좋아하는 걸 할 수 있어서.

어쨌든 인터넷과 담쌓고 살았던 루비에게 이런 가십은 신기하다 못해 무서울 지경이었다. 원래부터 집안이 잘산다, 아버지가 사업 확장차 외국 나가셨다, 동생도 명문대 다니는 '엄친아'다, 별별 소문이 다 떠도니.

'이건 또 뭔 소리래? 그래도 대충 반은 맞혔네.'

전에는 잘살았고 동생이 명문대생인 건 맞지만, 나머진 틀렸다. 잘나가던 사업가인 아빠가 사기 치고 도망간 동업자를 잡겠다고 외국으로 나간 후 연락이 끊기고, 조금 남은 재산은 빚잔치로 개털 된 데다 엄마는 충격으로 지병이 재발하여 요양 중이란 것까진 다행히도 밝혀내지 못했나 보다.

당시 발목 부상으로 더는 무대에 설 수 없게 된 루비가 절망할 틈도 주지 않고 불행이 쓰나미처럼 밀려와 그렇게 한 가족을 무참히 덮쳤다. 그래도 정신 놓지 않고 살아 보겠다고 이를 악물고 버텼는데, 휴가 나온 동생 진수가 친구의 삼촌이 운영하는 택배 회사에서 아르바이트했다는 걸 안 순간, 그녀를 지탱하던 한 줄기 끈이 툭 끊어지고 말았다.

'대체 진수 니가 왜 그렇게까지 짐을 지려고 하는데⋯⋯. 누나가 그리 미덥지 못했니?'

그날 진수 친구 재영과 통화를 마친 후 넋이 나간 사람처럼 일어나 전철을 탔다. 멍한 가운데도 제대로 목적지에 내릴 수 있었던건 그나마 다행이었다.

그리고 저 멀리 빛나는 D&P 사옥의 휘황찬란한 불빛을 향해 걸었다. 때마침 예보되었던 폭우가 쏟아져 가방에서 우산을 꺼내 썼지만, 강풍에 뒤집혀 버렸다. 그러나 그런 건 아무 상관 없었다.

'나 때문이야. 부모님 그늘에서 편히 학교 다닐 수 있을 때 안정적인 직업이 될 전공을 택했더라면, 진수가 휴가 나와서까지 그런일 하지는 않았을 텐데⋯⋯. 애초에 발레 따위 하지 않았더라면⋯⋯. 세계적인 발레리나가 되지도 못할 주제에 그깟 발레에 미쳐서 돈 쓰고 시간 버리고 꼴좋다, 한루비.'

토슈즈를 신을 수 없는 전직 발레리나가 생계를 위해 택할 수 있는 일이란, 고작 어린이 발레 학원과 문화 센터 출강뿐. 용돈벌이라면 모를까, 아무리 발바닥에 불이 나게 뛰어도 이 수입으론 답이없었다. 아픈 엄마와 대학생인 동생을 책임지기엔.

'돈을 벌어야 해. 진정한 가장이 되어야 해. 동생을 위해서 무엇인들 못 할까.'

악마가 나타나 영혼을 사겠다면 당장에라도 팔아 버릴 거라고빗속을 걷는 내내 생각했다. 그렇게 제 발로 걸어 들어간 D&P에서 이현이 내민 계약서에 사인하고 루비는 1억 원이란 계약금과 영혼을 서슴없이 맞바꾸었다.

"그래. 까짓 3년. 깡으로 버티는 거지 뭐."

"네?"

방문을 붙잡고 낑낑대다 어딘가로 전화하던 여직원이 고개를 돌렸다.

"아, 아니요. 혼잣말인데……."

"아…… 네. 근데 지문 인식 시스템이 자꾸 에러가 나네요. 경비실에 연락해 보니 지금은 기술자가 안 계시대요. 담당자가 오늘은 야간 근무라서요. 그때까진 불편하시더라도 양해해 주세요. 어차피 들어올 외부인도 없고 복도에 감시 카메라가 있으니 보안은 걱정 안 하셔도 됩니다."

"네."

"식당 이용 시간은 이 프린트 참조하세요. 식사 시간 놓쳐도 간단한 간식은 제공되니 편하게 이용하시면 되고요. 저녁 8시부터 9층 펜트하우스에서 환영회가 있어요. 오늘은 다른 일정 없으니 그때까지 푹 쉬세요."

"감사합니다."

여직원이 나간 후 루비는 캐리어를 끌고 드레스룸으로 들어가 짐을 풀었다.

"드레스룸이 어떻게 내 원룸보다 더 넓어? 연예인들도 자기 집 놔두고 여기에 들어오고 싶어 한다더니, 그럴 만도 하네."

갈아입을 옷가지랑 당장 쓸 생필품 말고 별거 없는 짐이라 정리는 금세 끝났다. 나머지 짐은 택배로 부쳤으니 며칠 내로 받을 테고.

"8시까지라고? 아직 4시니까 씻고 잠이나 자야겠네. 어젠 통 잠을 못 잤더니…… 아우, 피곤해."

계약서에 사인한 후 이현은 보름간의 말미를 주었다. 그동안 원룸을 내놓고 엄마가 계신 강릉도 다녀왔다. 생계 때문에 '스타 탄생' 합숙 기간에도 양해를 구해 출강했던 문화 센터 수업도 8월 말이라 비교적 수월하게 정리했다. 오래된 회원들이 아쉬워했지만, 그녀의 새 출발을 응원하겠다며 선물도 줬다. 다행히 매일 나갔던 발레 학원은 합숙 전에 정리해서 문제 될 게 없었고.

샤워를 마친 루비는 머리를 대충 말리고 침대 안에 들어갔다. 실내 온도와 습도는 자동 조절 시스템 덕에 쾌적했고 산소 발생기까지 있어 공기도 맑았다. 침대는 푹신했고 청결한 시트는 빳빳하게 다려져 바스락바스락 기분 좋은 소리를 냈다. 낯선 곳에서 새롭게 시작될 생활에 긴장해 잠을 설쳤던 그녀가 깊은 잠에 빠지기 딱 좋은 조건이 아닐 수 없다.

드르륵 드르르륵 드르르 드르륵—

어디선가 휴대 전화가 온몸으로 울고 있었다.

"아, 뭐야?"

손을 휘저어 머리맡의 휴대 전화를 쥐었다.

'누가 전화한 거야? 음? 알람이네?'

오후 7시.

'아 맞다! 이제 집이 아니지. 8시에 환영회라 했으니, 30분만 더 자야겠다.'

루비는 억지로 실눈을 뜨고 알람을 다시 맞추었다. 그러고는 무거운 눈꺼풀을 스르륵 닫았다.

꿀보다 더 달콤한 꿈나라로 빠지려는 찰나, 무언가 묵직한 것이

상체에 얹히는 느낌이 들었다.

'뭐지?'

가위라도 눌린 걸까. 꿈이라고 하기엔 너무 생생했다. 그뿐만 아니라 그것은 그녀의 몸을 서서히 옥죄어 왔다. 마치 문어 괴물의 다리처럼.

'무슨 꿈이 이래……'

잠결에 몸을 비틀며 빠져나오려니, 그 묵직한 것이 갑자기 획 끌어당기며 어딘가에 가두는 게 아닌가!

헉!

절로 눈이 뜨였다.

'뭐지, 이건?'

금빛이 도는 갈색 머리카락이 흘러내린 이마. 진하고 아름다운 눈썹. 깊은 눈시울과 긴 속눈썹. 만지면 베일 듯 섬세하게 솟은 콧날. 도톰하고 적당히 큰 육감적인 입술.

꿈인지 현실인지 분간이 되지 않을 정도로 몽롱한 가운데 눈앞의 아름다운 생명체를 넋을 잃고 바라보았다.

'하아, 이건 꿈이 맞아. 그렇지 않고서야 이렇게 예쁜 남자의 품에 내가 안겨 있을 리가 없잖아?'

루비는 손을 뻗어 남자의 볼을 꼬집었다. 쫀득하니 손에 달라붙는 촉감이 무척이나 좋았다. 마치 찹쌀떡을 만지는 것처럼. 몇 번을 비틀어도 남자는 꿈쩍도 않는다.

"봐! 꿈이 맞잖아."

그러자 꿈속의 남자가 눈을 떴다. 남자는 길고 진한 속눈썹을 억지로 끌어 올리고 까만 눈동자를 떼구루루 몇 번 굴리더니 루비와 눈이 마주치자 아기처럼 천진하게 웃었다.

"하이!"

남자는 영화 속 악마처럼 아름다웠다.

5

달밤의 옥탑방

금요일의 D&P 사옥 9층 펜트하우스.

긴 여름 해가 서편 하늘에 검붉은 흔적을 남긴 채 머뭇거리는 오후 8시. 옥상 정원에 불이 켜지더니 신나는 댄스 음악이 흘러나온다. 음악과 함께 터지는 환호성. 불금의 클럽을 옮겨 온 듯 화려한 옷차림의 청춘 남녀가 몸을 흔들어 댄다.

소속 연예인과 연습생들에게 '옥탑방'으로 통하는 이곳에선 D&P의 공식적인 행사나 파티가 자주 열린다. 펜트하우스 2층은 이현의 개인 숙소로 사용되지만, 1층은 각종 행사를 진행할 목적으로 설계했기에 그 시설이나 규모가 웬만한 호텔 뺨친다.

경영 감각과 재테크라면 타의 추종을 불허하는 이현이 이런 화려한 시설을 사옥에 만든 건 다 그만한 이유가 있어서다. 외부에서 행사를 진행하는 것보다 비용도 절감될 뿐 아니라, 회사 이미지와

사원 복지에도 도움이 되니 이거야말로 일거양득.

한 달에 한두 번은 연습생을 위한 파티도 열린다. 그달의 합동 생일 파티나 오늘처럼 신입을 위한 환영회가 열리면, 연습생들은 그야말로 물 만난 고기처럼 마음껏 논다.

이십 대 전후의 피 끓는 청춘, 그것도 남들보다 몇십 배 끼가 넘치는 연예인 지망생들이니 그들의 욕구불만을 충족시켜 주기 위한 대표님의 특별한 배려.

연습생들에게 평소 '3금' 즉 금주, 금연, 금욕을 누누이 강조하는 이현이지만, 클럽 가서 술 먹고 놀다 엉뚱한 사고 치지 말라고 종종 파티를 열어 풀어 주곤 한다. 또 실컷 놀라고 하면서도 그 와중에 주도와 매너를 가르치려는 속셈도 있었다.

그러거나 말거나 일단은 놀고 보자는 어린 연습생들의 환호성이 뜨거운 밤이다.

8층에서 9층. 계단 하나 올라가면 되는 곳이라 화장기 없는 얼굴에 평소대로 머리를 위로 똥그랗게 말아 올리고 가볍게 펜트하우스에 올라갔던 루비는 옥상 정원으로 향하는 유리문을 열다가 잠시 얼음이 되었다. 완벽한 메이크업에 화려한 옷차림을 한 여자들과 세련된 차림에 나름 멋을 낸 남자들. 뭐야 이거? 드레스 코드 있는 파티였어?

무릎까지 오는 낡은 청바지와 헐렁한 반소매 티셔츠에 쪼리. 루비는 자신의 차림새를 내려다본 후 계단을 다시 내려가야 하나 잠시 망설였다.

하지만 내려간들 뭐 하나. 편하게 입을 옷가지 말곤 가져오지 않은 것을. 여름 원피스라고 해도 수수하고 얌전한 것밖에 없고.

루비는 어깨를 한 번 으쓱하고 조심스럽게 옥상 정원으로 나갔다. 입구 근처에 놓인 테이블엔 간단한 핑거 푸드와 스낵, 다양한 음료수와 캔 맥주가 놓여 있다. 저녁을 거른 루비는 먹음직스러운 카나페를 하나 집어 날름 입에 넣었다. 다행히 노는 데 정신이 팔려 아무도 그런 그녀에게 신경 쓰지 않았다.

입가에 묻은 크래커 부스러기를 털며 주위를 둘러보니 정원 등이 잘 비치지 않는 구석진 곳에 놓인 벤치가 눈에 들어왔다. 저곳에 가서 앉아 있으면 다른 사람 눈에 잘 띄지 않으리라.

루비는 맛있어 보이는 스낵 접시를 일단 집어 들고 맥주와 탄산수 사이에서 잠시 갈등했다. 밖에서 술 마시지 말라던 이현의 말이 떠올랐지만, 여긴 밖이 아니니까! 그녀는 맥주를 선택했다.

'이런 분위기에서 혼자 물 마시는 건 너무 어색하잖아.'

점찍어 둔 구석 자리에 무사히 도킹한 루비는 캔을 따서 차가운 맥주를 한 모금 꿀꺽 들이켰다.

"크아, 시원타!"

쌉싸름한 액체가 식도를 타고 넘어가며 탄산을 톡톡 터뜨려 댄다. 어깨가 절로 부르르 떨리며 멋대로 춤을 췄다. 평소 술을 즐기진 않지만 무더운 여름밤에 마시는 한 잔의 맥주는 그녀에겐 정신적인 비타민이다.

"이게 얼마 만이냐."

그러니까 그날. '스타 탄생' 파이널 5인에서 탈락한 밤, 쫑파티에서 마신 술을 마지막으로 금주했으니 정확히 3주 만이다. 그날 이후 내 인생이 또 이리 널을 뛸 줄이야! 길게 한숨을 쉰 루비는 다시 한 모금 맥주를 삼켰다.

"아, 좋다! ……그래. 인생 뭐 있어?"

세상이 무너진 듯 힘들었던 재작년 늦여름의 어느 밤. 그녀는 대학 병원에 입원한 엄마가 잠든 틈을 타 병실을 빠져나와 편의점에서 맥주 한 캔을 샀다. 넓은 대학 캠퍼스 안을 서성이다 구석진 벤치에 앉아 캔을 땄다. 발레리나로서 워낙 몸 관리를 철저히 해 온지라 술이라곤 입에 대 본 적 없던 그녀는 망설이다 용기를 내 맥주 캔에 입을 가져다 댔다.

이제 다시 무대에 설 수도 없는 몸, 아껴 무엇 하리! 난생처음 맛본 술은 지독히 썼다. 왜 사람들은 이렇게 쓰디쓴 걸 마실까? 고개를 갸웃하며 다시 한 모금 마셨지만 역시나 썼다.

엄마의 건강과 병원비, 동생의 등록금, 아빠의 안부. 한 번쯤은 술에 취해 잊어 보고 싶었던 걱정들이 새록새록 떠올랐다. 겨우 두 모금 마신 맥주를 옆에 둔 채 멍하니 앉아 달만 바라보았다.

그렇게 넋을 놓고 한참을 앉아 있다가 갈증이 나 다시 맥주 한 모금을 마셨다. 미지근하게 식은 김빠진 맥주는 이상하게도 짠맛이 났다. 그제야 그녀는 정신을 차리고 눈물을 훔쳤다. 보름달이 오늘처럼 훤하던 스물넷의 그 여름에.

루비는 지난 기억을 떨치듯 머리를 살래살래 흔들었다. 스낵을 하나 집어 입에 넣고 주변을 살폈다. 어쩌면 저리도 잘 놀까? 그래, 젊음이 좋지! 겨우 반 캔 마셨지만, 빈속이라 그런지 기분이 제법 알딸딸해져 눈을 살짝 감았다. 분야는 달라도 어려서부터 무용을 했던지라 흥겨운 음악에 고개가 까딱까딱 리듬을 탄다. 기분이 점점 업되는 것 같았다.

"……Why don't u know don't u know don't u know……."

누구 노랜지는 몰라도 귀에 익은 후렴구가 입에서 절로 튀어나왔다. 어깨도 슬쩍슬쩍 움직이기 시작한다. 그때, 누군가의 목소리가 귓가를 스쳤다.

"모르긴 뭘 몰라?"

부드럽고 달콤한 음성.

'아, 악마다!'

눈을 뜨지 않아도 느낌으로 알 수 있는 그것은, 아름다운 악마의 목소리였다.

"여기 숨어 있으면 내가 못 찾을 줄 알았지?"

'아, 진짜 이놈이!'

루비는 감았던 눈을 번쩍 떴다.

역시나 지나치게 아름다운 눈, 코, 입. 가지런한 이를 드러낸 악마가 코앞에서 웃고 있었다. 천사처럼 해맑게.

"저, 저기요."

닿을락 말락 가까운 거리가 부담스러워 루비가 얼굴을 슬쩍 뒤로 뺐더니, 악마의 면상이 자석처럼 따라온다. 당장에라도 입술이 닿을 듯 아슬아슬하게.

"음?"

'후아. 사탄의 유혹에 빠지지 말지어다. 아멘!'

종교 생활이라곤 어릴 때 친구 따라간 교회 여름성경학교 2주 수료가 다지만, 이럴 땐 기도가 약이다.

그러나 기도발이 약했던 걸까? 심장이 요동을 친다. 얄팍한 신심으로 버티기엔 놈의 기가 세도 너무 셌다. 아니, 이 나이 되도록 남자 친구 한번 못 사귀어 봤으니 내 면역력이 지나치게 약한 거겠지. 어쨌든 이놈은 위험하다. 언제 터질지 모르는 시한폭탄은 그저 피하는 게 상책이다.

"으음. 저, 그러니까, 이렇게 좀……."

"뭐어? 뭘 어떻게 하라고? 내 눈 똑바로 보고 말해. 예쁜 얼굴 자꾸 돌리지 말고."

"저쪽으로 좀 가라고요! 숨쉬기 힘들어요."

"아, 왜? 자긴 내가 싫어?"

눈꼬리를 축 늘어뜨리고 아랫입술을 삐죽 내민 모습이 영락없이 강아지다.

"벌써 나한테 싫증 난 거야?"

"아니 뭐, 뭐 이런 사람이 다 있어?"

"이런 사람이라니! 벌써 잊었어? 아까 침대에서 우리 좋았잖아."

화를 내야 하는데 기가 막혀 말이 안 나온다.

"조금 전까지 우리가 한 침대에 누워서 끌어안고 있었던 거 말이야."

세상에 이런 미친놈을 봤나! 정말이지 조금만 덜 생겼어도 뺨을 후려갈겼을 텐데. 아쉽게도 상대가 지나치게 예뻐 전의 상실이다.

"저기, 이보세요. 그건 묻어 두기로 서로 합의 본 거 아니에요?"

"합의?"

"그쪽이 내 방에 무단 침입 한 거 들키면 퇴출당한다고 싹싹 빌어 놓고. 그새 잊었어요?"

큭! 그가 입을 틀어막고 킥킥대더니 급기야 굽혔던 허리를 곧게 펴고 본격적으로 폭소를 터뜨렸다. 루비는 기가 막힌 얼굴로 남자를 째려보며 불과 1시간 전 벌어졌던 일을 떠올렸다.

"하이!"

아기처럼 천진하게 웃던 꿈속의 남자가 손을 뻗어 루비의 뺨을 어루만졌다. 꿈이라서 그런가? 부드럽게 쓸어 주는 느낌이 정말 좋았다.

루비는 남자의 얼굴을 뚫어지게 바라보았다. 무슨 남자가 이렇게 예쁘게 생겼을까? 아찔하게 올라간 긴 속눈썹 아래 쌍꺼풀 없는 큰 눈이 미소를 짓자 반달이 된다. 남자의 흰 뺨엔 루비가 꼬집은 붉은 자국이 선명하다. 꿈치곤 너무 생생해. 어쩌면…….

남자가 베개 위에 팔꿈치를 세워 머리를 괴고 루비를 내려다봤다.

'어쩌면, 이건……. 에이, 설마 그럴 리가…….'

"여긴 어떻게 들어왔어? 아무나 들어올 수 없는 곳인데."

누가 할 소릴? 그런데 가위에 눌린 듯 생각이 입 밖으로 나오질 않는다.

"설마 요정은 아니겠지? 창문 너머로 날아들어 온."

요정? 아무리 꿈이라지만 작업 멘트 한번 저렴하네.

"뭐 어찌 들어왔든 예쁘니까 됐고. 근데 좀 낯이 익네. 흔한 얼굴도 아닌데. 우리 어디서 봤지? 클럽?"

"저…… 이거, 꿈 맞죠?"

루비의 입에서 힘겹게 한마디가 터져 나왔다.

"뭐? 꿈?"

남자가 숨이 넘어가게 웃는다.

"야, 진짜 대박! 태어나서 이렇게 깜찍한 거짓말쟁인 또 처음 보네. 그냥 솔직히 말해. 오빠 보고 싶어 몰래 숨어들어 왔다고."

믿고 싶지 않지만, 꿈이 아닌 게 분명하다. 뒤늦게 현실을 인식한 루비는 소스라치게 놀라 벌떡 일어나 앉았다.

"누, 누구야!"

"쉿!"

그도 일어나 앉으며 루비의 입술에 손가락을 가져다 댔다.

"소리치기 전에 내 방에서 당장 나가!"

"아, 잠깐! 잠깐만! 진정해."

남자의 방은 루비의 바로 옆방인 812호. 며칠째 잠을 제대로 못 잔 남자는 자신의 방으로 착각하고 811호에 들어왔다고 한다. 지문 인식으로만 열리는 방문이 덜컥 열렸으니 아무 의심 없이 들어와 침대를 보자마자 그대로 기절하듯 쓰러져 잠이 들었다고. 워낙 정신이 없어 자기 방과 뭐가 다른지 인지할 수조차 없었고, 처음 눈을 떴을 땐 본인도 꿈인 줄 알았단다. 그녀의 볼을 만져 보기 전까진.

"그러니까 한 번만 봐줘. 내가 그쪽한테 뭐 크게 잘못한 것도 없잖아. 얼굴만 쓰다듬었지 다른 덴 안 만졌다고."

아니, 뭐 이런 뻔뻔한 놈이 다 있나. 루비가 화를 풀지 않고 씩씩거리자 남자는 침대 위에서 무릎을 꿇더니 두 손을 모아 싹싹 빌었다. 눈웃음을 살살 치면서.

"우리 대장 무서운 거 알지? 이현 말이야. 나 이번에 걸리면 여기서 쫓겨나. 사고 친 게 좀 많아야지. 제발 나 좀 살려 주라. 응?"

멀쩡하게 잘생긴 남자가 비 맞은 강아지처럼 불쌍한 표정으로 살려 달라니. 루비는 마음이 조금씩 약해졌다.

"나 여기 쫓겨나면 갈 곳도 없는데, 내가 노숙자 되면 좋겠어? 어? 이렇게 엎드려 빈다, 진짜."

급기야 그녀 앞에 털썩 엎어져 머리 위로 손을 올려 비는 게 아닌가.

'아, 이 남자 진짜 뭐야? 누가 보면 알라신에게 기도하는 줄 알겠네.'

루비는 정신이 혼미해져 더는 버틸 재간이 없었다.

"아! 알았어요. 알았으니 그만 빌어요."

"용서해 주는 거지? 대장한테 말 안 할 거지? 응? 응?"

따지고 보면 이 남자도 잠을 못 자 실수한 게 아닌가. 고의도 아닌데 그냥 눈감아 주는 게 나을 거 같긴 했다. 게다가 입소 첫날부터 이런 일로 사람들의 관심을 끌어 좋을 게 뭐가 있겠는가. 연습생 주제에 첫날부터 낮잠이나 잤다고 이현에게 괜히 꼬투리 잡히고 싶지도 않았고. 아마 남자가 침대에 들어오는 줄도 모르고 잔 무신경함만 비웃을 게 뻔하다.

"이번 한 번만 봐주는 거예요. 다음에 또 이런 일 있으면 그땐 노숙자 되든 말든 대표님한테 말할 거예요."

"뭐야? 한 번 더 이런 일이 있었으면 좋겠다는 거야?"

"뭐라고요?"

"아냐, 아냐. 농담이야. 내가 잠을 못 자서 헛소리한 거니 화내지 마. 예쁜 얼굴에 주름 생기면 안 되잖아. 그럼 갈게. 바이. 다음에 또 봐."

그랬던 인간이, 인제 와서 뭐? 침대에서 우리 좋았잖아? 한 침대에 누워서 끌어안고 있었다고?

"저, 이거 보세요. 잠이 아직 덜 깨셨나 본데, 잠꼬대 그만하고 가서 주무세요. 며칠 동안 잠 못 잤다면서요."

"어. 그냥 자려고 했는데, 갑자기 전에 자기 본 기억이 떠올라서 말이야. 나 기억나지?"

"누구……세요?"

"하. 진짜 기억이 안 나는 거야, 그런 척하는 거야? 우리 '스타 탄생' 무대 뒤에서 봤잖아."

루비는 '스타 탄생'에 나왔던 참가자들을 떠올려 봤지만, 이렇게 잘생긴 남자는 분명 없었다.

'아니지. 이 사람은 D&P 소속 연예인일 테니 애초에 오디션 따위 참가할 리가 없잖아. 그럼?'

눈동자만 말똥말똥 굴리는 그녀가 답답했던지 남자가 다시 입을 열었다.

"화이트 스톰."

"화이트 스톰?"

'파이널 스타 5인'을 뽑던 날, 대기실에 앉아 초조하게 심사 결과를 기다릴 때 다른 참가자들이 '화이트 스톰' 나왔다며 모니터 앞으로 몰려들었던 기억이 스친다. 그냥 하얀 폭풍이라 하지 뭔 이름이 저래, 혼자 중얼거렸던 게 얼핏 떠올랐다.

"……아하! 하얀 포…… 협."

"하얀 뭐?"

남자의 아름다운 눈썹이 미간으로 몰리며 일그러졌지만, 그런 모습조차 잘났다.

"혹시 말이야. 그쪽 별명, 간첩 아니야?"

어떻게 알았지? 일순, 루비의 동공이 확장되고 호흡이 멎었다.

"맞네, 맞아."

남자는 아주 박장대소하며 좋아 죽는다.

"근데…… 자기 불치병 있어?"

이건 또 무슨 소린가? 어안이 벙벙해진 루비가 눈을 똥그랗게 뜨고 쳐다보자 그가 씩 웃는다.

"안면인식장애."

연예인한테 관심 없으면 다 간첩이고 안면인식장애야? 그리고 딱 한 번 본 사람을, 그것도 솔로도 아니고 우르르 몰려나와 노래하고 들어간 떼거리 중 한 명을, 무슨 수로 알아봐? 라고 따지고 싶었지만, 일단은 이를 악물고 참기로 했다. 어쨌든 소속사 선배인데 첫날부터 과하게 찍히면 괴로운 건 이쪽일 테니.

"그날 우리 무대 끝나고 내려갈 때 나랑 살짝 부딪쳤잖아. 어쩐지 낯이 익더라니."

반가워하는 남자에게 미안할 정도로 루비는 기억이 나지 않았다. 그랬던 것도 같고 아닌 것도 같고. 워낙 정신이 없었으니.

"죄송해요. 제가 그날 긴장해서 그런지 도무지 기억이 안 나네요."

"하긴, 생방송 처음 한 거니 떨려서 그럴 수도 있지. 나도 요즘 바빠서 통 세상 소식을 몰랐는데 뭐. 그날도 공연만 겨우 했거든. 그쪽 이름도 좀 전에야 알았어."

"아…… 네."

"한루비. 루비? 본명 맞아?"

대답 대신 그녀는 고개를 끄덕였다. 어려서부터 늘 들어 왔던 말이라 이젠 익숙했다. 본명이냐, 이름이 왜 그러냐 등등. 간혹 독특하고 예쁘다는 말도 듣지만.

“보석 이름이잖아. 그 시뻘건 거.”

“아빠가 지어 주신 이름이에요. 루비가 제 탄생석이거든요.”

　사랑과 용기를 상징한다는 7월의 탄생석 루비. 아빠는 그녀가 그런 사람이 되길 바라셨을 것이다.

“아, 그렇구나. 어쨌든 한루비가 그리 핫한 사람인데 아깐 몰라봐서 미안.”

　그가 웃으며 사과를 한다.

　‘뭐지? 분명 자기가 더 유명할 텐데.’

　함께 있으면 혼을 쏙 빼놓는 남자지만, 성정이 나쁜 사람은 아닌 거 같아서 루비도 어색하게 따라 웃었다.

“근데 몇 살이야? 인터넷 검색 해 보려 했는데 그거까진 시간이 안 돼서.”

“스물여섯이요.”

“진짜? 진짜 스물여섯이야?”

　남자는 갑자기 입을 꾹 다물고 인상을 찌푸리며 그녀의 머리에서 발끝까지 샅샅이 훑어봤다.

“흠. 아무리 봐도 그렇게는 안 보이는데…….”

　‘왜 저래? 뭐 늙어 보인다 그거야?’

“에이 뭐. 그깟 한 살 차이. 우리 그냥 친구 하면 어떨까?”

“치, 친구요?”

“음. 아메리칸식으로 친구. 나이 따지지 말고.”

"아, 아닙니다. 선. 배. 님!"

'절대! 네버! 너랑은 친구 따위 되고 싶지 않거든.'

그저 보고만 있어도 기가 쭉쭉 빨리는 이 인간이랑 친구 되는 순간부터 수명이 팍팍 단축되는 건 자명한 사실. 루비는 억지 미소를 지으며 친구 되길 정중히 사양했다. 그 정도론 먹히지 않아서 문제지만.

"에이, 선배는 너무 딱딱하다. 우리 사이 그런 사이 아니잖아."

그런 사이가 아니면, 뭐? 발끈 올라오는 성질을 루비는 억지로 눌렀다. 만난 지 몇 시간도 안 되었지만, 저 남자의 페이스에 말려들면 결국 손해란 걸 이미 체득했으니까.

후유. 심호흡을 길게 하며 마인드 컨트롤을 하는데, 남자의 뒤에서 누군가 불쑥 고개를 내밀며 나타났다.

"은결 선배님도 여기 계셨네요."

족히 170은 되어 보이는 키에 킬힐을 신어 더 커 보이는 예쁘장한 아가씨가 혀 짧은 소리를 내며 남자에게 반가움을 표했다. 시선은 루비에게 향한 채.

'은결?'

"어, 우리 귀염둥이 채린이 왔어?"

연갈색 긴 생머리에 몸의 굴곡을 여지없이 드러내는 미니 원피스 차림의 그녀는 도무지 나이를 가늠할 수가 없었다. 젖살이 통통한 귀여운 얼굴은 아직 어린 거 같은데 늘씬한 몸매는 매우 육감적이라 제법 성숙해 보였다.

"헤헤. 도무지 선배님 얼굴을 뵐 수가 있어야죠. 작업은 다 하셨어요?"

'쟨 또 왜 나한테 레이저를 쏘는 거지? 언제 봤다고 참.'

여전히 루비를 흘낏거리는 여자의 시선엔 묘한 기류가 흐르는 거 같았다. 뭐랄까……. 나, 이 사람이랑 이만큼 친하니까 넘보지 마쇼! 그런 분위기라고 해야 하나?

'미안하지만 나, 니 오빠한테 관심 없거든!'

루비는 기가 막혔지만 모르는 척 고개를 돌렸다.

"뭐 대충. 녹음이랑 뮤비랑 본격적인 작업이 남았지만 일단 밑 작업은 끝냈다. 아, 피곤해! 그럼 오늘은 모처럼 놀아 볼까? 오빠 보고 싶어서 찾았구나."

"아, 그게 아니라……. 대표님이 찾으셔서……."

"엥? 대장이 날? 나 또 뭐 잘못한 거 있나?"

걱정보다는 장난기가 뚝뚝 흐르는 은결의 표정은 영락없는 일곱 살 개구쟁이다.

"아니 저, 저분…… 오라고……."

"한루비?"

도전적인 시선은 어느새 사라지고 쭈뼛쭈뼛 말끝을 흐리는 품새로 보아 확실히 어린 게 분명한 여자가 고개를 끄덕이더니 몸을 틀어 어딘가를 가리킨다. 루비와 은결의 시선이 그녀의 손가락을 따라 저 멀리 어느 지점에 멈췄다.

큰 키에 날렵한 몸매, 혼자만 스포트라이트를 받는 듯 멀리 있어도 존재감이 뚜렷한 한 남자.

'헉. 이현이다!'

계약서에 사인한 그 밤 이후, 루비는 이현을 다시 만나지 못했다. 펜트하우스 2층 손님방에서 하룻밤 신세는 졌지만, 아침에 일어나니 이미 그는 없었다. 대신 나이 지긋한 아주머니가 세탁해서 다림질한 그녀의 원피스를 가져다주고 아침을 차려 주었다. 입소 전까지 모든 지시 사항도 비서를 통해 전달되었으니, 2주 만이었다.

멀리 있는 그가 손짓한다. 이리 오라고.

쿵. 쿵.

그녀의 심장이 신호를 보내왔다. 왜 그런진 몰라도 언제부턴가 저 사람을 보면 가슴이 뛰었다.

'아마도…… 너무 긴장해서겠지?'

"뭐야? 나도 오라는 거야?"

구시렁대며 루비 뒤를 바짝 쫓아오던 은결이 갑자기 몸을 숙여 그녀의 귀에 입술을 가까이 댔다.

"근데 나랑 친구 하기 싫다 그랬지? 그럼 할 수 없지. 누나라 부를게."

앞서가던 루비의 걸음이 딱 멈췄다. 불과 십여 미터 앞에 이현을 두고.

"뭐?"

고개를 휙 돌려 사납게 째려보는 루비에게 은결은 천사처럼 해맑게 웃으며 말했다.

"누나!"

내내 두 사람을 지켜보던 이현이 팔짱을 끼고 어금니를 꽉 물었다.

"그러니까 '그깟 한 살 차이'라는 게 위가 아니라 아래로 한 살이었던 거예요?"

"어, 누나."

놈이 실실 웃는다. 눈꼬리를 축 내리고. 기가 막힌 루비는 그저 헛웃음밖에 나오지 않았다.

"지금 뭐 하는 거지, 두 사람?"

어느새 성큼 다가온 이현이 루비와 은결을 번갈아 보다가 차분하게 묻는다. 일을 마치고 들어오던 길인지 역시나 흐트러짐 없이 단정한 슈트 차림이다.

얼결에 묵례하며 루비는 그날 밤 토스트를 만들어 주던 이현을 떠올렸다. 편안한 복장에 자연스럽게 흘러내린 앞머리, 그리고 안경을 쓰지 않아 더없이 아름답던 맑은 눈동자를.

"어, 형! 출장 갔다 어제 돌아왔다며? 중국은 어때요? 나 없어도 잘 돌아가지?"

존재만으로도 카리스마 작렬하는 이현 앞에서도 은결은 전혀 쫄지 않고 연신 설레발이다.

'아니 저렇게 뻔뻔하게 굴 거면서, 아깐 비밀로 해 달라고 그리 빌었던 거야?'

아무리 생각해 봐도 놈의 장난에 놀아난 기분이다.

"한루비. 서은결이랑 무슨 문제 있나?"

은결을 잠시 쏘아보던 이현이 고개를 돌려 루비에게 차갑게 물었다.

문제라니? 뭐 내가 들어오자마자 소속 연예인이랑 스캔들이라도 낼까 봐?

오랜만에 만나 괜스레 반가웠던 마음이 무색해진 루비는 왠지 그에게 서운한 마음이 들었다. 계약, 계약, 계약. 관리, 관리, 관리.

저 사람 머릿속엔 오로지 그 생각뿐이겠지.

"무슨 소리야? 우린 아무 문제 없어. 앞으로 사이좋게 지내자고 인사한 건데. 그지, 누나?"

"서은결."

"읍!"

은결이 장난스럽게 입을 틀어막는다. 이현은 다시 루비를 응시했다. 뚫어지게. 그의 시선이 불편해진 루비가 하는 수 없이 입을 열었다.

"그냥 선배님과 인사 나눴어요."

"아, 누나. 나보다 나이 많은 사람이 선배라고 하니 막 오그라든다. 그냥 은결아, 하고 다정하게 불러 줘. 응? 누나."

정말이지 니 누나 되고 싶지 않거든? 너랑 친해지고 싶지 않다고! 루비는 속내를 숨기고 대답했다.

"그래도 선배는 선배죠."

"아, 참, 이 누나가 정말! 여기 연습생 중에 누나 같은 노땅은 한 명도 없거든요? 누나가 선배라 그러면 내가 막, 응? 엄청 늙은 거 같잖아."

이 끝도 없는 돌림 노래를 정리한 건 이현의 덤덤한 한마디였다.

"서은결. 곡 작업은 다 끝냈나?"

"어우, 어우. 말도 마, 형. 편곡이 마음에 안 들게 나와서 나 잠도 못 자고 일만 했잖아. 새로 한 거 잘 뽑힌 거 같은데, 지금 들어 볼래요?"

"그러지."

내내 천방지축 날뛰던 은결이 일 이야기가 나오자, 갑자기 그쪽으로 에너지의 방향을 돌린다.

'잘은 모르지만, 저 사람…… 평범한 사람은 아닌 거 같아.'

루비는 서은결이란 남자가 조금은 달리 보였다. 그리고 이현. 저 날뛰는 비글을 제압할 수 있는 유일한 조련사.

'어쩌면 이런 상황에서도 목소리 톤 한번 올라가질 않는지……. 역시 냉혈한이 분명해.'

상대의 페이스에 절대로 휘말리지 않고 부드럽게 상황을 바꾸는 그를 보니 서은결이 무섭다고 한 이유를 알 것도 같다.

"어이, 우찬아. 이리 좀 와 봐!"

이현이 누군가를 불러 이야기를 나눈다. 그러곤 우찬이란 남자에게 루비를 부탁하더니 현관홀을 향해 뚜벅뚜벅 걸어갔다. 은결이 그 뒤를 따라가면서도 '누나, 금방 올 테니까 어디 가지 마.' 멘트를 날린다.

"안녕하세요. 은결 형이랑 같은 그룹, 강우찬이라고 합니다."

키가 크고 깔끔하게 생긴 남자가 꾸벅 인사를 했다. 금발로 염색한 머리며 한쪽 귀의 피어싱까지 첫인상은 날라리 같은데 말투는 범생이다.

"잘 부탁합니다. 한루비예요."

"은결 형한테 붙잡혀서 고생 좀 하셨죠? 진작 구해 드렸어야 하는데, 하하."

"고생은요 뭐."

"은결 형이 원래 한 가지에 꽂히면 그것만 보이는 성격이라……. 아, 하하. 어쨌든 정상은 아니까 이해하세요."

"아…… 네."

설마 나한테 꽂혔다는 건 아니겠지? 왠지 불길한 이 예감을 어찌할꼬. 제발 그것만은 아니길 빌며, 루비는 마른침만 꼴깍 삼켰다.

"이쪽으로 오세요. 우리 식구들 소개해 드릴게요."

은결과는 반대로 차분하고 예의 바른 우찬이 그녀를 이곳저곳 데리고 다니며 사람들에게 일일이 소개해 줬다. 미친 듯이 춤에 몰두하던 사람들도 우찬이 다가가면 잠깐 멈추고 반갑게 그녀를 맞아 주었다.

스무 살 전후의 어린 연습생들과 시간이 돼서 놀러 온 소속 연예인들까지 남자들은 모두 키가 크고 잘생겼고, 여자들은 하나같이 날씬하고 예뻤다. 문제는, 그들은 이미 그녀를 잘 알고 있는데 그녀는 그들을 한 명도 기억하지 못한다는 것.

"어때요? 다들 괜찮아 보이죠?"

우찬이 그녀를 어디론가 데리고 가며 물었다.

"네. 모두 좋은 사람들 같아요."

"그래도 처음엔 텃세도 있고 좀 껄끄러운 것도 있을 거예요. 애들이 착하긴 한데, 아직 어려서 철이 좀 없거든요."

"그 정도 각오는 되어 있는데요. 다들 예쁘고 잘생겨서 누가 누군지 모르겠어요."

"차츰 친해지면 저절로 알게 될 거예요. 일단 오늘은 저부터 확실히 익혀 두세요. 화이트 스톰에서 비주얼을 담당하고 있는 강우찬입니다."

우찬이 정중하게 허리를 굽혀 인사하는 바람에 웃음보가 터졌다. 강우찬이 비주얼 담당이 아닌 건 분명한데……? 자상하고 반듯한 게 왠지 '살림'을 맡고 있을 것만 같은 인상이다.

"우찬이 온다."

"옆에 누구?"

"한루비네."

음악과 춤으로 시끌벅적한 데크에서 벗어나 조금 한적한 풀 사이드에 자리 잡고 있던 화이트 스톰 멤버들이 일제히 고개를 돌렸다. 바쁜 와중에도 스케줄이 비면 연습생들 파티에 동참하는 그들이라 오늘도 일정을 마치고 술 한잔 하며 피로도 풀 겸 옥탑에 올라와 있었다.

"얘들아 인사드려라. 오늘 새로 입소하신 신입 한루비 님이시다."

"와. 소문대로 아름다우십니다. 연해랑이라고 합니다."

부드러운 인상의 붉은 머리 남자가 먼저 자기소개를 했다. 연해랑? 루비도 고개 숙여 인사하며 뇌 속에 이름을 입력했다.

"해랑이는 누구한테나 잘해 주는 바람둥이니까 저놈 조심하세요."

"이 자식이. 그러는 넌 뭐!"

"내가 뭐? 내가 너처럼 스캔들 낸 적 있냐?"

"야, 스캔들은 아무나 나냐? 적어도 나 정도는 생겨야 스캔들도 나지."

"이것들아, 그만해라. 한루비 씨 놀라신다. 안녕하세요. 전 귀염둥이 김세진입니다."

"뭐? 귀염둥이? 욱! 토 쏠려."

"말은 바로 해. 형은 귀여운 게 아니라 그냥 키가 작은 거지."

멤버들의 야유를 받으면서도 귀염둥이 김세진은 꿋꿋이 자기소개를 마친다.

"나이는 은결이 형 다음으로 많은 스물셋이지만, 귀여움 지수는 그룹 내에서 제일 높죠. 얘들은 어린 것들이 보시다시피 너무 징그럽잖아요. 키만 멀대같이 커서."

"아, 네. 정말 귀여우시네요."

루비는 입을 살짝 가리고 쿡쿡 웃었다.

"어이, 이신후. 얼른 인사 안 해?"

김세진이 지목한 남자가 엉거주춤 고개를 숙인다.

"이신후라고 합니다."

소심해 보이는 이신후는 그룹 내에서 키가 가장 큰 거 같았다.

"짜식. 나이는 젤 어린 게 하는 짓은 완전 영감이야."

"그게 우리 그룹 특징이잖아. 나이가 많을수록 경박한 거."

"맞다. 맞아. 은결이 형이 제일 경박하지. 하하. 아니, 근데 너 말 이상하다? 그럼 그다음엔 나란 거야?"

연해랑의 말에 좋다고 맞장구치던 귀염둥이 김세진이 뒤늦게 발끈한다.

"아니, 뭐 꼭 그렇다는 건 아니지만. 판단은 형 양심에 맡길게."

"어후. 이 자식이."

"아얏! 왜 때려? 괜히 찔리니깐."

어디서부터 어디까지가 장난인지 모르겠지만, 루비는 그냥 따라 웃고 말았다.

'아⋯⋯! 이 그룹, 진짜 적응 안 돼. 리더부터 범상치 않더라니.'

따지고 보면 대표부터 이상한 놈이긴 했다. 자기가 떨어뜨려 놓고 갑자기 집으로 쳐들어와 계약하자고 한 사람이니, 말해 무엇 할까. 에후……! 루비는 그들이 권하는 맥주를 한 모금 꿀꺽 삼키고 검은 수면 위에 동그마니 떠 있는 보름달을 내려다보며 한숨을 쉬었다. 이상한 나라에 떨어진 앨리스가 된 기분이다.

"저기 은결 형이다!"

"우리 여기 있는 거 몰라? 왜 다른 델 기웃거려?"

"흐흐. 한루비 씨 찾는 거 같은데?"

'은결'이란 말에 루비의 머리카락이 쭈뼛 곤두섰다. 일단 이곳을 벗어나야 한다. 그와 잠시라도 더 있었다간 멘탈이 어찌 될지 모른다.

내 혼을 이렇게 쏙 빼놓은 남자는 네가 처음이야, 서은결!

"아, 저, 저기 제가 좀……. 화장실 좀……. 실례할게요."

루비가 벌떡 일어나 인사를 하고 자리를 뜨려 하자 화이트 스톰 멤버들은 이해한다는 표정으로 웃었다.

"푸하하. 은결 형 피해서 도망가시는 거예요?"

"그럼 어디 좀 숨어 계세요. 근데 아주 내려가시면 안 됩니다. 대장님이 찾을 수도 있으니까요."

"감사합니다. 그럼 이만."

"건물 뒤로 돌아가시면 숨을 만한 데 있어요. 거기 있으면 형이 못 찾을 거예요."

왁자지껄 떠들며 걱정해 주는 화이트 스톰 멤버들에게 고개 숙여 감사를 전하고 그들이 가르쳐 준 대로 건물 뒤로 가는 길을 찾았다. 행여나 서은결에게 잡힐까 경계를 늦추지 않으면서.

옥상 정원 뒤편의 좁은 골목 같은 공간은 어둡고 조용해서 다른 세상 같았다. 행여 누가 온다 해도 튀어나온 기둥 뒤에 몸을 숨기면 눈에 띄지 않을 것이다.

루비는 기둥과 기둥 사이의 화단에 올라가 무릎을 세워 웅크려 앉았다. 바지 주머니에서 휴대 전화를 꺼내 이어폰을 귀에 꽂고 좋아하는 곡을 재생했다.

낯선 곳에서의 첫 밤. 멀리 펼쳐진 도시의 야경을 바라보며 이렇게 앉아 있자니 마음이 먹먹했다. 엄마, 아빠, 동생의 얼굴이 차례로 떠올라 눈물이 날 것만 같았다.

'한루비! 언제까지 애처럼 굴래. 나이나 어려? 스물여섯씩이나 먹어 놓고. 오늘은 새로운 곳에서 새롭게 시작하는 날이잖아. 눈물 따위 흘릴 시간이 어디 있어? 그럴 시간 있으면 차라리 희망찬 미래를 계획해야지.'

그렇게 마음을 다잡아 보지만, 따스한 얼굴로 내려다봐 주는 보름달을 보자 괜스레 서러웠다.

'엄마가 계신 강릉에도, 진수가 있는 부대에도, 그리고 아빠가 계신 곳에도…… 저 달빛이 내리고 있겠지? 어쩌면 지금 이 순간, 우리 가족 모두 달님을 보고 있을지도 몰라.'

뜨겁고 축축한 것이 볼을 타고 흘렀다. 그냥, 조금만……. 아주 조금만…… 울자. 무릎에 잠시 얼굴을 묻었다.

루비가 다시 고개를 들었을 때, 달빛과 도시의 불빛 사이에 서 있는 그가 보였다. 아까와는 달리 편안한 티셔츠 차림이다.

이현.

난간에 기대어 선 옆모습이 몹시도 또렷하다. 바람에 날리는 머리카락 아래 우뚝 솟은 콧날과 단정한 턱 선. 먼 곳을 응시하며 한숨처럼 내뱉는 담배 연기가 바람 속에 흩어진다.

　　당신은 내게 당신을 얼마나 사랑하는지 물었죠
　　내 감정은 진실하고, 내 사랑 역시 진실하답니다
　　달빛이 내 마음을 대신하죠
　　당신은 내게 당신을 얼마나 사랑하는지 물었죠
　　내 감정은 변치 않고, 내 사랑 역시 변치 않아요
　　달빛이 내 마음을 대신하죠

　　이어폰을 통해 들려오는 등려군의 노래가 왠지 모르게 가슴에 꽂히는, 보름달이 뜬 밤이었다.

6
레드 카펫

"나한테 뭐, 용건 있나?"

스타 방송국을 향해 달리는 리무진 안. 내내 노트북으로 업무를 보던 이현이 모니터에서 눈을 떼지 않은 채 말했다.

"······없는데요. 왜요?"

"아까부터 뭔가 할 말 있는 사람처럼 흘낏거리기에."

'악! 어떻게 알았지?'

이 사람은 한 번에 두 가지 일이 가능한가? 차에 타자마자 노트북만 코가 빠지게 들여다봐 놓고선. 나름 티 안 나게 본답시고 고개는 15도 이상 틀지 않고 눈알만 살짝 굴렸을 뿐인데, 그걸 어찌 알고?

옥탑에서 파티가 열린 지난 금요일, 건물 뒤편 난간에 기대어 담배를 피우던 이현을 본 후 일주일 만이다. 그래서 조금······ 반가웠다. 아니, 어쩌면 좀 더…… 많이. 루비는 얼굴로 열기가 오르는 거 같아 괜히 흠, 헛기침을 한 번 했다.

"아닌데요. 저, 그냥 창밖 봤어요."

"창은 그쪽에도 있는데?"

"다르잖아요. ……풍경이."

이걸 말이라고. 그냥 콱, 혀를 깨물고만 싶다.

어처구니없는 대답에 이현이 픽 웃더니 노트북을 접어 치웠다. 눈이 피로한지 왼손으로 안경을 벗고 오른손 엄지와 검지로 눈두덩을 지그시 누르며 지압을 한다. 그가 움직일 때마다 시원하고 상큼한 향이 은은하게 풍겼다. 바다 냄새 같기도 하고 숲 향기 같기도 한 그만의 향취가 좋아 숨을 크게 들이켰다.

밀폐된 차 안에 그와 나란히 앉아 있으니 자꾸 신경이 쓰였다. 뭔가 불편한 거 같으면서도 이 순간이 싫지 않았다. 가슴 안에서 살랑살랑 산들바람이 불고 찰랑찰랑 파도가 일렁이는 느낌. 태어나서 처음 느껴 보는 기분이다. 대체 이런 감정은 왜 생기는 걸까? 낯설고 어색하지만 그래도 좋았다. 그가 옆에 있다는 게 그냥 좋다.

"궁금한 거 있으면 뭐든 물어봐."

'스타 탄생' 마지막 결전의 날인 오늘, 루비도 우정 출연이란 명목으로 생방송 무대에 선다. 아마도 그는 방송에 관해 물어보라는 말이었을 텐데 그녀의 입에선 엉뚱한 질문이 튀어나왔다.

"눈, 나쁘세요?"

안경 쓴 사람한테 눈이 나쁘냐고 묻는 바보가 어디 있느냐 하겠지만, 지난번 그의 숙소에서 안경 벗은 걸 본 이후로 계속 궁금했었다. 맑고 형형한 그 눈빛은 분명 시력 나쁜 사람의 것이 아니었으니까.

"아니."

"그럼 안경은 왜 쓰세요?"

너무 엉뚱한 질문이었을까? 이현이 왼쪽으로 고개를 돌려 그녀를 봤다. 차에 탄 이후 처음이다. 안경을 써도 잘생긴 얼굴이지만, 안경을 벗으면 눈이 부셔 쳐다볼 수 없을 정도로 그는, 아름답다.

두근두근 심장이 뛰었다. 난 아름다운 것에 너무 약해. 그게 탈이야. 근데 왜 이리 얼굴이 화끈거리지? 뜻하지 않게 그와 눈이 마주친 루비는 시선을 어디로 둘지 몰라 눈만 깜빡였다.

그런 루비를 잠시 지켜보던 이현이 천천히 입을 열었다.

"이미지 메이킹."

"아…… 네……."

참으로 똑 부러지는 대답에 달리 할 말이 없었다.

"용건 없으면 잠깐 눈이라도 붙이든가. 강행군이라 피곤할 거야. 방송국까지 대략 30분 정도 남았어."

"네."

순순히 대답은 했지만, 다가올 생방송 걱정에 신경이 곤두서 눈을 감아도 잠이 올 거 같지 않았다. 마치 그런 속내를 들여다본 듯 이현이 말했다.

"너무 긴장할 거 없어. 어제 리허설 한 대로 하면 돼."

뭐? 어제 리허설 본 거야? 언제? 같은 건물 안에 있으면서도 얼굴 볼 새 없이 바빴던 그가, 일부러 자신의 리허설을 보러 방송국까지 왔다고 생각하니 무언가 알 수 없는 것이 가득 차올라 가슴이 벅찼다.

"어제 오셨어요? 리허설."

한 톤 올라간 목소리에 묘한 들뜸이 실렸다.

"응."

"전, 대표님 못 봤는데……."

"내 차례 끝나고 바로 갔으니까."

"아……."

그럼 그렇지, 하면서도 뭔가 가슴이 싸했다. 볼일이 있어서 왔다 우연히 본 걸, 웬 착각! 루비는 입술을 살짝 깨물었다. 깨문 입술보다 가슴이 더 아렸다. 무심한 척 고개를 돌려 창밖을 봤다. 속눈썹을 빠르게 깜빡여 눈 안에 차오르는 습기를 정리했다. 그리고 눈을 감았다. 여전히 잠은 오지 않았다.

잔잔하게 흐르는 클래식 선율 속에 그의 낮은 한숨 소리가 들렸다. 뭔가…… 답답한가? 보름달 아래 담배 연기를 한숨처럼 내뱉던 그의 모습이 영화의 한 장면처럼 스쳐 지나갔다.

그 밤. 마지막 연기 한 모금을 길게 뿜어낸 후 한동안 석고상처럼 굳어 있던 이현을 어둠 속에서 숨죽인 채 바라보며, 어쩌면 그가 돌아볼지도 모른다는 생각에 그녀는 한껏 몸을 움츠렸다. 딱히 잘못한 건 없지만, 그냥 무언가…… 봐서는 안 될 걸 본 것도 같고, 들켜서는 안 될 행동을 한 것도 같아서. 만약 이 상황에서 얼굴을 마주하면 괜스레 민망할 거 같아서.

다행히도 그는, 그녀가 있는 곳과는 반대로 몸을 돌려 그곳을 떠났다. 그가 사라지자 안도의 한숨과 함께 왠지 모를 허탈함이 밀려왔다. 참으로 종잡을 수 없는 마음이다. 제 것인데도 도통 알 수가 없다. 숨어 있는 걸 들키기 싫다고 생각했으면서도 한 번쯤 그가 돌아봐 주길 바란, 마음.

차가 멈추는 게 느껴졌다.

"다 왔어."

부드러운 목소리에 루비는 감고 있던 눈을 반짝 떴다. 어느새 다가온 건지 이현의 얼굴이 시야에 꽉 찼다. 이현이 상체를 그녀 쪽으로 기울여 빤히 들여다보고 있었다. 안경 너머 반짝이는 까만 눈동자와 풋풋한 향기에 루비는 숨이 멎을 것만 같았다. 그녀의 눈을 잠시 들여다보던 이현의 시선이 찬찬히 아래로 내려와 입술에 멎는다.

'왜, 왜 이러는 거지?'

당혹스러웠다. 그 눈빛만으로도 그녀의 붉은 입술이 파르르 떨렸다.

쯧. 나지막이 혀 차는 소리가 들렸다.

"지워졌군."

몸을 바로 한 이현이 팔걸이에 붙은 버튼을 누르자 운전석과 뒷좌석을 가로막고 있던 파티션이 스르륵 내려갔다. 조수석에 앉아 있던 D&P의 스타일리스트 김인아 실장이 뒤를 돌아본다.

"김 실장님. 한루비 씨 입술, 손을 좀 봐야겠어요."

"네, 대표님."

'그럼 그렇지……!'

한 박자 늦게 상황을 파악한 루비의 입술 새로 피식, 자조 섞인 웃음이 새어 나왔다. 역시나 그답다. 철저한 관리!

김인아 실장이 메이크업 박스를 챙겨 조수석 문을 열고 내렸다.

회사 차량 대신 스타 방송에서 보낸 의전용 리무진을 탔더니 스타일리스트로선 불편한 점이 한둘이 아니다. 밴을 타고 먼저 출발한 다른 스타일리스트와 매니저들은 행사장에 이미 도착해 있을 것이다.

김 실장은 진행 요원의 안내를 기다리며 대기 중인 리무진 행렬을 힐끗 살핀 후, 루비가 앉아 있는 뒷좌석 문을 열었다. 주차장 바닥에 메이크업 박스를 펼쳐 놓고 김 실장은 요령껏 루비의 입술을 고쳤다.

"루비 씨, 입술 깨무는 버릇 있어요?"

"아…… 가끔."

딱히 습관은 아니지만, 마음을 억지로 누를 때면 입술을 깨문다. 그러고 보니 아까 이현 때문에…….

"오늘은 이 붉은 입술이 포인트니까 특별히 주의하세요."

김인아 실장이 잡은 한루비의 콘셉트는 말 그대로 '루비' 다. 한루비가 D&P에 들어온 후 처음 공식 석상에 얼굴을 드러내는 자리인 만큼 김 실장을 비롯한 D&P의 스타일리스트들이 모두 머리를 맞대고 고심해서 스타일링을 했다.

일단 레드 카펫에서 돋보일 수 있는 화이트 드레스를 골라 한루비가 지닌 본연의 청순함을 베이스로 깔고, 거기에 루비빛 입술로 그녀 내면에 숨겨진 열정을 표현하기로 했다.

"루비 씨는 피부가 맑아서 그런가, 정말 피존 블러드(pigeon's blood, 비둘기 피. 가장 아름다운 루비의 색) 빛깔이 환상적으로 어울리네."

메이크업할 때부터 감탄을 연발하더니, 오늘만도 몇 번째인지 모르겠다. 안 그래도 어색한데 이현이 듣고 있다 생각하니 루비는 쥐구멍에라도 숨고 싶었다. 루비의 머리를 재빠르게 손질하는 내내 김 실장은 입을 다물지 못했다.

"아, 이건 뭐. 예술이다, 진짜! 그냥 매력적인 게 아니라…… 청순한 것도 같은데 섹시한 것도 같고. 뭐라 하지? 아, 그래. 고혹적이다. 그렇죠, 대표님?"

공들여 만든 작품에 호응을 얻고 싶은 '아티스트'의 심리인지, 김 실장은 한술 더 떠 이현에게 동의까지 구했다. 민망해진 루비는 아랫입술을 질끈 깨무는 대신 마른침만 자꾸 삼켰다.

"네. 김 실장님, 수고 많으셨습니다."

이현의 대답은 지극히 간결했다.

"호호. 루비 씨가 워낙 바탕이 좋으니 저로선 일할 맛이 나네요. 앗! 앞차 간다!"

서둘러 메이크업 박스를 챙긴 김 실장이 루비의 목걸이 위치를 다시 잡아 주고 차 문을 닫았다. 마음 같아선 이현의 보타이와 포켓 치프도 매만져 주고 싶었지만, 앞차가 움직이니 어쩔 수가 없었다.

재빨리 조수석에 탄 김 실장이 한껏 몸을 틀어 뒤를 돌아봤다. 이현의 보타이는 삐뚤어지지 않았는지, 머리카락은 흐트러지지 않았는지 매의 눈으로 점검했다. 크게 이상은 없지만, 왠지 한 번 더 만져 줘야 안심이 되는데, 파티션을 내렸어도 조수석에서 뒷좌석까지 손이 닿을 리가 있나. 답답해진 김 실장이 다짜고짜 명령을 내렸다.

"아, 대표님. 타이가 약간 왼쪽으로 기울어진 거 같아요. 이렇게 좀 해 봐요."

워낙 다급한 목소리라 이현도 그녀의 지시에 따를 수밖에.

"이렇게요?"

"아니, 아니. 그러니까 오른쪽으로 또 삐뚤어졌잖아. 다시 요쪽으로 좀."

김 실장이 초등학생 줄 세우는 교사처럼 마구 손가락질을 하며 이현을 부려 먹는다. 오늘 레드 카펫 행사에서 한루비와 이현에게 쏟아질 스포트라이트를 익히 알고 있는 그녀로선 어쩔 수가 없다. 온갖 매체에 실릴 사진과 동영상, 그리고 기자들이 선정한 베스트 드레서 후보로 오르내릴 자신의 작품이니 대표고 나발이고 지금 눈에 뵈는 게 있을까. 한루비와 이현의 스타일링을 손수 챙기려고 일부러 차에 동승까지 한 그녀인데.

"아니, 그게 아니라……."

아마 김 실장 성격에 다른 코디가 있었다면 쥐 잡듯 잡았을 터. 평소엔 침착하고 세련되게 처신하는 김인아가 예민해지는 때가 있으니, 바로 지금과 같은 순간이다. 대중들 앞에 자신의 작품을 선보이기 바로 직전, 긴장과 초조함이 극에 달한 이 순간.

"루비 씨. 대표님 보타이 좀 어떻게 해 봐."

"……제가요?"

"응."

그 누구도 거역할 수 없는 명령이다. 사령관의 포스를 풍기며 전투를 진두지휘하고 있는 김 실장의 명을 어겼다간 총살감일 듯.

"어서!"

루비는 이현을 향해 허리를 틀었다. 유연성이라면 누구보다 자신

있는 루비라서 거기까진 어렵지 않았다. 문제는 그의 몸에 손을 대야 한다는 것. 아! 몸은 아니고 타이지만, 어쨌든. 루비는 마른침을 또 한 번 꼴깍 삼켰다.

이현도 김 실장의 눈치를 보는 건가? 너무도 자연스럽게 허리를 틀어 루비에게 자신의 목을 들이민다.

'맞아. 이 사람은 이게 일상이겠지? 다른 사람이 머리를 만지고 메이크업해 주고 옷을 입혀 주는 게 너무 어색한 나와는 다른 세계에 살던 사람. 물론 이젠 나도 그 세계에 들어와 버렸지만……'

흰 셔츠 깃 위로 볼록하게 솟은 목울대가 루비의 시야에 꽉 찼다. 두근두근. 미친 듯이 또 심장이 뛴다. 왜 이 남자 앞에선 자꾸 고장 난 인형처럼 몸이 뻣뻣해지는지 모르겠다.

"루비 씨, 뭐 해?"

"아, 네."

루비는 일단 이현의 보타이에 손을 가져다 댔다. 아무리 봐도 똑바른데 뭘 어쩌라는 건지 모르겠지만. 살짝 잡고만 있어도 손가락이 덜덜 떨렸다. 그녀의 손등이 그의 가슴팍에 살짝 닿았다 떨어졌다.

긴장한 탓에 무심코 아랫입술을 깨물 뻔했다. '쯧! 입술!' 잽싸게 경고하는 이현의 목소리에 깜짝 놀라 고개를 드니 그가 내려다보고 있다. 무감한 눈빛으로. 루비는 얼른 시선을 내려 그의 보타이에만 집중했다. 그의 숨결이 머리 위로 미세하게 느껴졌다.

"이렇게요?"

"응. 좋아요. 역시 루비 씨, 감각 있네."

김 실장의 뜬금없는 칭찬에 루비는 어색한 미소만 지었다.

"그리고 턱시도 어깨 좀 털어 봐요."

"네?"

루비가 눈을 똥그랗게 뜨고 김 실장과 이현을 번갈아 쳐다봤다. 대체 저한테 왜 이러시는 거죠? 네? 대표님은 아세요? 그러나 김 실장은 루비의 눈빛 따윈 안중에도 없었다. 오로지 자신의 작품에만 몰두할 뿐이니.

"그나저나 다음엔 이렇게 작은 리무진 보내지 말라고 하세요, 대표님. 스타 방송이 처음이라 뭘 모르나 봐. 이래서야 어떻게 일하겠어요?"

그런 김 실장의 성격을 익히 아는 이현 역시 별다른 말 없이 눈만 한 번 끔뻑였다. 시키는 대로 하라는 듯.

루비의 가늘고 섬세한 손가락이 어색하게 이현의 검은 턱시도 어깨에 와 닿았다. 파리가 앉으면 낙상할 정도로 반지르르한 고급 캐시미어 턱시도엔 먼지 한 톨 없지만, 눈치껏 털어 내는 시늉을 했다. 후, 들릴 듯 말 듯 낮은 한숨과 함께.

이현이 피식 웃는다. 그 역시 이 상황이 우스운 걸까? 그의 표정이 궁금했지만, 올려다볼 자신은 없다.

"어, 곧 우리 차례다."

김 실장의 말에 마음을 놓으려는 순간, 여지없이 몰아친 후폭풍은······.

"대표님! 루비 씨 머리카락 좀 넘겨 줘요."

순간 이현의 눈빛이 살짝 흔들린 듯도 했는데, 루비가 속눈썹 한 번 깜빡하는 새 원래의 무감한 표정으로 돌아와 있었다. 착각······이었나? 어쨌든 지금은 그에게 자신의 머리카락을 만지게 할 순 없다는 일념으로 꽉 차 더는 생각할 겨를이 없었다.

"실장님, 제가 할⋯⋯."

루비의 말이 채 끝나기도 전에 이현의 손가락이 머리카락에 내려앉았다. 부드러운 봄바람처럼, 살포시.

"아⋯⋯! 저, 제가 할게요."

그를 제지하려고 황급히 손을 올렸지만, 이현의 손등에 손끝이 닿는 순간 찌릿, 감전된 사람처럼 놀란 루비는 힘없이 손을 떨구었다. 그러거나 말거나 그는 차분히 미션 수행에만 집중할 뿐이다.

"이렇게, 말입니까?"

"네. 왼쪽 머리카락을 귀 뒤로 넘겨 주세요."

이현의 검지가 루비의 귓등을 따라 부드럽게 호를 그린다. 이현의 입술 끝도 보일 듯 말 듯 위를 향해 휘었지만, 루비는 보지 못했다. 살짝 내리뜬 그녀의 눈동자는 검은 턱시도에 꽂힌 붉은 포켓치프에 수줍게 고정되어 있었으니까.

이현의 손길이 닿는 곳마다 그녀의 신경 세포가 팔딱팔딱 몸부림을 친다. 그가 어루만진 머리카락들이 올올이 곤두서 메두사처럼 되는 게 아닐까, 말도 안 되는 상상이 루비의 머릿속을 어지럽혔다.

"이제 됐어요. 아주 좋아요!"

김인아 실장의 입술에 만족의 미소가 번졌다.

드디어 이 고문도 끝이구나, 안도의 한숨을 내쉬려는데 이현의 손가락이 루비의 목에, 정확하게는 그녀의 목걸이에 닿았다. 세상에 하나밖에 없는 아름다운 루비, '붉은 열정'.

김인아 실장이 이 루비 목걸이를 손에 넣기 위해 애쓴 이야기는 1박 2일을 떠들어도 끝이 안 날 거다.

'스타 탄생'이 배출한 최고의 스타 한루비. 이현이 선택한 D&P의 신데렐라 한루비. 그 한루비가 착용할 루비 목걸이라니! 티파니, 불가리, 까르띠에, 쇼메 등 내로라하는 하이 주얼리 브랜드들이 협찬하고 싶어 몸이 단 건 당연지사.

하지만 김 실장의 마음에 쏙 드는 루비 목걸이는 기성품 중엔 아무리 찾아도 없었다. 그렇다고 대충 타협할 김 실장이 아니었다. 동원할 수 있는 인맥이란 인맥은 다 동원해 마음에 쏙 드는 걸 찾았으니 그게 오늘 한루비가 착용한 보석공예작가 안지민 교수의 작품이다.

상류층을 위한 보석을 주로 디자인한다는 깐깐하기로 소문난 안 교수가 처음으로 연예인, 그것도 이제 갓 이름을 알린 신인에게 협찬해 주기로 한 이유는 단순 명료했다. 내 작품이 드디어 임자를 만났기 때문이라고.

정교하게 커팅한 10캐럿의 루비 주변에 작은 다이아몬드 수십 개를 세팅한 안 교수의 작품, '붉은 열정'의 디자인은 지극히 간결했다. 아름다운 피죤 블러드 루비에 더 이상의 장식은 군더더기일 뿐이라는 게 안 교수의 작품 설명이다.

김인아 실장은 '붉은 열정'을 원래의 백금 줄 대신 흰 레이스로 직접 제작한 초커에 달아 한루비의 가늘고 긴 목에 딱 맞게 착용시켰다. 또 한루비의 입술은 물론이고 이현의 타이와 포켓 치프도 '붉은 열정'과 같은 피죤 블러드 컬러로 통일해 완벽한 커플룩을 완성했다.

이현이 루비의 목 정중앙에 '붉은 열정'이 위치하도록 미세하게 조절한 후, 살짝 걸친 카디건을 벗겨 내자 그녀의 눈부신 어깨가 드러났다.

"퍼펙트!"

김인아 실장이 환호성을 질렀다. 두 아름다운 생명체가 내뿜는 무지갯빛 오라에 감격해 지난 고생은 깡그리 잊었다. 패션의 완성에서 중요한 건 무엇을 입느냐가 아니라 누가 입느냐이다. 그녀는 기본 디자인인 검은 턱시도와 흰 튜브 톱 드레스에 오로지 루비로만 포인트를 준 자신의 작품을 완성해 주는 게 바로 이현과 한루비, 두 사람이 지닌 본연의 아름다움임을 안다.

이현이 김 실장에게 수고했다며 싱긋 웃어 보이고는 버튼을 눌렀다. 파티션이 완전히 올라가자 드디어 고요한 평화가 찾아왔다. 비록 곧 닥쳐올 폭풍을 예고하는 찰나의 순간이지만.

"한루비."

그녀의 눈을 깊숙이 들여다보며 그가 이름을 불렀다. 마치 출석을 부르는 선생님처럼 엄숙한 듯 자상한 목소리로.

"네."

"……떨려?"

"조금……."

"심호흡 한번 크게 해 봐."

루비는 말 잘 듣는 학생처럼 후우, 숨을 몰아쉬었다. 그런 루비를 이현이 묵묵히 지켜봤다. 이윽고 차가 완전히 멈추었다.

"……너무 걱정하지 마."

그의 긴 손가락이 그녀의 손등 위를 가볍게 톡톡 쳤다. 딸깍. 진행 요원이 차 문을 열었다.

"넌 잘할 수 있어."

차 밖으로 다리를 내밀며 그가 재빨리 덧붙였다.

"와아! 오빠!"

함성이 터져 나오는 가운데 이현이 관중들에게 몇 번 손을 흔들어 보이고 몸을 돌려 차 안의 루비에게 손을 내밀었다.

"자……."

루비는 그의 손바닥 위에 조심스럽게 손을 얹었다. 파르르 떨리는 가녀린 손을 크고 따뜻한 손이 힘주어 꼭 잡았다.

"예쁘다……. 한루비."

"……!"

"웃어."

강인한 힘이 이끄는 대로 은빛 스트랩 슈즈를 신은 작은 발이 레드 카펫 위를 밟았다.

"꺄아악! 언니!"

"한루비!"

"누나아!"

쓰나미처럼 덮쳐 오는 환성에 루비는 아찔한 현기증을 느꼈다. 꽈악. 루비의 동요를 눈치챈 이현이 그녀의 손을 자신의 팔 위로 둘러 주며 힘을 주어 잡았다 뗐다. 혼자가 아니야. 내가 옆에 있잖아. 나에게 기대. 마치 그렇게 말하는 것처럼.

루비는 환하게 웃으며 당당히 걸어 나갔다. 그녀의 곁을 묵묵히 지키는 이현과 함께.

7
새순처럼 돋아나는

똑똑.

"네, 들어오세요."

소파에 앉아 커피를 마시던 이현주 코디가 대답했다.

"안녕하세요."

맑고 상큼한 목소리가 대기실 안에 울려 퍼지자 거울 앞 의자에 꼿꼿하게 앉아 대본을 체크하던 유하라가 흘낏 목소리의 주인공을 확인한다.

'한루비?'

시선이 마주치자 정중하게 고개를 숙이는 여자를 하라의 날카로운 눈초리가 단번에 스캔했다. 흰색의 튜브 톱 드레스가 여자의 긴 목과 아름다운 어깨선을 돋보이게 했다.

"어머나, 루비 언니! 오늘 너무 예뻐요."

이현주 코디가 들고 있던 종이컵을 내려놓고 일어나며 호들갑스럽게 탄성을 내질렀다. 이현주도 D&P 소속이지만 유하라 전담 코디라 루비와 마주칠 일은 별로 없었다.

프리랜서 아나운서 유하라는 청담동 부모님 집에 거주하며 메이크업도 D&P 사내 미용실 대신 집에서 가까운 단골 미용실을 이용하고, 방송 대기실도 항상 독방만 쓴다. 그러니 늘 유하라만 따라다니는 이 코디를 볼 일이 있을까만, 총연습 때문에 며칠 방송국에 드나들다 보니 이따금 마주쳤는데 그럴 때마다 그녀는 과하게 친근감을 표했다. D&P 계약 전, 아직 오디션 참가자 신분일 땐 본 척도 안 하던 그녀였으니, 아무래도 같은 소속사라 더 챙기나 보다 미루어 짐작할 따름이다.

"감사합니다."

이현주에게 미소로 답례한 루비는 하라에게 다시 시선을 돌렸다.

풍성하게 부풀려 틀어 올린 머리와 진한 스모키 메이크업으로 깊이 있는 눈매를 더욱 강조한 유하라는 중국 전통 의상 치파오 스타일의 검은 민소매 드레스 차림이었다.

"선배님 정말 아름다우세요."

루비의 입에서 진심 어린 감탄사가 튀어나왔다.

"흐음……. 고마워."

대수롭지 않다는 듯 심드렁하게 대답하면서도 그녀는 다소곳이 서 있는 루비를 슬쩍 곁눈질했다.

자연스럽게 풀어 늘어뜨린 한루비의 머리카락은 검은 실크처럼 윤기가 흘렀고 눈처럼 뽀얀 얼굴에 루비빛 입술이 유독 눈에 띈다.

흑단 창틀에 소복이 쌓인 흰 눈, 그 위에 톡 떨어진 붉은 피 한 방울.

문득, 동화 '백설공주'의 한 대목을 떠올린 하라는 왠지 모르게 기분이 가라앉았다.

"지금 왔어?"

"네. 방금 들어왔어요. 방송 시작 전에 선배님께 인사드리려고……."

하라가 루비의 말끝을 싹둑 잘랐다.

"대표님은?"

"아…… 지금 저희 대기실에 계세요."

"전체 대기실에?"

"네. PD님이랑 얘기하고 계세요."

"인사하러 가야겠네."

유하라가 의자에서 일어나 몸을 돌리자 루비의 눈이 휘둥그레졌다.

"루비 언니 놀랐나 보다."

이현주 코디가 헤헤 웃으며 하라의 드레스 자락을 매만졌다.

"아니, 생각지도 못한 반전이라서……."

그야말로 아찔한 뒤태였다. 목을 감싸는 차이니즈 칼라와 상반되게 등을 시원하게 노출한 드레스는 깊게 파여 잘못하면 엉덩이 골이 보이는 게 아닐까 조마조마할 정도다. 그뿐만이 아니었다. 풍만한 가슴과 잘록한 허리에 탄력 있는 히프까지. 유연하게 흘러내리는 곡선을 검은 실크가 타이트하게 감싼 유하라의 몸매는 말 그대로 콜라병 같았다.

또각또각.

170센티의 늘씬한 그녀가 10센티도 넘는 킬힐을 신고 한 걸음씩 내디딜 때마다 탄탄한 허벅지가 슬릿 사이로 슬쩍슬쩍 드러나 더없이 육감적이었다.

'와, 모델 같다. 어쩜 몸매까지 저렇게 완벽하지?'

유하라를 따라 복도를 걸으며 루비는 전에 '스타 탄생' 출연자들이 대기실에 모여 떠들던 말이 생각났다. 국내 최고 학벌, 명문가 집안, 뛰어난 미모에 섹시함까지. 유하라가 갖지 못한 것은 없다며 그녀는 전생에 우주를 구했을 거라던.

달칵.

유하라가 문을 열고 들어서자 시끌벅적하던 전체 대기실 안이 일순 고요해졌다. 검은 드레스의 섹시한 유하라. 그리고 바로 뒤에 선 흰 드레스의 청순한 한루비. 극과 극의 대비되는 아름다움에 시선이 집중됐다.

PD나 다른 선배를 찾아뵙느라 아직 하라에게 인사를 못 한 몇 명이 쪼르르 달려왔다.

"안녕하세요?"

"선배님 완전 예쁘세요."

"여왕 같아요."

유하라는 그들의 인사를 웃으며 대충 받아 주고 한쪽에서 서현석 PD와 얘기하고 있던 이현에게 다가가 친근하게 팔을 툭 쳤다.

"오빠! 지금 왔어요?"

'저렇게 친하구나…… 두 사람.'

루비는 황망히 고개를 돌렸다.

'아! 내가 무슨 생각을 하는 거지?'

순간 이현의 예리한 시선이 스치듯 닿았던 것도 같은데 지금 그는, 유하라를 보고 있다. 고개를 돌려도, 보지 않아도, ……알 수 있다. 자꾸 그가 의식되고, 모든 신경이 그를 향해 곤두서 있고. 왜 그런지는 모르겠지만…… 언제부터인가 그렇게 되어 버렸다.

"어, 유하라 씨. 컨디션은 어때?"

애교가 철철 흐르는 유하라에 비해 이현은 무덤덤하다. 공기처럼. 물처럼.

하라는 늘 그게 불만이었다. 이현. 열여섯 살 때부터 애타게 바라봤던 사람. 하나, 스물아홉이 된 지금까지 단 한 번도 곁을 주지 않은 남자. 아무리 콧소리를 내며 오빠라 불러도 눈 하나 깜짝 않고 '유하라 씨'라고 자신을 부르는, 건조한 남자. 십 년 넘게 그의 옆을 맴돌았지만, 자신의 경계 안으론 한 발자국도 들여놓지 않던 남자. 지금 여기, 손 내밀면 닿을 거리에 두고도 가질 수 없는 단 한 명의 남자.

하지만 똑똑한 그녀는 잘 알고 있다. 그와의 적정 거리는 여기까지라는 것을. 억지로 밀고 들어가면 그 즉시 쳐 낼 거라는 걸 그녀는 너무 잘 알고 있다. 애원하며 매달리면 더 차가워질 남자인 걸 이미 하라는 알고 있다. 그래서 이렇게…….

"글쎄요, 뭐. 컨디션은 과히 나쁘진 않은데, 옷이 너무 야해서……. 오빠가 보기엔 어때요?"

이현 앞에서 때때옷 입은 아이처럼 한 바퀴 빙그르르 돈다. 이렇게 한 번 더, 그가 봐 주길 바라는 마음으로.

"이 드레스 너무 과하지 않나?"

"그만하면 괜찮은데?"

"흐응. 그냥 괜찮은 정도?"

하라가 아이처럼 조르자 이현은 이맛살을 찌푸리고 잠시 생각했다.

"……예뻐요, 유하라 씨."

"아이고! 하라 씨 왜 그래? 내가 예쁘다고 몇 번을 말했는데! 내 말은 쌈 싸 먹었어? 사장님 결재가 필요해?"

"네, 필요해요. 참 잘했어요, 도장 꽝! 찍어 주세요."

하라의 말에 이현과 서 PD가 마주 보며 웃는다.

자신의 탈락 덕에 파이널 5인에 들어간 윤유나와 이야기를 나누면서도 루비의 신경은 온통 그쪽으로 쏠려 있었다.

"……그지, 루비야?"

"어?"

"루비야! 내 말 못 들었어?"

"미안, 유나 언니. 뭐라 그랬지? 어제 잠을 못 자서 정신이 좀 없네."

"그랬어? 있잖아…… 이 기사 말이야."

"응."

유나가 보여 주는 스마트폰엔 벌써 레드 카펫 기사가 올라와 있었다.

"와! 루비 너 사진으로 보니 완전 연예인이다. 정말 예뻐!"

'예쁘다……. 한루비.'

'예뻐요, 유하라 씨.'

121

루비의 머릿속에 이현의 목소리가 둥둥 떠다녔다.

'그러니까 그건……'

"자! 20분 뒤 생방 들어갑니다. 모두 마지막 점검 해 주세요!"

조연출이 문을 벌컥 열고 외쳤다.

'소속 연예인에게 방송 잘하라고 격려해 주는 대표님의 말씀일 뿐인데……. 별것도 아닌 것에 의미를 두고……. 나에게만 해 주는 말처럼 착각하고, 바보같이……'

후, 작은 한숨을 뱉으며 마음을 다듬었다. 눈치도 없이 아무 때나 비죽비죽 돋아나는 여린 새순 같은 마음을.

"……그것만이 내 세에에 사아앙!"

노래가 끝나자 방청 홀 안에 꽉 들어찬 관객의 박수와 함성이 터져 나왔다. 온 힘을 다해 열창한 이지연이 몇 번이나 고개를 숙여 인사한 후, 눈물을 글썽이며 무대 우측을 향해 걸어갔다. 그곳엔 치열한 예선을 통과해 본선에 진출했던 15인의 참가자들과 오늘 진행을 맡은 한 사람을 제외한 나머지 심사위원 3인, 멘토링을 해 주었던 5인의 가수들이 여러 개의 원탁을 둘러싸고 앉아 있었다. 마치 방송사 연말 시상식처럼 화기애애한 분위기다.

"와! 역시 이지연 양입니다. 폭발적인 성량, 오늘도 유감없이 발휘해 주셨어요. 잘 들었습니다."

유하라의 멘트가 끝나자 아이보리 턱시도를 입은 오늘의 공동 진행자 정시열이 부드러운 미소를 지으며 입을 열었다.

"네, 이지연 양. 오늘 '스타 탄생' 우승 유력 후보 중 한 명이죠. 방청 홀이 떠나갈 듯 내지르는 파워풀한 고음이 전성기의 휘트니 휴스턴을 연상시키네요."

"하하. 정시열 씨의 심사평 같은 감상평입니다. 오늘은 저와 함께 진행을 맡으셨지만, 그동안 심사하셨던 게 몸에 배신 거 같아요, 정시열 씨?"

"아, 이게 말로만 듣던 직업병? 다른 심사위원들은 모두 이 즐거운 축제를 즐기고 계시는데……. 참, 저만 빼고 말이죠."

정시열이 불만이라는 듯 얼굴을 찌푸리자 방청석에서 폭소가 터졌다.

'스타 탄생'을 기획, 제작한 서현석 총괄 PD는 최종 우승자를 가리는 결승전의 콘셉트를 '축제'로 잡았다. 그동안 '스타 탄생'에 출연해 함께 프로그램을 만들어 간 사람들이 마음껏 웃고 즐기는 마지막 축제. 누가 최종 우승을 하느냐는 중요하지 않다. 참가자들은 여기서 노래하며 울고 웃었던 소중한 시간을 잘 갈무리하여 성장의 거름으로 삼자. 멘토가 되어 주었던 가수들은 이제 첫발을 내디딘 후배에게 열렬한 응원의 박수를 보내 주길. 그리고 마음껏 오늘을 즐기자! 생방 전 그가 모두에게 당부했던 말이다.

"지난 3주간에 걸쳐 펼쳐진 '파이널 스타 5인전'을 가요계 전문가 30인이 엄격하게 평가하여 사전 투표 했습니다. 그 결과를 현재 집계되고 있는 시청자 ARS 투표와 합산하여 최종 우승자를 가리게 됩니다. 하지만 누가 우승자가 되느냐, 그게 중요한 건 아니죠."

"네, 맞습니다. 오늘 이 자리에 참석한 본선 진출자 열다섯 명 모두 진정한 챔피언이라고 생각합니다."

"자, 이제 1부 마지막 순서. 한 분 남았죠? 얼굴이면 얼굴, 노래면 노래, 춤이면 춤. 뭐 하나 빠지는 게 없는 이분. 요즘 인기 절정인 분입니다. 정시열 씨께서 직접 소개해 주실래요?"

"아, 잠깐만요! 그분을 소개하기 전에, 먼저 제가 만나 볼 사람들이 있습니다."

"네?"

대본에 없던 정시열의 돌발 발언에 유하라가 눈을 크게 떴다.

"제가 지금 만나 볼 이분들이 아니었으면 오늘 마지막 도전자인 윤유나 양이 이 무대에 설 수 없었을 겁니다. 그러니까…… 윤유나 양에겐 그야말로 신의 한 수였죠."

무선 마이크를 든 채 무대 좌측 진행자 석을 벗어난 정시열이 뚜벅뚜벅 무대 중앙을 가로질러 반대편을 향해 걸어갔다.

'대체 뭔 짓이야?'

카메라맨 옆에 서 있는 서현석 PD의 재미있어하는 표정을 보니 두 사람이 짠 게 틀림없다. 생방 직전 정시열이 서 PD에게 가서 뭐라고 속닥대더라니, 그게 이거였어? 유하라는 심기가 편치 않았다.

서 PD는 종종 이런 돌발 상황을 연출해 그녀를 당혹케 했다. 몇 번 항의는 했지만 그럴 때마다 그는 '우리가 하는 프로는 교양이 아니고 예능이다.' 라거나 '실수도 재미다.' 란 특유의 궤변만 늘어놓았다.

사실 서 PD가 현장의 생생한 느낌을 잘 살려 방송을 맛깔나게 뽑아내는 건 인정한다. 그리고 그녀에게 이 정도 돌발 상황은 일도 아니었다. 다만! 정시열이 누구에게 가는지 짐작이 가니 괜히 속이 뒤틀렸다. 그래도 생방송 중이라 티를 낼 순 없고 억지 미소만 지을 수밖에.

"네, 정시열 씨가 누군가를 만나러 가는군요. 과연…… 누굴까요?"

베테랑 진행자다운 유하라의 애드리브였다.

"그동안 '스타 탄생'에서 여러 커플이 탄생했지만, 이 커플만큼 화제를 몰고 다닌 커플이 없지요."

능글능글 웃으며 걷던 정시열이 한 테이블 앞에 우뚝 멈췄다. 카메라가 정시열이 멈춰 선 테이블의 한 남자를 클로즈업하자 '꺅! 까아악!' 방청석에선 비명이 터졌다. 무대 중앙 대형 스크린을 꽉 채운 남자의 얼굴은 시쳇말로 '냉미남' 혹은 '차도남'이란 표현이 딱 맞아떨어지는 얼굴이다.

"후……. 대체 왜죠?"

정시열이 그저 한마디 툭 던졌을 뿐인데도 방청객은 물론이고 테이블에 둘러앉은 참석자들까지 자지러진다.

"뭘…… 말씀입니까?"

예상치 못한 상황임에도 스크린 속 냉미남은 눈썹 한 올 깜빡 않고 까칠하게 되묻는다. 비록 안경으로 미모를 조금 가렸지만 아무리 봐도 잘생긴 얼굴이다. 정시열이 그 잘난 얼굴을 영 못마땅하다는 듯 내려다보다 대뜸 버럭 소리를 질렀다.

"아니, 이 양반이! 본인이 한 짓을 몰라서 물어요? 말해 봐요. 한루비 양한테 왜 그랬어요?"

영화 대사까지 패러디하며 추궁하는 정시열. 여전히 표정 변화 없는 이현. 그리고 그 옆에 앉아 얼굴을 붉힌 채 어쩔 줄 몰라 하는 한루비. 카메라가 그들을 한 명씩 차례로 줌 인 하자 서현석 PD는 좋아 죽는다. 맞아, 이거야! 원하는 장면을 쏙쏙 뽑아내 주는 정시열이 그저 예뻐 죽겠다.

반면 유하라의 얼굴은 점점 더 하얗게 굳어 갔다.

'아무리 가상 결혼도 하고 가상 연애도 하는 리얼리티 예능이 대세라지만, 오디션 프로에서까지 이렇게 해야 해? 시청률만 낚으면 다야?'

발끈 치솟는 화는 따지고 보면 그런 거창한 이유 때문은 아니었다. 사실은 아주 단순하다. 이현이 자신이 아닌 다른 여자랑 엮여서 화제에 오르는 게 싫다. 그냥 싫다. 무조건 싫다! 유하라는 서현석 PD와 정시열을 매섭게 노려봤다. 어차피 카메라가 자신을 담지 않을 걸 잘 아니까 마음 놓고.

"끝까지 발뺌하시겠다? ……네, 알겠습니다. 제가 이렇게까지 하려고 한 건 아닌데……."

정시열이 재킷 주머니에서 쪽지를 하나 꺼내 부스럭대며 펼쳤다. 그가 진행하는 음악 방송 '뮤직 스토리'에서 늘 하듯. 그러자 '끼아악!' 또 한 번 비명이 터진다.

"쉿!"

정시열이 검지를 세워 입술에 갖다 대자 까르르 짧은 웃음을 끝으로 객석이 금세 조용해졌다.

"문화평론가 유세진 씨가 이런 제목의 글을 올리셨죠. 한루비에게 무조건 탈락 카드를 내민 이현의 속셈은? 거기에 달린 닉네임 니꿍꼬또 님의 댓글입니다. 참고로 방송에 부적격한 표현은 자체 필터링하고 읽겠습니다."

객석을 바라보며 씨익, 여유 있는 미소를 지어 보이고 정시열은 쪽지를 읽기 시작했다.

"이현, 이 삐리리한 놈아! 혼자 숨겨 두고 보려고 내 한루비를 탈락시키다니! 이현이 D&P로 한루비 데려간다, 에 내 소중한 삐리리 두 쪽 걸겠다."

난리가 났다. 그야말로 웃음으로 방청석이 뒤집혔다. 이젠 새삼스러울 것도 없는 화제지만, 당사자들을 앉혀 놓고 생방송에서, 그것도 대망의 '스타 탄생' 결승전에서 이런 해프닝을 벌일 줄은 몰랐으니까.

"여기에 '좋아요!'가 지금 현재…… 자그마치 3만 개가 넘어서, 4만 개에 육박하고 있어요. 이 정도 되면 대국민 담화문은 아니더라도 이현 씨가 뭐라고 해명은 해 주셔야죠."

"안녕하세요, 이현입니다."

마이크를 건네받은 이현이 부드러운 목소리로 인사를 했다. 오빠아! 객석에서 여지없이 비명이 터진다.

"제가 한루비 양을 탈락시킨 이유는……."

8

점점

"그때 다 말씀드린 거로 아는데, 한 번 더 밝혀야 합니까?"

뭐 이런 김빠지는 대답이? 참 너답다. 누가 이현 아니랄까 봐. 황당한 정시열이 이현을 꼬나봤다.

"아니, 그러니까…… 그때 뭐라고 하셨는데요?"

"한루비 양은 누구보다 맑고 투명한 매력적인 음색을 가졌지만, 파이널 스타 5인전에서 기량을 발휘하기엔 아직 다듬어지지 않았다고 판단해서 '무조건 탈락 카드'를 썼습니다."

아이고, 반듯하기도 해라! 역시나 곧이곧대로. 교과서가 따로 없네. 하지만 이건 원하던 답이 아니지.

정시열이 서 PD를 흘낏 보았다. 시간 많으니 더 하란다. 너 하고 싶은 대로 실컷 하란다. 아무렴! '스타 탄생'의 최대 이슈는 한루비 탈락 사건이고, 오디션 내내 한루비를 디스하던 이현이 D&P

로 왜 납치(?)해 간 건지 온 국민이 궁금해하는 마당에, 도마 위에 떡하니 놓인 무를 썰지 않으면 그거야말로 방송 사고지.

"근데 왜 잘나가는 한루비 양을 덜컥 떨어뜨려 놓고는 D&P로 데려가셨죠? 본인이 손수 다듬어 보겠다는…… 그런 의도였나요?"

"네. 아무래도 제작자로서 그런 욕심도 있었겠죠?"

"욕시임?"

정시열의 한마디에 폭소가 터진다.

"흑심이 아니고?"

악마의 미소를 짓고 있는 정시열의 눈빛이 위험하게 빛났다. 걸려들어라. 걸려들어. 이번엔 좀!

"글쎄요. 그것까지 이 자리에서 다 말씀드릴 순 없고, 궁금하신 분은 내일 스타 방송 '야밤의 TV 연예' 시청해 주세요. '화이트 스톰' 서은결 군의 첫 솔로 데뷔를 앞두고 인터뷰를 했는데, 한루비 양 이야기도 나옵니다."

"우와! 이 와중에 소속 가수 깨알 홍보까지!"

"많은 시청 바랍니다."

정시열의 계속되는 태클에도 이현은 자기 페이스를 잃지 않고 깔끔하게 제 할 말만 한다.

"참, 나. 틈을 안 주네. 하하. 여러분! 이분이 이래서 재벌이 된 거예요. 국내 최고의 연예 기획사 사장님입니다."

팬들의 애정 어린 야유와 관객의 웃음으로 장내가 술렁댔다.

"에, 그리고…… 우리 한루비 양."

이 상황이 불편한 듯 얼굴을 붉히며 어색한 미소만 짓던 루비에게 카메라가 들어왔다. 투명하리만치 말간 얼굴에 연분홍 꽃물이

든 듯, 아무리 봐도 사랑스러웠다.

"……루비 양, 더 예뻐지신 거 같아요. 크하하."

"감사합니다."

이현으로부터 마이크를 건네받은 루비가 수줍게 인사했다.

"사장님이 회사에서도 '스타 탄생'에서 한 거처럼 막 구박하고 그러는 거 아니에요?"

"아뇨. ……잘해 주세요."

"오! 잘해 줘요, 사장님이? 어떻게? 어떻게 잘해 주는데요? 구체적으로 좀 말씀해 주시죠."

이런, 낭패가 있나! 그냥 의례적으로 한 말일 뿐인데……. 루비는 집요하게 물고 늘어지는 정시열을 난감하게 올려다보다 옆에 앉은 이현을 슬쩍 곁눈질했다. 구원 요청이라도 하듯.

무표정으로 일관하던 이현이 루비의 시선을 느꼈는지 다행히 돌아봐 주었다. 그리고 보일 듯 말 듯 입꼬리를 살짝 올리며 눈을 한 번 크게 감았다 떴다. 긴 속눈썹이 내려앉았다 다시 떠오르는 찰나의 순간, 그 미미한 행위에도 자꾸 의미를 부여하게 된다. 괜찮아. 내가 있잖아. 마음 편히 이야기해. 그렇게…… 제 마음대로 해석하게 된다.

"아무것도 모르는 제가 찬찬히 실력을 쌓을 수 있도록 잘 가르쳐 주시고 이끌어 주세요."

"진짜?"

"아! 밥도 맛있고……."

"밥이요?"

시큼한 과일이라도 베어 문 듯 정시열의 미간이 일그러졌다.

"뭐, D&P 구내식당 밥이 맛있긴 하죠. 저도 밥 먹으러 자주 놀러 갑니다만! 흐음…… 그게 다예요? 진짜?"

이거로는 부족한가? 루비는 선뜻 떠오르는 게 없어 난감했다.

D&P에서 보낸 기간은 고작 일주일. 그 일주일 동안도 이현은 얼굴 볼 새 없었고. 근데 뭘 더 말해야 하지? 아까 예쁘다고 말해 준 거? 집까지 찾아와 오바이트할 때 등 두드려 주고 계약하자고 협박한 거? 비 맞고 찾아간 밤에 토스트 만들어 주고 재워 준 거? 아니면…… 계약금 1억 원 시원하게 쏴 준 거?

뭐 마려운 개처럼 간절하게 저를 바라보는 정시열의 눈빛은 화끈한 한 방을 원하는데, 무슨 말을 해야 이 상황이 종결될지…… 집요하게 비추는 카메라의 짓궂은 응시에 에잇, 모르겠다는 심정으로 루비는 입을 열었다.

"계약금도 바로 입금해 주시고요."

"오! 계약금. 얼마나요?"

"꽤 많이……"

스크린 속 루비가 장난스럽게 혀를 살짝 빼물자 굵직한 목소리로 호응하는 남성 팬들의 반응이 뜨거워졌다.

그 꼴을 지켜보는 유하라의 눈빛 역시 뜨거웠다.

'대체 방송은 언제 할 거야!'

유하라가 샐쭉한 눈으로 서 PD를 흘겨봤지만, 한루비에게 폭 빠진 그는 목을 길게 뺀 채 우쭈쭈, 어쩔 줄을 모르는 표정이다.

'다들 왜 이래 정말? 저 여우 같은 계집애한테 홀려서는.'

빠드득, 이를 갈다가 그녀는 그냥 확 치고 들어가기로 마음먹었다.

"정시열 씨! 정시열 씨!"

속은 어떻든 생글생글 웃으며 간드러지게 정시열을 불렀다.

"네, 유하라 씨."

이제야 카메라가 유하라를 잡는다.

"혼자 '뮤직 스토리' 진행하시는 줄 알았어요. 인제 그만 '스타 탄생' 진행자로, 제 곁으로 돌아와 주세요."

나긋나긋 부드럽고 정감 있는 목소리에 상냥한 표정만 보면 화면 속에서만큼은 천사가 따로 없다.

"아, 예. 곧 가겠습니다. 그런데 요거 한 가지는 꼭 짚고 넘어가야 할 거 같은데요."

여전히 서 PD는 정시열 편이다. 국민이 원하는데 그냥 어물쩍 넘기면 안 되지. 방송인의 의무가 뭔데? 가려운 데 긁어 주고 밝힐 건 속 시원히 밝혀야지.

서 PD의 평소 지론대로 마음껏 짚고 넘어가라며 오케이 사인을 보냈다.

'뭘 짚고 넘어간다는 거지?'

방송 경험도 별로 없는데 자꾸 자신에게 포커스가 맞춰지니 루비는 좌불안석이다.

"그간 '스타 탄생'에서 여러 커플이 탄생했잖아요. 인혜미 선배님과 저는 주거니 받거니 만담 커플이라고 '정소팔 인춘자'라 불렸었죠. 그밖에도 '금방울 자매'니 '덤앤더머'니 재미난 커플이 많았지만, 유독 우리 '이톰과 한제리' 커플에겐 리얼팬이 많아요. 아무래도 청춘 남녀다 보니 그렇겠죠?"

리얼팬? 그건 또 뭔 소리? 외계어 같은 말을 다 알아듣진 못해도 대충 감으로 때려잡자면, 방송에서의 가상 커플이 현실에서도 맺어지길 바라는 팬을 말하는 게 아닐까? 루비는 어림짐작해 본다.

"어떻습니까? 두 사람, 진짜로 사귀는 건 아닌지요?"

"아, 아닌데요."

"그럼 지금은 아니지만, 혹시라도 나중에 그렇게 될 가능성은 없나요? 팬들 보기엔 두 분 케미가 환상적이랍니다."

"어, 그게……"

루비가 당황해서 말을 더듬자 이현이 잽싸게 마이크를 낚아챘다. 루비는 안도의 한숨을 조그맣게 내쉬었다.

"제가 대신 말씀드려도 되죠?"

안 된다고 할 수야 있나, 천하의 이현에게. 정시열이 할 수 없다는 듯 고개를 끄덕였다.

"절대로 그럴 일은 없을 테니 염려 놓으셔도 됩니다."

절대로, 그럴 일은 없다……. 절. 대. 로. 그 세 글자가 유리 파편처럼 가슴에 콕콕 박힌다. 루비는 김인아 실장의 당부를 잊고 또 입술을 깨물 뻔했다.

"절대로? 강한 부정은 긍정으로 볼 수도 있지 않을까요?"

방송 욕심이 앞선 정시열의 도발에도 이현은 꿈쩍하지 않았다. 이 정도쯤은 공격도 아니다. 연습생 시절을 제외하고 열아홉에 데뷔하여 서른둘인 현재까지 햇수로 14년째 연예계에 몸담고 있는 그에겐.

"음…… 그러기엔 일단 한루비 양이 저를 너무 싫어합니다."

'내가?'

루비는 화들짝 놀라 이현을 바라봤다. 내가 왜 싫어한다고 생각하지? 방송이니까 그냥 하는 말인가?

"에이, 설마요."

"정시열 씨 같으면 1억 원의 상금과 다시 올 수 없는 기회를 놓치게 한 사람을 좋아할 수 있나요?"

"하. 그런가? ……그래도 상대가 이현 씨라면, 이야기가 달라지지 않을까요? 어때요, 루비 양?"

이현은 털어도 나올 게 없을 테니 정시열은 다시 루비를 공략했다. 하지만 이현이 바로 몸을 던져 스파이크를 걷어 낸다.

"저희 D&P 엔터에서는 사내 연애를 원칙적으로 금합니다. 계약을 위반하면 어마어마한 위약금을 물고 퇴출당하는데 루비 양이 바보가 아닌 이상 그럴 리 있겠습니까? 사장인 제가 규율을 어길 일은 더더욱 없을 테고요."

"네? 아, 하하. 참. ……역시 젊어서 그런가? 너무 자신만만하시네요. 한 치 앞을 못 내다보는 게 우리네 인생인데 말이죠."

이현보다 고작 한 살 더 많은 정시열이 '규정이 언제 바뀌었지?' 혼잣말처럼 구시렁대더니 쐐기를 박는다.

"이거 심증은 가는데 물증이 없으니. 어디…… 제가 두 눈 똑바로 뜨고 지켜보겠어요, 이현 씨."

"지켜봐 주신다니 감사합니다."

노이즈 마케팅을 해서라도 방송에 얼굴 한 번 비치려고 용을 쓰는 연예인 지망생과 신인들이 별처럼 많은데, 소속 연예인인 한루비를 이렇게 알아서 띄워 주니 기획사 대표로서 나쁠 건 없었다. 오늘 밤도 '스타 탄생'의 신데렐라 한루비 이야기로 포털이 뜨거울 것이다. 최종 우승자가 누구든 간에.

이현은 나름 애쓴 정시열에게 보너스를 줘야겠다고 생각했다.

"제가 다른 데선 한 번도 밝히지 않은 건데, 한루비 양을 탈락시킨 다음 날 아침에 니꿍꼬또 님의 그 댓글을 봤습니다."

"아니, 그게 정말입니까? 인터넷에 뜬 본인 기사 일일이 찾아보시나 봐요?"

"네. 다 검색해 봅니다. 물론 저희 소속 연예인들 것도요."

"이런 반전이 있나! 여러분, 이현 씨가 다 본답니다. 악플 달고 그러지들 마세요! 아…… 네, 그래서요?"

"제가 그걸 본 순간, 이분의 소중한 삐리리를 지켜 드려야겠다…… 뭐 그런 마음도 있어서, 한루비 양을 스카우트했습니다."

"아하하. 그러니까 니꿍꼬또 님의 소중한 신체 부위를 보호해 주려던 의도도 있었다, 그 말씀이죠? 한루비 양 전격 스카우트에 이런 숨겨진 이야기가 있었다니, 의외네요."

"그렇죠. 그 댓글에 덧달린 댓글들이 무시무시했거든요. 한 달안에 이현이 한루비 안 데려가면, 음…… 뭐 어쩌겠다는……. 그런 살벌한 댓글들이 많아서 제가 가능한 한 빨리 움직였습니다. 니꿍꼬또 님 지금 방송 보고 계시죠? 댁의 삐리리는 안녕하신가요? 제가 정말 노력했습니다."

웃지도 않고 시종일관 냉철하게, 마치 심사평이라도 하듯 이현이 조곤조곤 읊조리자 객석이 웃음으로 들썩였다. 정시열 역시 폭소를 터뜨리며 이쯤에서 마무리하기로 했다.

"사실 니꿍꼬또 님을 오늘 이곳에 모셨는데 방송에 나오는 걸 꺼려 하셔서요. 니꿍꼬또 님! 방송 끝나고 대기실로 오시면 한루비 양 사인 받게 해 드리겠습니다. 근데 사장님 무서워서 어디 나타나

시려나, 이렇게 철벽을 치시는데……. 아, 그럼 1부 마지막 순서 진행하겠습니다."

정시열이 옆 테이블을 향해 걸어가더니 윤유나 앞에 멈췄다.

"오래 기다리셨지요, 윤유나 양. 사죄의 뜻으로 제가 무대까지 특별히 에스코트하겠습니다."

정시열이 윤유나에게 기사처럼 오른팔을 내밀며 허리를 굽혔다. 연푸른 드레스를 입은 윤유나가 환하게 웃으며 일어나 그의 팔을 잡고 무대를 향해 걸어갔다.

"네. 정시열 씨의 '뮤직 스토리'가 드디어! 막을 내렸네요. 정시열 씨가 재미있는 방송에 욕심이 많습니다. 그래서 짓궂은 장난을 좀 치셨는데, 진짜로 오해하는 분은 없으시죠? 방송은 그저 방송일 뿐입니다. 다큐가 아니고 예능이니 너그러이 웃고 넘어가 주시길 부탁드려요."

어딘가 뼈가 있는 멘트지만 카메라에 잡힌 유하라의 표정만큼은 봄 햇살처럼 포근했다. 또박또박 정확한 발음에 사근사근한 목소리는 교양미가 뚝뚝 넘쳐흘렀다.

"여러분께선 지금 '스타 탄생' 그 마지막 결승전을 함께하고 계십니다. 윤유나 양의 노래를 끝으로 1부 마무리 짓고 저희는 2부에서 다시 찾아뵙겠습니다. 2부 첫 공연은 비록 '파이널 5인'에는 탈락했지만, 많은 사랑을 받았던 열 명의 본선 진출자들이 마련한 무대입니다. 뮤지컬 '진순이와 만식이' 기대하셔도 좋습니다. 채널 고정해 주세요."

유하라가 준비된 멘트를 마치자 그녀를 비추던 조명이 꺼지고 무대 중앙에 선 윤유나에게 스포트라이트가 비쳤다.

그리고 유하라의 얼굴은 더없이 싸늘하게 돌변했다.

윤유나가 무대로 나가 노래를 시작하자 '파이널 5인'에 오르지 못한 열 명의 본선 진출자들은 대기실로 후다닥 이동했다. 지난 한 주간 연습한 뮤지컬을 2부 첫 순서로 선보이기 위해 옷을 갈아입고 서둘러 분장을 했다. 워낙 높은 시청률에다 화제의 중심에 있는 프로라 광고가 많이 붙어 시간은 여유로운 편이었다.

아직 소속사가 정해지지 않은 다른 출연자들은 방송국 전속 메이크업아티스트가 분장을 해 주지만, 별도의 대기실이 배정된 루비에겐 김 실장과 다른 두 명의 코디까지 달려들어 옷을 갈아입히고 헤어스타일을 만지고 얼굴을 주물러 댔다. 불과 4주 전만 해도 그녀 역시 같은 입장이었던 걸 생각하면 소속사가 있는 연예인이란 이렇게 위상이 다른 건가, 얼떨떨하기만 했다.

김인아 실장은 인터넷에 올라온 레드 카펫 기사를 확인하고 기분이 한껏 고조되어 있었다. D&P에 스타일링실이 있음에도 굳이 다른 숍을 찾는 유하라가 곱게만 보이지 않던 그녀 입장에선 한루비와 이현으로 도배된 레드 카펫 기사가 승전보와 다를 바 없게 느껴졌다.

잘나가는 메이크업아티스트와 헤어디자이너가 있어 연예인들이 많이 찾는 숍이고 유하라의 집에서 가까워 편의상 간다니, 사실 뭐라 할 수도 없는 처지이긴 했다. 더욱이 그녀는 친분 있는 유명 스타일리스트에게 일을 따로 맡기고 있었다. 그런 상황인지라 왠지 유하라를, 아니 그녀의 단골 뷰티숍 원장과 유명 스타일리스트를 이긴 듯해서 김 실장은 기분이 좋았다. 콧소리가 절로 나왔다.

"와! 복고풍인데도 하나도 촌스럽지 않네. 루비 씨, 왜 이렇게 예뻐?"

프릴이 잔뜩 달린 흰 블라우스에 흰 물방울무늬가 벚꽃처럼 흩날리는 연분홍 플레어 스커트. 스커트와 같은 원단으로 만든 폭이 넓은 머리띠를 반지르르 윤이 나는 검은 머리에 두르고 발목까지 오는 흰 양말에 반짝이는 검은 에나멜 구두까지 신으니 옛날 영화 속에서 튀어나온 여배우 같았다.

"실장님이 예쁘게 꾸며 주신 덕이죠. 감사합니다."

이런 관심과 찬사가 아직은 어색하기 그지없다. 그래도 익숙해져야겠지……. 진정한 어른이 되려면, 그래야만 하겠지……. 싫어도 해야 하는 것이 있는 프로의 세계에 발을 들인 이상은.

진순이 분장을 마친 루비는 전체 대기실로 가서 함께 무대에 오를 멤버들을 만났다. 다들 긴장한 기색이 역력했지만 웃고 있었다. 환하게. 우리의 무대도 그러할 것이다. 그동안 애쓴 만큼 잘할 수 있을 거야! 모두 힘차게 파이팅을 외치고 무대에 올랐다.

'로미오와 줄리엣'을 모티브로 스토리 라인을 잡고 기존 가요 중 적당한 곡을 선곡해 뮤지컬 형식으로 만든 '진순이와 만식이'는 서브 PD인 강지훈이 연출했다.

70년대 서울 어느 시장 골목. 만식이네 만둣집 옆에 진순이네 찐빵 가게가 신장개업하며 두 집안의 갈등이 시작된다. 차마 고백하지 못하는 진순이와 만식이의 애절한 마음이 엇갈리며 뜻하지 않은 비극으로 치닫는데, 그 밤 진순이는 말하지 못한 사랑의 아픔을 노래로 부른다.

루비는 전주가 잔잔히 흐르는 동안 눈을 내리깔고 마음을 가다듬었다.

진순이의 숨겨 왔던 마음을 표현해야 하는 이 부분이 극의 클라이맥스다. 이 노래를 우연히 엿들은 만식이가 진순이의 숨겨 왔던 마음을 알게 되어 그녀의 손을 잡고 사랑의 도피를 하게 되는 극의 전환점인 만큼, 최고조에 다다른 감정을 터뜨려 줘야 한다는 부담감이 컸다.

지난 한 주. 루비는 방송사 연습이 끝나면 회사에서 보컬 트레이너에게 따로 특훈도 받았다. 자다가 깨워 노래를 시켜도 완벽하게 부를 자신이 있을 정도로 연습, 또 연습했다. 하지만 아무리 노력해도 강 PD는 감정을 좀 더 살려 불러야 한다고 지적했다. 전반적으로 시트콤처럼 발랄한 코믹 뮤지컬이지만 이 대목만큼은 애절한 감성이 터져야 한다며.

'루비 씨. 노래는 참 잘하는데…… 뭐랄까. 울림이 좀 부족해. 아…… 딱 뭐라 꼬집어 표현하기 힘든데, 진순이가 느끼는 애절함이 전달이 안 돼. 혹시…… 사랑, 안 해 봤어요?'

그래도 스물여섯인데 설마 누군가를 사랑해 본 경험이 없을까, 강 PD의 질문엔 그런 전제가 깔려 있다는 게 느껴졌다. 이 나이 되도록 연애 한 번 안 해 봤다고 했다간 눈 세 개 달린 사람 취급받을 게 뻔했다.

초등학교 4학년 크리스마스이브에 국립발레단의 '호두까기 인형' 공연을 본 이후로 그녀의 마음은 발레에 송두리째 빼앗겨 버렸다. 무언가에 빠지면 오로지 그것만 보이는 외골수여서 괜찮은 남자가 있어도 눈길이 가지 않았다. 발레만으로도 벅찬 가슴에 남자를 담아 둘 마음의 여유가 그때는 없었으니까.

'노래 연습은 이미 충분해요. 그런데…… 첫사랑의 설렘이든, 사춘기 때 선생님이나 교회 오빠를 짝사랑했던 경험이든…… 적어도 한두 번은 있을 거 아니야. 그런 추억을 더듬어서라도 감성을 좀 더 살려 애절하게 불러 봐요.'

프로그램을 잘 만들고 싶은 젊은 PD의 의욕이 너무 과한 게 아닐까? 직접적인 경험만이 다는 아니라고 생각했다. 누군가를 열렬히 사랑해 본 적은 없지만, 영화나 소설을 통해 엿본 사랑일지언정 충분히 공감할 만큼 그녀의 감성은 풍부했다.

발레 역시 사랑을 비롯한 다채로운 감정을 몸으로 표현하는 장르다. 그러니 늘 사랑을 연기해 왔다고 할 수 있는데, 무엇이 부족하다는 걸까? 그녀로선 도무지 알 수 없었다.

전주가 끝날 무렵 루비는 고개를 들어 어두운 밤하늘에 떠오른 달을 응시하듯 허공을 향해 시선을 고정했다. 이제부터 진순이의 마음으로 만식이에 대한 애절한 마음을 노래해야 하는데 엉뚱한 사람이 시야에 가득 들어온다.

'이현……!'

시간이 점점 지날수록
점점 커져만 가는 내 맘을

너는 아는지
마음이 점점 커질수록
점점 늘어만 가는 눈물을
너는 알고 있는지

어느 곳을 보아도 세상은 그로 꽉 찬 듯, 눈을 가리고 마음을 훔친다. 언제부터였던가……. 그를 보면 쿵쿵, 뜨겁게 신호를 보내오던 심장은 이미 알고 있었나 보다. 이 마음이 어디를 향해 달려가고 있었는지.

9

Two drifters, off to see the world

'스타 탄생' 마지막 방송을 자축하는 쫑파티는 방송국에서 가까운 깔끔한 고깃집 '한우정'에서 열렸다. 시청률 대박에 신이 난 방송국 측에선 매스컴에 보도 자료도 뿌릴 겸 정식 종방연을 호텔에서 거하게 치르자고 제안했지만, 출연진과 스태프들 모두 편하게 먹고 마시는 분위기를 선호해 거절했다.

대신 식당을 통째로 빌려 자유롭게 놀기로 의견을 모았다. 방 사이의 접이식 문을 걷어 널찍한 홀로 만들어 팔십여 명에 이르는 출연진과 스태프, 그 밖의 관계자들이 한자리에 모여 앉았다.

서현석 총괄 PD가 자리에서 일어나 인사말을 시작하자 불판 위의 고기를 집던 젓가락들이 잠시 동작을 멈춘다.

"아…… 감사합니다, 여러분. 여기까지 오는 동안 수고 많으셨습니다. 최종 우승 한 이지연 양, 다시 한번 축하합니다. 비록 우승은 못 했지만 '파이널 스타 5인' 나머지 네 분, 좋은 무대 감사드리고…… 앞으로 훌륭한 가수가 되리라 믿습니다. 에, 또 오늘 재미난 뮤지컬 보여 준 우리 '진순이와 만식이' 팀. 이분들은 어찌나 끼가 넘치는지, 가수 아니라 뮤지컬 배우 하셔도 되겠어요. 하하."

까르르 터지는 웃음과 환호와 박수. 모두 기분 좋게 들떠 있었다.

"……예선부터 장장 6개월을 함께 달려온 스태프들, 그리고 조명 감독님, 촬영 감독님. 진심으로 감사드립니다. 또 저랑 기획과 준비 기간을 합치면 1년 가까이 호흡을 맞춰 온 강지훈 PD와 작가님들, 고맙습니다. 싸가지 없는 제 성격 맞추느라 고생 많으셨습니다."

내내 유쾌하던 서 PD의 굵직한 목소리에서 미세한 떨림이 전해졌다.

"아…… 나 이거, 고기 타겠네. 먹으면서들 들어요. 한우 투 뿔인데 타면 안 되지. 드세요, 얼른. 뭐 교장 선생 훈화도 아니고 말이야, 저도 금방 끝내겠습니다."

북받치는 감정을 누르려는 듯 너스레를 떨자 여기저기 폭소가 터졌다.

"사실 제가 이 프로그램을 시작하기까지 개인적으로 좀 힘들었던 시간이 있었는데…… 크흠. 그런 악조건 속에서도 저를 믿고 심사를 맡아 주신 네 분, 그리고 멘토 다섯 분. ……감사합니다. 바쁜 와중에 출연해 주신 은혜 평생 잊지 않겠습니다. 이상으로 끝맺겠습니다, 고기 타기 전에. ……모두 건배 한번 하죠!"

서 PD가 잔을 높이 들자 박수를 치던 손들도 따라 잔을 들었다.

여기저기 쨍그랑 잔을 부딪치는 소리와 '위하여!'를 외치는 소리가 지글지글 구워지는 고기 냄새 속으로 녹아들었다.

"음…… 맛있다! 이 집 맛있다고 소문이 자자하더니, 역시나."

"여기 원래 유명하잖아. 맛도 맛이지만 비싸기로도."

"이 마블링 봐라. 예술이 따로 없다. 아주 녹는다, 녹아."

"여기 샐러드 더 주세요!"

생방이 끝나고 음식점에 모인 시각이 대략 10시. 배가 고팠던 데다가 팽팽하던 긴장감이 풀려선지 연신 술잔을 비워 가며 모두 열성적으로 먹어 댔다.

"루비야, 뭘 그리 골똘히 생각해? 얼른 먹어."

"어?"

윤유나의 말에 화들짝 놀란 루비가 종업원이 앞 접시에 덜어 준 고기를 덥석 집었다.

"으응……. 언니도 많이 먹어."

대각선 방향으로 멀찌감치 떨어져 앉은 이현 쪽으로 향하던 신경을 억지로 끌어모으며 루비는 입안에 고기를 넣었다. 잘 구워진 등심을 오물오물 씹자 고소한 육즙이 입안에 가득 퍼진다.

'마, 맛있다!'

근데 이현의 옆자리에 딱 붙어 앉은 유하라가 오늘따라 왜 이리 거슬리는 걸까? 회식 자리마다 늘 그래 왔으니 새삼스러울 것도 없는걸.

"루비야, 맥주 한 잔 안 마실래?"

"나 오늘은 그냥 사이다나 마시려고."

"왜?"

"나 그때 술 너무 많이 먹고 실수한 거 같아서."

"실수? 너 실수한 거 없는데? 음…… 나중에 얼굴이 발그레해져 선 좀 많이 웃긴 했지만."

아마도 실실 웃었을 것이다. 안 봐도 뻔해!

"언니, 그날 나 뭐 추태 부린 건 없구?"

루비는 내내 궁금했지만 차마 들어 볼 엄두조차 안 났던 그날의 행적을 이참에 슬쩍 물어보았다. 십 대 후반과 이십 대 초반이 대부분인 본선 참가자들 사이에서 스물여섯 루비와 스물일곱 유나는 서로에게 의지하며 친하게 지냈었다. 그날도 유나가 자신의 옆에 앉아 있었으니 가장 정확하게 기억하고 있을 것이다.

"추태랄 게 뭐 있겠어. 넌 술도 별로 안 마신 거 같던데……. 내가 더 마셔서 정확히는 모르겠지만…… 아마 맥주 2병? 겨우 그 정도 먹고선 뭘."

거기까지는 분명 제 기억과 다름이 없다. 그럼 어디서부터 필름이 끊긴 거지?

루비는 입술을 잘근잘근 깨물었다. 생방이 끝나자마자 답답한 화장을 싹 지워 버려 이젠 입술을 맘껏 깨물어도 되니 속이 다 시원했다.

"솔직히 너 그날 술 진탕 마시고 추태 부렸다 해도 다들 이해했을 거야. 내가 너였다면 울고불고 완전 난리 쳤을 거다. 근데 넌 외려 덤덤해서 내가 더 미안하더라."

"아이, 언니가 왜에? 누가 봐도 언니가 나보다 더 실력 있는데. 그냥 사필귀정이지 뭐. 그래도 그날 좀 속상하긴 했어."

"그런 상황에서 속이 안 상하면 사람이 아니지. 그래도 그 칼날

같던 이 대표님이 내색은 안 해도 미안했던지 너 집에 간다고 일어
나니 데려다준다고 바로 따라나서던데?"

고기를 집던 루비의 손이 순간 멈칫했지만, 유나는 남은 맥주를
단번에 들이켜느라 그것까진 알아채지 못한 듯했다.

"다들 술도 마셨고, 이 대표님이야 기사 딸린 차도 있으니까 당
연하게 생각했지, 그땐. 어머! 그리고 보니 혹시…… 그날 너 데려
다준다면서 차 안에서 바로 스카우트한 거 아니야?"

아마도 목적은 그거였겠지. 그리고 그는 목적을 달성했고.

"그치? 맞지?"

"……음, 제안을 받긴 했어."

"어쩐지……."

"뭐가?"

"아니, 지금 와 돌이켜 보니 그렇게 생각되는 건진 몰라도 말이
야……. 평소 이 대표님답지 않게 초조해 보이기도 했고, 너 따라
나설 때 표정도 좀 묘했던 거 같아."

"묘하다니? 어떻게?"

"그걸 어떻게 딱 꼬집어 설명하니? 나도 알딸딸하니 취했었는
데. 그냥 이제 와 생각해 보니 그랬던 거 같다는 거지 뭐. 어, 동
생! 나 잔 비어쓰!"

유나가 내민 빈 잔에 루비가 맥주를 따르는 동안 루비의 귓가에
유나가 낮게 속삭였다.

"저, 저, 유하라. 누구 옆에만 가면 아주 그냥 살살 녹이는구나.
아이고, 저 표정 봐라."

그 누가 누군지, 어떻게 살살 녹이는지 눈을 들어 확인하지 않아

도 루비는 너무 잘 알고 있었다. 구슬이 굴러가는 듯 낭랑한 목소리에 까르르 숨이 넘어가게 웃는 웃음소리까지 아까부터 계속 귀를 자극하고 있었으니까.

"저 여잔 아나운서보다 연기자가 적성에 맞는 거 같은데 말이야. 우리랑 있을 때완 표정부터 180도 달라지는 거 봐. 칠면조야, 칠면조. 그것도 꼬리 아홉 개 숨긴 칠면조."

푸흡! 윤유나의 말에 웃음이 터지고 말았다. 예쁘장하니 새침한 외모와는 달리 윤유나는 종종 이런 식의 엉뚱한 어휘 구사로 배꼽을 잡게 한다.

"내가 언니 땜에 미쳐."

한번 터진 웃음은 쉬이 멈추지 않았다. 꼬리 아홉 개 달린 칠면조의 모습이 자꾸 연상돼서.

"루비 누나, 뭐가 그리 재밌는데요?"

맞은편에 앉은 남자가 묻는다. 만식이 역을 맡았던 스물셋의 훈남, 지연우다.

"어? 아냐, 넌 몰라도 돼. 그런 게 있어."

"그러니까 더 궁금하네. 나도 같이 웃게 좀 말해 주면 안 돼요?"

"네. 안 돼요!"

싱긋 웃으며 눙치는데 이상한 느낌이 들어 고개를 돌리다 이현의 시선과 마주쳤다.

'왜?'

얼른 시선을 피했지만, 자꾸 신경이 쓰였다.

'너무 시끄럽게 웃었나? 왜 쏘아보는 거지?'

"오늘 최고였어요, 한루비 씨. 그렇게 애절하게 부를 줄은 정말 몰랐다니까. 연습 땐 좀 밍밍했는데, 필이 완전 제대로 꽂혔어."

욕심이 많은 만큼 흥도 많은 사람이었던가? 지연우 옆자리로 옮겨 앉은 강지훈 PD가 연신 감탄을 한다. 아마도 본인이 원하던 장면을 뽑아내서 기분이 한껏 업되었나 보다.

"마지막에 눈물 한 방울 또르르 흘러내리던 모습은……. 하! 그게 연출로 될 그림이 아니지. 루비 씬 연습보단 실전에 강한 타입인가 봐요."

혀가 꼬인 건 아니지만, ……취했나? 무뚝뚝하던 사람이 저렇게 수다스러워지다니. 그러고 보니 눈 주위가 약간 불그스레했다.

"루비 누나 노래할 때 진짜, 와! 나까지 울 뻔했다니까요."

고기를 우물거리며 만식이 역의 지연우가 끼어들자 강 PD가 따라 준 소주를 한입에 털어 넣은 윤유나도 거든다.

"모르셨어요, PD님? 우리 루비가 얼마나 감성이 풍부한 앤데요."

"알지, 알아. 아는데……."

윤유나의 빈 잔에 다시 소주를 따라 주며 강 PD가 너털웃음을 웃는다. 마르고 창백한 얼굴에 무덤덤한 표정, 까다로운 성격. 루비가 아는 평소의 강 PD 이미지와 영 딴판인 모습이다.

"하긴, 루비 씨가 거기서 감정을 팍 터뜨려 줘서 느낌이 확 살았지. 연습할 때 구박해서 미안해요, 루비 씨. 자, 그런 의미에서 한 잔 받아요."

매몰차게 거절할 수 없어 얼결에 잔을 받았더니 넘치게 소주를 따른다.

"저, 소주는 좀 그런데……. 일단 받아만 둘게요."

"어? 소주 못해요? 그럼 맥주?"

"아뇨. 전 이미 많이 마셔서요. 됐습니다."

"누나가? 언제?"

남의 속도 모르고 눈치 없이 끼어드는 지연우에게 루비가 눈을 살짝 흘겼다.

"아, 빼지 말고. 오늘 같은 날은 좀 같이 마시지. 왜? 사장님 눈치 보여요?"

"아니, 그게 아니고 제가 컨디션이 좀……."

아닌 게 아니라 무척 피곤하긴 했다. 물론 오늘 이 자리에 피곤하지 않은 사람이 누가 있을까만, 루비는 행여나 또 실수할까 봐 긴장을 늦출 수 없었다.

"그래요? 그럼 뭐, 억지로 권하진 않을게요."

"강 PD님, 제가 따르는 술도 한 잔 받으시죠."

"어? 연우 씨, 고마워. 자, 우리 언제 또 이렇게 다 같이 만나겠어? 건배나 한 번 더 하자고."

"아이, 참. 눈물 나게 왜 자꾸 그러세요?"

"유나 누나 운다. 흐흐."

"울기는 누가? 자, 자. 헛소리 그만하고 건배!"

쨍하고 잔들이 부딪쳤다. 잔 안의 맑은 액체도 함께 흔들렸다.

그러고 보니 이 구성원들이 모두 한자리에 모이는 것은 오늘이 마지막일 것이다. 그런 상념들이 마음을 스치자 루비는 가만 들여다보던 잔을 들어 한 모금 꿀꺽 삼켰다.

"크으, ……쓰다."

"오오! 루비 누나!"

"루비 씨, 괜히 무리하지 말고. 맥주 줘요?"

"아뇨. 소주도 괜찮네요, 뭐."

루비가 히죽 웃었다.

"얘 또 뒤늦게 발동 걸리나 보다."

"아냐, 언니. 오늘은 나, 진짜 쪼오끔 마실 거야."

"왜에? 그냥 맘껏 마셔. 넌 고이 모셔 갈 사장님도 있는데 뭐가 걱정이냐? 난 기어서 집에 갈 게 걱정이지만."

"유나 씨, 귀가라면 걱정하지 마요. 내가 책임지고 모셔다드리지. 집이 어딘데?"

"화곡동이요."

"아니에요, PD님. 저 목동 살아요. 유나 누난 저랑 가면 돼요."

"어라? 나 좀 인기 있네? 근데 왠지 불길하다. 두 사람……! 이러다 다 취해서 내가 데려다줘야 하는 거 아니야?"

"하하하. 진짜 그럴지도. 그럼 난 누나만 믿는다."

"어떡해. 언니 인제 그만 마셔야겠다. 흐흐."

"루비야! 나 또 망했다. 아이고 차암. 내가 그렇지 뭐."

"유나 씨. 나, 취하면 개 되니까 우리 집 주소 미리 적어 둬요."

"네 네. 알겠습니다. 적어 둘게요. 택배로 보내도 되죠?"

"뭐어? 택배? 아니, 사람을 뭐로 보고! ……퀵으로 부탁해."

루비는 다시 잔을 들어 소주를 찔끔 마셨다. 홧홧한 기운이 혀를 휘감으며 식도를 타고 넘어가자 찌르르 온몸에 전기가 흐른다. 보기엔 맑디맑은 이슬 같은 게 어찌 이리 뜨겁게 몸을 달굴까?

'돈 때문에……. 단지 돈이 필요해서 얼결에 응모했던 오디션이었는데…….'

꽃샘추위 매섭던 봄에 만나 뜨거운 여름을 함께 건너온 이들과 가을의 초입에 마시는 이별주는 쓰고도 달았다. 말간 술 속에 그녀의 스물여섯 봄과 여름이 녹아 있는 것처럼.

분위기가 무르익어 갈수록 자리 배치는 자꾸 바뀌었다. 누군가가 불러서 가기도 하고, 고마웠던 사람에게 인사치레한다고 부러 옮기기도 하고, 화장실 다녀오는 이의 손목을 잡아채 끌어 앉히기도 하다 보니, 처음 앉았던 자리에 그대로 있는 이는 절반도 안 되었다.

다들 어지간히 마셨는지 평소보다 한 톤 높은 목소리로 떠들고 누군가의 시답잖은 농담에도 웃음을 터뜨렸다. 자정을 넘기자 빈자리도 드문드문 눈에 들어왔다. 심야 라디오 방송을 진행하는 유하라가 가장 먼저 떠났고, 정시열을 비롯해 스케줄 있는 연예인 몇이 뒤따라 자리를 뜬 후였다.

"한루비 씨! 잠깐 얼굴 좀 보여 줘요!"

엄마의 전화를 받고 들어오는 루비를 불러 세운 건 구석 자리에 앉은 서현석 PD였다.

쭈뼛거리며 다가간 루비는 막상 테이블 앞에 가자 어디에 앉아야 할지 몰라 어정쩡하게 서 있었다. 서현석 앞에는 그 사람, 이현이 앉아 있었고 두 사람의 옆자리는 비어 있었다.

어디…… 앉아야 하지? 서 PD 옆에 앉기도 생뚱맞지만 이현의 옆은 왠지 부담스러웠다.

"편히 앉아요."

독심술이라도 하는지 서 PD가 본인의 맞은편 빈자리, 즉 이현의 옆자리를 향해 손짓하며 앉으라는 시늉을 했다.

'아…… 네.'라고 대답을 했지만, 막상 그녀가 앉은 곳은 이현의 옆자리도, 그렇다고 서 PD의 옆자리도 아니었다. 발치에 얌전히 놓인 방석을 두고 굳이 이현의 등 뒤를 지나쳐 테이블 모퉁이를 돌아 그녀가 앉은 곳은, 줄줄이 붙여 놓은 테이블의 말단, 흔히 말하는 '상석'이었다.

그런 그녀를 물끄러미 쳐다보는 서 PD의 얼굴엔 '아니, 왜?'라고 쓰여 있었지만, 다행히 묻진 않았다.

"루비 씨, 맥주? 소주?"

"음…… 맥주로 주세요."

테이블 한쪽에 놓인 쟁반엔 아직 사용하지 않은 잔과 접시가 여러 개 엎어져 있었고 서 PD는 그중 맥주잔 하나를 집어 루비에게 내밀었다. 두 손으로 잔을 받아 쥐고 서 PD가 따라 주는 맥주 거품에 시선을 집중하던 그녀는 문득 왼쪽 종아리에 느껴지는 푹신한 감촉에 흘깃 곁눈질해 보았다. 이현이 슬쩍 밀어 놓은 방석이 놓여 있었다.

"감사합니다."

두 남자를 번갈아 보며 루비는 고개를 꾸벅 숙였다. 그 와중에도 이현은 그녀 앞에 개인 접시와 젓가락을 묵묵히 놓아 주었다. 이현의 커다란 손이 섬세하게 움직이는 걸 지켜보며 루비는 그가 만들어 주었던 토스트 생각을 했다. 한입에 먹기 좋게 눌러 주고 잘라 줬던 노릇노릇한 토스트.

"가만 보면 말이야. 우리 이 대표, 안 그럴 거 같은데 은근 자상한 데가 있어."

이현이 따라 주는 소주를 받으며 서 PD가 농담인지 진담인지 모를 말을 했다.

"역시 예리하십니다."

이현 역시 농담인지 진담인지 모르게 받아친다.

"하하하. 내가 그런 말 많이 듣지. 나, 보기엔 술빵 같지만 내면은 섬세한 남자거든. 아무튼, 이 대표는 그 까칠함 속에 숨겨진 다정다감한 면이 매력인데……."

'그럼 그렇지. 원래 그런 사람이었던 건데……. 난 왜 별거 아닌 행동에 혼자 의미 부여하고 괜히 가슴 설레고……. 이런 바부팅이.'

루비는 제 머리를 꽁, 쥐어박고 싶었다.

"왜 그 매력을 숨기고 살아? 하긴 뭐, 그 얼굴이면 까칠해도 여자들이 줄줄 따라 문제겠지만. ……나 말곤 그 매력 아무도 모를걸? 루비 씬 알아?"

"네? 뭐, 뭘요?"

"아냐, 아냐. 알 리가 있나. 이 대표가 어떤 사람인지, 나도 꽤 오래 지켜봤으면서도 몰랐는데."

'그러니까…… 까칠함 뒤의 자상함을 아무한테나 막 질질 흘리고 다니는 남자는 아니다, 그런 뜻인 거지?'

배시시 웃음이 새어 나올 거 같아 루비는 어금니를 꽉 물었다. 저도 알아요, 라고 냉큼 대답하고 싶은 마음을 누르며 두 남자와 잔을 부딪쳤다. 챙, 하는 맑은 소리가 마음에 닿을 듯 깊게 울렸다. 차가운 맥주 거품이 목을 훑고 내려가는 느낌이 진저리 나게 좋아 그녀는 어깨를 흠칫했다. 이런, 오늘 또 술 잘 받네.

'아까 소주 한 잔 마셨으니, 맥주 한 잔까진 괜찮겠지? 아니다!

섞어 마시면 더 안 좋다던데, 어쩌나?

저도 몰래 손가락을 하나씩 꼽고 있자니 피식, 웃음소리가 들렸다.

그다! 이현이다…….

민망해진 루비는 재빨리 왼쪽 손을 올려 달아오른 뺨을 감싸듯이 괴고, 오른쪽으로 고개를 틀어 서 PD의 이야기에 집중하는 척했다.

"이런 말 했던가? 내가, 우리 이 대표 덕에 살았다는 거. 하하. 안 했지, 아마? 술김에 고백하자면…… 고마워. ……정말 고마워요, 이현 씨."

"제가 뭘 했다고요."

"다른 사람도 아니고 이 대표니까, 그냥 곁에 있어 준 것만도 고맙지. 천군만마보다 더한 힘을 실어 줬으니까."

"비즈니습니다."

"크흐흐. 이 대표답네, 다워!"

기분 좋게 웃으며 서 PD는 또 잔을 비웠다.

길고 험난한 항해를 끝낸 선장이 항구에 배를 정착시켰을 때의 심정이 이럴까? 서현석은 오늘 밤 어깨에 짊어졌던 모든 짐을 내려놓고 한껏 취하고 싶었다. 취기를 빙자해 평소 표현하지 못한 고마움도 털어놓으며, 홀가분하게 쉬고 싶었다.

서현석이 이현을 처음 만난 건 12년 전, 가요 프로 서브 PD 시절이다. 당시 인기 최고 아이돌 그룹 '블랙 레인'의 리더였던 스무 살 이현은 그야말로 군계일학이었다.

"안녕하십니까."

한류 스타란 말이 무색하게 아직 수습 딱지를 떼지 못한 신입 PD에게도 깍듯이 허리를 굽혀 인사하던 이현. 얼결에 인사를 받으면서도 충격적인 비주얼을 잽싸게 뜯어보았다.

여느 아이돌처럼 갸름한 얼굴형에 흰 피부지만, 남자다운 턱 선에서 풍기는 카리스마 때문인지 여린 인상은 아니었다. 높이 솟은 콧날과 적당히 도톰한 입술은 고전적인 우아함을 더했다. 무엇보다 놀라운 건 부드럽게 흘러내린 머리카락 사이로 빛나던 강렬한 눈빛이었다. 상상 속의 블랙홀을 실제로 본다면 이럴까? 검고 큰 눈망울이 주변의 모든 걸 빨아들일 것만 같았다.

첫 만남의 여운은 꽤 오래갔다. 그 뒤론 어떤 연예인을 봐도 흔한 동네 총각처럼 보였으니까.

그 후 서현석은 이런저런 프로그램의 서브 PD로 커리어를 쌓으며 눈코 뜰 새 없이 바쁜 나날을 보냈다. 코앞에 닥친 일들을 해내기도 벅차 주변을 돌아볼 겨를조차 없었다.

그렇게 3년여를 버티자 비로소 프로그램 하나를 맡게 됐다. 추석 연휴에 선보일 파일럿 프로그램이었는데 입봉작인만큼 정말 잘해서 다음 개편 때 꼭 정규 편성 되길 바라는 욕심이 컸다.

그날도 캐스팅 문제로 골머리를 앓던 중 흡연실에서 담배만 뻑뻑 피우다 회의실로 돌아가기 위해 로비를 지나던 참이었다.

"안녕하십니까."

매력적인 중저음의 목소리에 이끌려 돌아보니 이현이었다. 그는 여전히 허리를 굽혀 정중하게 인사했다.

"아니, 이게 누구야? 이현 씨! 진짜 오랜만이네. 그래, 어떻게…… 그동안 잘 지냈어요?"

"네. 얼마 전에 전역했습니다. 이거, 제 명함입니다. 잘 부탁드립니다."

"아! 맞다. 군대 간다고 한 기사 본 거 같은데 벌써 제대했군. 참 시간이 어찌나 빨리 가는지 정신을 못 차린다니까, 내가."

"서 PD님도 잘 지내셨지요? 많이 바쁘신가 봐요."

"어, 요즘 새 프로 때문에 좀. 근데…… 회사 차렸어요?"

'D&P 엔터테인먼트 대표 이현'이라는 글자가 새겨진 명함과 이현의 얼굴을 번갈아 보며 그가 물었다.

"네. 그렇게 됐습니다."

'스물셋이면, 기획사 차리긴 너무 어린 거 아닌가?'

서현석은 남달리 영민해 보이는 젊은 남자를 다시금 찬찬히 살폈다. 긴 속눈썹 그늘이 드리운 큰 눈망울은 여전히 아름다웠지만, 어딘가 전과는 다른 분위기를 풍겼다. 맑고 순수하던 소년에서 세상을 아는 남자가 된 듯한.

"……아! 그래서 말인데 잠깐 나랑 얘기 좀 해요. 지금 시간 돼요?"

"네."

깊이를 알 수 없는 검은 눈동자 속으로 빨려 들어갈 것 같다고 느낀 순간, 서현석은 그의 손을 덥석 잡고 말했다.

"이현 씨, 나 좀 도와줘요."

그렇게 시작된 인연이었다. 결론부터 말하자면 서현석은 이현이란 카드를 적절히 잘 사용한 덕에 시청률 대박을 쳤다. 이현이 출연한 파일럿 프로그램은 그의 바람대로 정규 편성 되었고, 햇병아리 PD 서현석은 그것을 발판으로 스타 PD로 입지를 굳혀 나갔다.

사실 이현 캐스팅이 순조롭지만은 않았다. 알고 보니 한창 활동할 때 군대를 다녀온 건 소속사와의 분쟁 때문이었다고 한다. 물론 소속사의 잘못된 관행과 노예 계약에서 비롯된 분쟁이었다. 소송까지 가지 않고 조용히 매듭지어 크게 보도되지는 않았지만, 전 소속사가 은근히 이현의 방송 출연을 견제하던 참이었다. CP가 그런 이유를 들어 이현의 캐스팅을 반대했다.

당시만 해도 피 끓던 젊은 PD 서현석은 이현을 포기할 수 없다고 버텼고, 나중에 그 사실을 알게 된 이현이 언젠간 이 은혜를 꼭 갚겠다고 했다. 그 정도 은혜라면 이미 시청률로 충분히 보답하고 남은 셈인데도.

그래서였을까? 종편으로 옮긴 뒤 여러 가지 악재가 겹쳐 힘들었을 때 서현석을 도와준 건…….

S급 연예인들이 출연을 고사해 어려움을 겪던 참에 이현의 전화를 받았다. 새로 하는 프로그램에 출연시켜 달라는 뜻밖의 말에 서현석은 어리둥절했다.

잘나가는 기획사 대표 이현이 뭐가 아쉽다고 먼저 출연 제의를 하는 걸까?

어쨌거나 그로선 가뭄의 단비 같은 제안이었으니 감지덕지할밖에. 이현이 출연한다는 게 알려진 이후 나머지 캐스팅은 순풍에 돛 단 듯 술술 풀렸다.

"저도 사업하는 사람입니다. 다 돈 벌자고 하는 일인데, 뭘 새삼스럽게 그러십니까?"

"푸하하! 그럼, 그럼. 그렇게 말해야 이현이지. 거, 뭐지? 요즘 애들 말로 차도남인가, 까도남인가? 하여튼 간에 뭘 해도 잘생긴 사람은 다 멋있어 보이니, 부럽군. 나도 그 시크한 표정 지어 보이면 좀 멋있어 보일라나?"

"다시 태어나시기 전엔 어렵겠죠."

"아니, 이 사람이 이거! 안 되겠군. 자! 한 잔 더 받아! 내 오늘이 대표랑 끝장을 보고 말 테니."

"먼저 쓰러지실 텐데요?"

"이거 왜 이러셔. 이 배가, 이게 낙타 혹 뺨치는 저장고인 거 몰라?"

9년 전, 짧은 머리의 영민해 보이던 청년이 했던 약속을 그는 무심히 흘려들었다. 귀에 단 소리를 하는 사람들이 주위에 널려 있던, 그땐.

"술이 술술 넘어가네."

유난히 술이 달았다. 묵묵히 자기가 한 약속을 지킨 남자와 나누는 술잔은 밤을 새워도 좋을 것이다.

"근데 한루비 씨는 왜 잔을 안 비워요? 저번엔 꽤 마시더니."

"네? 아, 제가 오늘은 속이 좀 안 좋아서…… 천천히 마실게요."

서 PD와 이현의 대화를 골똘히 듣고 있던 루비가 화들짝 놀라며 둘러댔다. 옆에서 피식 웃는 소리가 그녀의 귓가를 때렸다.

'왜? 뭐! 오늘도 내가 취할 거 같아? 어림없지.'

루비는 맥주를 마시는 척하며 옆을 슬쩍 흘겨보았다. 꽤나 마신 거 같은데 안색이 변하기는커녕 선비처럼 꼿꼿하게 등을 세우고 앉아 있는 그를.

"한루비 씨. 내가 말야. 솔직히 루비 씨가 결승까지 꼭 가 주길 바랐거든. 근데 이 대표가 떨어뜨렸으니, 당시엔 화도 좀 났었어. 하지만 지금 생각해 보니 이 대표의 판단이 틀린 게 아니더라구. 우리 프로에도 결과적으론 그렇지만, 뭣보다 한루비 씨한텐 더."

"……네."

"아마 이 대표 이 사람이, 처음부터 한루비 씨를 찍었던 거 같아."

"네?"

루비는 너무 놀라 하마터면 입안에 머금었던 맥주를 뿜을 뻔했다. 찍다니? 날? 왜?

"뭘 그리 놀래? 이 사람, 될성부른 떡잎 알아보는 데는 아주 귀신이잖아."

후, 그럼 그렇지. 루비는 잠시 떨렸던 가슴을 진정시키려고 심호흡을 하며 기억을 더듬었다. 그녀가 이현을 처음 본 건 세 차례에 걸친 예선을 거쳐 추려진 본선 참가자 열다섯 명이 방송국에서 첫 미팅을 한 날이었다.

"이 대표, 그날 기억하지? 한루비 씨 처음 봤던 날. 서울 2차 예선 때 말이야."

"2차 예선 때요? 그때 절, ……보셨다고요?"

깜짝 놀란 루비는 이현과 서 PD를 번갈아 보았다. 얼큰히 취해 목소리가 커진 서 PD와는 달리 이현은 묵묵히 잔만 비웠다.

"어. 이 대표가 나랑 의논할 게 있는데 참가자들 분위기도 볼 겸, 겸사겸사 그날 왔었거든. 근데 뭘 그리 뚫어지게 보는지 내가 가까이 가는 것도 모르는 거야. 뭐에 홀렸나, 궁금해서 나도 같이 아래를 내려다봤지. 거기 왜, 뻥 뚫려서…… 2층 난간에서 아래가 다 보이잖아."

널찍한 체육관 1층 홀이 비좁게 보일 만큼 길게 늘어선 오디션 참가자들 사이에서 차례를 기다리던 기억이 파노라마처럼 루비의 머릿속을 스쳐 지나갔다.

아무런 준비도 없이 덜컥 지원서를 접수할 땐 그저 꿈이 좋아 로또 한 장을 살 때처럼 가벼운 마음이었다. 되면 좋고 안 되면 말고. 그리고 생각지도 않게 1차 예선을 통과하자 조금은 기뻤지만, 당첨 번호 여섯 개 중 하나 맞춘 정도로 끝나려니 했다. 그때만 해도…….

"근데 물어보지 않아도 대번 알아채겠더군. 누굴 보고 있는지. 그냥 후광이 비치는 거처럼 눈에 팍 띄는 거야."

"설마 그게 저라는, 그런 재미없고 빤한 스토리는 아니겠죠?"

남은 맥주를 깨끗이 비운 루비가 잔을 내려놓으며 말했다. 꼴랑 소주 한 잔, 맥주 한 잔 마신 게 단데, 요것들이 속에서 마구 뒤섞이며 부글부글 끓어오르더니 또 다른 자아를 분출시킨다. 흐아! 나 이럼 정말 안 되는데……!

"맞는데?"

"그러니까…… 그 후광이 비치는 사람 옆에 웬 어두운 그림자 같은 게 있어서 봤더니 너였더라, 이런 반전은 없고요?"

그녀의 잔이 빈 걸 본 서 PD가 맥주를 따르며 껄껄 웃었다. 루비의 두 손이 어느새 잔을 감싸 쥐고 있었다.

"우리 같은 사람들은 왜, 그런 쪽으로 촉이 좀 발달했잖아. 딱 보면 필이 와. 아! 쟨 되겠다, 안 되겠다, 그런 거."

'그랬겠지. 뜰 거 같아서 찍었는데 나중에 실력을 보니 자기 성에 안 찼거든. 그러니 오디션 내내 괴롭혔겠지. 근데 막상 떨어뜨려 놓고 보니 아깝거든. 괴롭힐 상대가 없으면 심심할 테니 계약이다 뭐다 하면서 아예 들여앉힌 거지. 두고두고 갈구려고. ……크윽, 시원타.'

루비가 맥주 한 모금을 꿀꺽 들이켜는데 예의 바르지만 도도하고 어딘가 까칠한 음성이 고막을 때렸다.

"저흰 그만 일어나야겠습니다."

"아니, 왜 벌써? 2차 노래방 가기로 했잖아."

"내일 일정이 좀 빠듯해서 여기서 마무리 짓는 게 좋을 거 같습니다."

"그래요? 흐음, 그럼 아쉽지만 가 봐야지. 근데 루비 씬 좀 더 놀다 가면 안 되나?"

"돼요!"

"안 됩니다."

"어, 그래. 일이 먼저지. 어서 가요. 수고했어요, 두 사람."

단호한 이현의 말에 서 PD도 더는 잡지 않았다. 루비도 입만 비죽거리며 따라 일어날 수밖에 없었고.

"차는요?"

계단 아래 주차장으로 내려갈 줄 알았는데 식당 앞 테라스에서 이현의 발걸음이 멈춘다.

"좀 기다리면 올 거야. ……한 10분?"

'하도 급히 일어나기에 차가 대기하고 있는 줄 알았더니만.

……뭐야? 내가 술 더 마시고 사고라도 칠까 봐 부랴부랴 나온 거였어?'

"여기 앉아서 기다려."

이현이 손에 들고 있던 재킷을 벤치 위에 깔고 툭툭 두드렸다.

헐! 지금 나더러, 감히 사장님 옷을 깔고 앉으라고? 보나 마나 어마어마하게 비쌀 게 분명한 고급 재킷을?

루비는 재킷을 피해 벤치 구석에 털썩 주저앉았다. 그런 루비를 지켜보던 이현이 못마땅한 듯 입을 열었다.

"찬 데 앉지 마."

그러니까 난…… 수백만 원짜리 수입 재킷보다 더 비싼 몸값을 지급한 상품이다, 그런 거지?

취기 때문인지 마음이 자꾸 삐딱선을 탔다.

"안 차요."

뾰로통한 마음이 목소리에 그대로 묻어났을 것이다. 자신을 내려다보는 시선이 느껴졌지만, 루비는 입을 꼭 다문 채 무심한 척 주변을 둘러보며 딴청을 피웠다.

"고집도 참."

그 한마디를 남기고 이현은 성큼성큼 어디론가 걸어갔다. 그제야 루비는 고개를 돌려 그의 뒷모습을 좇았다. 다시 식당 입구 쪽으로 쏙 들어가는 걸 보니 뭔가 빠뜨리고 왔나 보다.

옆에 있으니 긴장되고 불편하던 그가 막상 가 버리니 왠지 허전했다. 여름의 열기가 완전히 가신, 9월 초순의 밤바람이 서늘히 스며들었다. 비어 버린 듯 허전한 마음속으로.

'흐음……. 음악이나 듣자.'

루비는 크로스 백에 넣어 둔 휴대 전화를 주섬주섬 꺼내 이어폰을 귀에 꽂고 '가을' 목록을 찾아 재생시켰다. 기분 전환엔 그저 음악이 최고니까.

— Try to remember the kind of September. When life was slow and oh, so mellow······.

머리카락을 살살 쓰다듬는 바람의 감촉. 마음을 적시는 달콤한 멜로디. 가슴을 울리는 서정적인 가사. 감정을 자극하는 약간의 알코올.

어느새 그녀는 스르르 눈을 감고 노래 속으로 빠져들고 있었다.

"······Deep in December Our hearts should remember then follow, follow."

노래가 끝나고 꿈에서 깨듯 반짝 눈을 떠 보니 이현이 바로 앞에 서 있었다. 마치 나쁜 짓을 하다 들킨 아이처럼 화들짝 놀라며 루비는 황급히 이어폰을 뺐다.

"······!"

"마셔."

"고맙습니다."

그가 내민 종이컵을 얼결에 받아 들자 달콤한 커피 향이 코끝을 자극했다.

언제부터 거기 있었던 거야? 다 들었겠지?

이현 앞에서 노래 부른 게 하루 이틀 일도 아니고 앞으로도 3년은 더 해야 할 일이건만, 이 순간만큼은 너무 창피했다. 싸구려 감상에 젖어 흥얼거리는 꼴을 들키다니······.

민망한 기색을 감추려고 루비는 얼른 종이컵을 입에 가져다 댔다. 다디단 믹스 커피 맛이 진득하게 혀에 감겼다.

"맛 괜찮아?"

재킷을 사이에 두고 벤치 끝에 앉아 커피를 마시던 이현이 힐끗 그녀를 돌아보며 물었다. 정말로 궁금해서 묻는 건 아닌 거 같았지만.

"네."

"……."

두 사람 사이에 다시 어색한 침묵이 흘렀다. 이번엔 루비가 먼저 침묵을 깼다.

"근데, 대표님은 참…… 덤덤하시네요."

"뭐가?"

"함께 일했던 사람들과 헤어지는 거, 하나도 슬프지 않아 보여서요."

"이쪽에선 늘 있는 일인걸 뭐. 계약에 따라 만났다가 헤어지고, 또 새로운 계약으로 만났다가 헤어지는……. 그걸 슬퍼하면 프로가 아니지."

계약에 따라 만났다 헤어지는 사이……. 맞아, 그런 거지…….

그를 보며 설레는 이런 마음 따윈, 아마추어들이나 품는 유치한 감정일 거야.

그의 말을 곱씹을수록 입안에 머금은 달콤한 커피의 뒷맛이 이상하게 썼다.

"차 왔다. 내려가자."

주차장으로 헤드라이트를 켠 차량이 진입하는 게 보였다. 이현이 재킷을 들고 벌떡 일어나더니 루비에게 손을 내밀었다.

"줘."

"네?"

놀라 휘둥그레진 그녀의 눈을 잠시 들여다보던 그가 이내 이맛살을 찌푸리며 입을 열었다.

"컵."

"아, 여기."

빈 종이컵을 받아 쥔 이현이 꽈악, 힘을 줘 우그러뜨리더니 쓰레기통에 던져 넣고 계단을 향해 걸어갔다. 앞서가는 이현의 넓은 등을 한동안 우두커니 바라보던 루비도 터덜터덜 발걸음을 옮겼다.

주차장에 차를 댄 로드 매니저가 두 사람을 보자 얼른 내려서 문을 열어 주었다.

"짐이 좀 많습니다."

아닌 게 아니라 커다란 밴 안은 옷이며 잡동사니가 가득했다. 제대로 앉아 갈 만한 자리는 맨 뒷자리밖에 없었다.

"복잡해도 그냥 타. 마침 회사 들어가는 차가 있어 부른 거라."

두 사람이 뒷좌석에 나란히 앉자 로드 매니저가 문을 닫고 운전석으로 향했다.

"피곤할 텐데 눈 좀 붙여. 도착하면 깨울게."

얼핏 자상한 듯하지만, 사무적인 말투가 두 사람의 관계를 명확히 말해 주고 있다고, 그녀는 생각했다.

'당연하지 뭐. 저 사람에게 난, 그저 상품일 뿐인걸. 계약으로 맺어진…….'

"오늘 수고 많았어. 내일은 일정 없으니 푹 쉬도록 해."

"……네."

기나긴 하루가 이렇게 끝나 가는구나······.

안도와 서운함이 섞인 작은 한숨을 뱉으며 그녀는 좌석에 파묻히듯 기대어 눈을 감았다. 긴장과 흥분으로 팽팽했던 신경이 느슨해지며 피로가 몰려왔다. 하나로 묶은 머리가 뒤통수에 배겨 머리끈을 풀어 버렸더니 훨씬 나았다.

"잠깐. 이거 하면 좀 편할 거야."

뭐지? 몇 번 눈을 깜빡인 후에야 루비는 그가 내민 물건의 정체를 파악했다. 둥그런 도넛을 잘라 놓은 모양의 목베개였다.

"이렇게······."

어리둥절해서 눈만 껌뻑이는 그녀를 보더니 그가 손수 뒷목에 베개를 끼워 주었다. 긴 머리카락을 쓸어 한쪽으로 모아 넘겨 주는 손길이 연인의 그것처럼 살뜰했다. 깨지기 쉬운 보물을 다루듯 조심스러웠다.

그의 움직임에 따라 시원하고 상큼한 향이 연한 알코올 냄새와 섞여 은은하게 풍겨 왔다.

'그러고 보니 저 사람이야말로 꽤 많이 마셨는데, 조금도 흐트러짐이 없네.'

왠지 모를 심술이 가슴속에서 비죽 솟아났다.

"향수 뭐 쓰세요?"

"왜?"

"향이 좋아서요."

"이것저것 손에 잡히는 대로 써."

생각보다 털털한가, 이 사람? 딱히 상표명이 궁금했던 게 아니라 더는 따져 묻지 않았다. 대신 내내 입이 근질거리던 질문을 입 밖으로 내고야 말았다.

"그런데…… 대표님. 혹시…… 담배 피우세요?"

그날 밤 담배 피우던 모습을 봤으면서도 굳이 물어본 건, 그를 좀 더 알고 싶은 마음 때문이었다. 달빛 아래 내뱉던 담배 연기가 꼭 한숨 같아서. 그렇게 홀로 서 있던 뒷모습이 너무 외로워 보여서. 어쩌면 술기운을 빌어 허심탄회한 이야기를 나눌 수 있을지도 몰라서. 그래서…….

"아니."

"아, ……네."

예상보다 훨씬 빨리 돌아온 단답형 대답에 루비는 다시 입을 꾹 다물고 눈을 질끈 감아 버렸다.

'너랑은 말하기 싫다, 이거지? 치! 됐다 그래.'

흔들리는 차 안에서 눈을 감고 있자니 정처 없는 떠돌이가 되어 이상한 나라를 헤매고 있는 기분이 들었다. 그가 해 준 목베개는 생각보다 편했다. 그리고 이내 달콤한 졸음이 밀려와 마수처럼 그녀를 꿀꺽 집어삼켜 버렸다.

"하, 이거 참……."

편히 기대어 자라고 목베개까지 해 줬건만, 잠이 들자 무겁지도 않은 고 작은 머리가 앞으로 자꾸만 떨어졌다. 몇 번이나 손가락으로 이마를 받쳐 원위치로 올려 주었는데도 루비는 밀레의 그림 속 아낙에 빙의해 이삭이라도 주우려는지 틈만 나면 고꾸라졌다.

다시 꾸벅, 그녀의 머리가 절을 하는 순간 재빨리 왼쪽 손바닥으로 이마를 눌렀다. 놓으면 또 고꾸라질 게 빤했다. 하는 수 없이 이러고 가는 수밖에.

마치 열을 재는 사람처럼 이마를 누르고 있자니, 그녀의 체온이 손바닥을 통해 고스란히 전해져 왔다. 따뜻하면서도 맑은 기운이 혈관을 타고 스멀스멀 온몸으로 번져 나가는 기분이었다. 고문도 이런 고문이 없다. 그래도 지난번보다는 낫지만.

사실 지난번엔 한루비가 자꾸만 귀엽게 실실 웃어 대며 조잘거려서 정신이 좀 산란해지긴 했다. 하지만 다음 날 기억을 못 할 정도로 술에 취한 줄은 몰랐다. 그다지 술을 많이 마신 것도 아니었으니까.

계약에 관해 조심스레 말을 꺼내니 그녀는 좋다며 호쾌하게 승낙을 했다. '계약금 준다 하고 나중에 딴말하기 없기!'라며 먼저 확실히 하자고 조른 것도 그녀였다. 당장 계약서를 쓸 수 없으니 녹음으로 대화 내용을 남겨 둔 건 그래서였다.

'맞다! 1억! 니가 뺏어 간 내 1억!'

그 말을 끝으로 그녀는 물레 바늘에 손가락이 찔린 공주처럼 깊은 잠에 스르르 빠져들고 말았다. 정처 없이 이리저리 흔들리던 작은 머리가 제집을 찾은 아기 새처럼 편히 기대어 오는 걸 뿌리칠 만큼 그녀에게 냉혹하진 못했다. 그 대가로 내내 고문 아닌 고문에 시달리며 30여 분을 견뎌야 했지만.

얇은 셔츠를 통해 어깨에 전해지는 말랑한 볼의 감촉도, 긴 머리카락에서 풍기는 달콤한 향기도 견디기 힘들었지만, 쌔근쌔근 귓가를 간질이는 숨소리는 무척이나 강한 자극이었다. 어쩌면 이리도 가냘프고 여린, 위험한 생명체가 존재할 수 있을까……. 정신을 더 바짝 차려야 한다고 굳게 다짐했었다.

집에 도착했다고 살며시 깨우니 깜짝 놀라 한동안 눈을 깜빡이던 모습이며, 차에서 내려 몇 번을 허리 숙여 고맙다고 인사하던 모습까지. 잊히지 않고 자꾸만 떠올랐다. 그날, 문 앞까지 데려다준대도 한사코 마다해서 그녀의 집에 불이 켜졌다 꺼질 때까지 지켜보다 돌아갔다.

그리 멀쩡해 보였던 그녀가 다음 날 약속대로 찾아가니 기억이 나지 않는다 해서 처음엔 장난인 줄만 알았다.

'대표님. 혹시…… 담배 피우세요?'

느닷없는 질문이지만 짚이는 구석이 있었다. 일주일 전 옥상 정원에서 파티가 열리던 날, 주머니에서 담배를 꺼내 입에 물었을 때였다.

'흐흑. 흑……'

파티의 소음에 파묻혀 처음엔 들리지 않았던 소리를 따라 발걸음을 옮기니, 비 맞은 강아지처럼 웅크리고 흐느끼던 한루비가 있었다.

이럴 땐 어떻게 해야 하지? 보일 듯 말 듯 흔들리는 작은 어깨를 향해 내민 손을 거둬들이고 한참을 그녀 앞에 우두커니 서 있었다.

울고 있는 그녀에게서 멀찍이 떨어진 곳으로 가 담배에 불을 붙였다.

연예계에 발을 딛고부터 '자유'란 그저 먼 나라 말이거니 했다. 자유를 담보로 나이에 걸맞지 않은 엄청난 부와 인기를 거머쥘 수 있었으니 세금처럼 당연하다 생각했다.

하지만 사람과 돈에 배신당하고, 스물셋 어린 나이에 기획사를 차려 독립하고 보니 더 많은 짐이 어깨를 짓눌렀다. 깨어 있을 땐 자신만만하고 당당했지만, 꿈속에선 지구를 떠받치는 형벌을 받은 아틀라스가 되곤 했다.

오롯이 혼자 져야 하는 그 짐이 버거워 가슴이 터질 듯 답답할 때면 가끔, 아주 가끔 하는 작은 일탈일 뿐이니 그녀가 보았다 해도 굳이 사실대로 말할 이유가 있을까? 담배 연기에 한숨을 실어 날려 버린 후 그녀가 있는 쪽을 돌아보지 않고 자리를 떴었다. 그녀의 눈물을 닦아 줄 수 없듯, 제 외로움 역시 그녀와 나눌 수 없으니…….

저린 왼손 대신 오른손으로 바꿔 다시 그녀의 이마를 지탱했다. 차창 밖 가로등 빛이 번진 작은 얼굴에 희미한 미소가 어렸다.

무슨 꿈을 꾸고 있는 걸까?

그녀의 평화로운 꿈을 지켜 주고 싶다고, 이현은 생각했다. 비록 그녀의 눈물을 닦아 주진 못했지만.

10

너의 바람이 불면

연두에 푸른빛 물감을 적당히 섞어 휘휘 풀어 놓은 것 같은 바다 위로 흰 구름이 둥실 떠다니는 쪽빛 하늘이 더할 수 없이 완벽한 조화를 이룬 곳. 태양이 작열하는 백사장엔 노란 파라솔 한 점이 해바라기처럼 활짝 피어나 있다.

그 아래 깔린 연보라색 체크 담요엔 등나무로 만든 피크닉 바구니가 펼쳐져 있고, 흰 플레어 스커트에 살구색 민소매 블라우스를 입은 긴 머리 여자가 그림처럼 앉아 있다. 햇살이 부신지 반달 모양으로 가늘게 뜬 검은 눈망울은 오로지 한 사람에게 고정되어 있다.

소매를 걷어 올린 하늘색 리넨 셔츠에 베이지색 반바지를 입은 남자는 바다에 발을 담근 채 여자를 향해 손을 흔든다. 단추를 잠그지 않은 셔츠가 바람에 펄럭이는 푸른 깃발 같다. 셔츠 안에 받처 입은 딱 붙는 흰 민소매 티는 가슴과 배에 적당히 잡힌 근육을 여실히 드러내 보여 준다. 바람이 헝클어 버린 황갈색 머리카락을 한 손으로 쓸어 넘기며 여자를 향해 해맑게 웃는 남자는 아도니스의 환생인 양 아름답다.

"이리 와!"

남자는 해변의 여자를 향해 손짓한다. 여자가 싫다고 도리도리 고개를 젓자 긴 다리로 성큼성큼 걸어온다. 이윽고 여자 앞에 털썩 무릎을 꿇고 앉더니 가만히 들여다본다. 동그란 이마와 고운 뺨을. 단정한 눈썹을. 길고 촘촘한 속눈썹 아래 반짝이는 까만 눈동자를. 살포시 미소를 머금은 도톰한 입술을.

"눈, 코, 입……. 어쩜 이렇게 다 예쁠까?"

태양을 등진 남자의 얼굴을 갸웃 올려다보던 여자가 말갛게 웃는다.

"입에 침이나 바르시지."

남자의 표정이 순간 굳어지는 듯하다 이내 픽 웃더니 여자의 옆에 풀썩 주저앉는다. 나란히 앉은 두 사람의 시선은 다시 바다로 향한다. 평화롭고 고요한 시간이 바람처럼 두 사람을 스쳐 지나간다.

"……정말이야. 진심!"

한동안 바다를 바라보던 남자의 입에서 나온 말에 여자는 고개를 갸우뚱 기울이며 남자를 돌아본다. 응? 뭐가? 눈으로 묻는다.

"너! ……예쁘다고."

건너다보는 남자의 눈빛이 진지하다. 장난기를 싹 걷어 낸 표정에 여자의 눈빛이 잠시 흔들린다. 하지만 이내 샐쭉 웃어 버리고 만다.

"알아. 뭘 또 새삼스럽게……."

무심한 말투와는 달리 표정은 화사하기 그지없다. 다른 사람들의 눈엔 달콤한 대화를 나누는 커플처럼 보인다. 하지만 여자의 대답은, 그저 이 모든 게 가짜라는 걸 남자에게 명백히 밝히고 있다.

"하아!"

바다를 향해 한숨을 토한 남자가 뒷머리를 몇 번 긁적이더니 분위기를 바꾸려는 듯 일어나서 여자에게 손을 내민다.

"바닷가나 걸을까?"

"그러지 뭐."

남자의 커다란 손바닥에 여자가 작은 손을 얹자 남자는 느닷없이 허리를 숙여 손등에 입을 맞춘다. 남자의 기습 공격에 당황한 듯 여자의 눈이 동그랗게 커진다.

"뭐, 뭐야 지금? 뭐 하는 거야?"

남자는 씩 웃더니 여자를 가뿐하게 일으켜 세운다.

갑자기 일으켜 세워진 여자의 몸이 중심을 잃고 남자 쪽으로 기운다. 남자는 자연스럽게 그런 여자를 가슴에 품는다. 여자의 등을 한 손으로 감싸 안고 다른 손으로 긴 머리를 부드럽게 쓸어내린다.

인적 없는 바닷가에 키 크고 멋진 남자가 가냘프고 청순한 여자를 품에 안고 사랑을 속삭이는 듯한 장면. 영화가 따로 없다.

"놔라, 그만."

"냄새 좋다. 무슨 샴푸 써?"

바르작대는 여자를 남자는 더 꽉 끌어안는다.

"놓으라니까!"

"자꾸 반항하면 뽀뽀한다."

"했다간 오늘 사망 신고 하는 줄 알아!"

"어휴, 귀여워. 그럴수록 더 하고 싶잖아. 자고로 여자는 통통 튕겨 줘야 매력이지."

"매력 좋아하다간 내 손에 맞아 죽을 수도 있다."

"릴케는 장미 가시에 찔려 죽었다며? 고 예쁜 손이라면, 맞아 죽어도 여한이 없지."

"릴케는 백혈병으로 죽었거든?"

여자의 등을 감싸고 있던 남자의 손이 허리로 내려오며 상체를 조금 떼고 여자를 내려다본다.

"이렇게 죽으나 저렇게 죽으나 죽는 건 마찬가진데……."

남자의 뜨거운 시선이 입술에 닿자 여자의 눈빛에 불안감이 스친다.

"하지 마라! 죽여도 곱게 안 죽인다, 진짜."

"어차피 한 번뿐인 인생, 몸 사려 뭐 해? 하고 싶은 건 해야지. 천년만년 살 것도 아니고."

여자를 향해 서서히 다가오는 섹시한 입술.

"너, 너, 진짜……."

"그러니까 우리 그냥 한 번에 가자고. 응?"

"서은결, 너!"

루비가 매섭게 쏘아붙였지만 이미 서은결의 입술이 내려앉은 후였다. 그나마 입술이 아닌 이마라는 게 불행 중 다행이랄까.

"컷! 좋았어요."

서은결의 솔로 곡 '너의 바람이 불면' 뮤직비디오를 연출하는 임규선 감독의 오케이 사인이 떨어졌다. 루비는 그 즉시 은결을 야

멸치게 밀쳐 냈다.

"앗! 누나, 삐졌어? 다른 여자들 같았으면 내가 쳐다만 봐도 좋아서 난리 날 텐데……. 누난 좀 심하다."

그 키에 그 덩치로 연약한 척 비틀거리며 상처받은 표정 연기까지! 하도 어이가 없어 헛웃음이 새어 나오려 하자 루비는 얼굴을 굳히며 몸을 돌렸다.

"누나, 진짜 화난 거 아니지? 어? 누나! 이쪽으로 얼굴 좀 돌려 봐아. 응?"

"화 안 났어. 됐으니까 저리 가!"

"되긴 뭐가 돼? 얼굴에 '폭발 주의'라고 쓰여 있네 뭐."

오전부터 계속된 촬영이었다. 은결과 루비, 두 사람이 함께 출연하는 장면은 이미 다 뽑아낸 후였다. 하지만 감독의 연출 욕심은 끝이 없어서, 마지막으로 콘티에 없는 자연스러운 연인의 모습을 찍어 보자며 애드리브를 요구했다. 그러자 서은결은 마치 진짜 연인이나 된 듯 루비를 리드했고, 루비는 그에 따를 수밖에 없었다. 최대한 빨리, NG 없이 촬영을 끝내기 위해.

"아아이, 누나아아. 이 귀요미 동생이 이마에 뽀뽀 좀 했다고 그러는 거야? 정말 너무하네. 누나 나 남자로 안 본다더니, 아니었나 봐?"

이쪽저쪽 피하는 대로 끈질기게 고개를 들이밀며 애교 작전을 펼치는 찰거머리 같은 놈!

"내가 널 남자로 봐서 지금 이러는 거니? 그리고 서은결! 누나, 누나 소리 좀 그만해!"

"누나를 누나라고 부르지도 못해? 내가 뭐 홍길동인가……."

"아주 자기 아쉬울 때만 누나지? 아깐 너라며? 너!"

서은결을 향해 차갑게 눈을 흘겨 주고 감독과 스태프들이 모여 있는 곳으로 걸어갔다. 그 뒤를 주머니에 양손을 찔러 넣은 서은결이 쫄래쫄래 따라오며 징징댔다.

"그건 연기니까 감정을 잡으려고 그런 거지. 거기서 누나라 하면 감정이 살아? 애틋한 첫사랑의 느낌을 리얼하게 살려야 하는데?"

D&P 옥상 파티에서 서은결을 처음 본 후 얼추 한 달이 지났다. 넉살 좋은 서은결과 그간 한솥밥을 먹다 보니 아무리 철벽을 쳐도 한계가 있었다. 어쩔 수 없이 누나 동생으로 지내고는 있지만, 녀석은 숨겨 둔 늑대의 발톱을 틈만 나면 드러냈다. 그럴 때마다 루비가 발끈하면 금세 꼬리를 내리고 애교로 은근슬쩍 무마하려고 했다.

그런데 연기였다고? 그 눈빛이? 그게 연기였다면 아카데미 남우주연상감이네. 서은결, 너! 진짜 날 누나로 생각은 하는 거니?

"아휴. 말을 말자."

커다란 골프 우산을 들고 코디 주예리가 달려와 자외선을 차단했다. 평소 같으면 '컷!' 소리가 떨어지기 무섭게 득달같이 달려오는 그녀지만, 서은결과 투닥거리는 걸 보고 부러 한 박자 늦추었다. 코디는 센스가 생명이니까.

"루비 언니! 더운데 고생했어요."

아침저녁 제법 선선한 서울과 달리 이곳 오키나와의 9월 말은 쨍쨍하기 그지없다.

"그나마 한 방에 끝나서 다행이지."

"힘드셨죠, 언니?"

"일이야 그냥 그런가 보다 하는데, 사람 상대하는 게 더 지친다."

"누나! 설마하니 지금 그 말, 나 들으라고 한 소리야?"

루비 뒤에 딱 붙어 오던 서은결이 발끈한다. 은결의 투정을 못들은 척, 루비는 감독과 스태프들에게 수고하셨다고 인사했다. 아직 촬영분이 남아 있는 은결이 부러운 시선을 보냈다.

"좋겠네."

"먼저 가서 미안, 그럼 수고!"

"응. 이따 봐, 누나."

루비는 은결에게 손을 들어 보이고 코디 예리랑 호텔로 향했다.

이곳은 오키나와에서도 바다가 아름답기로 손꼽히는 부세나의 유명 리조트. 시설과 서비스도 최상이지만 프라이빗 비치에서 촬영할 수 있어 여러모로 편리했다.

"언니 샤워 다 하면, 우리 애프터눈 티 먹으러 가요. 4시까지니까 좀 서둘러야겠다."

로비에 들어서자 투숙객에게 제공되는 '애프터눈 티타임'에 가자고 예리가 졸랐다.

"저기…… 예리야. 다른 사람들하고 가면 안 될까? 난 샤워하고 촬영 콘티 좀 보고 있을게."

"왜요? 어제는 여기 있을 동안 매일 먹을 거라더니……. 스트레스 해소에도 좋잖아요."

예리의 말처럼 어제 처음 이곳에 왔을 때만 해도 그랬다. 하지만 지금은 그저 편히 쉬고 싶을 따름이다. 바다를 바라보며 여유롭게 마시는 차도 좋지만, 멍하니 혼자 있을 시간도 필요했다.

"나 대신 많이 먹고 와. 난 이따 봐서 '해피 아워'에 칵테일 마시러 내려갈 수도 있고……. 우리, 여기서 헤어지자. 어서 가 봐."

"알았어요. 먹고 올라갈 테니 언니는 푹 쉬세요."

예리와 함께 쓰는 객실에 들어오자마자 서둘러 화장부터 지우고 샤워를 했다. 시원하게 뿜어져 내리는 샤워기에 몸을 맡기고 있으니 살 것 같았다.

'그나저나 내일은 어쩌지?'

내일 있을 본격적인 촬영 상대는 이현. 게다가 콘티에는 키스신까지 있었다. 이건 산 넘어 산, 아니 앞산 넘자 태백산맥이었다.

이현과 서은결이 출연한 방송을 본 건, 이곳 오키나와에 오기 약 보름 전 일이다. 보컬 트레이닝 후 잠시 커피를 마시러 들어간 휴게실. 누군가가 틀어 놓은 텔레비전에서 스타 방송 '야밤의 TV 연예' 재방송이 나오고 있었다.

— 업계에서 흔히 쓰는, 진부한 표현이긴 합니다만. 제가 본 한 루비 양은 무한한 가능성을 지닌 '원석'입니다. 원석은 어떤 세공사가 어떻게 가공하느냐에 따라 그 결과물이 천차만별일 수밖에 없습니다. 아무리 진귀한 원석도 세공사가 섣불리 손대면 본연의 가치를 잃게 됩니다. 돈만 주면 살 수 있는 흔한 보석이 되고 마는거죠.

— 그러고 보니 세공사의 역량이 참 중요하네요.

— 그렇죠. 그런데 그보다 더 중요한 게 있습니다. 바로 대상에 대한 애정과 심미안이죠. 세계에서 세 번째로 큰 다이아몬드로 알려진 '인컴패러블(Incomparable)'은 크기가 400캐럿이 넘는데요.

이걸 세공한 사람은 원석을 관찰하며 어떻게 디자인할지 계획을 세우는 데만 2년을 보냈다고 합니다. 일단 손을 대면, ……돌이킬 수 없으니까요.

— 아니, 잠깐! 시청자들이 오해할 수도 있는 단어를 방금 쓰셨는데, 애정이라 함은…… 설마? 아, 혹시 그런 거…… 아니죠?

— 하하. 물론 아닙니다. 그건 그냥 예능이고요.

— 하지만 '스타 탄생' 애청자 중엔 두 분이 진짜 사귀길 기대하는 분들도 꽤 많던데요.

— 시청자 입장에선 그런 구도가 재미의 요소였겠지요. 하지만 예능과 사업은 별갭니다. 제가 한루비 양을 D&P로 스카우트한 이유는, 단순합니다. 이 무한한 가능성을 지닌 원석을, 가치도 모르고 함부로 다룰 사람 손에 넘길 수는 없다는, 프로듀서로서의 본능적 욕심이죠.

— 역시 D&P의 수장 이현 씨세요. 예능은 예능. 일은 일. 아주 분명하십니다. 네! 여러분이 궁금해하시던 한루비 양 스카우트에 얽힌 이야기 잘 들었습니다. 자 그럼, 궁금증 풀리셨을 테니 다시 본론으로 돌아가겠습니다. 서은결 군? 이번 솔로 앨범 타이틀곡 '너의 바람이 불면', 가을에 어울리는 애잔한 발라드라서 더 기대가 큰데요. 곧 뮤직비디오 제작에 들어갈 거란 소식이 있던데, 어떻게 진행되고 있는지요?

— 요즘 아주 핫한 감독님이시죠. 임규선 감독님께서 특별히 제 뮤직비디오 연출을 맡아 주셨습니다.

— 와! 정말요? 임규선 감독님이라면 올해 칸 영화제 단편 부분 심사위원상을 받은 분인데, 뮤직비디오를 찍으신다고요?

— 네. 개인적으로 친한 형이기도 하지만, 존경하는 감독님이시라 제가 졸랐습니다. 평소 저랑 음악 이야기 하면 되게 잘 통하거든요. 감독님도 한 번쯤 해 보고 싶었던 작업이라고 흔쾌히 승낙하셨고요. 아마 한 편의 영화 같은 뮤직비디오가 될 겁니다.

— 하하. 서은결 군이 그렇게 눈웃음 지으면 안 넘어갈 사람이 있을까요? 그럼 캐스팅은 다 된 건가요?

— '너의 바람이 불면'은 가을의 서늘한 바람이 불 때마다 헤어진 첫사랑이 떠올라 가슴 아파하는 남자의 이야긴데요. 임규선 감독님이 음악을 듣자마자 바로 저희 대표님을 찍으셨어요. 조연으로요. 물론 주연은, 접니다.

— 대박이네요. 이렇게 멋진 두 남자를 한꺼번에 뮤직비디오에서 볼 수 있다니, 이거야말로 두 마리 토끼를 잡은 거네요. 근데 설마 두 분이 사랑하는, 그런 건 아니죠? 하하.

— 에이, 아니죠. 이현 씨는 나쁜 놈 역할이에요. 제 여자를 빼앗아서 결혼까지 하는. 여자 주인공은 아직 확정 안 되었고요.

— 오! 이현 씨가 나쁜 남자라니, 왠지 더 끌리네요. 이건 사심인데, 여주인공으로 저는 어떻습니까? 두 꽃미남의 사랑을 독차지할 수 있는 절호의 찬스라 욕심이 나네요.

— 하하하. 물론 저야 좋죠. 미인이시고, 성격도 좋으시고……. 근데 어쩌죠? 여주인공 이미지랑은 좀 안 맞아서요. 죄송합니다!

— 네, 알겠습니다. 크음. 잠시 눈물 좀 닦겠습니다. 그럼 여주인공은 어떤 이미진가요?

— 일단 예뻐야겠죠? 하하. 음……. 처음 곡을 만들 땐, 구체적인 이미지가 없었어요. 청순하고 아름답고 뭐 그런, 상상 속 첫사

랑의 이미지만 떠올랐죠. 그러다 보니 머릿속엔 멜로디가 뱅뱅 도는데 만족할 만큼 곡이 안 나와서 많이 헤맸어요. 그렇게 혼자 땅을 파고 들어가던 중 우연한 기회에 한 여자분을 만났는데요. 그분을 만난 이후 꽉 막혔던 곡이 잘 풀리더라고요. 그냥 막연하기만 하던 첫사랑 이미지의 실체가 나타난 거죠.

— 첫사랑 이미지의 신비로운 그녀! 어떤 분일지 더 궁금해지네요. 이거, 대형 스캔들 하나 터지는 건가요?

— 에이. 저도 그랬으면 좋겠습니다. 근데 정확히 말하자면, 첫 만남에선 얼굴도 제대로 못 봤어요. 아주 잠깐 스쳐 지나갔지만, 여운이 진하게 남더라고요. 그 순간은 자각하지 못했는데 말이죠. 혹시 감전돼 보셨어요?

— 감전이요? 어우, 아뇨오. 무서워라.

— 저도 물론 없지만, 아마 그런 느낌일 거 같아요. 굉장히 강렬한 느낌이었어요. 가슴이 찌르르 아프면서 숨이 멎는 듯한. 혹시 전생의 인연을 만난 게 아닐까 하는…… 느낌.

— 하아, 전생의 인연이라……. 사귀실 건가요?

— 그분만 허락한다면 사귀고 싶습니다.

— 서은결 군 팬들이 방송 보면 난리 날 텐데요?

— 애정하는 팬 여러분! 저도 이제 스물다섯 살입니다. ……사랑하게 해 주세요.

— 하하. 팬들이 서은결 군 애교에 녹아서 무조건 허락할 거 같습니다. 어쨌든 이번 뮤직비디오, 감독부터 출연진까지 호화찬란한데, 아직 캐스팅하지 않았다는 그녀. 첫사랑 이미지를 간직한 '그녀' 역은 과연 누가 하게 될지, 갈수록 호기심과 기대가 커집니다.

음, 언제 볼 수 있죠?

— 음원은 9월 말에 발표되고요. 뮤직비디오는 빠르면 10월 초, 늦어도 10월 중순에는 만나 보실 수 있을 겁니다. 이 가을, 여러분의 감성을 촉촉이 적셔 드릴 '너의 바람이 불면' 많이 사랑해 주세요. 감사합니다.

그때만 해도 루비는 몰랐다. 설마하니 뮤직비디오를 찍게 될 줄은. 서은결도 버거운데 이현까지 상대해야 하는 '그녀'가 될 줄은 정말이지 꿈에도 몰랐다.

11

거짓말

"아니 왜, 두 사람이 키스를 해? 이건 내 노래야. 내 뮤직비디오인데 왜 애먼 사람이 키스신을 찍어? 이게 말이 돼? 주인공은 대장이 아니고 나라고, 나!"

"야, 야. 그만해라, 응? 콘셉트 회의 할 때 스토리 라인 좋다고 한 게 너거든. 그때 니가 뭐랬어? 더 애절하게, 임팩트 있게 가자며? 내 첫사랑이 다른 남자랑 키스까지 하는데 가슴이 안 시리면 남자도 아니지, 그렇게 말한 게 서은결 너라고!"

"그땐 그때고. 아, 그리고 그때는 아직 캐스팅이 확정 안⋯⋯."

리조트의 조식 뷔페식당. 동석했던 스태프들이 먼저 자리를 뜨자마자 임규선 감독을 잡고 툴툴대던 은결이 갑자기 입을 꾹 다물며 미간을 좁혔다.

"뭐가?"

쟤 왜 저래? 임 감독은 의아한 시선을 은결에게 던졌다. 통통 튀는 발랄함이 간혹 가벼운 인상을 줄 때도 있지만, 자기 일 만큼은 똑 부러지게 해내는 서은결이 아니던가. 그런 엄청난 재능과 집중력에 매료되어 나이를 초월한 우정을 나누어 왔다. 친형제처럼 마음을 터놓고 지낸 시간이 얼만데, 은결의 이런 모습은 처음 본다.

"아 몰라. 에잇!"

그러니까 그땐…… 나도 몰랐다고. 이렇게 될 줄 누가 알았겠어? 처음엔 청초한 모습이 그저 예뻐서, 쌀쌀맞게 튕기는 모습이 마냥 귀여워서, 반은 장난처럼 들이댔던 건데……. 보면 볼수록, 알면 알수록 점점 빠져들게 된 걸 난들 어쩌라고. 이건 그냥 일이라고 마음을 다잡아 봐도 자꾸만 짜증이 나. 한루비가 다른 남자랑 키스신을 찍는다는데 어떻게 괜찮을 수가 있겠어? 더군다나 그 상대가 이현인데…….

"너…… 설마?"

"설마 뭐?"

"아니다. 관두자."

아직 어리니까, 조금 흔들렸을 순 있겠지. 그래도 자기중심 하나는 기가 막히게 잡는 녀석이니 곧 괜찮아지겠지 뭐. 여자를 모르는 순진한 놈도 아니고. ……다 지나갈 거야. 어차피 저 녀석 고집에 누가 뭐란다고 들을 것도 아닌데.

임 감독은 디저트로 담아 온 열대과일 중 파인애플을 포크로 쿡 찍어 입에 넣고 우물우물 씹으며 접시를 은결 앞으로 밀어 줬다.

"파인애플 맛있다. 먹어 봐."

"됐어. 형이나 많이 먹어."

"이게 오키나와 특산물이라잖아. 울릉도 가면 호박엿 먹고, 제주도 가면 감귤 먹고. 여기선 파인애플 좀 먹어 줘야지. 자, 어서 입벌려 봐. 아아!"

"아이참. 이 형이 왜 이래? 징그럽게."

"형님이 주시면 냉큼 입 벌리고 감사히 먹어. 얼른! 나 팔 떨어진다. ……옳지!"

복잡한 속내를 감추려 임 감독은 부러 너스레를 떨었다.

"오늘 중요한 촬영은 대충 마무리될 거 같으니 밤엔 애들이랑 모처럼 한잔해야겠다. 아와모리? 오키나와 소주라는, 그거 먹어 봐야지. 너도 같이 마시면 좋을 텐데, 아쉽다. 오후 출발이야?"

"응. 기왕 온 김에 좀 쉬다 가고 싶었는데 앨범 홍보 때문에 일정이 빡빡해서 하루도 못 빼겠어. 공항 도착하자마자 납치당할 예정이야. 아까 안 실장님이랑 통화했는데 오늘 저녁에도 인터뷰 두 개나 잡혔대. 내일부턴 본격적으로 죽음의 스케줄이고."

말은 죽겠다고 하면서도 일 이야기를 하면 눈빛이 달라지는 녀석이다. 타고나긴 타고났지. 즐기는 놈을 누가 당하겠어?

"어휴, 난 억만금을 줘도 그렇겐 못 살 거 같다. 근데 너도 너지만, 이 대표야말로 지독하다니까. 회사 경영만 해도 바쁠 텐데 아직도 현역으로 뛰면서 애들 뒤치다꺼리 다 해 주니 원. 나 같음 돈도 많겠다, 일 접고 연애나 할 텐데. 그 얼굴에 그 돈에, 사회적 지위에 명예까지. 대체 뭐가 아쉬워서 일벌레로 사는지 모르겠다. 다른 연예인 출신 기획사 사장들 보면 골프나 치고 와인이나 마시며 얼굴마담만 하는 거 같던데, 왜 이 대표는 혼자 바빠?"

"헐! 연애 같은 소리 하네. 우리 대장 신조가 뭔데. 솔선수범이"

잖아. 자기처럼 얌전히 일만 하라는 무언의 압박이지 뭐. 아마 저러다간 곧 독거노인 소리 들을 거다."

"야 인마! 겨우 서른둘인데 무슨 독거노인?"

이현과 연극영화과 동기인 임 감독이 발끈해서 소리를 질렀다.

"하긴. 저런 얼굴 안 보여 주는 건 국가적, 아니 범인류적 손실이긴 해. 아직 젊고 샤방할 때 소처럼 일하라고 팬들이 난리 칠 만하지. 이현 나온다면 유튜브 조회 수 폭발이잖아. 유럽에서도 본다니 게임 끝 아니냐?"

"내 이름만으로도 충분히 폭발시킬 수 있거든? 왜 하필 대장을 찍어서는……."

은결이 주스 잔 안의 얼음을 입안에 털어 넣고 와드득 소리가 나게 씹어 댔다. 임 감독이 커피 잔을 들어 올리다 말고 그런 은결을 넌지시 쳐다봤다.

"뭐야? 질투냐?"

"질투씩이나……."

"그래. 질투하지 마라. 질투 안 하는 게 정신 건강에 좋다. 다른 사람도 아니고 이현인데……. 아, 그리고 서브를 이현으로 한 건. ……니 얼굴이 좀 화려해야 말이지. 여자가 너 같은 놈 놔두고 떠난다는 시나리오면 서브가 그 정도는 생겨 줘야지. 나같이 생겨 봐라. 보는 사람이 납득이 안 가잖아. 납득이!"

"납득이가 거기서 왜 나와! 형 같은 얼굴이면 돈이 많아 갔나 보다, 그렇게 생각하겠지. 현대판 이수일과 심순애랄까."

"너! 예의상으로라도 형 얼굴이 어디가 어때서, 그런 말은 죽어도 안 하지? 우리 모친께서 어쩜 저리 잘생겼냐고 볼 때마다 감탄하는 옥안이구만, 어디 김중배에다 비교질을 해! 이렇게 비정상적으로 잘생긴 인간들이 옆에 있으니 내가 좀 덜 생겨 보이는 거야. 저게 저게 인간 얼굴이냐? 만화지. 얼굴은 내 얼굴 반쪽인데 눈은 세 배야, 세 배. 코는 또 왜 그리 높아? 하느님 노하시게."

"큭! 미안해, 형. 지극히 비정상이라서."

녀석. 웃는 걸 보니 속이 좀 풀렸나? 식은 커피를 후루룩 들이켜는 임 감독의 입 끝도 살짝 올라갔다.

"근데 너희 대장님은 그 비정상적 얼굴에 능력 있고 돈 많고. 대체 전생에 뭔 짓을 한 거냐? 거기다 사생활도 인간미 없이 관리하니 유하라 아버지가 사윗감으로 점찍었단 엑스파일 돌 만도 하지. 이젠 성공한 딴따라가 아니라 성공한 기업가 축에 드니까 그 깐깐한 양반도 탐나긴 할 거다."

"유하라 아버지? 뭐 그 검산가 판산가 한다는 분?"

"검사 판사가 다 뭐야? 차기 법무부 장관 후보로 오르내리고 있는데. 가만 보면 너도 참 상식이 부족해. 유하라 어머니 친정이 대일그룹이라는 거도 몰랐지?"

"그런 게 상식이야? 남의 집 아버지가 뭘 하는지, 외갓집이 어떤지, 그런 거도 알아야 해?"

"내가 너 그런 점 하나는 인정한다. 세상이 어찌 돌아가든 혼자서 사과나무 심고 있는 근성."

"근성이 아니라…… 내 곡 만들기도 머리 터지는데 그런 것까지 집어넣기엔 뇌 용량이 딸려. 형은 뭐 그리 궁금한 게 많고 아는 게 많아? 머리 안 터져?"

"은결아. 영화는 말이다. 내 이야기가 아니라 남의 인생을 담는 거야. 세상과 사람에 대한 호기심을 평생 열어 놓고 살아야 해."

"아 네. 알겠습니다, 감독님."

"짜식. 크크. 근데 넌 대표도 못 하는, 아니 안 하는 연애를 어떻게 그렇게 잘하냐? 소리 소문도 없이 스샤샥."

"형! 내가 언제 연애를 했어? 그건 다…… 그냥 좀 과하게 친밀한 친구들이지."

"친구우? 그래, 친구 많아 좋겠다. 이젠 댓패치에서도 너한텐 파파라치 안 붙인다더라. 하도 이 친구 저 친구 밥 먹고 다녀서, 네티즌들이 서은결이랑 단둘이 밥 먹은 건 스캔들이 아니라 하니까. 팬들도 그런다며? 오빠아, 들키지만 말아 주세용."

"내가 좀 마당발이긴 하지. 사람 좋아하고. 근데 딱 거기까지야."

은결이 갑자기 정색하며 대답했다. 그런 은결을 심상치 않다는 듯 물끄러미 쳐다보던 임 감독의 시선이 그의 어깨 너머로 옮겨 갔다.

"어? 저기 이 대표네."

임 감독이 반갑게 손을 흔들기에 얼결에 뒤를 돌아본 은결은 다가오는 이현을 발견하자 슬쩍 고개를 숙여 인사를 대신했다.

"잘들 지냈지?"

이현은 식사를 담은 접시와 주스 잔을 테이블에 내려놓고 은결의 옆자리에 앉았다.

"나야 뭐 잘 지냈지. 언제 도착한 거야?"

"어젯밤. 너무 늦게 도착해서 쉬는 데 방해할까 봐 나도 그냥 들어가 잤다. 일은 잘 진행되고?"

"일? 은결이 분량은 다 끝냈어."

"은결이 수고 많았다. 오늘 서울 가지?"

이현이 시무룩하게 앉아 있는 은결에게 고개를 돌려 묻는다.

"음……."

은결은 잔을 기울여 얼음 녹은 물을 마시고 빈 잔을 만지작거리며 이현의 시선을 피했다.

'어휴, 저 녀석은 진짜……. 저렇게 속에 걸 못 숨기는 녀석이 어찌 연예인을 하나.'

어색한 공기를 깨기 위해 또 이 한 몸 망가져야 하는 건가! 임 감독은 과장되게 수다를 떨기 시작했다.

"야아, 그 오렌지 주스! 그거 즉석에서 짜서 그런지 진짜 신선하더라. 뭐 여기 음식 다 맛있지만. ……우리 애들이 정말, 너무 좋아한다. 언제 이런 데 와 보겠느냐며, 역시 D&P는 대우가 다르단다. 일이 아니라 휴가래. 하하. 일정도 넉넉하게 잡아서 나도 휴가 온 기분이다."

"그래. 즐겁게 일하자. 그래야 더 좋은 작품 나오지."

"역시 같은 돈을 벌어도 쓸 줄 아는 놈은 달라. 도쿄 갔던 일은 잘됐고?"

"응."

이현이 도쿄에서의 일정을 마치고 오키나와 나하 공항에 도착한 건 어젯밤 10시가 넘어서다. 하네다 공항까지는 D&P 도쿄 지사 직원이 에스코트해 주고 나하 공항에는 리조트에서 특별히 보내 준 차가 대기하고 있어 혼자 움직일 수 있었다.

경호원과 매니저를 동반하지 않고 도쿄 거리를 걸었다간 밀려드는 팬들로 인해 압사당할지도 모르지만, 일본 공항에선 공항의 질서 유지와 탑승객의 안전을 위해 특별 의전 서비스를 해 주기 때문에 일반인의 눈에 거의 띄지 않고 신속히 이동할 수 있었다.

우르르 수행원을 이끌고 다니는 거보다 캐주얼한 차림에 모자를 푹 눌러쓰고 다니면 차라리 눈에 덜 띄어 종종 혼자서 다니기도 하는 이현이다.

"대답 한번 간결해서 좋구나! 우리 '코튼 캔디' 엔젤들은 공연 무사히 마쳤지? 부도칸이 아주 떠나갈 듯했겠구먼."

"덕분에."

"왜! 뭐! 또 삼촌 팬 덕분이라고? 야, 이현! 너랑 나랑 동기면서, 누군 오빠고 누군 삼촌이냐?"

코튼 캔디의 열성 팬인 임 감독이 버럭 소리를 질렀다.

"그러게."

여전히 간결한 이현의 대답에 내내 굳어 있던 은결이 큭큭, 웃음을 터뜨리고 말았다.

❊ ❊ ❊

루비가 머무는 리조트 객실 앞. 잠시 망설이던 은결이 노크를 했다.

똑똑.

"누구세요?"

"나…… 서은결."

문이 빼꼼 열리더니 코디 주예리가 고개를 내민다.

"은결 오빠!"

"루비 누나는?"

"언니 지금 촬영 준비 중인데."

"그래? 바쁘구나. 나 지금 서울 가려고. 인사나 하려고 들렀는데……. 그냥 갈게. 대신 전해 줘."

"메이크업이랑 헤어는 다 마쳤어요. 침실에서 옷 갈아입는 중인데 잠깐 들어와서 인사하고 가세요."

은결은 잠시 주춤하다 예리를 따라 객실 안으로 들어갔다.

거실 테이블엔 메이크업 박스가 펼쳐져 있고, 미용 도구와 소품들이 소파와 의자에 널려 있었다. 메이크업 박스에 도구들을 챙기던 메이크업아티스트가 은결에게 묵례를 하고 하던 일을 계속했다.

은결은 창문 가로 다가가 유리창 너머로 펼쳐진 에메랄드빛 바다를 바라보았다. 그냥 갈 걸 그랬나……? 아니, 지금이라도 그냥 갈까? 그래도 잠시나마 그녀의 얼굴을 보고 싶은 마음이 갈피를 못 잡고 계속 시소를 탔다.

"어머! 은결 씨 왔어?"

침실에서 나온 사람은 김인아 실장이었다.

"아, 네. 인사드리고 가려고 잠깐 들렀어요."

은결이 돌아보며 꾸벅 인사를 했다.

"어 그래. 조심해서 잘 가요. 루비 씨 금방 나올 거야. 나 지금 좀 바빠서…… 그럼. 민주 씨! 그거 얼른 챙겨서 대표님 방으로 와. 예리는 의상들 내 방에 갖다 놓고."

스타일링 마무리에 정신이 없는 김 실장이 폭풍처럼 휩쓸고 방을 나갔다. 나머지 두 사람도 서둘러 옷가지와 메이크업 도구를 챙겨 김 실장을 따라 나가자 은결은 다시 창밖의 바다만 응시했다.

'그저 일일 뿐인데…… 대장도 나 도와주려고 일부러 출연해 주는 건데…… 후우. 고맙다고, 수고해 달라고 깍듯이 인사는 하고 가야지.'

"은결아. 지금 가니?"

맑은 음성에 이끌리듯 돌아본 은결은 잠시 할 말을 잊고 멍하니 그녀를 바라만 보았다. 단순한 디자인의 시폰 미니 드레스. 한쪽으로 느슨히 땋아 내린 머리 위에 쓴 들꽃 화관. 웨딩드레스를 입은 한루비의 모습은, 아름다웠다.

"안 늦었어?"

"……어."

"왜? 나 뭐 이상해?"

새까만 눈망울을 깜빡거리는 모습이 왜 그런 눈빛으로 보느냐고 묻는 듯했다.

"응."

"어디가? 어디가 이상한데?"

당황해서 얼굴을 붉히는 모습마저 예뻤다.

"다 이상해. 엄청 이상해. 얼굴도 옷도…… 그 머리도. 무지 이상해."

네가 너무 예뻐서, 그래서, 이상해. 이렇게 너한테 자꾸만 끌리는 내가, 더 이상해.

"그렇게 이상해? 김 실장님이 공들여 꾸며 주셨는데…… 은결이 네 뮤직비디오 망치면 안 되는데, 나 어떡하지?"

그녀의 커다란 눈망울에 물기가 어렸다. 저러다 툭, 떨어지면 애써 한 화장이 망가지겠지. 화장쯤이야 쉽게 고칠 수도 있으니 아주 엉엉 울려 버려야겠다. 눈이 퉁퉁 붓게 울려서…… 그래서…… 촬영 따위 못 하게……. 결혼식 장면 같은 거 찍지 못하게……. 한마디만 더 하면…… 그녀가 울까?

"……."

"……나, 간다."

어쩔 줄 몰라 하며 머뭇대는 루비를 두고 은결이 쌩하니 등을 돌려 문을 향해 걸어갔다.

고맙다고, 수고한다고, 힘들어도 촬영 잘하라고, 웃으며 말해 주려고 와 놓고선. 이게 뭐 하는 짓이지? 이 비열하고 치사한 놈아. 그게 바로 너야, 서은결.

"으, 은결아……."

그예 울음이 터질 듯한 목소리가 그의 발걸음을 잡았다.

"다시…… 김 실장님한테 다시, 고쳐 달라고 할게. 네 뮤비 망치지 않게 다시……."

늘 장난치며 웃던 은결이 저렇게 정색하는 모습은 처음이다. 장난꾸러기처럼 까불거려도 일에 있어서만큼은 남다른 은결이니 저렇게까지 화내는 건 분명 이유가 있다. 울지 말자. 난 이제 프로니까, 돈을 받고 일하는 프로니까.

"그러니까 은결아, 나 때문에 망쳤다는 소리 안 듣게…… 다시 고칠게."

"……."

문 앞에 우뚝 멈춰 선 은결의 넓은 등이 꿈쩍도 않는다.

약해지면 안 돼. 여기서 울면 안 돼. 루비는 목이 아프도록 설움을 꾹꾹 눌러 삼켰다.

"푸하하. 아, 나 이거…… 크크크."

갑자기 은결이 웃기 시작하더니 실성한 사람처럼 크크 댔다. 은결의 등이 지진이 난 것처럼 흔들리는 걸 보며 루비는 정말로 그가 미친 건 아닐까 두렵기까지 했다.

"……은결아?"

"이 누나 진짜, 놀려 먹기 재밌다니깐."

"……!"

"누나! 이거 몰래카메라야."

"뭐?"

"다 장난이었다구. 카메라 숨겨 뒀으면 이거 진짜 대박인데……. 하하. 아깝다."

슬쩍 고개를 돌려 뒤를 보는 은결의 눈엔 얼마나 웃었는지 눈물까지 맺혀 있었다.

"아, 미안 미안. 매니저 형 기다리니 이만 가 볼게. 촬영 잘하고. 그리고 누나……."

"……."

"예뻐. 정말 정말 예쁘니깐 맘 놓고 잘 찍어. 간다!"

그 말을 끝으로 은결은 뒤도 돌아보지 않고 문을 열고 나갔다.

"서은결, 너……."

12

들키기 싫어서

결혼식 장면을 찍기 위해 일행 모두 만자모의 한 리조트로 이동했다.

리조트 안에는 바다를 굽어보는 언덕 위에 작고 예쁜 교회가 있었다. 채플 웨딩을 선망하는 일본인의 취향 탓인지 오키나와에는 결혼식을 위한 교회가 많은데, 그중에서도 이곳이 아름답기로 첫손 꼽힌다고 한다.

"어머나, 세상에⋯⋯. 이런 곳이 있다니!"

"우와아! 저 바다색 봐! 나 인증샷 좀 찍어 줘."

"민주 언니, 여기 정말 멋지죠? 나도 꼭 여기서 결혼해야지."

"누구랑? 일단 남친부터 만들고 얘기하셔. 히힛."

교회의 문을 열고 들어간 순간 김인아 실장과 스타일리스트들이 환호성을 질러 댔다. 루비 역시 전면 유리창 너머로 바다와 하늘이

드넓게 펼쳐진 장관에 잠시 넋을 잃었다. 천국이 있다면 이럴까? 꼭 다른 세상에 온 것만 같았다.

"한루비 씨 왔어요?"

한발 먼저 도착해서 촬영 장비를 세팅하던 스태프들 사이에서 임 감독이 손을 번쩍 들어 보였다.

"네, 감독님."

"잠깐 미팅 좀 하죠."

임 감독 옆에는 화이트에 가까운 연회색 턱시도 차림의 이현이 서 있었다. 안경을 벗고 앞머리까지 자연스럽게 내린 그는 완전 다른 사람 같았다. 흐트러짐 없이 손질한 머리에 은테 안경을 쓴 평소의 모습이 냉철한 사업가의 표본 같았다면, 지금은 이십 대 중반의 부드러운 꽃미남 청년으로 보였다.

"루비 씨는 여기 좀 앉죠."

임 감독이 권하는 대로 루비는 하객석에 앉고 두 남자는 그대로 선 채 이야기를 나눴다.

"찍을 분량은 별로 많지 않아요. 뮤직비디오엔 은결이 장면이 대부분이고, 이 대표랑 찍은 건 아주 조금만 들어갈 거니까. 일단 여기서 결혼식 장면 찍고 키스신은 숙소로 돌아가서 노을 지는 해변에서 찍을 거예요. 아무래도 멋진 장면을 뽑으려면 현장 상황을 봐야 하니까……. 오늘도 좀 찍어는 보는데, 본격 촬영은 내일이 좋을 거 같아요. 리조트 측에 문의해 보니 내일 일몰이 더 멋질 거 같다고 해서."

임 감독이 차분한 목소리로 조곤조곤 촬영 일정을 설명해 주었고, 이현은 그저 묵묵히 듣고만 있었다.

'키스신? 진짜 찍는 거야? 설마……. 하는 척만 하겠지.'

키스신이란 말이 나오자 루비는 입안이 바짝 마르는 것 같았다. 카메라 각도에 따라 얼마든지 연출할 수 있지 않을까? 그렇게 믿고 싶었다.

"음……. 그리고 '너의 바람이 불면'은 첫사랑을 놓친 남자의 얘기예요. 한루비 씨는 잘 모르겠지만, 우리 남자들한테 첫사랑이란 굉장히 큰 의미거든요. 일생을 두고 잊지를 못하죠. 아무리 다른 사람을 사귀어도 생각나요. 비만 와도 생각나고, 바람 불면 더 생각나고, 또……. 아이, 시……!"

뮤직비디오의 콘셉트를 설명하던 임 감독이 갑자기 감정이 격해졌는지 말끝을 흐렸다. 뭐지? 루비가 눈을 동그랗게 뜨고 임 감독을 쳐다보자 옆에 서 있던 이현이 웃음을 터뜨렸다.

"아, 죄송합니다. 제가 또 옛날 생각이 나서 그만."

임 감독이 루비에게 사과하고 이현을 슬쩍 째려보더니 말을 이었다.

"아무튼, 남자들은 그래요. 때문에! 떠나간 연인의 결혼식 장면과 허니문에서의 키스신으로 행복의 절정을 보여 줄 겁니다. 한마디로 루비 씨와 이 대표가 보는 사람 염장을 질러 주는 거죠. 확실하게. 아주 화끈하게! 막 진짜처럼. 뮤직비디오를 보는 남자들이 저건 내 얘기야, 감정 이입 되게 말이죠. 보면서 가슴이 아려 눈물이 철철 흐르게, 아시겠죠?"

저렇게 열변을 토하는 감독님한테 어떻게 모른다 하겠는가.

"……네."

너무 자신감 없어 보였나? 임 감독이 미심쩍은 눈길을 보냈다.

"아, 뭐……. 잘 모르셔도 크게 지장은 없습니다. 이 친구가 또 연극영화과를 무려 8년이나 다닌 친굽니다. 이론도 빠삭하지만, 실전 경험도 풍부하니 리드 잘할 겁니다. 우리 이 대표가 이런 건 잘하니까……."

"뭐야? 이런 것 '도' 겠지."

"하하. 그래. 다 잘해 좋겠다! 루비 씨는 그냥 따라가기만 하면 됩니다."

"네."

순순히 대답하면서도 신경이 쓰였다. 실전 경험이 풍부하다니? 무슨 실전? 연애야, 연기야?

루비의 표정이 영 마뜩잖았는지 임 감독의 부연 설명이 덧붙여졌다.

"이게 뭐 영화도 아니고. 아무래도 뮤직비디오니까, 거창한 연기력이 필요한 건 아니잖아요? 그냥 곡에 대한 이해를 바탕으로 분위기만 연출해 주시면 됩니다. 부담 없이 찍어야 좋은 장면이 나오니 마음 편히 가지시고. 은결이랑 애드리브 찍은 거 상당히 잘 나왔던데, 그렇게만 해 주시면 됩니다."

은결과 찍은 애드리브? 막 껴안고 뽀뽀하고 그랬던 걸 이현도 보겠지? 갑자기 먹은 게 체한 듯 명치끝이 죄여 왔다.

'어휴, 이 멍충아! 그걸 이현만 보겠니? 전 국민이, 아니 전 세계 한류 팬들이 다 볼 텐데.'

새삼 이현을 의식하는 자신이 바보 같았다. 이런 것 하나 제대로 못 해내면 어떻게 돈을 벌겠어? 그래, 어차피 돈 때문에 시작한 일이잖아. 프로 정신으로 해내야지. 루비는 다시금 마음을 다잡았다.

"네. 알겠습니다."

바보 같은 속마음이 행여 얼굴에 드러날까, 부러 또랑또랑하게 대답했다.

서울로 돌아가면 CF도 하나 찍을 예정이었다. 갑작스레 뜨는 바람에 CF 제의가 물밀 듯했지만, 너무 많이 찍어도, 또 함부로 아무거나 찍어도 이미지에 안 좋다며 회사에서 고르고 골라 큰 거 하나만 계약했다. 무려 사성그룹 이미지 광고.

오랜 역사와 전통을 자랑하는 사성그룹은 최근 CI(Corporate Identity) 작업을 통해 회사 로고와 심벌마크를 새롭게 바꿨다. 그런 만큼 혜성처럼 나타난 신인 한루비의 깨끗하고 참신한 이미지를 광고에 활용하면 회사 이미지를 새롭게 부각하는 데 좋을 거로 판단해, 신인에겐 이례적인 거액의 모델료를 제시했다. 게다가 뮤직비디오 출연료도 무시 못 할 액수였다.

전에 받은 1억 원의 계약금도 요긴하게 쓰였다. 진수의 원룸과 등록금을 해결하고 남은 돈은 엄마와 이모에게 병원비와 생활비로 쓰라고 드렸다. 아주 풍족하진 않아도 당분간 궁하지 않게 지낼 수 있어 좋았다. 이제 광고도 찍고 좀 더 열심히 일한다면 온 가족이 예전처럼 모여 살 수 있는 보금자리를 마련할 수 있을 거 같았다.

사람의 욕심은 끝이 없는 건지 기왕이면 양평 집을 다시 찾고 싶었다. 할아버지가 사 둔 땅에 아빠가 지은 그 집은 부모님이 주말마다 가서 정원을 가꾸고 텃밭을 일구던 곳이다. 나중에 더 나이들면 그곳에서 노후를 보내시겠다며.

만약 그 집을 다시 찾을 수 있다면, 어쩌면…… 아빠가 돌아오시지 않을까? 그곳은 아빠의 미래와도 같은 땅이니까.

"그럼 20분 후에 리허설 간단히 하고 바로 숏 들어갈 거니까 두 사람 편히 쉬면서 잠깐만 대기하세요."

임 감독이 촬영 스태프들이 있는 곳으로 바삐 걸어가자 곧 부드러운 목소리가 귀에 닿았다.

"뭘 그리 골똘히 생각해?"

어느새 앞자리에 와서 앉은 이현은 몸을 한껏 틀어 등받이에 팔을 올리고 빤히 그녀를 들여다보고 있었다.

"그, 그냥 어떻게 연기할까…… 뭐 그런 거요."

달걀이 가득 든 바구니를 이고 가며 상상의 나래를 펼치다 들킨 것만 같아 루비는 얼굴이 화끈거렸다. 그런데 이 남자, 갑자기 왜 이렇게 다정한 눈빛으로 보는 걸까? 사람 설레게.

"임 감독 말대로 너무 긴장하지 말고 자연스럽게 하면 돼."

"……네."

도무지 적응이 안 된다. 이 상황이.

"대사가 있는 게 아니니까 표정이 제일 중요한데, 긴장돼서 그래? 왜 이렇게 얼굴이 굳었어?"

이현은 외모만 바뀐 게 아니라 성격마저 딴사람이 된 것처럼 다정하게 굴었다. 도대체 왜 갑자기?

'스타 탄생' 마지막 방송에 출연한 지 어느새 20여 일이 지났다. 그날 이후 루비는 체계적인 레슨을 받으며 바쁜 나날을 보냈다. 보컬 트레이닝은 말할 것도 없고, 발성을 위한 기초 체력 훈련까지 회사 내의 전문가들에게 밀착 지도를 받느라 하루하루가 눈코 뜰 새 없이 빠르게 지나갔다.

그런 나날 중 가끔, 아주 가끔 회사에서 그와 마주칠 때도 있었다. 그럴 때면 아무렇지 않은 척 꾸벅 고개를 숙여 인사했다. 그 역시 가벼운 눈인사를 하며 빠르게 지나쳐 갔다. 겨울바람처럼 쌩하니……. 그리고 그 바람은 내내 가슴에 머물렀다. 바람은, 시간이 지날수록 걷잡을 수 없이 커져서 휘이잉 시끄럽게 소리를 내며 가슴속을 맴돌았다.

'대체 난, 뭘 기대한 거지? 다정하게 말을 건네 주고 알아봐 주길 바란 거야? 저 사람과는 그저 계약서 한 장이 오고 간 사이일 뿐인데?'

그렇게 되뇌어 봐도 자꾸만 그가 특별하게 느껴졌고, 그에게 특별한 사람이 되고 싶은 마음이 제멋대로 자라났다. 부질없는 욕심임을 알지만, 누르면 누를수록 그 마음은 멋대로 튕겨 나오려 했다. 돌려받지 못할 걸 알면서도 그에게 향하는 마음을 접을 수 없었다. 이 마음은 분명 내 것인데, 그로 가득 차 버려 통제되지 않았다.

결국, 그를 향하는 일방적인 마음을 인정할 수밖에 없었다.

"자 이렇게 한번 해 봐."

이현이 입꼬리를 한껏 올려 스마일 표정을 짓자 눈초리가 절로 휘어지며 아이스크림처럼 달콤하게 변했다.

"미소를 지으면 얼굴 근육을 부드럽게 풀어 주는 효과가 있지."

자연스러운 표정 연기를 위해 단지 준비 운동을 하는 것뿐인데도 마치 제게 미소 짓는 거 같아 루비의 마음은 흐물흐물 녹아내렸다.

"……!"

"왜? 못 따라 하겠어? 음…… 그럼 이렇게 해 볼래?"

이현은 한층 더 부드럽게, 속삭이듯 말하더니 입술 끝을 좌우로 번갈아 끌어 올렸다. 하도 자상하게 시범을 보이니 차마 안 따라 할 수가 없었다. 하는 수 없이 루비도 그를 따라 실룩샐룩 입꼬리를 번갈아 끌어 올렸다.

"오! 잘하는데? 그럼 이번엔 이렇게."

이현의 움직임이 더욱 빨라졌다. 실룩샐룩. 실룩샐룩.

"풉!"

순간 웃음이 터져 나와 루비는 참을 수 없었다. 늘 도도하고 까칠하던 이현이 저런 우스꽝스러운 표정을 짓다니!

루비가 깔깔거리며 웃자 이현도 따라 웃었다.

그렇게 한바탕 웃음이 둘 사이를 휩쓸고 지나가자 팽팽하던 긴장감이 누그러지고 한층 여유가 생겼다. 무엇보다 어색했던 공기가 사라져 마음이 가벼워졌다. 너무 가벼워져서 비눗방울처럼 둥둥 떠다니는 마음을 어서 잡아 제자리로 돌려놔야 할 텐데. ……들키기 전에.

"어때? 긴장이 풀리지 않아? 표정이 이제야 좀 살아나네."

갸웃 고개를 기울여 눈을 맞추며 그가 미소 지었다.

"네, ……덕분에요."

"……."

쿵쿵. 요란하게 들썩이는 심장 박동을 그가 눈치챌까 봐 살짝 시선을 내렸다. 그의 작은 미소 하나로도 달아오르는 얼굴을, 마음을, ……들키기 싫어서.

다행히 시끌벅적한 소음과 함께 하객 역을 맡은 엑스트라 수십 명이 들어와 착석하고 민주와 예리가 달려와 스타일을 매만져 주는 바람에 어색한 침묵의 순간은 짧게 지나가 버렸다.

"이렇게 나란히 세워 놓고 보니 진짜 잘 어울린다, 두 사람. 누구 하나 처지지도 넘치지도 않고, 완전 왕자와 공주라니까. 이게 실제 상황이면 그야말로 세기의 결혼식인데 말이야."

신랑 신부 자리에 선 이현과 루비에게 김 실장이 다가와 매의 눈으로 마지막 점검을 하며 거침없는 찬사를 보냈다. '오늘의 작품'이 무척 마음에 든 김 실장의 흡족한 시선이 두 사람의 전신을 훑어 내렸다.

임 감독이 원한 웨딩 의상 콘셉트는 '판타지'였다. 이것은 실제 결혼식이 아니라 은결의 상상 속 장면이기 때문에 몽환적인 분위기를 살려 달라고 했다. 꿈속의 결혼식 같은 느낌이랄까……

며칠을 고심하던 끝에 문득 떠오른 것이 발레 '지젤'이었다. 김 실장은 무릎까지 오는 로맨틱튀튀 스타일의 시폰 드레스를 루비에게 입히고 발레 슈즈처럼 보이는 구두와 들꽃 화관을 매치해 숲의 요정 같은 분위기를 살렸다. 그에 맞춰 이현의 스타일링도 부드럽고 밝은 느낌을 주도록 했다.

"루비 씨 다리는 정말 백만 불짜리야. 길고 곧고 적당히 탄탄하면서 어쩜 알통도 없이 미끈하네. 발레 한 거 맞아?"

"이래 봬도 힘주면 알통 잡혀요. 엄마 닮아서 운동량에 비해 종아리 근육이 잘 안 생기긴 하지만."

드레스 아래 쪽 뻗은 루비의 종아리에 여자들의 시선이 꽂혔다. 사실 발레 하던 친구들도 부러워하던 다리이긴 했다.

"역시 타고난 체형이 중요한가 봐요, 실장님. 저런 다리로 걸어 다니면 어떤 기분일까?"

"난 엄마가 어깨 넓어진다고 수영장 근처엔 얼씬도 못 하게 했는데도 한 떡대 하잖아. 우리 엄마 어깨만 보면 딱 천하장사거든. 하, 이 놀라운 유전자의 힘이란!"

"대표님, 우리도 루비 씨 다리 보험 들어 놔야겠어요."

"보험이요? 글쎄, 얼마짜리 들어야 하죠?"

부지런히 손을 놀려 의상과 머리를 매만지면서 입 또한 쉬지 않는 그녀들의 수다에 이현이 맞장구를 쳐 줬다.

"왕년에 어느 여가수는 12억짜리 들었대요. 우리 루비 언니 다리면 100억 정도는 들어 줘야 하지 않을까요?"

"100억이나요? 흐음……. 그건 한루비 씨가 벌어 오는 액수 보고 고려해 보도록 하죠."

"에이, 대표님답지 않게 짜게 구시네."

"전 돈 계산은 원래 철저합니다. 밥값 못 하면 누구든 바로 자릅니다."

"야, 야! 짤리기 싫으면 우리 수다 그만 떨고 열일해야겠다. 크크."

"근데요. 보험 얘기가 나와서 말인데, 우리 대표님 마스크도 보험 들어야 할 얼굴 아닌가? 너무 잘생겼잖아!"

김 실장이 이현의 머리를 매만지며 감탄사를 연발했다.

"김 실장님, 어지럽습니다. 그만하시죠."

"푸하하. 어지럽긴 뭐가 어지러워요. 이 정도 찬사는 체할 정도로 들었을 거면서."

"요즘 통 못 들어서 그런지 적응이 안 되는데요."

"그거야 대표님이 무뚝뚝하니 인상 쓰고 다녀서 그렇죠. 지금처럼 생글생글 웃으니 얼마나 예뻐요? 오늘 미모 게이지 폭발하네."

"그렇습니까? 터지면 안 되니 자제하겠습니다."

"하하하. 제가 얘들한테 늘 그러잖아요. 요즘 젊은 애들 남신, 남신, 하던데 우리 대표님이야말로 남신 중에 남신이라고. 안경 쓰고 무게 잡으면 마르슨데, 이렇게 샤방하게 꾸미면 아폴론이라니까."

"이거, 신들이 노할까 두렵군요."

"다음에 대표님 그리스 가시면 아폴론 신전 앞에서 셀카 찍어서 올리세요. 여기가 우리 집이다, 하고."

"그랬다간 마른하늘에서 날벼락 떨어졌다고 속보 뜰 텐데요."

그렇게 웃고 떠들며 스타일 점검을 마쳤다. 한껏 웃었더니 리허설도 기분 좋게 끝낼 수 있었다. 그리고 본 촬영도 화기애애하게 진행됐다. 행복한 신랑과 신부의 이미지를 담아내는 게 목적이라 현장에 음악도 틀어 놓고 스태프들이 로맨틱한 분위기를 연출해 줬다.

아름다운 선율 속에 시키는 대로 포즈를 잡다 보니 2시간이 훌쩍 지나갔다. 이현과 눈을 마주치고, 손을 잡고, 웃으며 대화하던 시간은 그렇게 고스란히 영상 속으로 사라졌다.

"모두 수고하셨습니다! 숙소로 이동하면 일단 좀 쉬고 일몰 상황 봐서 저녁 스케줄 정할 겁니다."

임 감독이 촬영 종료를 알리자 스태프들이 바쁘게 짐을 챙겼다.

"루비 씨, 촬영 아주 잘했어요."

"감독님도 수고 많으셨어요."

"근데 루비 씨는 그냥 봐도 예쁘지만, 화면발이 진짜 갑입니다.

은결이가 원하던 첫사랑의 이미지가 영상 속에서 더 잘 살아나네요. 나중에 저랑 영화 하나 찍어 볼래요?"

"어머! 아니에요. 대표님이 잘 이끌어 주신 데다 대사가 없으니 그나마 찍은 거죠. 전 정말 연기 쪽은 자신 없어요. 끼도 없고요."

그냥 하는 말이 아니었다. 배우는커녕 가수도 꿈꿔 본 적이 없는 루비였다. 나는 누군지도 모르는 수많은 사람이 내 이름과 얼굴을 알고 있다는 건 얼마나 끔찍한 일인가! 그걸 이겨 낼 수 있는 사람만이, 아니 즐기는 사람만이 연예인이 되는 거라고 생각했다.

물론 발레리나도 대중 앞에 서는 직업이지만, 무대 화장을 지운 발레리나의 얼굴을 알아볼 사람은 거의 없다. 아무리 팬이라 해도 무대 위의 발레리나에게 갈채를 보내는 거로 그치는 게 대부분이니까.

"아이고, 아쉽네요. 예쁜 얼굴은 많지만, 분위기 있는 마스크는 흔치 않아서요. 발레를 하셨다더니, 표정도 풍부하고⋯⋯."

"좋게 봐 주셔서 감사합니다."

"빈말 아닙니다. 생각 한번 해 보세요. 오늘 촬영한 거 뮤직비디오엔 조금밖에 안 들어가는데 제가 루비 씨 거 따로 편집해서 드릴까요?"

루비는 어찌해야 하나 망설였다. 원래 다 그런 건가? 아니면 사양해야 하나? 선뜻 대답하기 곤란했지만, 이현과 함께한 시간을 간직하고 싶은 마음이 더 컸다.

"저야 물론 감사하지만, 괜히 바쁘신데 시간 뺏는 거 아닌지⋯⋯."

"어우, 아닙니다. 일이 있을 때만 있지, 평소엔 또 백수라서요.

하하. 은결이 뮤비 편집 끝나면 예쁘게 만들어서 메일로 보내 드릴 게요. 메일 주소가?"

"뭐야? 설마 작업?"

옆에서 김 실장과 이야기하던 이현이 고개를 휙 돌리며 물었다.

"그래, 작업이다, 작업! 영상 작업. 그리고 배우 캐스팅 작업!"

"죄송합니다, 임규선 감독님. 저희 소속 연예인에게 작업을 거실 땐 필히 저를 통하셔야 하는데요?"

농담인지 진담인지, 엄숙한 표정으로 정중하게 말하는 이현을 보고 임 감독이 기가 막힌 표정을 지었다.

"네, 알겠습니다, 이 대표님. 쇤네 고이 물러나겠습니다. 그럼 편집본은 대표님 메일로 보내 드리면…… 됐냐?"

"그래, 됐다."

"크크. 단순하기는. 근데 말이야. 루비 씨 영화 쪽도 한번 생각해 보면 어때?"

"아니. 그쪽은 전혀 생각 없어. 이렇게 가끔 우정 출연은 할 수 있지만."

"오! 단호한데? 이 대표도 배우 생활 겸했기에 가능성 있으면 생각해 볼 줄 알았더니."

"그거야 회사 기반 잡느라 필요했던 일이고. 한루비 씨는 노래할 사람이야."

"흐음……. 알았습니다!"

의외였다. 요즘은 '만능엔터테이너'라며 가수와 연기 겸업은 물론이고, 각종 예능에도 얼굴을 내밀기 일쑤인 연예인들이 많고, 기획사에서도 그런 전천후 연예인을 선호한다던데? 하지만 이현의 단호한 대답에 루비는 내심 놀라면서도 한편으론 좋았다. 생각보다 더 저를 잘 파악하고 있는 거 같아서.

촬영을 끝마치고 돌아오는 차 안. 창밖에 펼쳐지는 아름다운 오키나와의 풍광을 보며 루비는 잠시나마 이현의 신부였던 순간을 떠올렸다.

그와 나누었던 소소한 잡담, 손과 손이 맞닿을 때의 짜릿한 느낌, 마주 보던 다정한 눈빛, 흘러내린 머리카락을 쓸어 올려 주던 손가락의 감촉. 이 모든 걸 되새김질하고 또 했더니 어느새 입 끝이 제멋대로 실룩 올라가 버렸다.

"말씀드렸다시피, 은결이의 상상 속 장면입니다. 뭘 어떻게 찍자는 공식 같은 건 없어요. 아까처럼 이 대표가 알아서 리드해 주세요. 최대한 자연스럽게! 로맨틱한 분위기만 내 주시면 됩니다."

푸르던 하늘에 노을빛이 번지기 시작하자 임 감독의 말이 빨라지더니 자세한 지시는 내리지 않고 지는 해만 뚫어져라 쳐다봤다. 스태프들 시선도 모두 하늘에 꽂혔다.

'진짜로 하는 거예요?'

감히 물어볼 수조차 없었다. 하긴 물어본다 한들 누구에게 물어볼 것인가. 그런 걸 물어봤다간 프로답지 못하다는 지적이나 그 나이까지 키스도 못 해 봤느냐는 동정만 잔뜩 받겠지. 요즘 세상에 키스 따위가 뭐 별거라고 그러느냐며 다들 비웃을지도 모른다. 아마 코디 예리한테 물어도 그럴 거다. '언니. 이건 연기예요, 연기. 쿨하게 하세요.' 라고.

웨딩신 촬영 후 숙소에서 잠시 쉬는 동안에도 안절부절 어쩔 줄 모르고 양치와 가글을 몇 번이나 했던가. 생애 첫 키스신. 아니, 난생처음 해 보는 키스. 그 사실만으로도 긴장되는데 상대가 이현이라니!

겉으론 아무렇지 않은 척했지만, 심장은 쿵쾅쿵쾅 요동을 치고 등에는 식은땀이 삐질삐질 솟았다. 아름다운 노을 따위, 루비의 눈에는 들어오지도 않았다. 마주 선 이현 때문에 숨조차 크게 쉴 수 없었다. 호흡이 더욱 가빠졌다.

"아무래도 오늘은 조금밖에 못 찍겠네. 카메라 리허설만 하고 철수합시다. 리허설이어도 괜찮은 컷 나오면 건질 수 있으니까, 어쨌든 최선을 다해서 찍어 봅시다!"

일몰이 아름답기로 유명한 오키나와지만 날씨에 따라 때깔이 다를 수밖에. 아름다운 영상을 찍고 싶은 임규선 감독이 흡족할 만한 일몰은 아니었나 보다.

"왜요? 내 눈엔 멋지기만 한데."

꽤 어려 보이는 스태프 한 명이 불쑥 끼어들었다. 모레 오후 돌아가는 일정이니 오늘 촬영을 완전히 끝내면 나머진 자유 시간이 아닌가! 그런 생각에 사로잡혀 겁도 없이 나선 것이다.

"뭐 나쁘진 않은데, 생각만큼은 아니라서."

"이 정도면 나중에 CG 처리 하면 훌륭하겠는데요?"

"너, 인마! 내가 그런 꼼수 쓰는 거 봤어? 이게 SF 영화라면 또 몰라. 서정적인 뮤직비디오잖아. 서정적! 과학 기술이 아무리 발달해도 자연의 신비를 이길 수 있냐고? 비록 찰나지만 그 순간의 진실을 담아내는 게 내 영화 철학인 거 몰라? 뭐든 리얼리티가 중요한 거야. 리얼리티! 눈속임은 관객을 속이고 나를 속이는 짓이야.

정신 차려!"

"네. 죄송합니다."

대답은 그리하면서도 뒤돌아선 표정엔 '무슨 감독이 CG를 눈속 임이래? 때가 어느 땐데, 혼자 예술 해?' 라고 쓰여 있었다.

본격 촬영을 미룬다는 말에 잠시 안도했던 루비는 임 감독의 호통을 듣고 다시 초조해졌다.

'후아! 얄짤없겠군. 리얼리티라니……'

물어보지 않길 잘했어. 그래 까짓것. 이 나이까지 부러 지켜 온 것도 아닌 첫 키스 따위 이현 당신에게 바치겠어. 차라리 잘됐지 뭐. 비록 짝사랑이지만 좋아하는 남자랑 하는 건데.

그리 마음을 돌려먹으니 터질 거 같던 심장이 조금씩 진정되었 다.

'아자! 피할 수 없으면 즐기자고. 넌 할 수 있어, 한루비!'

루비의 눈동자가 초롱초롱 빛났다.

"큭."

순간 이현의 웃는 소리가 들려 고개를 들어 쳐다보았다. 맨발로 모래를 밟고 서 있으니 그와의 키 차이가 여실히 느껴졌다. 루비의 키는 발레리나로서 가장 이상적이라는 165센티. 그런 루비가 한껏 올려다봐야 하는 이현의 키는 어림잡아도 185센티는 넘을 듯하다.

"왜, 왜요?"

"너무 비장미가 흐르잖아."

"비, 비장미요?"

"난 또 키스신이 아니라 전투신 찍는 줄 알았네. 당장 적장의 목 이라도 베어 올 기센데?"

아닌 게 아니라 주먹까지 틀어쥐고 있는 꼴이라니! 루비는 그것을 그제야 깨닫고 틀어쥔 주먹을 냉큼 폈다.

"자, 긴장 풀어. 잡아먹지 않을 테니."

그가 꿀밤을 먹이듯 긴 손가락으로 루비의 이마를 가볍게 튕겼다.

"죄송해요. 제가 아무래도 처음이라⋯⋯."

읍! 처음이란 말은 대체 왜 한 거야? 루비는 제 혀를 깨물고만 싶었다.

"그래? 나도 그랬어. 다 그런 거야, 누구나 처음엔."

"⋯⋯."

그러니까⋯⋯ 지금 이 사람은⋯⋯. 이 사람이 말하는 '처음'은⋯⋯ 그 처음이 아닌 건가?

"긴장 풀게 아까처럼 준비 운동이나 해 볼까? 이렇게⋯⋯."

그의 실룩 올라가는 입꼬리를 보자 반사적으로 루비의 입꼬리도 저절로 따라 올라가며 피식, 웃음이 새어 나왔다. 내내 긴장하던 루비가 웃자 이현이 다정하게 말했다.

"처음부터 키스신 찍게 해서 좀 미안하긴 한데, 최대한 진짜처럼 보이게 할 테니 염려하지 마."

"아, 네. ⋯⋯감사합니다."

얼결에 감사하다고 말해 놓고 보니 표현이 좀 이상한 듯했지만, 이 상황에서 무어라 말해야 좋을지 어차피 모르니 뭐⋯⋯. 근데 진짜처럼 보이게 한다고? 그럼 진짜로 하는 건 아니라는 말이지?

루비가 이현의 말을 곱씹고 있는데 마치 다른 세계로 보내는 마법의 주문을 외듯 임 감독이 소리쳤다.

"자, 그럼 두 사람 편하게 갑시다. 여기는 노을 지는 바닷가, 둘 말고 아무도 없어요. 사랑하는 연인이 마주 보며, 분위기 잡고……. 레디, 액션!"

환상적인 노을이 번지는 오키나와의 해변. 김인아 실장의 표현을 빌리자면 태양의 신 아폴론을 닮은 남자, 이현과 마주 보고 서 있다. 이 남자와 곧 키스할 것이다. 아니, 키스하는 시늉을 할 것이다. 그런데 이 삥 둘러선 스태프와 환한 조명 아래서 무슨 분위기를 잡으라고!

하지만 진짜 마법의 주문은 임 감독의 큐 사인이 아니라 이현의 손길이었다.

그가 성큼 다가오더니, 커다란 손으로 바람에 흩날리는 루비의 머리카락을 부드럽게 쓸어 넘겼다. 그러고는 다른 손으로 허리를 감싸 바짝 끌어당기며 귓가에 나지막이 속삭였다.

"내 발등 위로 올라와."

13

THE APPLE

발등⋯⋯ 위로?

"무거울 텐데⋯⋯."

쭈뼛거리는 루비에게 이현은 다정하지만 단호하게 말했다.

"어서."

얼결에 그의 발등 위에 올라선 루비의 뺨이 잘 익은 복숭아처럼 발갛게 달아올랐다.

"안 아파요?"

"⋯⋯아파."

낮게 갈라진 음성마저 묘하게 자극적이다. 게다가 아프다는 사람 눈빛이 왜 이리 그윽해? 깊고 아름다운 눈동자가 달콤한 레이저를 연신 쏘아 대기까지 하니 더욱 어쩔 줄을 모르겠다.

'어, 어떡하지? 심장이 이대로 터져 버릴 거 같아.'

다 그만두고 내빼고 싶다. 프로 의식이고 뭐고, 심장이 견뎌 낼 재간이 없는데 어쩔 것인가.

"……내려갈래요."

"안 돼."

허리를 감싼 그의 팔에 꽈악, 힘이 들어가는 게 느껴졌다. 마치 놓아주기 싫은 연인을 품에 안은 것처럼.

"걱정 마……."

그의 손끝이 이마를 스치자 오소소 소름이 돋았다. 바닷바람에 날리는 머리카락을 그러모아 귀 뒤로 넘겨 주던 섬세한 손길이 볼을 타고 미끄러져 내려와 턱에 닿았다.

"금방…… 끝날 거야……."

이현이 나지막이 읊조리며 긴 손가락으로 루비의 작은 턱을 잡아 살짝 들어 올렸다. 그리고 서서히…… 그의 얼굴이 다가왔다. 루비는 저도 몰래 눈을 감아 버렸다.

'침착해. 이건 연기야. 연기라고!'

진짜가 아니란 걸 알면서도 가슴이 설레었다.

이현의 연기는 참으로 훌륭했다. 머리카락을 쓸어 넘기는 나긋한 손길이라든가 살짝 기울인 고개의 각도라든가 마음을 녹이는 눈빛이라든가 얇은 원피스를 사이에 두고 전해지는 미약한 떨림까지, 모든 게…… 완벽했다.

게다가 그는, 카메라가 어디서 어떻게 들어올지 정확히 파악하고 있었고 감독의 연출 의도도 충분히 숙지한 상태였다. 무엇보다 그는, 키스신이 처음이라는 이 미숙한 파트너에게서 자연스러운 연기를 끌어낼 수 있는 베테랑이었다. 그가 만들어 내는 분위기 속에서 어느새 그녀는 진짜 연인과 첫 키스를 하는 여자로 변신해 있었다.

'아⋯⋯!'

눈을 감고 있어서일까? 따뜻하고 말캉한 것이 입술을 스쳤을 때, 하마터면 탄식이 터져 나올 뻔했다. 그건, 상상도 못 했던 낯선 감촉이었다. 새털처럼 보드랍고 가벼운 것이 내려앉은 듯 간질간질하면서도 짜릿한 기운이 여린 살결을 뚫고 혈관에 침투해 순식간에 전신을 관통했다.

다행히 소리는 안으로 삼켰지만, 뜨거운 숨이 한숨처럼 새어 나왔다. 순간, 턱을 받친 이현의 손가락이 살짝 흔들린 것 같았다.

이현은 최대한 가깝게, 그러나 가능한 밀착되지 않게 거리를 유지하려 애썼다. 그의 노력 덕에 두 입술은 닿을락 말락 아슬아슬하게 경계를 넘지 않으며 대치했다. 그것이 더 그녀를 미치게 했다.

'이건 정말⋯⋯ 지독해.'

차라리 그냥 입을 맞추는 게 낫겠다 싶었다. 이토록 사람 애간장을 녹이며 고문을 하느니, 차라리⋯⋯.

그때였다. 이현의 입술이 루비의 입술에, 아니 정확히 말하면 루비의 윗입술 언저리에 닿은 것은. 그녀의 턱을 잡았던 손을 뒤통수로 옮겨 머리를 받친 이현이, 고개를 비스듬히 틀어 깊은 키스를⋯⋯ 연기했다.

좌우로 찬찬히 움직이는 그의 고갯짓에 따라 우뚝 선 콧날이 그녀의 볼을 달콤하게 자극했다. 동시에 허리를 감싸 안았던 손을 올려 그녀의 가녀린 등을 천천히 쓸어내렸다. 그 모든 동작 하나하나에 루비는 숨이 멎을 것 같았다.

'흐읍⋯⋯!'

윗입술과 인중 근처를 배회하는 뜨겁고 보드랍고 촉촉한 그의 입술 감촉에 몸이 바르르 떨렸다.

이현이 연출하는 로맨틱한 분위기에 너무 취해 버린 걸까? 루비는 발꿈치를 살짝 들며 팔을 올려 그의 목을 감싸 안고야 말았다. 물 흐르듯 자연스럽게. 마치 진짜 연인이라도 된 듯. 그러고는 저도 몰래 갸웃, 고개를 움직였다. 딱히 어떤 의도가 있어서는 아니었는데, 자석이 반대 극에 이끌리듯 그의 입술에 제 입술이 그만 닿고 말았다.

순간, 이현의 어깨가 움찔했다.

'……왜?'

애써 입술이 닿지 않게 배려해 줬건만, 매너도 없이 막 들이댄다고 생각한 걸까? 하지만 더 생각해 볼 겨를이 없었다. 잠시 주춤했던 그의 입술이 마냥 부드럽던 아까와는 달리 좀 더 강하게 부딪쳐 왔기 때문에.

어디에 이런 격정이 숨어 있었던 걸까? 입술과 입술이 맞닿자, 한 번도 느껴 보지 못했던 뜨겁고 격렬한 충동이 스멀스멀 피어올라 정신이 아득해졌다.

바다도, 노을도, 주위를 둘러싼 스태프도 모두 사라지고 무중력 상태의 우주에 이현과 단둘이 둥둥 떠다니고 있는 착각마저 들었다. 너무도 달콤한 이 순간이 영원히 끝나지 않았으면 좋겠다 싶었다.

"컷!"

임 감독의 목소리가 귓등에 닿았지만, 마치 깊은 물속에 잠긴 것처럼 몸이 뜻대로 움직여지지 않았다.

"끝났군."

이현이 제 목을 얼싸안은 손목을 잡아 풀자, 그제야 정신이 든 루비가 그의 발등 위에서 내려와 뒤로 한 발짝 물러섰다.

"……."

"……흠. 처음치곤 나쁘지 않았어."

어색한 표정으로 저를 올려다보는 루비의 어깨를 가볍게 툭툭 두드린 이현은 그대로 등을 돌려 임 감독에게로 성큼성큼 걸어갔다.

아직도 꿈속인 듯 멍한 상태로 루비는 그 뒷모습을 우두커니 바라보았다. '착각하지 마. 이건 다 가짜야.'라고 그의 등이 명백히 말해 주고 있었다. 가슴속을 가득 채우던 무언가가 쑥 빠져나간 듯 허전했다.

"루비 씨, 화장 고쳐요."

메이크업 박스를 든 민주의 목소리에 루비는 화들짝 놀라며 정신을 가다듬었다.

"아! 네……."

"언니, 여기 앉으세요."

"고마워."

예리가 펼쳐 놓은 보조 의자에 앉아 메이크업 수정을 받으면서 루비는 곁눈질로 흘낏 이현의 동태를 살폈다. 임 감독의 어깨 너머로 모니터를 들여다보는 그의 옆얼굴이 멀리 있음에도 석고상처럼 도드라져 보인다. 옆에서 재잘거리는 소리도 들리지 않고 지금은 오로지 그만 보였다.

김 실장이 건넨 티슈로 입술을 슥 닦아 낸 그는, 아무렇지도 않게 방금 찍은 키스신을 모니터링하며 감독과 의견을 나누고 있었다. 어쩌면 저렇게 태연할 수가 있지? 난 이렇게 미칠 거 같은데, 저 사람은……

'처음부터 키스신 찍게 해서 좀 미안하긴 한데, 최대한 진짜처럼 보이게 할 테니 염려하지 마.'

그러니까 그게, ……이런 거였어? 키스하는 척. 사랑하는 척. 예뻐 죽는 척. 너 없인 못 살겠다는 척. 그런 눈으로 보고, 다정하게 껴안고, 부드럽게 만지고, 또 쓰다듬고. 하지만 연기니까 진짜로는 하지 않는 것. '컷!' 소리와 함께 바로 현실로 돌아오는 것. 이건 단지 연기일 뿐이니까……

허탈한 웃음이 새어 나왔다. 이현의 진짜 같은 연기에 취해 한없이 빠져든 자신이 한심해서. 왠지 눈물도 날 것 같았다. 그가 만들어 낸 허구의 세상에서 바로 빠져나오지 못하고 허우적대는 제 꼴이 비참해서.

"언니, 피곤하죠?"

"어? 으응……."

얼빠진 듯 풀 죽은 모습이 피곤해서 그런 거로 보였다면 다행이다 싶었다.

"오늘 아침부터 준비하고, 이래저래 힘들었죠?"

무에 그리 고칠 게 많다고 연신 얼굴을 만지고 두드려 대는 민주도 한마디 거든다.

"네. ……좀 그러네요."

"노을도 막판이고, 촬영 금방 끝날 거 같으니 조금만 힘내세요."

"고마워요."

이현의 입술에 다 뭉개져 지워졌을 입술에 민주가 다시 립스틱을 칠했다. 어차피 금세 지워져 버릴 텐데도 민주는 불멸의 작품을 완성하려는 화가처럼 꼼꼼히 덧칠했다. 그 예리한 눈빛이 루비를 일깨웠다.

'후, 정신 차려야지!'

감독도, 스태프도, 그리고…… 이현도. 모두 프로답게 자기 일에 열중해 있는데 아무리 경험 없는 신인이라 해도 저 혼자 삽질하는 꼴을 보이고 싶진 않았다.

그러나 다시 촬영에 들어가자 그 결심은 모래성처럼 허무하게 무너져 내렸다. 세상엔 뜻대로 되지 않는 일이 많다지만, 제 마음보다 제어하기 힘든 게 또 있을까?

이현과 마주하니 심장이 튀어나올 듯 쿵쾅거리고 눈앞이 깜깜해져 제대로 서 있기도 힘들었다. 감독의 큐 사인이 떨어지고 그의 손이 어깨에 닿는 순간, 비 맞은 강아지처럼 온몸이 떨리기까지 했다. 무식하면 용감할 수나 있지. 이미 그의 입술 감촉을 경험해 본 그녀로선 제 몸이 멋대로 반응하는 걸 어찌할 도리가 없었다.

분명 그도 느끼고 있으리라. 그녀의 떨림을. 하지만 이따위 키스신에 눈 하나 깜짝하지 않을 프로답게 이현의 연기는 계속되었다. 임 감독과 무슨 이야기를 나누었는지 아까와는 또 다른 패턴으로 그가 다가왔다.

파르르 떠는 햇병아리를 데리고 연기하는 게 짜증 날 법도 한데 이현은 아무런 내색 하지 않고 자연스럽게 그녀를 이끌었다. 그의 능숙한 리드 덕에 촬영은 무사히 끝났다. 임 감독은 그림이 예쁘게 잘 나왔다고 흡족해하며 내일은 좀 더 디테일한 장면 위주로 찍자고 했다.

저녁 시간 내내 루비는 우울했다. 리조트 안 일식당, 모처럼 일행 모두 모인 회식 자리. 흥청거리는 분위기 속에서 튀지 않으려고 억지 미소를 짓고 앉아 있었지만.

'역시 난 연기 같은 건 하면 안 되겠어.'

원래부터 할 마음도 없었지만, 이번 촬영을 계기로 주제 파악 하나는 확실히 했다.

배우들이 연기에 너무 몰입한 나머지 실제 감정과 혼동하는 일이 드물게 있다고는 들었다. 하지만 고작 키스신 하나 찍고 이렇게 우왕좌왕하다니⋯⋯. 아무리 경험 없는 초보기로서니, 아주 한심해 죽겠다.

대체 왜 이리 마음이 널을 뛰는 거지? 이현을 좋아하는 감정 때문일까? 남자와의 입맞춤이 처음이라 그런 걸까? 이현이 아닌 다른 남자였어도 이렇게 심장이 뛰고 가슴이 설레었을까? 무어가 되었든 제 그릇이 이것밖에 안 된다는 게 속상했다.

'그나저나 내일이 더 문제군.'

'좀 더 디테일한' 장면을 찍을 거라는 감독의 말로 미루어 보아 오늘보다 수위가 높을 텐데⋯⋯. 감정 처리 하나 깔끔하게 못 하고 쩔쩔매서야 내일 촬영은 어떻게 소화할 수 있을까?

"루비 씨, 혹시 어디 아파?"

옆자리에 앉은 김인아 실장이 염려스러운 표정으로 속삭였다. 울적한 티를 내지 않으려고 간간이 웃기도 하며 장단을 맞췄건만, 예리한 김 실장에게 딱 걸렸다.

"아뇨! 아, 안 아파요."

행여 분위기 망칠까 봐 루비는 과장되게 손을 내저으며 웃었다.

"아니, 아까부터 너무 기운 없어 보여서."

"그냥 좀…… 피곤한 데다, 술 한 잔 마셨다고 어지럽기도 하고……."

"오늘 일이 많긴 했지. 피곤하면 먼저 들어가 쉬어, 루비 씨."

"그래도 될까요? 지금 일어나면 괜히 저 때문에 썰렁해질까 봐……."

"아무래도 회식 길어질 분위긴데? 내일 저녁 촬영만 남았으니 다들 홀가분하게 달릴 것 같아. 그러니 피곤하면 이쯤에서 일어나는 것도 나쁘진 않지. 내가 슬쩍 빼 줄게."

"고맙습니다."

김인아 실장이 일어나자 좌중의 시선이 그녀에게 쏠렸다.

"어, 김 실장님? 우리 2차 가기로 했잖아요. 벌써 가시는 거 아니죠?"

맞은편 몇 자리 건너앉은 임 감독이 말했다.

"나 안 가요, 감독님. 난 오늘 끝까지 마실 거야. 우리 루비 씨가 좀 피곤해 보여서, 방에 데려다주려고요. 팩만 붙여 주고 바로 올게요. 내일 촬영할 때 주인공 얼굴이 부스스하면 안 되니까."

그렇지, 여주인공은 피부 생각해서 일찍 자야지. 모두 수긍하는 분위기였다.

"얼른 일어나요, 루비 씨."

"아, 네. 그럼 전 이만⋯⋯. 먼저 일어나서 죄송해요."

엉거주춤 일어난 루비는 앉아 있는 사람들에게 연신 고개를 숙여 인사했다. 앉아 있을 땐 보이지 않던, 임 감독 맞은편 자리의 이현이 그제야 눈에 들어온다.

'저 사람은 아무렇지도 않은데, 나만 왜⋯⋯.'

푹 쉬라고 인사말을 건네는 사람들 사이에서 묵묵히 잔을 들어 비우는 이현을 흘낏 돌아보고 루비는 김 실장을 따라 자리를 떴다.

그녀가 떠났다. 고개를 들지 않아도 알 수 있었다. 아마 몰래 빠져나갔다 해도 알 수 있었을 거다. 눈앞에 있으면 자꾸 신경 쓰이고 불편하지만, 막상 보이지 않으면 허전한 존재. 한루비⋯⋯.

이현은 제 앞에 놓인 빈 잔을 쏘아보았다.

"어이, 이 대표. 잔 비었네? 받아."

"어? ⋯⋯으응."

얼음이 든 잔에 맑은 액체가 담겼다. 잔을 받은 이현이 도자기 주전자를 건네받아 임 감독의 잔에도 술을 따랐다.

"이거 마실수록 괜찮네. 들어갈 때 좀 사 가야겠다. 근데, 이거⋯⋯ 뭐라 읽지?"

술 좋아하는 임 감독이 아와모리 병을 들고 상표를 들여다보며 물었다.

"오모로. 공항 면세점에도 있어."

"아, 그래? 공항에서 사면 되겠네. 15년 묵힌 거라 그런지 맛이 깊다."

입맛에 맞는 술을 사 갈 생각에 신이 난 임 감독이 흐뭇한 표정으로 돼지고기볶음을 한 점 집어 입에 넣는다. 촬영을 만족스럽게 끝낸 후, 맛있는 음식과 술을 즐기는 이 시간이 그에겐 가장 행복한 순간이다.

민주와 예리는 임 감독이 데려온 젊은 스태프들과 수다를 떠느라 여념이 없었다. 내일 어디를 구경 가 보자, 뭘 먹어 보자, 관광 계획을 짜느라 한껏 들뜬 목소리다.

그들 사이에서 이현은 흐트러지는 정신을 모으려고 애썼다. 몸은 여기 있지만, 마음은 다른 곳에 있는 듯 자꾸만 생각이 갈라졌다. 꼬리를 물고 갈라지는 생각 끝엔 한루비, 그 아이가 있었다.

그녀의 촉촉한 입술 감촉이 불현듯 떠올라 이현은 앞에 놓인 잔을 들어 한 번에 삼켰다. 차가운 술이 뜨겁게 식도를 훑어 내렸다. 술이 썼다.

2차로 간 바에서 적당히 분위기 맞춰 주다 내일 촬영을 핑계로 먼저 빠져나온 이현은 바닷가를 향해 걸었다. 바닷바람을 쐬면 답답한 속이 좀 뚫리지 않을까?

서은결의 뮤직비디오 '너의 바람이 불면' 기획 회의 때, 소속 프로듀서와 매니저들이 이구동성으로 한루비를 여주인공으로 추천했다. 화제성, 참신함, 미모. 뭐 하나 빠질 게 없을뿐더러 곡의 분위기에 딱 들어맞는 첫사랑 이미지의 화신이 바로 한루비, 그녀라고. 회사의 이익을 최우선 가치로 꼽는 기획사 대표로서, 이현은 한루비 캐스팅을 반대할 이유도 명분도 없었다.

'스타 탄생' 이후, 지금 한창 대중의 관심과 사랑을 받는 한루비지만, 아직 정식 데뷔도 하지 않은 그녀가 첫 음반 발표까지 그 인기를 유지하기 위해선 신비주의 못지않게 적절한 노출 전략도 필요했다.

올 12월 싱글 앨범을 내고 방송보다는 소극장 공연 위주로 가수 활동을 준비할 예정이라, 내년 초여름으로 잡고 있는 정규 1집 앨범 발표 전까지 매스컴 노출은 최대한 자제할 계획이다. 그러니 이번 뮤직비디오 출연은 그녀 특유의 청순하고 아련한 분위기를 대중에게 각인시킬 절호의 기회였다. 게다가 서은결의 솔로 데뷔 앨범 타이틀곡 뮤직비디오이니 그 화제성은 말해 무엇 하랴.

한류 스타이자 국내 최고 연예 기획사 대표인 이현, 국내 최고 인기 아이돌 그룹 리더 서은결, 그리고 떠오르는 샛별 한루비. 이 셋이 만났다는 이유만으로도 이번 뮤직비디오에 대한 기대가 치솟아 연일 인터넷 게시판을 달궜다. 이게 호재로 작용해 D&P의 주가 역시 오름세를 타고 있었다. 그러니 한루비의 뮤직비디오 출연은 모두에게 윈윈이 아닐 수 없다. 누가 뭐래도 잘한 결정이고 옳은 판단이었다. 그런데…….

'그런데 왜, 이제 와서 그 결정이 후회되는 걸까? 대체, 무엇 때문에?'

늘 복잡한 머릿속이 거기까지 생각하려니 과부하가 걸려 터질 것 같다.

문득, 담배 생각이 났다. 가끔, 아주 가끔 제 머리로 해결되지 않는 문제에 맞닥뜨렸을 때나 앞만 보고 달리는 이 생활이 허무하게 느껴질 때, 그럴 때 저지르는 작은 일탈이었다. 소속 연예인이나 연습생에겐 엄격하게 금연을 강요하면서 자신은 가끔 담배를 피운다는 건 어쨌거나 모순이다. 그게 일 년에 한두 번이라 할지라도.

하지만 혼자 짊어진 짐의 무게를 견디다 견디다 더는 지탱하기 힘들어 마음이 휘청거릴 때 잠시나마 위로가 돼 준 건, 그 어떤 사람도 아닌 한 대의 담배였다.

"에잇!"

애꿎은 모래만 냅다 걷어찼다. 검은 밤바다가 날름, 흩어지는 모래를 받아 삼켰다. 감쪽같이. 흔적도 없이.

"에이, 씨!"

왠지 약이 올랐다. 이현은 신고 있는 스포츠 샌들을 벗어 놓고 맨발로 발길질해 댔다. 에잇, 에잇! 고운 모래가 조명 아래 하얗게 부서지며 폭죽처럼 밤바다에 내려앉았다.

"뭐…… 하세요, 지금?"

그녀였다. 목소리만 들어도 알 수 있는 한루비.

'후, 언제부터 본 거야 대체?'

욕지거리를 안으로 씹어 삼키며 천천히 몸을 돌렸다. 바닷바람에 펄럭이는 긴 비치 원피스 차림의 한루비가 눈을 동그랗게 뜨고 서 있었다.

"뭐 하시는 거냐고요?"

"너. 왜 나왔어?"

멋쩍음을 감추려 그는 대뜸 언성부터 높였다.

"잠이 안 와서 바람 좀 쐬려고요. 근데…… 대표님, 술 취하셨어요?"

"아니. 안 취했어. 한루비 너, 지금 몇 신데 혼자 돌아다녀?"

"리조트 안인데 뭐 어때요."

"그래도 안 돼. 앞으로 코디 없이 혼자 다니지 마."

"어휴! ……알겠습니다."

그녀가 샐쭉하게 눈을 내리깔며 입술을 쑥 내밀었다.

"하……."

반항이라 그거지?

이 와중에 그녀의 입술에 시선이 머물자 이현의 머릿속이 더 복잡해졌다.

'저, 입술…….'

이제야 알겠다. 왜 이리 속이 답답하고 담배 생각이 간절했었는지. 어려운 문제에 부딪힌 것도 아니고 허무의 늪에 빠진 것도 아닌데, 그토록 절실하게 현실 도피를 하고 싶었던 이유는…… 차마 이성으로 누르지 못한 충동 때문이었다.

이성의 힘을 불러 모아 키스신을 연기하는데 기습적으로 그녀가 목을 끌어안고 입술을 맞대었을 때, 흔들리지 않았다면 거짓말이다. 흔들렸다. 그것도 아주, 아주 많이. 그녀의 입술을 한입에 꿀꺽 삼키고 싶을 만큼.

'도대체 왜 그랬니? 한루비.'

그간 몇 편의 드라마를 찍으며 미모의 여배우들과 키스신을 찍었다. 아까와는 비교도 할 수 없는 진한 키스와 깊은 포옹이 있는 러브신을 수도 없이 찍었지만, 한 번도 이런 적은 없었다. 정말로 이 여자와 키스하고 싶다는 충동을 느낀 적은, 단 한 번도.

'참, 나. 아마추어도 아니고, 새삼스럽긴…….'

그 역시 첫 키스신을 찍을 땐 잘할 수 있을까 불안하고 초조했기에 촬영을 앞두고 한루비의 심리 상태를 부러 세심히 챙겼다. 연인 연기를 어색함 없이 잘할 수 있도록. 근데 그 설정에 제가 더 빠져 버린 걸까?

"그만 들어가."

"……."

어쨌거나 더는 시험에 들고 싶지 않았다. 지금 이곳에 단둘이 있다는 게 얼마나 위험한지, 그녀는 모를 것이다. 몰라야 한다. 그러니까…….

"어서!"

낮게 으르렁거리는 소리에 놀란 듯 어깨를 움찔하더니 그녀는 고개를 꾸벅 숙이고 몸을 돌렸다. 그녀의 뒷모습을 보니 허전함과 안도감이 동시에 밀려왔다.

그런데!

"저……."

겨우 몇 걸음 걸어가던 그녀가 다시 되돌아왔다.

"왜?"

퉁명스러운 물음과는 반대로 가슴엔 왈칵 반가움이 치민다.

"저, 사실 걱정 때문에…… 잠이 안 와요."

"걱정?"

아닌 게 아니라 파랗게 질린 얼굴에 잔뜩 겁먹은 눈망울이다.

"뭔데?"

"……."

"뭐냐고?"

"……."

좀 더 다정하게 물어봐 줘야 하나? 차마 말을 못 꺼내고 치맛자락만 만지작대는 걸 보니 생각보다 심각한 고민일 수도 있겠다 싶었다.

"따라와."

이현은 벗어 놨던 샌들을 손에 쥐고 앞서 걸었다. 루비가 묵묵히 그 뒤를 따랐다.

"여기 좀 앉자."

조명이 비추지 않아 좀 더 아늑해 보이는 백사장에 이현이 털썩 주저앉았다.

"앉아."

제 옆자리의 모래를 손으로 편평히 두드려 정리하며 앉으라고 권했다. 입고 있는 티셔츠를 벗어 깔아 준들 웃통을 벗고 있으면 그게 더 부담스러울 테지.

"뭐 깔아 줄 것도 없고. 불편해도 그냥 앉아."

"……."

루비가 옆에 앉았다. 그녀는 무릎을 오도카니 모아 세우고 두 팔로 감싼 채 가만히 밤바다를 바라봤다.

"그래, 고민이 뭔데?"

"……."

멀리 리조트 정원에 부착된 스피커에서 흘러나오는 팝송이 고요한 밤바다에 스며들었다.

— ……She maybe the song that summer sings. Maybe the chill that autumn brings. Maybe a hundred different things within the measure of a day…….

그녀가 무슨 말을 할까 기다리고 또 기다렸지만, 쉬 입이 떨어지지 않는 모양이었다.

"말하고 싶을 때 해."

"고맙습……."

— ……Me I'll take her laughter and her tears. And make them all my souvenirs. For where she goes I've got to be. The meaning of my life is. She, she, she.

노래 'She'가 완전히 끝났을 때 결심한 듯 그녀가 입을 열었다.

"저, 내일 촬영을 어떻게 할지, 자신이 없어요."

"뭐?"

의외였다. 촬영 때문에 잠을 못 잘 정도로 고민하다니.

"오늘 잘했잖아. 내일도 오늘처럼만 하면 돼."

그녀의 낮은 한숨 소리가 들렸다.

"내일은 오늘보다 더 디테일하게 찍는다면서요."

"그렇긴 하지만……."

사실 내일 촬영은 너보다 내가 더 걱정이다, 한루비. 그런 속내를 일일이 말할 수도 없고, 참. 미치겠군.

"어쨌거나 내가 잘 이끌 테니 따라만 와."

짐짓 아무렇지 않은 척 그가 웃으며 말했다.

"그게요. 제가…… 음……. 사실은 제가 처음이라서……."

루비는 말문이 막혔다. 내일이 마지막 촬영인데, 노을이 지고 나면 재촬영을 할 수도 없는데, 벌벌 떨다가 망치면 어쩌지? 오늘도 겨우 촬영을 마쳤는데. 내일은 진짜 키스를 할지도 모르는데. 은결이의 뮤직비디오를 망치고 회사에도 막대한 손해를 끼치면 어떡하나 걱정이 되어 루비는 잠을 잘 수가 없었다.

"저, 그래서…… 지금……."

"?"

에라, 모르겠다. 루비는 질끈 눈을 감고 말을 내뱉었다.

"연습하고 싶습니다!"

너무 창피해서 얼굴을 무릎에 묻어 버렸다. 그러고 나서 침묵이 한참 동안 이어졌다. 얼마나 황당했으면 아무런 대답도 없는 걸까?

"너는, 참……."

음악 소리와 파도 소리를 뚫고 이현의 목소리가 들려온 건 시간이 꽤 흐른 뒤였다.

연습이라……. 하하하. 이거야 원, 기가 막혀서. 너는, 참. 애가 생긴 것과는 달리 가끔 보면 엉뚱하다니까.

'그렇지만, 어쩌면…… 그게 나을지도…….'

이현은 내일 촬영에 대한 부담감을 떨치기 위해 그녀가 말하는 '연습'을 하는 게 현명할지도 모른다는 생각이 들기 시작했다. 아까 루비가 목을 끌어안았을 때 자신의 반응으로 봐선. 그 정도의 약한 돌발 행동에도 제 몸이 예상치 못한 반응을 하는데, 내일은 진짜 위험할 것 같았다.

면역성을 키워야 해. 한루비에 대한 면역성. 그러기 위해선 지금이라도 예방 주사를 한 대 맞는 게 낫겠지?

"그래. 좋다. 연습하자."

이현이 순순히 연습을 허락하자 놀란 루비가 번쩍 고개를 들었다.

"저, 정말요?"

"그래, 정말. 자, 그럼……."

이현이 고개를 돌려 루비의 얼굴을 지그시 바라봤다.

"이리 와, 한루비."

그의 팔이 어깨를 감싸며 끌어당기자 그녀의 몸이 그대로 끌려 갔다. 서서히 다가온 그의 입술이 잠시 머뭇거리는 듯 입술 주변을 배회하더니 갑자기 돌진했다.

"읏······."

아까와는 180도 다른 이현의 저돌적인 움직임에 신음이 새어 나 왔다. 그녀의 입술을 가르고 들어온 그의 혀가 입안 구석구석을 뜨 겁게 헤집고 탐했다.

루비는 저도 모르게 그의 어깨에 손을 올리고 옷깃을 움켜쥐었 다. 그러자 그가 더 강하게 밀고 들어왔다. 머릿속이 하얘지며 아 무 생각도 못 하고 본능이 이끄는 대로 그의 혀에 제 혀를 감쌌다.

상상도 못 한 황홀함이 그녀의 전신을 강타했다. 지진이 일어난 듯 세상이 온통 흔들려 그에게 매달릴 수밖에 없었다.

"하아······."

잠시 후 억지로 입술을 뗀 이현은 숨을 몰아쉬며 자책했다. 이 짐승 같은 놈! 어쩌자고 이런 짓을.

'키스신 연습이라며?'

연습이면 연습답게 좀 더 포즈를 예쁘게 잡고 적절히 완급 조절 을 해서 카메라에 잘 나올 각도나 기술을 전수해 줘야지. 걸신들린 것처럼 물고 빨고, 이게 무슨 연습이야? 제 욕심 채우는 거지.

이현은 다시 루비의 얼굴을 볼 용기가 나지 않았다.

"미안하다. 너무 심했지?"

"네?"

심하다니, 뭐가? 루비는 방금 한 키스로 정신이 혼미했다.

"연습, ······더 안 해요?"

그녀의 순진한 입술이 그를 유혹했다.

'이런, 제길.'

아담이 왜 선악과를 삼켰는지 비로소 이해가 되었다. 이현은 다시 루비에게 다가갔다. 이번엔 서두르지 않고, 천천히. 그리고 부드럽게. 그녀의 입술을 달콤한 사과인 양 핥았다.

세상에 둘도 없는 그 사과는, 꿀보다 달았다.

14

송곳

'연습'은 나쁘지 않았다. 아니, 꽤 괜찮았다. 좀 더 솔직히 말하자면…… 아주 좋았다.

하지만 문제는, 이 연습이 과연 시간과 에너지를 투자한 만큼의 효과가 있는가이다. 그에 관한 이현의 답은 지극히 회의적이었다.

'면역은 개뿔! 이건 뭐, 하면 할수록 더 하고 싶어지잖아. 마약도 아니고.'

이따위 '연습'으로는 한루비에게 면역이 생기기는커녕 외려 중독만 될 판이다.

한루비가 예상치 못한 접촉 사고를 일으켰을 때도 온 힘을 끌어모아 마지막 한 가닥 이성의 끈은 부여잡고 있었는데. ……그랬는데. 그 끈마저 놔 버린 지금, 풋풋한 사과 향이 나는 도톰한 입술을 탐하면 탐할수록, 목이 탔다.

더, 더, 더……!

이 쾌락의 끝이 어딘지, 아니 끝이 있긴 있는지, 있다면 과연 그
곳은 어떤 곳일지 탐색해 보고 싶은 충동에 사로잡혔다. 더욱 깊이
혀를 찔러 넣으며 그녀의 여린 혀를 휘감아 올렸다. 부드럽게, 그
러나 끈질기게.

움찔. 그녀가 몸을 잔잔히 떨며 그의 목을 감쌌다. 단지 그뿐임
에도 마른하늘에 날벼락처럼 예상치 못한 쾌감이 전신을 강타했다.
참으로 어이없게도…….

조심스레 깨문 사과의 즙이 입안을 가득 채웠을 때, 아담은 이미
예감했을 것이다. 이젠 멈출 수 없다는 걸. 시작은 이브의 유혹이
었지만, 그 한입 사과의 맛에 취해 모든 걸 던지고 마지막까지 간
건 본인의 선택이었을 텐데, 제 목에 사과 조각이 박힌 것도 모르
고 걸신들린 듯 사과를 먹고 또 먹고……. 그래도 채워지지 않는
갈증에 허기졌겠지. 마치 지금의 제 모습처럼.

'이건 정말이지…….'

이현의 뇌에 미약한 위험 신호가 비로소 감지되기 시작했다.

'……미쳤군!'

미치지 않고서야 있을 수 없는 일을 저질렀다. 애초에 시작을 말
았어야 했는데, 판단 착오다. 갑자기 확 오른 술기운 때문일까? 아
무리 그녀가 연습 운운했어도 말려야 할 제가 그걸 덥석 받아들이
다니! 기가 막혀서 원. 단지 내일 촬영이 걱정되어서? 그 이유 하
나로 이 웃기는 제안을 수락했다고 자신 있게 말할 수 있을까? 하
늘에 맹세코?

'그만!'

정신이 번쩍 든 이현이 겨우 고개를 들고 제 어깨에 기댄 루비를 내려다보았다. 그녀는 눈을 채 뜨지도 못하고 밭은 숨을 몰아쉬었다. 내리깐 속눈썹 아래 볼록 솟은 콧날과 탐스러운 뺨, 여린 날숨이 새어 나오는 부푼 입술……. 하나하나 다 쓸어 보고 싶은 충동이 일 만큼, 눈앞의 여자는 예뻤다. 너무 예뻐서, 하마터면 다시 입을 맞출 뻔했다.

'이쁜 것들은 다 요물이여. 여시가 둔갑해서 혼을 홀딱 빼놓는 거여. 그라니께 현아, 니는 정신 단디 붙들어야 헌다.'

불현듯 어려서부터 귀에 딱지가 앉게 듣던 할머니 말씀이 떠올라 이현은 쓰게 웃었다.
'아마도 잠시 홀렸던 게지.'
미쳤든, 홀렸든 실수는 실수다. 이미 엎질러진 물이지만, 어떻게든 이 사태를 수습해야 했다. 시간을 되돌려 원점으로 돌아갈 순 없지만, 쏟아진 물을 최대한 컵에 쓸어 담고 가능한 한 깨끗이, 얼룩이 남지 않게 흔적을 지워야 한다. 그래야 앞으로도 계속 한루비와 함께 일할 수 있을 테니까.
긴 숨을 내쉬며 마음을 가라앉힌 후, 덤덤하게 말하려고 애썼다.
"연습은, 이걸로 충분해."
자리를 박차고 일어난 이현은, 웅크리고 앉아 있는 루비를 잠시 내려다보았다. 민소매 원피스 아래 드러난 가는 팔로 제 무릎을 꼭 꼭 감싸 안고 있으니 왜 이리 안쓰러워 보이는지……. 저 작은 머리로 지금 무슨 생각을 하고 있을까. 저답지 않은 호기심이 비어져 나오려 했다.

"……."

"늦었다. 들어가자. ……자."

허리를 굽히고 불쑥 손을 내밀자 서서히 고개를 든 루비가 그 손을 빤히 바라보았다.

"……괜찮아요."

루비가 그 손을 잡지 않고 저 혼자 몸을 일으켰다. 오래 앉아 있어 다리가 저렸던지 휘청, 몸이 흔들렸다. 이현이 급히 손을 뻗었지만, 그녀는 이내 꼿꼿이 허리를 펴며 중심을 잡았다.

"후……."

이현은 내밀었던 손을 거두고 숙소를 향해 먼저 발걸음을 옮겼다.

성큼성큼 앞서 걸으면서도 자꾸만 신경이 쓰였다. 바닷바람에 흐트러진 앞머리를 쓸어 넘기는 척, 슬쩍 돌아보았다. 저만치 떨어져서 고개를 푹 떨구고 작은 보폭으로 걸어오는 루비를 보고 그도 발걸음을 늦췄다.

얼추 두어 걸음 차이로 그녀가 다가오자 짐짓 아무렇지도 않은 척 말을 걸었다.

"내일은 떨지 말고…… 잘해."

제가 생각해도 뜬금없다. 잘하긴 뭘 잘하라는 건지. 이현은 후끈 달아오르는 목덜미를 손바닥으로 벅벅 문댔다.

"……네."

"어쨌든 일이니까, 스태프들에게 책잡히지 않게 해야지. 그 사람들도 다 작품을 위해 애써 주는 거니까 가능한 한 빨리 끝낼 수 있게, 뭐든 할 때 제대로 하는 게 좋아."

이런, 또 쓸데없는 소리만 늘어놓고 있네. 어색한 분위기를 수습해 보려 할수록 횡설수설 헛소리만 지껄이는 제 꼴이 우스웠다.

"그러니까, 음……. 너무 복잡하게 생각하지 말고. 이게 다……우리 일이니까."

"저기요, 대표님."

슬렁슬렁 백사장을 가로질러 리조트 정원 어귀에 다다랐을 때, 묵묵히 뒤따라오던 루비가 말을 잘랐다.

"왜?"

"죄송합니다."

뜻하지 않은 사과에 놀란 이현이 발걸음을 멈추고 몸을 돌렸다. 몇 걸음 떨어진 곳에 죄지은 사람처럼 발치만 내려다보는 루비의 모습이 눈에 들어왔다.

"……뭐가?"

"제가 괜히…… 곤란하게 해 드린 거 같아서요."

"아니 뭐, 곤란하기까지야……."

"저요, 그렇게 생각 없고 대책 없는 애 아니에요. ……그러니까 대표님."

살며시 고개를 든 그녀의 눈동자에 말간 달빛이 고였다. 이 와중에도 그 눈동자 안으로 빨려 들어갈 것 같은 제 마음을 붙잡으려 애썼다. 할머니 말씀대로, 단단히.

"저, 신경 안 쓰셔도 돼요. ……귀찮게 해 드려 죄송합니다."

뭐라고 대답해야 할까……. 아니, 귀찮지 않았어. 니가 미안할 게 뭐 있어? 솔직히 나도, 내일 촬영 자신 없었거든. 사실은 나도……. 나도, 떨렸는걸.

입을 열면 또 실수할까 봐 이현은 입을 꾹 다문 채 그녀의 눈동자만 들여다보았다. 깊은 우물처럼, 바닥이 보이지 않는 그 안에는 어떤 마음이 녹아 있을까?

"연습 도와주셔서 고맙습니다. 도움 많이 되었어요. 내일은……떨지 않고 잘할 수 있을 거예요."

부러 경쾌한 목소리로 웃으며 말하는 그녀의 입술에 어느새 시선이 가 닿자, 사과 향이 나던 보드라운 입술의 감촉이 떠올라서 이현은 마른침을 삼켰다. 달콤한 입술 안으로 영혼까지 빨려 들어갈 것 같던 아찔했던 순간을 영사기처럼 무한 재생 하는 뇌를 망가뜨리고 싶었다. 주인의 명령도 듣지 않고 제멋대로 기억을 환기시키는 그놈을.

"먼저 들어가겠습니다."

얼빠진 사람처럼 아무 말도 못 하고 서 있는 그에게 묵례하고 루비는 등을 돌렸다. 이현은 정원의 화려한 불빛 속으로 사라지는 그녀의 뒷모습을 우두커니 바라만 보았다.

"에잇!"

루비의 모습이 시야에서 사라지자 이현의 발이 허공을 갈랐다.

❋ ❋ ❋

"저, 대표님 좋아해요."

두 사람의 눈빛이 공기를 가르고 허공에서 얽힌 순간, 숨겨 왔던 마음이 멋대로 튀어나와 버렸다. 주머니를 뚫고 나온 송곳처럼.

"음?"

반쯤 내려진 블라인드 사이로 햇살이 환히 비치는 D&P 엔터 대표 이사 집무실. 커다란 마호가니 책상 앞 회전의자에 앉아 있던 이현이 접객용 소파에 앉은 루비를 건너다보며 이맛살을 끌어 올렸다.

"좋아……한다고요."

"뭐라 그랬어?"

이현은 이제야 생각났는지 쓰고 있던 헤드폰을 귀밑으로 끌어 내리며 물었다.

눈부시게 흰 드레스 셔츠와 고급스러운 푸른빛 넥타이가 일말의 흐트러짐도 용납할 수 없다는 듯 그의 몸을 탄탄히 감싸고 있었다. 차가움을 두 배로 돋보이게 하면서 잘생김을 살짝 눌러 주는 역할의 은테 안경. 안경으로 가렸지만 숨겨지지 않는 맑은 눈빛. 그는 오늘도 숨 막히게 아름다웠다.

그런 이현을 빤히 보던 루비가 펜을 탁자 위에 내려놓았다. 꾹꾹 눌렀던 마음을 이렇게라도 털어놓지 않으면 가슴이 터질 거 같아서, 그래서…….

"……배고프다고요."

"벌써 1시가 다 돼 가네. 그건 다 썼어?"

힐끗, 벽에 걸린 시계를 올려다본 이현이 헤드폰을 책상 위에 놓고 의자에서 일어나 소파를 향해 걸어왔다. 한 동작 한 동작, 자로 잰 듯 반듯하고 유려하다.

"……여기."

이현이 탁자 건너편 소파에 마주 앉자 루비는 A4용지 한 장을 그에게 건넸다. 면담에 필요한 기본 사항을 적은 종이다. 가족 관계, 생활에 불편한 점, 대표에게 바라는 점, 1년 후 나의 모습 등.

D&P 엔터 소속 연습생이나 연예인이면 누구나 1년에 1회 이상 대표와의 단독 면담을 한다. 대표의 바쁜 일정을 고려해 비서가 임의로 면담 스케줄을 조정하는데, 이때만큼은 이현도 대표가 아닌 형이나 오빠의 입장에서 대화를 나눈다. 함께 밥을 먹으며 요즘은 무엇에 관심이 있는지, 집안에 별문제는 없는지, 건강은 괜찮은지, 다른 고민은 없는지. 편안한 분위기 속에서도 그들의 속내를 파악하려고 안테나를 세운다.

이 거친 연예계에서 연습생으로 시작한 그가 아이돌 스타로서 정점을 찍고 기획사를 세워 최정상 궤도에 올려놓기까지 비바람을 홀로 맞으며 분투했던 쓰라린 경험이 있기에, 후배들에겐 든든한 바람막이가 되어 주고 싶었다. 아직 어린 후배들에게 고민을 나누고 기댈 수 있는 선배이자 멘토가 되어 주고 싶은 게 그의 진심이다.

겉모습은 냉철한 사업가로 이해득실을 따지는 듯 보여도 이면에 숨겨진 그런 인간미 때문에 그의 사업은 외려 더 잘나갔다. 흔히 말하는 노예 계약 같은 건 D&P 엔터엔 존재하지 않는다. 연예 기획사선 보기 드문 3년이란 짧은 계약 기간도 그의 자존심에서 기인한 것이다. 억지로 옭아매지 않아도, 스스로 재계약하고 싶을 만큼 D&P는 최고의 기획사라는 자부심이 있었다.

"흐음."

살짝 고개를 숙이고 제가 쓴 글을 읽는 이현을 루비는 마음껏 훔쳐봤다. 이마에서 턱까지 날렵하게 흐르는 매끈한 얼굴선, 남자다운 느낌을 물씬 풍기는 이마와 단정히 돋아난 짙은 눈썹, 그 아래 깊은 눈시울과 긴 속눈썹, 안경이 걸쳐져 있는 높은 콧대를 지난 시선은 마지막으로 꽉 다문 입술에 머물렀다.

두근, 심장이 떨렸다.

'악! 나 뭐야 진짜. 변태도 아니고. 미쳤나 봐!'

루비는 이현의 입술에 반응하는 제 심장이 미웠다. 별이 쏟아지던 그 밤. 오키나와 해변에서의 첫 키스…… 아니, '연습 키스' 이후로 이현을 보면 자꾸 그 입술이 의식되었다. 뭐라 형언할 수 없을 만큼 황홀했던 감촉이 생생히 떠올라 볼이 화끈거렸다.

소나기가 오는 바람에 다음 날 촬영이 취소되었기 망정이지 그렇지 않았다면 촬영 중 심장 마비로 병원에 실려 갔을지도 모른다.

이래서 난 안 돼. 뭐 하나에 빠지면 아주 끝장을 보는 이놈의 성질머리! 한때는 발레에 미쳤듯, 지금 난 이 사람에게 미쳐 가고 있는 걸까?

뒤늦게 찾아온 짝사랑의 불길은 거셌다. 타오르는 불길은 걷잡을 수 없이 마음을 태웠다. 이대로 꾹꾹 눌러 참기만 하다간 심장이 까만 재가 될지도 모른다. 그렇다고 이 일방적인 짝사랑을 누구에게 하소연할 것인가…….

한숨이 나왔다. 아빠는 왜 하필 내 이름을 루비로 지으셨을까? 정말로 내가 새빨간 루비처럼 열정적인 사랑을 하길 바라신 걸까? 목표를 정하면 직진밖에 모르는 딸이 뒤늦게 활활 타오르는 짝사랑의 불길에 빠져 허우적대리라곤 꿈에도 생각 못 하셨겠지.

발레에 홀딱 빠져 지내던 사춘기 시절엔 선생님이나 연예인을 짝사랑하는 아이들을 도무지 이해할 수 없었다. 대체 혼자서 왜 좋아하는데? 자존심도 없어? 속내는 그랬지만, 짝사랑 이야기를 귀찮을 정도로 털어놓던 친구들에게 영혼 없는 리액션을 건성으로 해주긴 했다.

후우. 그 대가를 이 나이에 치를 줄이야. 누군가를 몰래 혼자서 좋아하는 마음이 이렇게 아릴 줄 알았다면, 그때 좀 더 잘 들어 줄걸……

"왜?"

불현듯 고개를 든 이현과 정통으로 눈이 마주쳤다.

"사람 얼굴을 왜 그리 빤히 봐?"

어쩜 좋아! 아마도 귀밑까지 빨개졌겠지? 루비는 뭐라 둘러대야 하나 당황한 와중에도 머리를 쥐어짰다.

"아…… 저, 그게……. 그냥 신기해서요."

"신기해?"

이현이 미간을 찌푸리고 날카로운 눈빛을 던진다.

"어쩜 사람이 저렇게 생겼을까…… 너무 신기해서요."

"흠. 그거…… 욕이야?"

"아, 하하. 그, 그럴 리가요."

팔짱을 끼고 고개를 삐뚜름히 기울인 채 건너다보는 이현의 눈엔 미심쩍다는 기색이 역력했다.

"알았어. 외모에 관한 거라면 칭찬으로 접수할게."

"우와! 정말 자만심 끝내주신다."

푸흡. 웃음이 터져 나왔다. 어색했던 공기가 조금은 누그러졌다.

"근거 없는 자만심은 아니지. 어쨌든 이게 내 밑천이었으니까."

"밑천이요?"

"가진 것 없고 빽도 없는 아이가 맨몸으로 이 바닥에서 성공하기 위한 밑천. 물론 더 많은 밑천을 가지고도 말아먹는 사람이 수두룩한 게 또 이 바닥이지만."

루비의 고개가 갸우뚱 기울어졌다.

"이름을 알리고 인기를 얻고 돈을 버는 게 최종 목표가 되어선 곤란해. 그보다 더 중요한 건 그걸 유지하는 거야."

"유지한다……?"

"한마디로 자기 관리지. 나를, 내 이미지를 사랑해 준 팬들에게 추락하는 모습을 보이지 않으려는 최소한의 예의랄까? 내가 만든 이미지라 해도 온전히 나만의 것은 아니니까. 적어도 그 허상을 보고 좋아했던 사람들의 뒤통수를 쳐선 안 되겠지."

이현은 들고 있던 종이를 탁자 위에 놓인 서류철에 끼워 넣고 소파에서 일어났다.

"배고프다며? 밥 먹으러 가자. 이런 이야기 할 시간은 충분하니까. 2시까진 비워 놨어."

설레었다. 짝사랑하는 사람과 단둘이 먹는 밥이라니! 그나저나 제대로 삼킬 수나 있을까? 소화제가 필요할지도 모르겠다.

"뭐 먹고 싶어?"

이현이 옷걸이에 걸린 슈트 재킷을 집으며 인심 쓰듯 물었다.

"뭐든 다 되는 거예요?"

"한식, 일식, 중식, 양식. 이 중에서 골라."

"그럼, 음…… 분식!"

"뭐, 분식?"

집무실 문을 열고 앞서 나가던 이현이 눈살을 찌푸리며 휙 돌아서는 바람에 뒤쫓던 루비의 이마가 그의 가슴팍에 닿을 뻔했다.

"어머!"

나비처럼 사뿐, 루비가 한 걸음 뒤로 물러섰다.

"기껏 맛있는 거 사 준다는데 분식이 뭐야, 분식이! 애도 아니고."

집무실 밖 리셉션 공간. 점심을 먹으러 간 윤 비서의 책상은 비어 있었다. 한 발자국 다가가면 맞닿을 거리에 그녀가 있다는 게 의식되어 이현은 부러 까칠하게 그녀를 내려다봤다.

"분식이 뭐 어때서요."

"영양가 있는 거 좀 골라 봐. 스테이크라든가, 갈비라든가."

"식당 이모님들이 매일 영양가 있는 거 해 주셔서 영양 과잉 상태라고요."

"……삐삐 말라서는."

아니 뭐, 내가 마른 거에 자기가 보태 준 거 있어? 루비가 아랫입술을 비죽 내밀었다. 그 입술에 이현의 시선이 스쳤다.

'하아, 참. 또, 또 생각나네.'

오키나와에서의 그 사건(?) 이후 이현은 한루비와의 접촉을 피해 왔다. 싱글 앨범 준비 때문에 여럿이 미팅할 때야 하는 수 없지만, 아직은 그녀에 대한 항체가 충분히 형성되지 않았는지 둘만 있는 건 영 껄끄러웠다.

그랬기에 그녀가 윤 비서의 안내를 받아 집무실에 들어온 순간, 가슴이 철렁 내려앉았다. 그의 시간이 비면 일정 맞는 사람을 윤 비서가 그때그때 들여보내기 때문에 오늘 면담자가 한루비일 거라곤 짐작도 못 했는데, 이런 날벼락이 있나! 물론 언젠가는 한루비

차례가 올 거라 생각했지만, 하필 그날이 오늘일 줄이야…….

"가끔은 영양가 없는 불량 식품이 먹고 싶을 때도 있는 걸요."

루비가 떼를 쓰듯 빤히 올려다보자 이현은 체념한 듯 눈을 질끈 감았다가 떴다.

"알았어. 그래서…… 뭐가 먹고 싶은데?"

"라면이요."

"라면?"

피식. 실소가 터졌다.

"왜요? 여기 들어온 다음에 라면 한 번도 못 먹었어요."

루비가 뾰로통한 목소리로 항의했다.

"그렇게 먹고 싶으면 아주머니께 끓여 달라고 하지 그랬어."

"어휴. 밥해 주시는 것도 힘드실 텐데 어떻게 그런 것까지 따로 부탁해요. 염치없게. 가끔 컵라면은 먹었는데 그건 또 맛이 다르잖아요."

"아, 알았어, 알았어."

그깟 라면, 내가 끓여 주지. 그게 뭐 어렵다고.

"나 왔어요, 오빠!"

엘리베이터 문이 열리는 소리와 함께 느닷없이 간드러진 음성이 울려 퍼졌다.

'유하라?'

돌아보니 환히 웃으며 걸어오는 유하라의 등 뒤로 엘리베이터 문이 스르르 닫혔다.

"오빠, 잘 지내셨죠? ……어라!"

봄바람 같던 유하라의 목소리가 갑자기 차게 굳었다.

"이게 누구야, ……한루비?"

대표 이사실 전용 엘리베이터 문이 열렸을 때, 이현의 멋진 뒷모습이 한눈에 들어와 반가움에 소리치며 다가갔더니, 글쎄 한루비와 마주 보고 서 있는 게 아닌가! 그것도 코 닿을 만큼 가까운 거리에서.

'아니, 왜 저러고 서 있었던 거지? 대체 둘이 뭘 했기에?'

물론 회사 대표와 소속 연예인이 사무실 안에 함께 있는 게 문제될 일은 아니었다. 만약 두 사람이 소파에 마주 앉아 이야기하고 있었다면 그러려니 했을 거다. 그런데 이 묘한 분위기는 뭐지? 딱히 꼬집어 말할 수 없는 기류가 그들 사이에 흐르고 있음을 유하라는 본능적으로 감지했다.

"안녕하셨어요, 선배님."

이현 가까이 서 있던 루비가 당황한 듯 몇 걸음 비켜나며 인사를 했다.

"어, 으응. ……잘 지냈어?"

하라의 시선이 루비의 전신을 스캔이라도 하듯 스윽 훑어 내렸다. 투명하리만치 새하얀 피부와 복숭앗빛 입술엔 화장기라곤 없었다. 긴 머리를 정수리에 동그랗게 말아 올리고 청바지에 헐렁한 흰 티셔츠를 입고 있으니 방송국에서 볼 때보다 더 어려 보였다.

'가만……. 내가 저런 애를 왜 신경 쓰고 있지? 그럴 가치도 없는 앤데.'

하라의 한쪽 입꼬리가 슬쩍 올라갔다 내려왔다.

흔히 아나운서 머리라고 일컫는 세련된 단발머리는 단골 미용실에서 우아하게 세팅을 했고, 방송용 풀 메이크업은 오늘따라 유난히 마음에 들게 잘되었다. 오후 방송을 앞두고 미리 챙겨 입은 정장은 파리에 갔을 때 사 온 샤넬 옷 중에서도 특히 아끼는 것이었다. 모든 것이 완벽했다. 그런 제가 잠시나마 저런 어리바리 풋내기 신인을 의식했다는 사실에 자존심이 상했다.

"웬일이야?"

이현의 목소리는 여느 때처럼 덤덤했다.

"웬일은요. 일도 볼 겸 놀러 왔죠. 겸사겸사."

"일은 다 봤어?"

"좀 전에 아래층에서 구 이사님 만나서 얘기 나눴어요. ……근데 오빠! 저 사무실 오랜만에 왔는데, 이렇게 세워 두실 거예요? 다리 아파요."

170센티의 늘씬한 몸을 지탱하고 있는 뾰족한 킬힐을 보니, 아플 만도 하다고 루비는 생각했다.

"미리 연락하고 오지 그랬어? 미안하지만 지금 한루비 씨 개인 면담 중이라서."

별다른 감정이 실리지 않은 잔잔한 이현의 목소리에 하라는 애가 탔다.

"그래서 그냥 가라고요? 일부러 왔는데 차 한잔은 주셔야죠."

"차는 구내 카페 가서 마셔. 미리 내 일정 확인 안 하고 왔으니 어쩔 수 없지. 그럼 이만. ……따라와요, 한루비 씨."

뭐지? 이게 뭐야, 대체? 아무리 융통성 없는 사람이어도 이건 아니잖아. 그깟 면담 다른 날로 미루는 게 뭐 대수라고…….

하라의 주먹 쥔 손이 파르르 떨렸다.

"오빠!"

히스테릭한 외침에 루비의 발걸음이 주춤했다. 엘리베이터를 향해 몇 걸음 내딛던 이현이 싸늘히 돌아보았다.

이런 낭패가 있나! 그녀는 곧 후회했다. 적어도 이현 앞에선 잘 숨겨 왔던 성질이 이렇게 튀어나올 줄이야.

"죄송해요. 마음이 급해서, 그만."

"……."

"사실 저, 엄마랑 같이 왔어요."

"뭐? 누가 왔다고?"

이현의 왼쪽 눈썹이 꿈틀 올라갔다.

"곧 올라오실 거예요. 좀 전에 구 이사님이 인터폰 했는데 안 받아서 제가 먼저 올라온 거예요. 미리 알려 드리려고."

"유하라 씨."

꽉 다문 어금니 사이로 낮지만 또박또박 하라의 이름을 발음하는 모습이 서리처럼 차가웠다.

"말도 없이 미안해요, 오빠. 하지만 엄마가 괜히 부담된다고, 알리지 말라고 하셔서……."

그리고 때마침 도착 알림 소리와 함께 엘리베이터 문이 열렸다.

"내리시지요, 강 여사님."

D&P의 엔터테인먼트 파트를 담당하는 구철호 이사가 단아한 미모의 중년 여성과 함께 엘리베이터에서 내렸다. 한눈에 봐도 부티와 귀티가 좔좔 흐르는 여자가 다가오자 고급스러운 향수 냄새가 은은하게 퍼졌다.

"그간 안녕하셨습니까?"

이현이 중년 여성에게 정중하게 인사했다.

"네, 오랜만이에요. 우리 이 대표님은 더 멋있어졌어요."

"감사합니다. 그런데 어쩐 일로 이렇게 갑자기 방문하셨는지요?"

어쩐 일? 어쩐 일이라…….

강미희가 속을 알 수 없는 미소를 지으며 이현을 바라보다 천천히 입을 열었다.

"어쩐 일은 뭐. 하라가 오늘 사무실 온다기에 심심해서 따라와 봤어요. 우리 애 맡겨 놨으니 어떤 곳인가 궁금하기도 했고, 이 대표님도 보고 싶었고. 근데, ……바쁜가 봐요?"

실내를 스윽 둘러보던 강미희의 시선이 루비에게 잠시 머물렀다 다시 이현에게로 향했다.

"일정이 있어서요."

"오! 그래요? 그럼 뭐…… 이렇게 얼굴 봤으니 됐어요. 약속도 안 하고 마음대로 찾아와서 미안해요."

구 이사가 두 사람 사이에서 쩔쩔매며 어쩔 줄 몰라 하는 기색이 역력했다.

'흐아! 이 난감한 상황을 어떻게 해야 할까?'

구 이사가 골머리를 싸매고 있을 때 팽팽하게 날이 선 공기를 가르는 천사의 음성이 들려왔다.

"대표님. 죄송하지만, 제 면담은 다음으로 미뤄 주세요."

모두의 시선이 목소리의 주인공, 루비에게 꽂혔다.

"아니에요, 아가씨. 나 그렇게 몰상식한 사람 아닙니다. 일 방해하려고 온 거 아니니까 오늘은 그만 갈게요. 이 대표님, 다음에 우리 영감님이랑 모여서 식사나 함께 하죠."

강 여사는 인자한 미소를 머금고 조곤조곤 품위 있게 말했다.

"그게 아니라…… 제가 몸이 좀 불편해서요."

핏기라곤 찾아볼 수 없는 창백한 루비의 안색을 살핀 이현이 명쾌한 결론을 내렸다.

"그럼 그렇게 하죠. 한루비 씨, 대신 다음 면담 시간은 두 배로 잡겠습니다."

'두 배?'

하라의 동공이 시샘으로 흔들렸다.

"들어가시죠, 강 여사님. 구 이사님은 윤 비서 좀 호출해 주시고요."

"아, 네. 알겠습니다."

구 이사는 이제야 살았다는 표정으로 휴대 전화를 꺼내 들었다.

"양보해 줘서 고마워요."

루비를 향해 우아하게 미소 짓는 강 여사의 입매는 부드러웠지만, 눈빛은 예리했다.

'한루비? 쟤가…… 걔야?'

딸 하라가 진행하는 프로는 시간 나면 챙겨 보는 편이라 강 여사도 '스타 탄생'의 한루비를 기억하긴 했다. 사람들이 재미 삼아 이현과 한루비를 엮어 화제 삼았던 것도 대략 알고는 있었다.

'어디 저런 보잘것없는 애송이를……. 쯧!'

깍듯이 인사하고 나가는 루비를 잠시 보던 유하라와 강 여사는 이현을 따라 그의 집무실로 들어갔다.

"죄송합니다. 차는 어떤 걸 드릴까요?"

뒤늦게 허둥지둥 들어온 윤 비서가 볼을 붉히며 물었다.

"녹차로 할게요."

"전 아메리카노 주세요."

"난 물 한 잔만 갖다 줘요."

잠시 후 차와 함께 다과가 준비되고 의례적인 인사치레가 오갔다.

"우리 하라가 힘들게 하지 않나요? 얘가 겉으로만 센 척하지 속이 너무 여리거든."

"아닙니다. 아주 야무지게 잘하고 있습니다."

"거봐요. 엄만 내가 무슨 앤 줄 아나 봐. 나 스물아홉이야."

"네가 애지, 그럼. 스물아홉 아니라 서른아홉이 되도 부모 눈엔 물가에 내놓은 애 같은 거야."

"걱정하지 마십시오. 유하라 씨 하면 진행 쪽에선 최고로 꼽히지 않습니까. 지금도 그렇지만 앞으로가 더 기대됩니다."

"우리 대표님 말씀 들었죠?"

이현의 칭찬에 하라가 으쓱한 표정을 지어 보이며 애교를 떨었다.

"아유. 그런 말씀 마세요. 나나 하라 아빠나 얘 일하는 거 별로 안 좋아해. 일은 그만하면 됐으니 얼른 자기 짝이나 만났으면 좋겠어요."

요즘 들어 부쩍 남편 유태수 검사장이 강 여사를 들볶았다. 하라 상대로 이현만 한 남자 없다면서, 중이 제 머리 못 깎는 법이니 놓치지 전에 어서 사람을 시켜 다리를 놓아 보라고.

사실 '개천 용'과 결혼한 입장에서 사윗감만큼은 번듯한 재벌가에서 고르려고 벼르던 강 여사에게 이현은 영 탐탁지 않은 인물이었다. 자수성가한 사람 특유의 꼬장꼬장함도 싫었지만, 뭣보다 그의 가정 환경부터 낙제점이었다. 공군 파일럿이었다는 아버지는 에어쇼 중 추락 사고로 순직했고, 어머니는 일찌감치 재혼했다나?

조부모 손에 길러진 아이가 반반한 얼굴 하나로 연예계에 뛰어들어 이만큼 성공한 건 장하긴 했지만, 그런 빈틈없는 성격이 자유분방한 하라와 맞지 않을 거라 생각했다.

내심 사윗감으로 낙점했던 금영그룹 아들이 마약에 손댄다는 기밀 정보만 아니었어도 오늘 이 자리에 오지도 않았을 텐데. 어디 회사 돌아가는 분위기나 볼까 하고 부러 기습 방문 했더니 그따위 어린애 하나 때문에 어른을 세워 둬?

'하여튼 예쁜 구석이 없어요. 에그그. 쟤 봐라, 쟤. 에미 속도 모르고 저 번지르르한 상판만 보고 좋단다. 좋아 죽네, 아주. 실속도 없는 계집애 같으니라고.'

우아하게 차를 마시며 담소하면서도 강 여사의 머릿속은 온갖 계산이 난무했다. 친구 미영이 딸은 사성그룹 아들하고 혼담이 오간다는데, 이 코딱지만 한 회사 하나 겨우 굴리는 딴따라에게 목매는 딸이 미워 죽겠다.

중학교 3학년 때던가. 갑자기 뭔 바람이 불었는지 사귀던 남자친구도 딱 끊고, 아이돌 팬질이란 걸 시작하더니 급기야 집에도 안 들어오고 연예인 숙소 앞에 진을 치고 야단법석을 떠는 걸 잡아 온 적도 많았다. 타이르고 야단치고 별짓을 다 해도 말을 안 들어 속을 태웠는데, 그 북새통에 종지부를 찍게 한 건 뜻밖에도 그 연예인, 즉 이현이었다.

어느 날 숙소 앞에서 밤을 새우고 온 하라가 이틀을 꼬박 방에

틀어박혀 울고 나왔다. 눈이 퉁퉁 부어서 한다는 말이 지금보다 더 잘나가는 초일류 과외 선생님을 구해 달란다. 지네 오빠가 그 정성 으로 공부나 하랬다나? 부모 말은 그렇게도 안 듣더니만.

어쨌거나 아빠 닮아 기본 머리도 있고 욕심도 많은 애라 돈으로 처발랐더니, 일류 대학도 가고 방송사 공채로 아나운서 시험에도 합격했다. 이제 좋은 집안에 시집이나 보내면 되겠거니 했는데, 느닷없이 프리랜서 하겠다며 잘 다니던 방송국을 나와 들어간 기획사가 이현의 회사였다.

'아니, 집에 돈이 없어 빽이 없어? 그냥 명예직이다 생각하고 얌전히 뉴스나 진행할 것이지. 프리랜서는 또 뭐람?'

지난 일이 새록새록 떠오르자 강 여사는 왈칵 성질이 났다. 우아한 가면 뒤에 속을 숨기는 게 몸에 배었기에 망정이지, 안 그랬으면 교양머리 없게 추태를 보였을지도 모른다.

'근데, 가만 보니 잘나기긴 참 잘났네.'

얼굴 뜯어 먹고 사는 건 아니지만, 이왕이면 다홍치마라고 잘생겨서 나쁠 건 없을 터. 남편 유태수가 뒷조사해 본 바로는 사생활도 깨끗하다 했고, 이만큼 사업 키운 거로 봐선 머리도 꽤 좋은 거 같고.

자꾸 보니 예쁜 구석이 조금씩 눈에 들어왔다. 깔끔한 매너며 세련된 화법도 여느 재벌 집 아들에게 빠지지 않고. 첨엔 거슬리던 뻣뻣함도 남자다운 자존심으로 보이기 시작하네?

'하긴. 그 깐깐한 양반 눈에 들 정도면…….'

녹차 잔을 살며시 내려놓는 강 여사의 입가에 미소가 어렸다.

"방송 쪽 일이 겉보기만 화려하지 사실 험하잖아요. 좋은 일이든 나쁜 일이든 남의 입에 오르내리고. 난, 사실 우리 하라…… 내 밑에서 얌전히 미술관 일이나 배웠으면 했는데, 쟤 고집을 못 꺾어서 아나운서까지는 허락했지만, 그래도 자꾸 일 벌이는 건 싫더라."

"요즘은 여자도 자기 일을 해야 합니다. 물론 가업을 잇는 것도 훌륭하지만, 본인의 소질을 살려서 꿈을 이루는 과정을 예쁘게 봐 주시고 칭찬해 주십시오."

"호호. 하긴 주변에서 다들 하라 칭찬이 자자하긴 해요. 난 모르겠는데, 애가 어쩜 이리 야무지고 똑똑하냐고 부러워는 하네요."

이현과 겨우 차 한잔 마시는 동안 얼음 같던 마음이 살살 녹고 있음을 강 여사 본인도 자각하지 못했다.

"이런. 내가 바쁜 사람 시간 너무 뺏었나 봐. 그만 일어나야겠네. 아 참! 다음 달에 하라 외할아버지 팔순 잔치가 있는데 꼭 좀 와 줘요. 그 어른이 우리 하라라면 아주 끔찍하시거든. 전부터 대표님 얼굴 좀 보자고 하셨는데, 이제 전하네. 꼭 와 주세요."

"초대해 주셔서 감사합니다. 하지만 집안 행사에 제가 끼는 건 예가 아닌 것 같습니다."

"아냐, 무슨 소리예요. 하라 소속사 대표님이면 한 식구지 뭐. 안 그래요?"

이현의 표정이 굳어지는 걸 눈치챈 강 여사가 말을 보탰다.

"그리고 그날 정, 재계 인사들도 많이 오고, 하라 외삼촌…… 알죠? 대일그룹 회장. 엔터 쪽 사업에 관심이 있어서 연예계 인사들도 대거 초대한대요. 그런 자리에 이 대표님이 빠지는 게 말이 되나요? 내가 아니어도 정식 초대장 오겠네, 뭐. 사실 팔순 잔치는 핑계고, 사업상의 파티니 부담 없이 오세요."

"……알겠습니다."

이현의 깍듯한 배웅을 받으며 모녀는 자리를 떴다.

"엄마 어때? 응?"

엘리베이터에 문이 닫히자마자 하라가 강 여사의 팔을 붙잡고 흔들었다.

"뭐가?"

"아이잉. 우리 오빠 어떠냐고?"

"기집애. 하여튼 넌!"

"내가 뭐어?"

"넌 그렇게 여럿을 사귀고도 결국은 쟤냐?"

"엄만! 엄마도 마음에 들었으니까 초대한 거 아니야?"

"아냐! 니 아빠가 시켜서 그런 거야."

"핏. 엄마도 현이 오빠한테 반했던데 뭘."

"웃기고 자빠졌네. ……하긴 얼굴 하나는 잘났더라."

"거봐, 빠졌네 빠졌어. 흐흐."

"시끄러! 넌 어디가 못나서 여태 꼬시지도 못했니?"

팔을 붙잡은 하라의 손을 찰싹 때리고 강 여사는 엘리베이터에서 내렸다.

"엄마, 같이 가아. 오빠가 워낙 철벽이라 그런 거지 뭐."

― 루비니?

전화기 너머 들리는 따뜻한 엄마 목소리에 루비는 눈을 감았다. 뜻하지 않은 유하라 모녀의 출현으로 단독 면담을 미룬 후, 왠지 울적해 점심도 거르고 방으로 들어왔던 참이다.

"네, 엄마. 몸은 괜찮아요? 정기 검사 결과는 어떻게 나왔어?"

─ 박사님이 괜찮대. 아주 깨끗하대.

"다행이다."

엄마의 괜찮다는 말에 눈시울이 뜨끈해졌다.

─ 근데 이 시간에 웬일이니? 한창 바쁜 시간이잖아.

"지금 쉬는 시간인데 문득 엄마 목소리가 너무너무 듣고 싶어서. 검사 결과도 궁금하고."

─ 그래도 밤에 전화하던 애가 낮에 전화하니 뭔 일 있나 해서. ……점심은 먹었어?

"어? ……먹었어."

─ 그래. 밥 잘 챙겨 먹어. 엄마가 챙겨 주지 못해서 미안하다.

"엄마도 참. 밥걱정은 하지 말라니깐 또 그러신다. 여긴 밥이 너무 잘 나와서 살이 뒤룩뒤룩 쪄요."

─ 추석에 왔을 때 보니 여전히 말랐던데 뭘.

"마른 게 아니라니까. 이게 다 근육이야. 우리 회사, 운동도 얼마나 체계적으로 시키는지 몰라. 힘이 좋아야 노래도 더 잘한다나?"

─ 맞는 말이지. 어쨌든 뭐든 무리하지 말고 해. 힘든 일 있으면 언제든 엄마한테 털어놓고. 응?

"아우, 내가 힘들 게 뭐가 있어? 너무 편해서 문제야. 몸도 마음도. 참! 얼마 전 찍었다는 광고 있잖아. 그거 곧 방송 탈 거래. 나 아주 예쁘게 찍혔대."

─ 그럼, 누구 딸인데.

"엄마. ……조금만 고생해. 조만간 내가 놀라운 선물 드릴게요."

— 루비야, 엄마는······ 지금도 너무 과분하다 생각해.

"에이, 우리 엄마 언제부터 그렇게 스케일이 작아졌수? 왕년의 사모님답지 않게."

— 하하하. 얘는 참. 내가 언제는 뭐 돈에 욕심냈니?

"생각해 보니 그러네. 나랑 진수한테는 뭐든 최고로 해 주셨지만."

— ······루비야.

"응, 엄마."

— 잃어버린 것에 연연하지 말자, 우리. 돈이든. 건강이든.

"음······."

— ······사람이든.

엄마의 목소리가 떨렸다.

— 바쁠 텐데 그만 끊자.

"네. 쉬세요. 밤에 또 전화할게요."

— 그래.

전화기를 내려놓는 소리와 함께 신호음이 들렸다.

"엄마. 나 좋아하는 사람이 생겼는데······. 이런 마음 처음인데······. 욕심내면 안 될 거 같아."

이미 끊어진 전화기에 대고 루비가 나지막이 중얼거렸다.

뾰족한 것이 가슴을 긁어 대는 듯 아팠다.

15

스며들다

"……왕따야? 청승맞게 왜 혼자 먹어?"

국에 만 밥을 한술 떠 입에 넣은 루비가 고개를 드니 은결이 서 있었다. 손에는 식판을 들고서.

"여기 앉아도 되지?"

뭐라 대답을 하기도 전에 은결은 식판을 식탁 위에 내려놓고 맞은편 의자를 끌어당겨 앉았다.

'참 나. 묻지를 말던가.'

일요일. 모처럼 오전 일정이 비어 텅 빈 식당에서 느지막이 아침 겸 점심을 먹던 참이었다.

"어째…… 더 이뻐졌다?"

또, 또 시비야. 루비는 입안에 든 밥을 꼭꼭 씹어 넘기고 물 한 모금을 마신 후에야 비로소 입을 열었다.

"오랜만이네. 언제 왔어?"

"어제 새벽. ……나 보고 싶었구나?"

은결이 히죽 웃으며 한쪽 눈을 찡긋 감았다 떴다. 뮤직비디오 촬영 이후 한동안 쌩하더니 다시 넉살을 떨기 시작했다.

"하여튼 김칫국은."

"그러게. 오늘 김칫국 지인짜 시원하다. 콩나물도 듬뿍 들어간 게 해장하기 딱이야, 딱. 크아, 우리 이모님들 솜씨는 역시!"

솔로 앨범 홍보를 짧게 끝내고 예정되어 있던 '화이트 스톰' 월드 투어를 근 한 달에 걸쳐 마치고 귀국한 은결은 김칫국을 맛있게도 먹어 댔다.

"……술 마셨니?"

동그랑땡 한 점을 젓가락으로 집으며 루비가 물었다.

"어젯밤에 멤버들끼리 조촐한 귀국 기념 파티 했지."

"안 피곤해? 그새 파티를 다 하고. 젊긴 젊구나."

"누가 들으면 되게 어르신인 줄 알겠다. 겨우 반년 먼저 태어났으면서."

"반년? 너 1월생이었어?"

그럼 나이는 한 살 어려도 같은 학번이었나? 루비가 고개를 갸우뚱하며 의심스러운 눈초리로 은결을 살폈다.

"3월."

"야! 그럼 8개월 차이야. 반올림하면 반년이 아니라 1년 차이라고."

"어우, 나이 먹은 게 뭐 자랑이라고 그걸 또 반올림해? 좀 있어 봐. 한 살이라도 어려지고 싶어서 바득바득 만 나이 쓸걸?"

"그래. 자랑이다. 내세울 게 나이밖에 없네요."

자랑이 아니라, 네가 자꾸 맞먹으려 드니 그러지. 루비는 따끈한 밥과 함께 정작 하고 싶은 말은 꿀꺽 속으로 삼켰다.

"사실…… 치맥 파티 했어. 한국 오래 떠나 있으면 치맥 생각이 간절해져. 세계 어딜 가든 맥주건 치킨이건 다 있지만, 이상하게 그 맛이 안 나거든. 그 바삭하면서도 뭔가…… 기름에 쩐 듯 오묘한 맛."

"너무 리얼하게 표현하지 마. 갑자기 치킨 먹고 싶어지잖아."

"먹고 싶어? 내가 사 줄게. 뭐 좋아해? 양념? 프라이드?"

은결이 눈을 빛내며 연거푸 묻는다. 당장 닭이라도 잡아 올 기세다.

"말은 고마운데 내가 사 먹으면 되지, 너한테 그걸 왜 얻어먹니?"

"에이, 그래도 내 뮤직비디오에 출연도 해 주고 그랬는데, 나도 뭔가 감사의 마음을 전하고 싶으니까 그러지."

"됐네. 감사의 마음보다 훨씬 좋은 출연료, 통장에 두둑하게 입금됐습니다요."

"그건 노동에 대한 정당한 보수고. 괜찮아, 난 돈 많으니까 부담 갖지 말고 사 준다고 할 때 마음껏 먹어. 양념이고 프라이드이고 까짓것 다 시켜 준다, 내가."

"얘가 어디서 돈 자랑이야? 내가 딴건 몰라도 치킨이라면 재벌 부럽지 않게 시켜 먹을 수 있는 돈은 벌었거든."

말끝마다 톡톡 무 자르듯 자르는 루비에게 정 없게 군다며 은결이 구시렁대는데, 식탁 위에 놓인 그녀의 휴대 전화에 카톡 메시지 창이 떴다.

'뭐야? 누군데 저렇게 좋아 죽어?'

숟가락을 내려놓고 전화기를 집어 든 루비의 얼굴이 환해지는 걸 은결이 시금치를 집어 올리는 척하면서 유심히 살폈다.

토도독. 토독. 루비의 손가락이 바빠졌다. 전화기에 집중한 눈은 반달이 되고 입가엔 함박웃음이 걸렸다.

그 꼴을 보고 있자니 모처럼 꿀맛 같던 밥맛이 뚝 떨어졌다. 심통이 난 은결이 달그락달그락 젓가락 소리를 요란히 내도 루비는 빨려 들어갈 듯 전화기에 정신이 온통 팔려 있었다.

잠시 후 전화기를 내려놓고 다시 수저를 움직이는 그녀는 무슨 생각에 잠겼는지 혼자 배시시 미소를 짓는다.

그녀를 저토록 기쁘게 하는 사람은 누굴까?

주제도 모르고 질투가 고개를 든다.

"······누구야?"

"음?"

제 생각에 빠져 있던 루비가 의아한 표정으로 은결을 쳐다보다가 아하, 하며 멋쩍게 웃었다.

"동생이야."

"아아, 동생. 난 또······."

동생이란 말을 듣자 피식 웃음이 나왔다.

"근데 친동생 맞아? 너무 좋아해서····· 난 또 애인인 줄 알았네."

"어디 애인 따윌 갖다 대? 얼마나 귀하고 예쁜 동생인데. 얼마 전에 제대했는데 오늘 이사했다고 인증 사진 보낸 거야. 학교 앞에 괜찮은 원룸 얻었거든. 거기서 공부도 하고, 알바도 하며 복학 준비 할 거래."

동생 이야기를 하는 루비는 그 어느 때보다 행복해 보였다.

"우리 처남이 잘 지내고 있다니 듣던 중 반가운 소식이군."

"너, 방금 뭐랬니?"

루비의 목소리가 차갑게 가라앉았다.

"어? 내가 뭐? 나 별말 안 했는데?"

"하아, 그래. 내 한 번은 참아 주지만, 또 그따위 말 입에 올렸다 간……."

국을 뜨려던 수저가 자칫하면 은결의 머리를 향해 날아갈까 봐 루비는 주먹을 꽉 쥐며 이성을 잡으려고 애썼다.

"무, 무섭게 왜 그래? 얼굴은 청순한데 은근 성깔 있네?"

"성깔? 너 돗자리 깔아도 되겠다. 우리 가족 사이에서만 통하는 내 별명이 '한성깔'이거든. 와, 대외적으론 조신한 척 숨기고 살았 는데 딱 맞췄네. 서은결. 알았으면 조심하자, 응?"

"넵, 누님!"

과장되게 벌벌 떠는 시늉까지 하며 능청을 떠는 은결에게 루비 가 한 번 더 눈을 흘겼다.

'한루비. 나, 왜 이렇게 니가 좋지? 너라면…… 성깔을 부리든 패악을 떨든 다 받아 줄 수 있을 거 같아. 그러니까……'

씩씩대면서도 밥알을 싹싹 긁어 먹는 루비를 흐뭇하게 지켜보던 은결의 눈빛이 아련하게 흐려졌다.

"그러니까……."

"응?"

"밥 다 먹었으면 커피 마시러 가자."

일요일이라고 한가할 틈이 어디 있을까? 이현의 하루는 늘 그렇듯 분 단위로 스케줄이 빡빡하게 짜여 있었다.

오전 10시. 트레이너에게 PT를 받고 샤워를 마친 이현은 트레이닝복 바지 주머니에서 휴대 전화를 꺼내 오늘의 일정을 살폈다. 윤 비서가 출근하지 않는 주말은 스스로 일정을 점검하고 조율해야 한다.

주말엔 공식적인 스케줄이 없더라도 소소히 챙겨야 할 지인의 경조사나 모임이 많은 편이다. 오늘 점심은 스타 방송국 예능국장 아들 결혼식이 열리는 호텔에서 먹을 예정이고, 저녁엔 연예인 출신 기획사 대표끼리 만든 모임에 참석해야 한다. 겉보기엔 편한 술자리가 이어지는 친목 모임이지만, 가장 알짜배기 정보가 흘러나오는 곳이라 늘 열심히 참석한다.

중간에 여의도에 있는 방송국에 들를 예정이고, 사이사이 자잘한 업무는 노트북과 휴대 전화로 이동 중에 처리할 생각이다. 그다지 크게 신경 쓸 일은 없으니 비교적 여유로운 일요일이 될 것이다. 이현은 휴대 전화 단축 버튼을 눌렀다.

"김 기사님. 11시에 차 준비해 주세요."

옷을 갖춰 입고 스타일링실에 들러 머리를 손질하는 데 넉넉잡고 30분이면 충분하니, 약 30분의 여유가 생겼다. 그는 망설임 없이 계단을 내려와 회사 현관을 나섰다.

모퉁이를 돌아 길을 건너 '마을상회'라는 간판이 붙은 허름한 가게 문을 열고 들어서자 계산대 앞에 앉아 텔레비전을 보던 주인이 고개를 돌렸다.

"안녕하셨어요, 사장님."

"아이고, 어서 와요. 그래, 오늘은 뭐 드릴까?"

주름이 자글자글한 아주머니의 무표정한 얼굴이 이현을 보자 불을 켠 듯 환해졌다. 몇 해 전, 낡은 건물 세 채를 허물고 새로 빌딩이 들어설 때만 해도 거기 주인이라는 연예인과 이렇게 친해질 줄은 몰랐는데, 하도 자주 오니 이젠 조카처럼 살가웠다.

으리으리한 백화점이나 없는 게 없이 갖춰진 대형마트만 갈 거 같은 사람이 이런 허름한 가게에 와 주는 것도 고마운데, 아무리 깎아 준대도 마다하고 생전 덤 하나 받아 가는 게 없었다. 연예인 사장 덕에 매출도 크게 오르고, 팬이라는 사람들도 못지않게 드나들며 가게 매상을 올려 주니 복덩이도 이런 복덩이가 없었다.

"글쎄요. 날이 쌀쌀해져서 아이스크림은 좀 그렇고, 뭘 사다 줘야 우리 식구들이 좋아할까요?"

계산대 아래 놓인 노란 플라스틱 바구니를 집어 들며 이현이 가게 안을 둘러봤다.

"아가씨들은 떠먹는 요구르트 좋아하잖아. 그리고 이거, 푸딩인가 뭔가 하는 거. 요게 값은 좀 비싸도 달달하니 맛있대요. 젊은 애들은 이런 게 좋은가 봐."

아주머니가 권해 주는 군것질거리를 바구니에 쓸어 담는데 카톡이 왔다.

[죄송합니다. 갑자기 기자 회견이 잡혀서 오늘 저녁 모임 불참합니다. 때가 때인 만큼 양해 바랍니다.]

요즘 소속 연예인 스캔들 문제로 골머리를 앓고 있는 대한 엔터 박 대표의 메시지다. 곧이어 모임을 다음으로 미루자는 다른 사람들의 메시지가 연달아 떴다. 회사 간판급 연예인이 터뜨린 대형 스캔들이니 지금 박 대표의 심경은 이루 말할 수 없을 것을 잘 알기에, 이현도 간략한 위로의 말을 얹어 모임 연기에 동의하는 톡을 보냈다.

'흠. 그럼……'

갑자기 저녁 시간이 통째로 비어 버렸다.

"전부 다 해서 7만 6천 원인데 7만 5천 원만 내."

계산을 끝내고 기다리던 아주머니가 이현이 휴대 전화를 주머니에 집어넣자 커다란 비닐봉지를 내민다.

"아닙니다, 그런 말씀 마시고요. 아, 저……"

"왜? 뭐, 더 필요한 거 있수?"

"라면…… 있죠?"

"라면? 라면 없는 가게가 어딨남? 저어기 과자 있는데 거기 뒷줄이 다 라면이야."

아주머니가 알려 준 곳엔 온갖 라면들이 수북이 쌓여 있었다.

뭐야! 무슨 라면이 이렇게 많아?

이현은 가지각색의 라면 앞에서 입이 쩍 벌어졌다. 라면이면 그냥 라면이지, 뭐가 이렇게 다양해? 쇠고기로 육수를 냈네, 해물이 듬뿍 들었네, 사골 국물을 진하게 우렸네, 합성조미료를 쓰지 않았네, 등등. 포장지에 쓰인 제품의 특성을 꼼꼼히 따져 보던 이현은 백기를 들고 말았다.

"사장님! 라면이 너무 많아서 못 고르겠습니다. 뭐가 제일 맛있나요?"

"으응? 거기 있는 건 다 맛있어요."

심지어 다아 맛있단다!

"하, 이거 참……"

어렵다. 라면을 즐기지 않는 편이라 직접 사 본 적도 끓여 본 적도 없는 그에게 이 수많은 라면 중 한 가지를 고르는 건 무척이나 어려운 문제였다.

"그래도 좀 비싼 게 더 맛있겠지?"

바로 가격 비교에 들어간 이현은 다섯 개들이 포장된 것으로 세 가지 종류의 라면을 골라 계산대로 가져왔다.

"라면은 따로 담아 주세요."

"웬일로 라면을 다 사?"

"그냥…… 출출할 때 하나 끓여 먹으려고요."

"난 또 생전 안 사던 라면을 사니까 이상해서 물어봤지. 근데 뭐 좋은 일 생겼수?"

"예?"

안 그래도 큰 눈이 더 커다래졌다.

"아니 뭐 얼굴이야 원래 잘생겼지만, 갑자기 표정이 밝아지니 더 잘나 보여서."

"어휴, 아닙니다. 좋을 일이 제가 뭐 있겠습니까."

화들짝 놀라며 손을 내젓는 그에게 의미심장한 시선이 꽂혔다.

"아냐, 아냐. 내 눈썰미가 보통인 줄 알아? 이래 봬도 내가, 장사만 30년을 넘게 한 사람이야. 아까 들어올 때랑 표정이 완전 다르구먼, 뭘. 입이 귀에 걸렸네."

"아, 하하하. ……안녕히 계십시오."

"응. 잘 가요. 웃으니 얼마나 좋아. 좀 그렇게 웃고 다녀요."

아니, 평소에 내가 그렇게 뭐 씹은 표정으로 다녔던 건가?

허둥지둥 가게를 나온 이현은 커다란 비닐봉지 두 개를 양손에 들고 콧노래를 흥얼거리며 길을 걸었다.

햇살이 반짝이며 내려와 가로수 잎사귀에 앉아 있다. 그동안 얼마나 바삐 살았던지, 푸르던 잎끝이 노오랗게 물든 게 이제야 비로소 눈에 들어왔다. 그러고 보니 10월도 어느새 끝나 가고 있었다.

회사 현관에 들어서자 정면에 걸린 시계가 보였다. 10시 20분.

이런, 10분밖에 안 남았네. 그깟 라면 하나 고른다고 시간을 다 보내다니.

마음이 급해진 이현은 경비실과 식당만 후다닥 들러 간식을 건네주고 4층 휴게실로 성큼성큼 발걸음을 옮겼다.

'어!'

계단을 올라가자마자 정면에 보이는 휴게실 유리문 너머 환히 웃고 있는 작고 하얀 얼굴이 보였다. 쿵. 심장이 멈출 듯 내려앉더니 갑자기 미친 듯 뛰기 시작했다.

'후우.'

문 앞에 멈춰 선 이현은 길게 숨을 내뱉으며 호흡이 안정되길 기다렸지만, 소용이 없었다. 그래서 다시 한 번 더 심호흡했다.

하지만 그래도 심장 박동은 잦아들지 않고 계속 널을 뛰었다. 그냥 돌아서야지 마음먹어도 그녀에게 꽂힌 시선이 뜻대로 거두어지질 않았다. 예기치 못한 부딪침 앞에서 늘 맥을 못 추는 제 심장이 한심해 이를 악물었다.

바로 그 순간, 종이컵을 들어 올려 커피를 마시려던 한루비와 눈이 딱 마주쳤다. 그리고 웃고 있던 그녀의 얼굴이 싸늘히 굳어지는 게 보였다.

하는 수 없이 이현은 문을 열고 안으로 들어갔다.

"어? 대장!"

은결이다. 제겐 한 번도 보여 준 적 없는 편안한 웃음을 보인 상
대가 서은결이라니! 누구 앞에선 저리 환히 웃다가 누굴 보곤 저승
사자라도 본 듯 얼어 버리고……. 기분 한번 더럽군.

무심한 척 테이블 위에 비닐봉지를 떨구며 이현이 말했다.

"이거. ……나눠들 먹어라."

"형! 그건 뭐야?"

그대로 휙 돌아서서 나가려는데, 은결이 라면이 든 봉지를 낚아
채려 했다.

"거기 더 맛있는 거 들었지? 그지?"

"서은결!"

낮지만 위압적인 목소리. 순식간에 실내의 공기가 가라앉았다.

"어, 미안. 미안해 형. 난 그냥 장난으로……."

은결은 순순히 사과했다.

"……아니다. 내가 지금 좀 바빠서 신경이 날카로웠다."

자괴감이 밀려왔다. 대체 이깟 라면이 뭐라고. ……저 여자가 뭐
라고.

"아, 알지. 바쁘면 어서 가. 간식은 내가 애들 나눠 줄게."

"그래. 고맙다. 그리고……."

이현의 시선이 루비에게 향했다.

"한루비 씨."

"……네."

까만 눈동자가 겁먹은 듯 얼어붙었다.

"저녁 시간 비워 둬요."

"예?"

"……미뤘던 면담 할 거니까."

개당 550mL, 두 개니까 1100mL. 이현은 마치 과학 실험이라도 하듯 계량컵으로 정확히 물을 측정해 냄비에 부었다.

[지금 바로 옥상 정원으로 오도록.]

한루비에게 메시지를 보낸 후, 손질해 둔 샐러드 채소를 볼에 담고 그 위에 갓 구워 낸 채끝살을 얇게 썰어 올렸다. 아무래도 라면만으론 부실할 것 같아 준비한 스테이크 샐러드다.

이현은 샐러드 볼과 소스 보트를 들고 거실을 가로질러 데크로 향했다. 거실과 데크 사이의 접이식 유리문을 활짝 열어 놔 바로 밖으로 나갈 수 있게 해 두었다.

미리 세팅해 둔 테이블 위에 샐러드 볼과 소스 보트를 놓고 상차림을 매의 눈으로 점검했다. 연갈색 체크무늬 테이블보는 얼룩 하나 없이 빳빳했고, 접시와 커트러리는 반짝반짝 빛났다. 양초와 유리컵, 냅킨 등이 제각각의 자리에 단정히 놓여 있고 의자 등받이엔 쌀쌀해질 밤공기를 대비한 무릎 담요가 준비되어 있었다.

"이만하면 된 거 같은데……."

그때 루비의 답장이 왔다.

[네. 올라갈게요.]

[따뜻하게 입고 와.]

이현은 테이블 위에 놓인 양초에 불을 붙인 후 주방으로 가 가스레인지 스위치를 돌렸다. 찰칵. 새파란 불꽃이 그의 마음에도 켜졌다.

"뭐 먹을래?"

뜻밖의 상차림에 놀라 테이블 위를 두리번거리던 루비의 눈동자가 이현이 들고 있는 것들을 보고 더욱 커졌다.

"……이게 다 뭐예요?"

"보면 몰라? 라면이잖아."

그걸 누가 몰라서 묻나. 루비는 황당한 표정으로 이현을 올려다봤다.

"라면 먹고 싶다 해서 사 왔잖아."

"이걸 다요?"

"응. 난 라면 안 먹어서 뭐가 맛있는 건지 모르거든. 먹고 싶은 거 골라 봐."

각양각색의 라면 봉지를 내밀어 보이는 그의 입가에 의기양양한 미소가 바람처럼 스쳤다.

의외였다. 얼핏 본 그 미소는 동생 진수가 제 딴에 예쁜 짓을 하고 칭찬을 바랄 때 짓던 표정과 닮아 있었다. 뭔가 상당히 큰일을 한 듯 뿌듯해하는 표정이랄까.

'에이, 설마…….'

다른 사람도 아니고 이현이, 그럴 리가 있을까. 아까 휴게실에서도 잡아먹을 듯 매섭게 노려봤잖아. 근데 왜 갑자기 잘해 주고 그러는 거지? 괜히 설레게. 아마도 이 사람은……. 그래! 뭐든지 완벽해야 직성이 풀리는 성격인 거야. 기껏 해 주고도 욕먹긴 싫으니 선택권을 넘기는 거지 뭐. 맛이 없어도 네 탓이다, 그런 심보가 분명해.

"물 끓기 시작했겠다. 어서."

"으음, 그럼…… 이거요."

이현의 재촉에 떠밀린 루비는 엉겁결에 매운맛 라면을 선택했다.

"알았어. 금방 끓여 올 테니 샐러드 먼저 먹고 있어."

이현은 루비 앞에 놓인 접시에 샐러드를 적당히 덜어 주고 잽싸게 안으로 들어갔다. 그 늘씬한 뒷모습을 홀린 듯 바라보던 루비는 갑자기 냉수를 벌컥 들이켰다.

"하! 이건 뭐, 아무 때나 화보야."

베이지색 면바지에 아이보리색 니트를 걸친 평범한 차림임에도 충분히, 아니 넘치도록 멋진 이현의 모습에 또다시 마음이 흔들렸다. 게다가 잘생김을 희석해 주는 안경마저 쓰지 않아 휘황한 미모에 눈이 다 멀 지경이었다.

"이 못 말리는 외모지상주의!"

루비는 산란해지는 마음을 다스리려 먹는 데 정신을 집중했다. 배가 고파 그런가? 입안에서 어우러지는 스테이크와 샐러드, 그리고 발사믹 소스의 조합이 꽤 근사했다.

"자아 여기, 라면."

잠시 후 김이 모락모락 올라오는 라면 그릇을 루비 앞에 놓아 주며 이현이 물었다.

"샐러드 어때? 먹을 만해?"

"맛있어요. ……혹시 이거, 대표님이 만드신 거예요?"

"응."

"와! 요리 정말 잘하시네요. 저번에 만들어 주신 토스트도 참 맛있었는데."

"이런 게 요리 축에나 드나 뭐. 그냥 간단한 건 좀 해."

"오히려 간단한 게 맛 내기 힘들던데요? 확실히 이쪽으로 감각이 있으신 거 같아요."

그녀의 칭찬이 싫지 않은지 그가 피식 웃었다.

"얼른 라면 먹어. 그러다 불어 터지겠다."

"네. 잘 먹겠습니다."

수저로 국물을 한 숟갈 떠서 입에 넣은 루비의 표정이 미묘하게 변했다. 이현은 그녀가 무슨 말을 할지 슬쩍 눈치를 살폈다. 하지만 루비는 아무 말 없이 젓가락으로 면발을 집어 올려 후후 불기 바빴다.

호로록.

작은 입술 안으로 빨려 들어간 면발을 오물오물 씹어 삼킨 그녀는 아무 말도 않고 다시 국물을 떠먹더니 젓가락을 놀리기 바빴다. 역시 처음이라 맛이 별론가? 숨도 크게 쉬지 못하고 지켜보던 이현은 제 앞의 라면을 한입 먹어 보았다.

이 정도면 괜찮은 거 아닌가? 제 입엔 나쁘지 않은 맛이라 간만에 라면 그릇을 깨끗이 비웠다.

"잘 먹었습니다."

국물 한 방울 남기지 않고 텅 빈 그녀의 그릇을 보면서도 이현은 묻지 못했다. 맛있었느냐고. 처음이라 서툴러서 그렇지 다음엔 더 맛있게 끓일 수 있다고, '나에게는 아직 열세 개의 라면이 남아 있으니.' 따위의 허튼 농담조차 할 수 없었다. 행여나 별로라고 할까 봐 내심 두렵기도 했다.

오직 한 사람을 위해 이토록 온전히 마음을 쏟아 본 적이 없었던지라 이런 제 모습이 낯설었다.

머뭇대는 마음을 알아챈 걸까?

"맛있었어요."

빈 그릇을 치우려고 일어났을 때 그녀가 입을 열었다.

"……정말."

"어."

맛있었단 그녀의 말 한마디에 훅 달아오르는 얼굴을, 마음을, 들키기 싫어 이현은 부러 퉁명스럽게 말했다.

"잠깐 기다려. 차 가지고 올 테니까."

"저도 거들게요."

"그냥 앉아 있어. 실내는 특별한 사유 없이는 출입 금지니까."

이현은 루비에게 또 거짓말을 했다.

일교차가 제법 커진 늦가을 저녁, 푸르던 서쪽 하늘에 붉은빛이 스며들며 서서히 보랏빛으로 번져 갔다. 어둠이 내리자 테이블 위의 촛불도 차츰 제 빛을 발하기 시작했다.

쌩하니 그릇을 챙겨 들어가던 그가 한마디 덧붙였다.

"뒤에 담요 있다."

이현을 기다리는 동안 루비는 하늘을, 점점 짙어지는 어둠을, 가만히 응시하고 있었다. 데크 위를 비추는 전등은 명확하게 밝음과 어두움을 갈랐다. 환한 빛 아래 앉아 어둠을 보고 있으면 괜스레 코끝이 싸해지며 서글픔 같은 게 밀려온다.

그다지 춥지 않은 밤인데도 루비는 등받이에 걸쳐진 담요를 펼쳐 어깨에 둘렀다. 보송보송한 담요의 털이 포근하게 몸을 감싸 주었지만, 마음은 여전히 시렸다.

파바박.

일순간 어둠이 걷히며 금가루를 뿌린 듯 정원이 환해졌다.

"우와!"

무수한 별이 밤하늘 대신 나뭇가지에 알알이 박혀 반짝이는 장관에 절로 탄성이 터져 나왔다.

"이건…… 마법이야……."

마법은, 시리던 마음에도 알록달록한 불을 켰다.

"차 마셔."

이현이 내려놓은 찻잔에서 은은한 향기가 피어올랐다.

"어떻게 된 거예요?"

"뭐가?"

"이렇게 환상적인 풍경, ……처음이에요."

"아, 저거? 다음 주 중요한 행사가 있어서 설치한 거야."

기쁨을 숨기지 못하는 그녀의 천진난만한 표정에 이현의 가슴도 설레었지만, 짐짓 아무렇지도 않은 척 시큰둥하게 말했다.

"아까 조경 업체에서 작업해 놓고 갔다기에 제대로 불이 들어오나 시험 작동 해 봤지. ……괜찮아 보여?"

사실 며칠 후에 진행하기로 예정된 작업이었다. 하지만 특별 수당까지 지급하며 스케줄을 조금 앞당겼다.

"정말 예뻐요. 꼭 꿈속 같아……."

루비는 불빛의 향연에 도취되어 눈을 떼지 못했다.

"다행이네. 돈 들인 보람이 있어서."

저 수많은 불빛보다, 그리고 하늘의 별빛보다, 더욱 빛나 보이는 작은 얼굴에서 이현도 눈을 떼지 못했다.

"향이 참 좋아요."

"내가 좋아하는 차야."

이상하게도 마음이 편안했다. 늘 그의 앞에선 떨리는 마음 한구석에 이런 고요함이 공존할 수 있을까 싶게, 그와 함께 있는 이 시간이 평화롭고 좋았다.

사람을 깊이 마음에 담으면 눈도 머나 보다. 제 감정에 취해 자꾸만 멋대로 해석하고 소소한 것에도 의미를 부여하는 눈먼 마음이, 그를 향했다.

"뭐, 할 말 있어?"

"아뇨. 그냥……."

제 시선을 알아채고 물어봐 주는 그의 마음에 울컥, 목이 멨다.

"할 말 있음 해. 오늘은 어지간한 건 다 들어줄 거거든. 날이면 날마다 오는 게 아닌 대표님 찬스!"

이현이 엷게 웃어 주었다. 그 웃음의 잔잔한 파동이 그녀의 가슴에 스몄다.

"대표와의 단독 면담은, 그러라고 만든 자리니까."

이 기회를 놓치고 싶지 않았다. 붙잡고 싶었다.

"대표님!"

"음?"

그래서 용기를 냈다.

"……라면, 또 먹으러 와도 돼요?"

말만 하면 뭐든 들어줄 것 같던 이현은, 한동안 대답이 없었다.

16

Oh, dream maker

스산한 바람이 두 사람 사이를 비집고 들어왔다.

무슨 생각을 하는 걸까? 꼭 다문 그의 입술이 열리길 기다리는 잠깐의 시간이 루비에겐 하염없이 길게만 느껴졌다. 괜한 말을 했나 후회가 밀려올 즈음.

"……그러든가."

그가, 승낙했다. 미간을 찌푸린 채 한숨을 팍 쉬며 뜸을 들일 땐 어떤 거절의 말에도 상처 입지 않으리라 마음을 다잡았는데…… 허락을 하다니! 루비는 순간 잘못 들은 게 아닐까, 제 귀를 의심했다.

"진짜요?"

놀라서 벌어진 입술에 잠시 내려앉았던 시선을 이내 거두고, 이현은 정원수의 현란한 불빛만 고집스럽게 응시했다. 마치 무언가 단단히 화가 난 사람처럼 그의 목소리는 퉁명스러웠다.

"유통 기한 지나면 버릴 텐데…… 아깝잖아."

아니다. 그건 구차한 변명일 뿐이다. 남은 라면은 구내식당에 가져다주면 그만이니까.

서른두 살, '기획사 대표 이현'은 소속 연예인 한루비에게 절대안 된다고 말해야 했다. 연예인에게, 그것도 남성 팬이 대부분인 신인 여자 가수에게 스캔들이 얼마나 치명적인 건 줄 아느냐며 딱딱한 훈계를 늘어놔야만 했다.

기획사 대표와 소속 연예인이, 모두에게 개방된 옥상 정원에서 라면 좀 먹는다고 별일이 생기기야 하겠느냐만, 연습생이나 연예인들에게 누누이 '오비이락'의 교훈을 강조해 왔던바, 쓸데없는 구설에 오르지 않도록 처신을 깔끔하게 하라고 일침을 놓는 게 옳았다.

하지만 '자라지 못한 가슴속 이현'이 먼저 '그러든가.'라고 내뱉고 말았다. 이제 와 주워 담을 수도 없지만 번복하고 싶지도 않았다. 그냥 그렇게 내버려 두고 싶었다. 라면 하나쯤이야. 그래. 그깟 라면 하나 끓여 준다고 큰일이야 나겠어?

"……다른 애들은 라면 백 개보다 몇 배는 비싼 풀코스 정식 같은 거 먹는데, 그깟 라면 몇 개 가지고 인색하게 굴 순 없잖아."

구질구질하게 변명은……. 이현의 입가에 냉소가 맺혔다.

한번 세운 원칙은 칼같이 지켰던 원리원칙주의자는 어디로 사라지고, 오만 잡다한 변명을 끌어들여 이 예외적인 결정에 정당성을 부여하려고 몸부림치고 있는 걸까? 어쨌거나 지금, 여기, 이 여자와 있는 이 시간이 좋았다. 그것만은 부정할 수 없는 진실이니 인정할 수밖에.

"고맙습니다!"

남의 속도 모르고 한루비, 너는 참 해맑게도 웃는구나. 그 미소 하나에 내 마음은, 애써 쌓아 올린 철벽이 와르르 무너져 내리는데.

"크흠. 고맙기는. 뭘 그런 거에."

너무도 쉽게 무장 해제 당하는 제 속내가 드러날까 봐 이현은 팔짱을 끼고 부러 목소리를 엄숙하게 깔았다.

"단! 남은 라면은 열세 개. 그 이상은 없다."

"넵!"

라면이 열세 개면 몇 번 더 올 수 있는 거지? 여섯 번? 일곱 번? 둘이서 한 개만 끓여 밥 말아 먹자고 하면 안 될까? 그럼 열세 번인데. 아니야. 대표님은 라면이 싫다고 하셨……으니 다른 걸 드시고 저만 주세요, 그렇게 말해 볼까?

"……한루비."

그녀의 머릿속을 휘젓는 유치한 생각을 들여다보기라도 한 듯 이현이 나지막이 이름을 불렀다. 그의 입술을 통해 제 이름이 불리는 게 참 좋다는 뜬금없는 생각을 하면서 루비는 이현의 눈을 마주 보았다. 그의 눈동자에 온기가 서려 있는 것 같았지만…… 착각이 겠지.

"네?"

"라면이 그렇게 좋니?"

"아, 그게……."

"라면 먹으러 와도 된다니 아주 좋아 죽네."

"헤에……."

……그게, 라면 때문이 아닌걸요.

찻잔을 만지작거리는 가녀린 손가락이 파르르 떨렸다.

이런 마음 가지면 안 되는 줄 알지만, 그래도 난…… 당신이 좋아요.

루비는 말할 수 없는 마음을 웃음에 실어 허공에 날려 버렸다.

"어머님 건강은 좀 어떠셔?"

본격적인 면담에 들어가려는 듯 그가 진지하게 물었다.

"얼마 전에 정기 검진 받으셨는데, 주치의 선생님이 괜찮다고 하셨대요."

"다행이네. 스트레스가 가장 안 좋다던데……. 신경 안 쓰시게 잘해 드려."

"네. 제가 찍은 광고 보시면 기운이 펄펄 나신대요. 흐흐."

"어머님이 좋아하신다니 광고 좀 더 찍어야겠군."

따뜻한 차를 한 모금 마신 이현이 잠시 후 조심스럽게 입을 열었다.

"아버님은…… 아직 소식 없으시고?"

소속사 대표로서 한루비의 가정사는 대략 파악하고 있지만, 직접 물어본 건 이번이 처음이다. 특히 아버지 일은 전부터 신경 쓰였지만 함부로 화제에 올릴 수 없었던 문제였는데 오늘은 면담 형식으로 자연스럽게 물어보았다.

"……네."

"그래. ……힘들겠구나."

"괜찮아요."

"……"

지금은 그 어떤 말도 위로가 되지 않겠지⋯⋯.

루비를 건너다보는 이현의 눈빛에 연민이 어렸다. 찻잔에 시선을 고정한 그녀는 그 눈빛을 볼 수 없었지만.

"동생은? 복학 준비 한다고 했나?"

잠시 침묵하던 이현이 화제를 돌렸다.

"네. 오늘 학교 앞 원룸으로 이사했다고 사진도 보내왔어요. 여기."

명문 대학에 다닌다는 동생 이야기가 화제에 오르자 루비의 표정이 한결 밝아졌다.

"어디⋯⋯."

이현이 루비의 휴대 전화 화면에 뜬 진수의 셀카를 유심히 들여다봤다.

"많이 닮았네, 동생이랑."

"그래 보여요? 사실 동생은 아빠 닮고 전 엄마 닮아서 그런가, 사람들이 처음 보면 다들 안 닮았다고 하거든요."

"풍기는 분위기랄까, 선한 느낌이 닮았어. 동생도 보조개 있네?"

이현의 시선이 루비의 오른뺨에 닿았다가 사진 속 활짝 웃고 있는 진수의 왼뺨으로 다시 옮겨 갔다.

"와! 대표님 눈썰미 끝내주시네요."

한눈에 알아보는 이현의 섬세함에 루비는 내심 놀랐다. 관심 없는 사람들은 몇 번을 봐도 알아채지 못하던데. 아마 직업적인 특성이겠지? 신인을 캐스팅하는 게 일인 사람이니까. 그리 생각하면 놀랄 일도 아니지 뭐.

"⋯⋯그러고 보면 참 좋은 거 같아요."

"음?"

"돈이라는 거."

이현이 고개를 갸웃 숙이고 있는 루비를 물끄러미 쳐다봤다.

"내가 번 돈으로 우리 가족이 편히 지낼 수 있다는 게 얼마나 감사한지…… . 아직은 모두 모여서 살지는 못하지만…… 그래도."

고생 모르고 자란 티가 역력한 여자가 담담한 어조로 돈 이야기를 한다. 대수롭지 않은 일상 이야기를 하듯 잔잔히 웃고 있지만, 깊고 검은 눈망울에 순간 물기가 반짝이는 게 보였다.

문득 지난 일이 떠올랐다. 술에 취한 한루비가 '내 상금 1억!'을 외치던 일이며, 비를 쫄딱 맞고 찾아와 계약하겠다고 했던 그 밤의 일까지. 아마도 그녀는, 생계를 짊어지고 아슬아슬하게 외나무다리를 건너다가 맞닥뜨린 벼랑 끝에서 절규하듯 그를 찾아왔을 것이다. 그런데도 힘든 티를 내지 않으려 부단히 애쓰던 모습이 지금 눈앞에서 웃고 있는 얼굴과 겹쳐 보였다.

마냥 어린 여자는 아닐 거라 짐작했지만, 한루비는 그가 생각했던 것보다 더 강인한 생명력을 가진 게 틀림없다.

"그런 날이 오겠지, 곧. ……더 열심히 하다 보면."

'그리고 돈 때문이 아니라, 너의 꿈을 위해 노래하는 행복한 가수가 되길…… .'

진심이다. 그러나 이현은 말을 아꼈다. 이제 그녀도 벼랑 끝에서 벗어나 어깨에 짊어졌던 무거운 짐을 내려놓았으니 한숨 돌리고 나면 길이 보일 것이다. 그때까지 그녀가 편히 기대 쉴 울타리가 되어 주면, 그것으로 제 역할은 충분하니까.

"그렇겠죠? 어쨌든 고맙습니다, 대표님."

"뭐가?"

"저 스카우트해 주신 거요. 덕분에 이렇게 돈도 많이 벌 수 있고."

"한루비 돈 좋아하는 거 알고는 있었지만, 너무 노골적으로 밝히는 거 아냐?"

"이런, 들켰네."

루비가 어깨를 으쓱하며 울상을 짓자 피식, 이현이 웃었다. 루비도 큭큭 웃음을 터뜨렸고, 곧 두 사람의 웃음소리가 가을밤의 어둠 속으로 퍼져 나갔다.

천천히 아껴 마셔도 서서히 비어 가는 찻잔이 이현은 못내 아쉽기만 했다. 준비 중인 싱글 앨범이며 콘서트 준비에 관한 이야기를 나누는 동안 시간은 여지없이 흘러 예정했던 2시간을 훌쩍 넘겨 버렸다.

"늦었다. 그만 내려가라."

자리에서 일어난 두 사람은 불빛이 반짝이는 정원을 가로질러 현관홀을 향해 걸었다.

"오늘 라면, 맛있었어요. 고맙습니다."

"진짜 맛있었던 거 맞아? 빈말 아니고?"

은근 뒤끝 있는 이현의 질문이다.

"음…… 그건, 다음에 말씀드려도 되죠?"

"설마, 지금 너…… 나랑 밀당하니?"

어이없다는 말투지만 표정은 달랐다. 그의 눈이, 웃고 있다.

"아니, 그건 아닌데요. 어쨌든 궁금하시면 빨리 불러 주세요."

가을, 밤바람이 찬데 어디서 봄바람이 살랑대는 듯 이현의 가슴을 간질였다.

"하, 요 여우."

여우란다! 하지만 이상하게 기분이 나쁘지 않았다. 여우라고 말할 때의 눈빛 때문인지, 달콤한 목소리 때문인지. 마치 그와 연애하는 것처럼 가슴이 두근거렸다.

꾸벅 인사하고 휙 돌아서는데 풋, 웃음이 터졌다.

'데이트하고 집으로 가는 기분이 이런 거겠지? 저 사람 눈에 내가, 여자로 보이는 걸까?'

그럴 리 없다는 걸 알면서도, 설레었다.

아무래도 오늘 밤은 잠을 못 잘 거 같다.

❋　✸　❋

싱글 앨범 준비로 한창 바쁘던 11월 중순의 토요일 밤. 며칠 뒤로 잡힌 녹음을 앞두고 늦게까지 연습하다가 아무도 없는 휴게실에 잠시 앉아 쉬고 있을 때, 문이 열리더니 이현이 들어왔다.

"어? 한루비!"

블랙 슈트에 은테 안경, 흐트러짐 없이 말끔하게 세팅된 헤어스타일. 오늘의 이현은 찔러도 피 한 방울 나올 것 같지 않은 냉철한 사업가 모드였다. 그 뚝 떨어지는 차림에 어울리지 않는 까만 비닐봉지를 들고 있긴 했지만, 그마저 그가 들고 있으니 깔맞춤한 듯 그럴싸해 보였다.

"대표님!"

작곡가에게 지적받은 부분을 어찌 잘 고쳐 볼까, 고민하고 있던 루비도 갑작스러운 이현의 등장에 화들짝 놀라 소파에서 일어났다. 그날 이후 근 보름만의 만남이다. 어디에 다녀온 걸까? 옷차림을 보니 행사가 있었던 모양이다.

"……뭐 하고 있었어?"

"혼자 연습하다가 좀 쉬고 있었어요."

스크린 속에서 걸어 나온 듯 근사한 남자가 입을 꾹 다문 채 가만히 내려다보니 오금이 저려 왔다. 왜? 루비도 빤히 이현을 올려다보았다. 왠지 눈을 피하면 지는 것 같아서.

"이거, 먹어."

다행히 그가 먼저 시선을 돌렸다. 그러고 나서 비닐봉지 안의 흰 봉투를 부스럭거리며 열고 김이 폴폴 나는 붕어빵을 꺼내 불쑥 내밀었다.

"아! 고맙습니다."

"……열심히 해라."

이현은 그 한마디만 툭 던지고 서둘러 휴게실을 나가 버렸다.

뭐지? 이 어색한 기운은?

그가 주고 간 따끈한 붕어빵을 한입 베어 물며 루비는 곰곰이 생각했다.

이게 뭐야, 치! 오랜만에 만났는데 하나도 반갑지 않은가 봐. 그날 꽤 친해졌다고 느낀 건 나만의 착각이었나? ……그렇겠지. '대표와의 면담'은 원래 화기애애한 분위기 속에 진행되는 건데, 조금 잘해 줬다고 다음에 또 라면 먹으러 와도 되느냐는 엉뚱한 소리나해 댔으니, 저 사람도 난처했을 거다.

머릿속에서 복잡한 생각들이 뒤죽박죽 뒤엉기는 동안, 입안에선 쫀득한 붕어빵의 껍질과 달콤한 팥소가 어우러졌다. 늦은 오후에 먹은 간식 때문에 저녁을 걸러 출출하던 참이긴 했지만, 아주 그냥 꿀맛이다. 붕어빵이 원래 이렇게 맛있는 거였나? 어느새 손바닥만 한 붕어 한 마리가 꿀떡 배 속으로 사라져 버렸다.

이럴 줄 알았으면 하나 더 달라고 조를걸…….

아쉬움에 손가락을 쪼옥 빨아 당기는데 문이 벌컥 열렸다.

"한루비! ……라면 먹을래?"

"네?"

정말이지 배만 안 고팠어도…….

"……네!"

"5분 뒤에 올라와."

아니. 배가 불렀어도 라면의 유혹에 넘어갔을 게 분명하다.

마음먹은 대로 살아갈 수 있으리라 생각하던 때가 있었다. 뚜렷한 목표와 뜨거운 열정이 있다면 무엇이든 이룰 수 있다고 믿었던 소년은 부모님이 물려주신 외모와 재능에 끊임없는 연습과 철저한 자기 관리를 더해 아이돌 스타가 되었다. 실수란 게으름의 다른 이름이고 실패란 비겁한 자의 자기변명이라고 생각했던, 철부지 시절이었다.

하지만 인생은 그리 녹록지 않았다. 이십 대 초반이란 비교적 이른 나이에 아무리 내가 잘해도 삶의 굽이굽이마다 포진한 복병을 완전히 피해 갈 수 없다는 진리를 깨달을 수밖에 없었다. 그것도 내 편이라고 철저히 믿었던 자들의 배신으로 인해서.

사실 이 바닥에선 흔한 일이라 특별할 것도 없지만, 어쨌거나 비싼 수업료를 지급한 대가로 더 독해지고 더 단단해졌다.

힘을 키우자! 온전히 내 의지대로만 살 수는 없더라도, 남에게 조종당하지는 않도록. 그렇게 이를 악물고 버티어 낸 날들이다. 덕분에 업계에선 손꼽히는 규모로 회사를 키웠고, 앞으로도 순조롭게 흘러갈 것이 분명했다. 뜻하지 않은 복병을 만나더라도 흔들리지 않을 노하우와 힘이 생겼으니까.

그런데,

"와! 맛있겠다. 잘 먹겠습니다."

지금 눈앞에 앉아 맛있게도 라면을 먹는 저 여자,

"대표님은 왜 안 드세요?"

후루룩 국물까지 야무지게 마시고는 천진한 얼굴로 빤히 쳐다보는 한루비 때문에 미치겠다.

'흔들리지 않을 노하우와 힘은 개뿔!'

저런 의외의 강적을 만나면 그런 건 다 소용없는 거다.

유하라의 외조부인 대일그룹 명예 회장 팔순 잔치에서 먹은 기름진 음식과 와인은 소량임에도 얹힌 듯 거북했다. 사업상 참석해야 하는 파티가 늘 그렇다지만, 느끼하게 감겨들던 유하라 모녀뿐만 아니라 은근슬쩍 자신의 딸과 엮어 보려 애쓰던 유하라의 부친까지, 속이 빤히 들여다보이는 자들 틈에서 버틴 시간은 지루한 악몽이었다.

한루비를 마주쳤을 땐 몸과 마음이 많이 지친 상태였다. 그래서…… 이러면 안 되지 하면서도 저 여자와 함께 있고 싶다는 악마의 유혹에 넘어가고 말았다. 골수까지 끈끈하게 달라붙은 기름기를 단방에 날려 줄 상큼한 기운이 절실했으니까.

그래야 숨이 쉬어질 거 같아서…….

"저녁을 많이 먹어서 그런지 그다지 안 당기네."

"에휴, 그럼 한 개만 끓이시지. 아깝다."

줄어들지 않는 이현의 라면 그릇을 넘겨다보는 루비의 눈빛에 안타까움이 출렁였다.

"왜? 부족해? 하나 더 끓여 줘?"

"아우, 아뇨. 전 이것만 먹어도 배불러요. 그냥…… 남긴 게 너무 아까워서 그런 거예요."

라면 한 개에 얼마더라? 물론 음식을 남긴 건 잘못이지만, 저리 애달아 하다니……. 누가 보면 값비싼 캐비어라도 버리는 줄 알겠네.

"잘 먹었습니다."

"그래. ……맛은 있었고?"

뼈가 있는 이현의 질문에 루비가 웃으며 변명을 늘어놓았다.

"아, 죄송! 정신없이 먹다 보니 타이밍을 놓쳐서……. 진짜 '말도 못 하게' 맛있었어요."

"흠…….."

"대표님은 매사 쿨할 줄 알았는데 엉뚱한 데서 집착 돋으신다."

"쿠울? 갖은 정성 들여서 끓인 라면에 대한 평가에 어떻게 쿨할 수가 있나? 난 내가 만든 건 뭐든 세심하게 사용자 후기를 모니터링해. 음악이든. 음식이든."

"흐흐. 그러시구나. 근데 라면 안 좋아하신다면서 어떻게 이렇게 잘 끓이시는 거예요? 특별한 비결이라도 있나요?"

티 없이 맑게 웃던 그녀가 정말로 궁금한지 눈을 빛내며 물었다.

"맨입으로?"

"네? ⋯⋯아, 맞다!"

당황한 듯 얼어 있던 루비가 입고 있던 패딩 파카 주머니 안에 손을 집어넣어 무언가를 주섬주섬 꺼냈다.

"이거, 드세요."

"사과?"

"강릉 저희 이모네 마당에 있는 사과나무에서 딴 거예요. 제가 이 사과를 엄청 좋아해서, 이모가 매년 택배로 보내 주세요. 다 먹고 하나 남았는데, 라면만 얻어먹기 죄송해서 이거라도 드리려고요. 씻어 온 거라 그냥 드셔도 돼요."

"⋯⋯."

하아! 왜 하필 사과란 말인가?

"이게, 보통 사과가 아니거든요."

그렇지. 보통 사과가 아니지. 그날 이후⋯⋯ 사과란, 이제 단순한 과일이 아닌 것을⋯⋯.

"보기엔 평범한 홍옥 같지만, 나무에서 완전히 익은 후에 따서 정말 달아요. 농약도 안 하고 이모가 애지중지 키운 거예요. 사과는 원래 유기농이 어렵대요. 이모네야 사과나무가 딱 한 그루니 가능하지만요."

"⋯⋯."

"어? 혹시, 사과 안 좋아하세요?"

아니. 너무, 너어무, ⋯⋯좋아해.

루비가 두 손으로 공손히 내민 사과를 하는 수 없이 받아 든 이현은 감정이라도 하듯 사과를 유심히 들여다봤다. 불빛을 받아 빛나는 빨간 사과가 보석보다 예뻤다.

마치 누구 입술처럼.

"그냥 보통."

툭 튀어나온 제 엉뚱한 생각에 놀라 퉁명스럽게 내뱉고 말았다. 그래 놓고는 루비가 민망해할까 봐 재빨리 말을 보탰다.

"고맙다, 어쨌든."

"대표님이 손수 끓여 주신 라면에 비하면 너무 약소하죠, 뭐. 헤헤."

콰직.

커다란 손아귀 안에서 두 동강 난 사과를 이현이 루비에게 건넸다.

"먹어."

"우와! 그걸 어떻게 손으로…… 대단하다."

감탄을 연발하는 루비를 보며 이현은 와삭, 사과를 한입 깨물었다. 단단한 과육을 치아로 으스러뜨리자 새콤달콤한 사과즙이 입안에 가득 찼다. 세상은 넓고 맛있는 과일은 많지만. 아무리 먹어도 질리지 않는 과일은, 그에겐 사과뿐이다. 아마…… 앞으로도 그럴 것이 분명했다.

"에게! 무슨 비결이 그래요? 계량컵과 타이머라니!"

"그게 기본이니까. 그리고 센 화력 추가."

"헐!"

"거기에 마음가짐을 양념으로 넣으면 금상첨화고."

"뭘 또 마음가짐씩이나. 라면 한번 끓이기 진짜 어렵네. 그래서…… 어떤 마음가짐이요?"

"끝장을 보겠다, 뭐…… 그런?"

"와, 무섭다. 이건 라면으로 세계 정복이라도 할 기세네요."

"바로 그거야. 이왕 하는 거 뭘 하든 그런 정신으로 해야 성공하지."

"……아! 그러니까 내가 먹은 게, 그게…… 라면이 아니었어. 대표님의 피땀이 섞인 교훈을 먹었던 거야. 이제야 깨달음이 팍 오네요."

"깨달음의 여세를 몰아 이번 앨범과 콘서트도 끝장을 보겠다는 각오로 준비할 것. 탄탄한 기본기를 바탕으로 뜨거운 열정을 팍팍 쏟아서."

"네! 명심하겠습니다, 대표님!"

엄숙한 표정으로 장난스럽게 대답하는 루비를 보고 이현은 참았던 웃음을 터뜨리고 말았다. 저녁 내내 체한 듯 더부룩했던 속이 뻥 뚫리며 가슴이 시원해졌다.

난로 위에 놓인 노란 법랑 주전자에서 물이 끓기 시작했다. 주전자 주둥이에서 뿜어져 나온 하얀 김이 스피커에서 흘러나오는 잔잔한 멜로디에 녹아든다.

"안 추워?"

"전혀요. 이렇게 유리로 막으니 아늑한 게 꼭 온실 같아요."

"추워지면 창고에 넣어 뒀던 새시 꺼내 끼우고 온실 겸으로 쓰지. 저런 큰 화분도 들여놔야 하니까."

이현이 주전자의 물을 유리 티포트에 부어 차를 준비하는 동안 루비는 별처럼 반짝이는 정원수의 불빛을 보며 스피커에서 흘러나

오는 노래를 허밍으로 나지막이 따라 불렀다.

"여기 꼭 카페 같아요. 눈 오는 날 분위기 죽이겠다."

"궁금하면 눈 올 때 올라와 봐."

"그래도 돼요?"

"그럼. 옥상 정원은 누구한테나 개방된 곳이야. 애들이 날 싫어해서 잘 안 올라와서 그렇지."

"에이 설마. 다들 바빠서 그런 거겠죠."

"특히 연습생 애들은 날 무서워하네?"

"하하. 하긴 저도 처음엔 대표님 좀 무서웠어요."

"지금은?"

"음……. 솔직히…… 지금도 뭐, 그리 편한 건 아니죠. 일단 대표님이니까, 좀 어렵잖아요. 전보단 덜하지만."

"흐음."

이현의 미간이 살짝 찌푸려졌다.

맑은 노란빛 액체가 찻잔을 채우며 은은한 향을 사방에 퍼뜨렸다. 국화꽃들이 활짝 피어나 너울너울 춤을 추는 유리 티포트를 이현은 차분하게 워머 위에 올렸다. 작은 초가 발산하는 불빛이 티포트 안에 번지자 동화 속 세상을 보듯 환상적이었다.

"예쁘다! 꼭 워터 볼 같아……."

"워터 볼?"

"있잖아요. 동그란 유리 볼 안에 물이 가득 차 있고, 작은 집이랑 나무랑 사람이 있고, 흔들면 금가루 은가루 막 날리던 장난감이요. 제 동생 건 백조 목에 고리 끼우는 게임이었는데 그거 은근 어려워서 짜증 났어요."

맞아. 그런 게 있었지. 그녀의 묘사에 마술처럼 눈앞에 펼쳐지는 기억 한 조각. 이현은 그저 고개만 끄덕였다.

"아 참! 궁금했던 거. 대표님은 라면이 왜 싫으세요?"

티포트 안의 국화꽃을 감상하던 루비가 뜬금없이 라면 이야기를 꺼냈다.

"그게 왜 궁금해?"

"주위에 라면 안 먹는 사람은 본 적이 없어서요. 좋아하지 않아도 싸고 간편해서 먹는 사람들도 많잖아요."

"그럼 너는 라면이 왜 좋은데?"

"저요? 음…… 사실은요. ……저도, 라면 그다지 좋아하는 편은 아니에요."

이현의 왼쪽 눈썹이 찡긋 올라갔다.

"하! ……뭐지, 이런 반전은?"

"아니 그게, 그러니까, 말 그대로 싫다는 게 아니라……. 그냥 보통 사람들처럼 있으면 먹는 정도라는 거죠."

"난 또 한루비가 제일 좋아하는 음식이 라면인 줄 알았네."

"이런, 죄송해라. 근데 라면이 정말 먹고 싶었던 건 사실이에요."

"……상관없어. 그게 뭐, 중요한가?"

순간 라면에 쏟은 제 정성이 허망하게 느껴지긴 했지만, 한루비가 라면을 좋아하든 싫어하든 뭐가 대수랴 싶었다. 그냥 이 여자와 라면을 먹고, 차를 마시며 이런 별 의미 없는 잡담을 나누는 게 편하고 좋았을 뿐인데. 이 시간만큼은 한류 스타도 연예 기획사 대표도 아닌, 평범한 남자가 된 착각마저 들었으니까. 소속 연예인의 스캔들 걱정 따위 없는 보통의 남자.

찻잔을 감싸 쥔 채 생각에 잠겨 있던 루비가 잠시 후 입을 열었다.

"일요일 아침이면…… 아빠가 라면을 끓여 주시곤 했어요."

"……."

"동생과 난, 아빠가 끓여 주는 라면이 세상에서 제일 맛있다며 일요일을 기다렸어요. 엄마가 싫어하셔서 자주는 아니고 아주 가끔, 엄마 눈치 보면서."

그녀의 엷은 웃음이 어딘지 쓸쓸해 보였다.

"발레를 한 이후론 아빠가 라면을 끓여도 전 안 먹었어요. 아빠가 딱 한 입만 먹어 보라고 하면 막 신경질 내고 그랬었는데."

"먹고 싶은 걸 어떻게 참았어?"

"원래 제가 좀 단순하거든요. 하나에 꽂히면 그것만 파는 거죠. 그땐 발레가 제 인생의 전부였으니까…… 몸에 좋지도 않은 라면 따위, 평생 안 먹고 살 거라고 했어요. 하지만…… 어디 인생이 맘대로 되던가요?"

그녀는 내내 감싸 쥐고 있던 찻잔을 들어 한 모금, 천천히 차를 마셨다.

"혼자 살게 되면서는 라면으로 끼니 때운 적도 많아요. 바빠서, 귀찮아서. 또 어떨 땐 정말 먹을 게 없어서…… 근데 이상하게 너무 맛이 없는 거 있죠?"

"계량컵과 타이머를 안 썼나 보군."

"푸흣. 맞아요. 그 비법을 몰랐으니까…… 그땐."

그때는 몰랐던 것…… 이현은 이맛살을 찌푸리며 루비의 이야기에 더욱 집중했다.

"……그렇게 맛없는 라면을 먹고 나면 다시는 안 먹어야지 결심하는데, 얼마 지나면 또 라면 생각이 나는 거예요. 내가 끓인 맛없는 라면이 아니라, 어릴 적 아빠가 끓여 주신 그 맛이 그리워서……."

"……."

"습관처럼 라면 생각이 간절했는데, 그날 대표님이 끓여 주신 라면 정말 맛있었어요."

"진짜?"

"흐흐. 또 집착하신다. 그러다 라면집이라도 차리겠어요."

"고객 반응이 이렇게 좋으니 고려해 보려고."

피이, 그녀가 곱게 눈을 흘겼다.

"근데요. 정말로 아빠가 끓여 준 그 라면 맛이었어요. 대표님이 끓여 주신 라면이요."

"아버님도 계량컵과 타이머를 쓰셨나 보군."

까르르. 시답잖은 농담에 그녀는 잘도 웃는다.

'아빠가 끓여 준 라면 맛이라……. 그래서였나?'

그날 말없이 라면만 먹던 루비의 모습이 이현의 머릿속을 스쳤다.

"어쩌면 그랬을지도 모르겠다, 진짜. ……참 이상한 게, 아빠가 끓여 준 라면 맛은 기억나는데 어떻게 끓이셨는지는 도무지 생각이 안 나요. 돌이켜 보면 난…… 늘 바라고 기대기만 했지 아빠가 무슨 생각을 하시는지, 어떤 고민이 있는지 알려고 하지 않았어요. 아빠가 정말 힘드셨을 때, 내가 그 손을 잡아 드렸다면……. 그랬다면…… 달라졌을지도 모르죠."

남의 이야기를 하듯 담담하게 루비는 제 이야기를 풀어냈다. 정말 아무것도 아닌, 라면에 얽힌 소소한 회상일 뿐인데 듣는 내내 이현은 한 마디라도 놓칠까, 그녀의 말에 귀를 기울였다. 그녀의 손을 잡고, 그녀의 추억 속으로 이끌려 들어가, 그때의 그녀와 타박타박 함께 걷는 듯한 착각이 들었다.

루비의 빈 찻잔에 이현은 다시 국화차를 따랐다.

"……잔치국수, 수제비, 칼국수, 파전, 녹두빈대떡."

식당의 메뉴판을 읽듯 뜬금없이 읊어 대는 음식의 향연. 뭐죠? 루비의 동공이 더욱 동그랗게 커지며 이현을 향했다.

"라면 대신 내가 먹고 자란 간식들."

"아하, 어머님 음식 솜씨가 좋으셨구나."

"아니. 할머니가 해 주신 거야."

"할머님도 같이 살았어요?"

이현이 물끄러미 루비를 쳐다보다 피식 웃었다.

"왜요?"

"한루비. 인터넷 서핑 안 하지?"

"어떻게 아셨어요? 음, 그게…… 제가 뭐에 빠지면 좀 중독되는 성향이 있거든요. 그래서 일부러 멀리하는 편이에요."

사실…… 그를 좋아하는 마음을 스스로 인정하고 난 이후 검색창에 '이현'이란 두 글자를 띄워 보긴 했다. 하지만 기사 몇 개를 클릭해 보고는 후다닥 창을 닫고 말았다. 그를 수식하는 미사여구들은 어지러울 정도로 현란했다. 전설의 아이돌, 한류의 황제, 연예계 미다스의 손……. 그 밖에도 너무 많아 기억조차 다 할 수 없는 화려한 수식어들.

과연 기사 속 '이현'이 내가 좋아하는 이 사람과 동일한 인물일까?

까칠해 보이는 겉모습과 달리 나를 위해 손수 라면을 끓여 주는, 알고 보면 따뜻한 사람. 향긋한 차를 준비해 놓고 내 이야기에 귀 기울여 주는 사람. 함께 있는 게 마냥 좋아서 밤을 지새우며 대화하고 싶은 사람. 갈수록 점점, 더 좋아지는 이 사람.

"나, 조부모님이 키워 주셨어. 아버지는 돌아가셨고 어머니는 재혼하셨거든."

"아, 죄송해요. 전 그런 것도 모르고 그만……."

행여 아픈 상처를 건드린 건 아닐까, 루비는 조심스럽게 이현의 안색을 살폈다.

"죄송할 게 뭐 있어. 새삼스러운 일도 아니고, 한루비 빼고 세상 사람 다 아는 사실인데. 연예인 가족사야 인터넷만 켜면 나오는 공공의 가십거리잖아."

대수롭지 않게 말했지만, 이현의 마음 한구석엔 왠지 모를 서운함이 깃들었다. 손가락 몇 번 까딱하면 알 수 있는 일을 모른다는 건, 그만큼 제게 관심이 없다는 뜻이니까.

"할머님 정성이 대단하셨네요. 그런 거 일일이 다 만들어 먹이려면 보통 일이 아닐 텐데."

"지금은 큰아버지 댁에 계시는데 가끔 찾아뵈면 여전히 못 해 먹여 안달이셔. 게다가 손이 얼마나 크신지, 한번은 친구들에게 라면이 맛있다는 이야길 듣고 와서 먹고 싶다고 졸랐더니, 글쎄 커다란 솥에다 라면 세 개를 넣고 푹 고아 주신 거야."

"아, 어떡해!"

머릿속에 자동 재생 되는 장면이 우스꽝스러우면서도 안타까워 루비는 저도 몰래 두 손을 모아 쥐었다.

"라면은 영양가 없다며, 고기랑 채소까지 넣고 다 익을 때까지 끓이셨거든. 그날 이후 난, 라면의 '라' 자만 들어도 경기를 일으켰다지."

누가 먼저랄 것도 없이 두 사람의 입에서 동시에 웃음이 터져 나왔다.

"이제 와 생각하면 할머니가 일부러 그러신 게 아닌가 싶군."

"설마 일부러 그러셨을까……."

"어. 우리 할머니는 그러고도 남을 분이셔. 할아버지 말씀을 빌리자면 '여우' 시지."

"여, 여우요?"

"할머니는 늘 나한테 예쁜 여자는 다 여우라며 조심하라고 잔소리하셨는데, 할아버지 말씀에 의하면 당신이야말로 여우셨다네."

저번에 이현이 저에게 여우라고 했던 말이 기억난 루비는 이 상황이 혼란스러웠다. 이게 욕이야, 칭찬이야?

"할머님이 그렇게 예쁘세요?"

"뭐? 크하하하. 우리 할머니? 크흐. 죄송하지만, 외모는 솔직히 곰과에 가까우셔. 그래도 할아버지는 늘 여우 같다고 하시니, 어릴 땐 할머니가 곰의 탈을 쓴 여우가 아닐까 하는 엉뚱한 공상도 했지. 하기야 뭐, 할아버지 눈에만 예쁘면 되지. 안 그래?"

"아, 그렇긴 하지만……. 대표님 보면 왠지 할머님도 미인이실 거 같아요."

"……."

갑자기 이현의 표정이 어두워지며 입을 꾹 다물었다.

'뭘 잘못한 거지? 내가, 실수라도 했나?'

생각지 못한 이현의 반응에 루비는 당황했다.

"……난, 어머니를 빼닮았대."

꾹 다물고 있던 이현의 입술이 서서히 열렸다.

"마지막으로 본 얼굴이 이젠 기억조차 희미한데, 가끔 거울을 보며 나이 든 어머니 얼굴을 상상해 보기도 해. ……어린이날이었어. 공군 대위였던 아버지가 에어쇼 중에 기체 결함으로 인한 사고로 순직하신 건. 비상 탈출 할 시간은 충분했지만, 불이 붙은 기체가 관람석으로 추락하지 않도록 아버진 끝까지 조종간을 잡고 계셨다고 해."

상상도 못 했던 그의 이야기에 루비는 가슴이 철렁 내려앉았다.

"여섯 살이었는데, 나도 거기 앉아 있었지. 조금 전까지 나와 함께 손뼉 치며 웃던 어머니가 울부짖던 기억이 아직도 생생해. 마치 어제 일처럼."

왜. 갑자기 왜, 이런 이야길 하는 걸까? 다른 사람도 아닌 한루비한테. 한 번도 입 밖으로 내 말하지 않았던 일이다. 어머니에게도, 할머니에게도.

"어른들은 내가 너무 어려서 그날 일을 기억 못 하는 줄 아시지만."

"아……."

루비의 입에서 안타까운 한숨이 새어 나왔다.

"……어머니를 내쫓다시피 한 건 할머니였어. 새 출발 하라고.

혼자 자식 키우며 살기엔 너무 젊으셨고, 아름다우셨으니까. 어머니가 나를 보러 마지막으로 왔던 날, 다시는 오지 말라고, 그게 서로에게 좋다고, 없는 듯 잊고 살자던…… 할머니 말씀을 들었어. 너도 새 가정을 이뤘으니 잘 지키라고. 얘는 내가 잘 키울 테니 괜히 흔들지 말라고. 자는 척 할머니 무릎을 베고서 눈물을 삼켰어."

무슨 말을 어찌해야 할지 모르겠지만, 섣부른 위로보다는 그저 이렇게 가만히 들어 주는 게 차라리 낫다는 걸 알기에 루비는 묵묵히 고개만 끄덕였다. 라면에 얽힌 아빠와의 추억을 이야기할 때 그가 그랬듯이.

"나 중3 때, 우리 반 급훈이 뭐였는지 아니?"

툭 던지듯 묻는 이현의 목소리가 한층 밝아졌다.

"뭔데요?"

"'엄마가 보고 있다' 였어."

하하하, 이현의 호쾌한 웃음소리가 차분히 가라앉은 공기를 부쉈다. 루비도 슬그머니 그를 따라 웃었다.

"그거 보고 연예인 하기로 마음먹었잖아, 내가. ……어디 계시든 보여 드리고 싶어서. 아들이 잘 자라고 있는 모습을."

아무에게도 털어놓지 못한 속마음이다. 누구에게도 말하지 않은 혼자만의 비밀이었다.

"이런! 내가 라면값을 너무 비싸게 받은 거 같네. 시간이 벌써 이렇게 지나다니."

처음이다. 제 이야기를 이렇게 남에게 술술 털어놓은 건.

마치 고해성사라도 한 듯 깨끗이 비워 낸 마음 안에 따스한 기운이 다시 채워지고 있었다. 가만히 귀 기울여 들어 준 그녀에게 무언가 더 할 말이 있을 것처럼 가슴이 울렁이고 먹먹해졌다.

"피곤할 텐데 그만 내려가 봐."

그래선 안 된다는 걸 누구보다 잘 알기에 이현은 자리에서 벌떡 일어났다. 한루비 앞에서 자꾸만 약해지는 제 마음을 단칼에 베어 내려는 듯이.

온실처럼 막아 놓은 데크의 유리문을 열고 두 사람이 정원으로 나가자 반짝이는 불빛들 사이로 희끗희끗한 먼지 같은 게 한두 점 씩 날리는 게 보였다.

뭐지?

두 사람의 시선이 포르르 날리는 흰 점을 좇았다. 눈 같기도 하 고 병아리 솜털 같기도 한 흰 점이 나풀거리며 휘날렸다.

"이거, 뭐죠?"

"글쎄."

첫눈이 온다는 일기 예보는 없었다.

"설마 이게 첫눈?"

어느새 루비의 콧잔등에 내려앉은 흰 점은 촉촉한 물기를 남기 고 사르르 자취를 감췄다.

이렇게 드문드문 날리는 눈발도 첫눈으로 쳐 주는 걸까?

"서울 첫눈의 기준 알아?"

"몇 밀리 이상 눈이 쌓여야 첫눈으로 인정한다는 그런 거요?"

"틀렸어. 종로구 송월동에 있는 기상관측소에서 눈이 관측되어 야 첫눈으로 인정한대. 아무리 다른 지역에 눈이 펑펑 내려도 그곳 에서 관측이 안 되면 첫눈이 아닌 거지."

"허얼. 그런 법이 어디 있어요?"

루비가 손바닥을 활짝 펴 점점이 날리는 작은 눈송이를 잡으려 애쓰며 항의했다.

"여기 있지."

"그러니깐 그걸 왜 법으로 정하냐고요? 그냥, 내가 처음 본 눈이 저한텐 무조건 첫눈이에요."

누가 뭐래도 이게 나의 첫눈이야. 비록 짝사랑이지만 좋아하는 사람과 함께 본 첫눈. 루비는 고집스럽게 입술을 꼭 깨물었다.

"서울 동쪽 끝에 사는 남자와 서쪽 끝에 사는 여자가 첫눈 오면 종각에서 만나기로 했는데, 동쪽에만 눈이 왔다면 남자 혼자 오지 않는 여자를 기다리고 있겠지?"

"네에?"

팔딱이며 눈송이를 잡던 행동을 딱 멈추고 루비가 이현을 올려다봤다. 기가 막힌다는 표정으로.

"사소한 것 같아도 모든 일에 규정과 법이 필요한 이유야."

"세상에 그런 억지가 어디 있어요? 전화 한 통이면 될 것을."

"네가 몰라서 그렇지 휴대 전화가 없던 시절도 있고, 휴대 전화 기지국이 드물던 시절엔 전화가 불통이 되기도 했어. 배터리가 완전히 나가면 어쩔래? 충전할 곳도 없다면?"

"어휴, 뭐가 그리 복잡해요? 피곤하게."

"현실을 말하는 거뿐이야. 사소한 규칙도 지켜야만 세상이 유지 되는 거라고."

파르르 떠는 루비와 달리 이현의 목소리는 흔들림 없이 냉정했다.

"그럼 이건 뭔데요?"

"네가 아무리 떼를 써도 정해진 법은 바꾸지 못해."

"대표님 눈엔 이게 눈이 아니면 뭐로 보이시냐고요?"

조금 전까지만 해도 서로의 이야기를 도란도란 나누던 두 사람인데, 이런 엉뚱한 다툼으로 분위기를 망치다니. 루비는 속상해서 눈물이 날 것 같았다. '네. 알겠습니다, 대표님.' 그냥 그렇게 대답하면 되는데, 내가 뭐라고 저 사람을 이겨 먹으려 하는 거지? 저 사람 말이 틀린 게 아닌데 왜 인정하기 싫은 거지? 이깟 눈이 뭐기에.

"대답해 보세요."

"한루비."

낮고 부드럽게 달래듯이 제 이름을 부르는 이현의 목소리. 아무리 떼를 쓰고 흔들어도 동요하지 않는 그가 바위처럼 막막하기만 했다.

"왜 대답 못 하시는데요? 왜 인정 못 하시냐고요!"

"……."

"보세요, 이거. 눈이잖아요! 눈!"

바위 같은 사람. 온 힘을 다해 평생을 부딪쳐도 나만 상처받고 나동그라지겠지. 악에 받쳐 내지르는 제 목소리가 서럽고 서러웠다.

"비록 금방 녹아 버리는 보잘것없는 거지만, 이것도 눈이라고요. 설사 남들에게 인정받지 못한다 해도 지금 내 눈앞에 이렇게 내리고 있는데, 어떻게 아니라고 해요? 처음인데, ……첫눈인데."

어느새 눈물이 흘렀던 걸까. 따스한 손길이 축축해진 볼을 어루만지고 있다. 너무도 다정하게.

"루비야……."

뭐지? 귓가에 닿은 이름이 낯설고도 달콤했다. 그가 처음으로 불러 준 제 이름이.

"맞아."

"……."

"네 말이 맞아. 눈이야."

"……."

"첫눈."

잊을 만하면 한 번씩 뺨을 스치는 차가운 흰 점. 땅에 채 닿기도 전에 물방울이 되어 사라지는 허무한 결정체. 세상이 정한 기준으로 감히 첫눈이라 불리지 못하는 이것을, 그도 첫눈이라고 했다. 나와 같이.

"……왜, 왜요?"

"네 말이 맞으니까."

"그러니까 왜 갑자기……."

하아, 그가 한숨을 푹 쉬자 하얀 숨이 까만 밤공기 안에 섞여든다.

"네가…… 우니까."

느닷없이 두 손을 뻗어 루비의 얼굴을 폭 감싸더니 엄지를 세워 그녀의 눈 밑을 세심하게 쓸었다.

"뚝, 그치라고."

"내, 내가 우는데 왜, 대표님이……. 아니면 아닌 거지 왜 갑자기, ……흑흑."

속이 상했다. 대체 내가 왜 우는 거지? 별의별 힘든 일을 다 겪어도 남 앞에선 울지 않았던 내가, 하필 이 사람 앞에서 무너지다니. 이렇게 감정을 교묘하게 자극하는 그가 미웠다.

"대, 대표님. 크흑……."

"음?"

"저한테, 이렇게…… 흑, 잘해 주지 마세요."

"왜?"

용기를 내어 그의 눈동자를 바라보았다. 너무도 검고, 또 깊어서 아무것도 들여다보이지 않았다.

"……저, 대표님 좋아하니까요."

17

You heart breaker

말에는 힘이 있다.

"저, 대표님 좋아하니까요."

달달 떨며 힘겹게 내뱉은 그녀의 한마디는 세상을 정지시켰다. 자전과 공전이 멈춘 듯, 점점이 흩날리던 눈의 결정마저 허공에 붙박인 듯, 심장이 그대로 하얗게 얼어붙었다.

"한루비, 너⋯⋯."

말을 이을 수가 없었다. 숨을 쉴 수도 없었다. 눈꺼풀조차 깜박이지 못한 채 그녀의 물기 가득한 눈동자만 응시했다.

'나도⋯⋯.'

"그러니까 괜히 흑, 잘해 주고⋯⋯."

'나도, 너⋯⋯.'

"⋯⋯착각하게 하지 마세요."

그녀의 눈에 흐르는 눈물을 조심스레 닦았다. 손가락 끝을 적시는 뜨거운 눈물이 유리 조각인 양 아리고, 아팠다.

언제였더라……. 그 밤. 달빛 아래 홀로 숨죽여 울던 네 눈물을 닦아 주지 못했던 밤. 그날의 눈물까지 오늘 닦아 줄 수 있어 다행이다…….

"안 그러려고 해도 자꾸만…… 자꾸만 더 좋아지는데……. 흐흑."

와락, 더는 참지 못하고 가녀린 몸을 끌어당겨 팔 안에 가두었다. 두툼한 패딩을 통해서도 그녀의 체온이 전해지는 걸까? 그저 가볍게 안았을 뿐인데 얼어붙은 심장이 녹아 뛰기 시작했다. 품 안의 것이 사라질까 두려워 조금 더 힘을 주어 당기니, 비로소 숨이 쉬어졌다. 이제야 살 것 같았다.

어쩌면…… 어쩌면 이런 세상이 존재하고 있었던 걸까? 오직 너를 통해서만 만나는 세상. 영원히 머물고 싶은 곳. 이렇게 잠시만……. 아주 잠시만 있자. 이 순간만큼은 모든 걸 내려놓고, 마음이 끌리는 대로. ……너의 남자로.

'좋아한다……. 한루비.'

그녀의 설움은 깊었다. 토닥토닥, 부드럽게 등을 쓸어 주며 그녀의 정수리에 뺨을 대고 울음이 잦아들길 기다렸다. 한 점 두 점, 휘날리는 흰 꽃잎이 이마에, 뺨에, 속눈썹에 덧없이 피었다 졌다.

아픈 너의 고백도, 말하지 못한 내 마음도 신기루처럼 흔적도 없이 사라지겠지. 우리에겐 분명 존재했지만, 첫눈이라 불리지 못하는 이 하얀 결정처럼. 허무하게.

"미안하다……. 한루비."

너를 좋아한다, 소리 내어 말하지 못해서.

❋ ❋ ❋

지잉.

진동으로 설정해 둔 카톡 알람에 루비는 잠시 망설이다 억지로 눈을 떴다. 아까부터 깨어 있었지만, 오늘은 정말이지 눈을 뜨고 싶지 않았는데…….

침대 머리맡에 놓아둔 휴대 전화를 집어 메시지를 확인했다. 진수였다. 밥 먹었느냐, 녹음 준비 잘되고 있느냐 등을 묻는 일상적인 안부 톡이다. 몇 마디 문자를 주고받다가 문득 궁금해졌다.

[어젯밤 눈 온 거 봤니?]

[거기 눈 왔어? 몇 시쯤?]

[11시. 잠깐 오다 말았지만, 첫눈인데 너도 봤나 해서.]

[나 알바 끝나고 들어가던 시간인데 여긴 눈 안 왔어. 별만 초롱초롱.]

알았다고 대화를 마무리 짓고 간만에 인터넷 창을 열었다. 혹시나, 하는 마음으로. 역시나! 일기 예보에 '서울 첫눈' 소식은 없었다.

흠, 그러니까…… 종로구 어디에 있다는 그 기상관측소에는 눈이 안 왔단 말이지? 그래도 누군가는 어젯밤의 그 빈약한 눈송이를 봤을 수도 있을 텐데.

궁금해서 포털 사이트를 기웃거렸지만, 첫눈 봤다는 얘긴 없고 신인 여배우 이휘연과 아이돌 스타 강훈의 스캔들 기사만 눈에 띄었다. 요즘 가장 핫한 가십거리인지 식당에서 밥 먹을 때도, 휴게실에 앉아 커피 마실 때도 다들 그 이야기뿐이다. 하도 옆에서 쑥덕대니 연예인 이름도 잘 모르던 루비까지 대충이나마 알게 된 사건이다.

사랑이 죄야? 얼마 전엔 두 사람 소속사 대표가 기자 회견까지 열며 죄송하다고 했다던데. 불륜도 아니고, 사람이 사람 좋아하는데 그게 뭐 죽을죄라고.

<날개 잃은 천사의 추락, 이휘연 광고 위약금 소송만 50억>
<아시아 팬들도 뿔났다, 강훈 콘서트 입장권 환불 소동>
<나락의 끝은 어디인가, 대한 엔터 주가 급락>
<이휘연 과거 이상형 발언 뒤늦게 논란, '그때 그 남자'는 누구?>

자극적인 제목만 봐도 어지러워 토할 거 같았다. 일명 '걸어 다니는 중소기업'이라는 한류 스타의 스캔들이니 자금과 이해관계가 복잡하게 얽히고설켜 있겠지만, 남녀 간의 사랑이란 본질은 없고, 매스 미디어와 네티즌이 확대하고 재생산한 추문만 남았다.

더군다나 여자 연예인에게 달리는 악성 댓글은 말도 못하게 추악했다. '했네, 했어.'는 양반일 정도로 성적인 비하와 욕설이 난무했다.

"괜히 봤어!"

안 그래도 꿀꿀하던 기분이 더 울적해져 휴대 전화를 멀찍이 밀어 버리고 베개에 얼굴을 묻었다.

이래서였나 보다. 이현이 비록 비공식이긴 하지만, 계약할 때 '연애 금지' 조항을 건 이유는. 스캔들에 휘말리면 사랑이고, 사람이고 결국엔 남는 것 없이 모두 진흙탕에 굴러야 하는 걸 그가 제일 잘 알 테니, 사고를 미연에 방지하기 위한 안전장치였던 거다.

코디 예리의 말에 의하면 요즘 연예인들은 연애도 전략적으로 한단다. 스캔들도 잘 나면 이미지 상승에 도움이 되는데, 주로 무명 연예인이 S급 연예인과 염문설이 터지면 단번에 실시간 검색 1위에 오를 수 있으니, 소속사에서 노이즈 마케팅을 노리고 스캔들을 만드는 경우도 있다나? 인기 많은 톱스타일수록 상대를 가려서, 소위 '급'이 맞는 사람들끼리 사귀어야 그나마 욕을 덜 먹고 팬들의 지지도 받는다 하고.

이휘연이 저렇게까지 욕먹는 건 화려하고 예쁜 외모로 세간의 주목을 받기 시작하는 시점에서 워낙 방대한 팬덤을 거느린 아이돌 스타와 스캔들이 났기 때문이란다. 팬 입장에선 스캔들 자체도 받아들이기 힘든데, '우리 오빠' 등에 상대가 업혀 가는 꼴을 어찌 곱게 보겠는가.

게다가 이휘연이 상처받을까 봐, 강훈이 숨기고 감싼 게 결과적으로 일을 더 크게 만든 꼴이 되었단다. 차라리 스캔들 상대가 강훈보다 유명한 여배우였다면 그쪽 팬의 눈치가 보여서라도 이 정도로 심한 인신공격을 하지는 못했을 거라며 예리는 수다를 떨었다. 강훈도 지금은 타격이 크지만, 팬덤 있는 남자 연예인은 어떻게든 재기한다고. 결국, 피 보는 건 신인 여자 연예인이란다.

'언니. 솔직히 말해서 언니가 대표님하고 스캔들 났으면 저거

보다 더하면 더했지 덜하지는 않았을 거라는 데 치킨 한 마리 걸 게요. '스타 탄생' 때 둘이 진짜로 사귀면 좋겠다고 하던 사람 들? 그 사람들은 그냥 프로그램 보며 자기들 재미로 부추기는 시 청자지, 골수팬 아니거든요. 대표님이 방송에서 왜 그렇게 칼같이 선을 그었는지 이제 아시겠죠? 언니는 대중적인 호감도는 높아도 아직 팬덤이 형성 안 되어서 보호막이 없거든요. 만약 대표님 팬 중 몇 프로만 안티로 돌아서도 후덜덜 할 거야, 진짜. 팬과 안티 는 동전의 양면과도 같아요.'

서당 개 3년이면 풍월을 읊는다더니, 연예인 코디 3년 차 예리 는 아주 대중문화 박사가 되어 논문까지 쓸 기세였다. 하긴. 밀착 해서 연예인의 24시간을 함께할 뿐 아니라 눈치도 빨라야 하는 일 을 하는 예리인데, 스캔들 심층 분석 정도야 그녀에겐 껌이겠지.

"어휴, 머리 아파. 저 둘이 좋아한다는데 그냥 좀 내버려 두면 안 되는 건가?"

정말이지 이쪽 세상은 적응이 안 된다. 좋아하는 마음조차 '관 리' 해야 하는 살벌한 곳이라니.

"내가 지금 남의 스캔들 걱정할 때가 아니지."

한숨을 팍 쉬고 이불을 뒤집어썼더니 어젯밤의 일들이 주마등처 럼 머릿속을 스쳐 갔다.

"하, 나 이제 대표님 얼굴 어떻게 보지?"

꾹꾹 눌러 왔던 마음이 끝내 터져 버렸다. 익을 대로 익어 벌어 진 석류처럼, 숨겨 왔던 감정들이 제멋대로 속을 드러내며 알알이 튕겨져 나왔다. 이렇게 보고만 있어도 마냥 좋은 그를, 가질 수도 없고 탐내서도 안 되는 안타까움에 가슴이 시렸다.

"안 그러려고 해도 자꾸만…… 자꾸만 더 좋아지는데……. 흐흑."

한번 터진 감정은 제어가 되지 않았다. 정말이지 이러려던 게 아닌데. 끝까지 숨겨야만 했는데. 저 눈만 아니었어도……. 망할 놈의 눈!

흐느껴 우는 루비를 커다란 손이 끌어당겨 품 안에 가뒀다. 넓고도 따스한 가슴에 얼굴을 묻고 있자니, 그가 너무 좋아 미칠 거 같았다. 이 마음의 시작은 어디서부터였을까? 바라보면 벅차고 돌아서면 가슴 저린, 그를 향한 마음은.

본선 진출 후 첫 무대 리허설이 있던 날, 집합 장소로 가기 위해 방송국 로비를 가로지르던 루비는 왠지 옆얼굴이 따끔거리는 기분이 들었다. 힐끗 돌아보니 지나치게 잘생긴 남자가 저를 향해 얼음처럼 차가운 눈빛을 화염방사기처럼 뜨겁게 내뿜고 있는 게 아닌가! 태어나서 처음 보는 아름다운 얼굴에 놀란 가슴이, 형언할 수 없는 강렬한 눈빛에 철렁 내려앉고 말았다.

헉! 뭐지? 저 차가운 듯 뜨거운, 모순된 눈빛은? 근데 내가 뭐 실수라도 했나? 왜 저런 눈빛으로 보는 건데? 안경을 썼기 망정이지 맨눈으로 저런 눈빛을 쏘아 대면 그대로 전기 구이 통닭이 되었을지도 모른다.

순간 남자의 오라에 움찔했지만, 곧 질 수 없다는 오기가 발동하여 그녀도 눈을 크게 뜨고 노려보았다. 남자는 가소롭다는 듯 픽, 웃으며 도도하게 그녀 곁을 스쳐 지나갔다. 모델 같은 슈트 핏을 자랑하는 뒷모습을 계속 째려보며 기 싸움에서 제가 이겼다고 좋아한 건 잠시뿐.

얼마 지나지 않아 심사위원석에 떡하니 앉아 있는 남자를 발견한 루비는 뭣도 모르고 마주 째려본 제 눈을 찌르고 싶었다.

어떡해! 나 완전 찍혔나 봐!

하나, 그건 시작에 불과했다. 본선이 진행되는 내내 이현은 첫인상만큼이나 임팩트 있는 심사평으로 그녀를 긴장시켰다. 다른 심사위원들 모두 'Yes.' 라고 할 때, 혼자 'No.' 라고 말하는 그는, 낮고 감미로운 목소리로 조곤조곤, 신랄하기 짝이 없지만 정확한 비평을 했다.

처음에는 긴장하여 벌벌 떨었지만, 유독 저에게만 엄격한 잣대를 들이대는 이현에게 그녀도 슬슬 오기가 생겼다. 기필코 살아남아 너에게 인정받고 말리라! 이를 악물고 지적받은 건 어떻게든 고치려고 애썼더니, 노력하는 모습이 예쁘게 보였는지 응원하는 팬들이 나날이 늘어 갔다.

물론 그가 늘 날카로운 비평만 한 건 아니다. 병 주고 약 주는 데도 일가견이 있어서, 지적받은 것을 고쳐 실력이 향상되면 칭찬도 해 주었다.

'한루비 양, 지난번 고음 부분에서 발성이 불안하다고 했죠? 흐음. 연습 진짜 많이 했나 봐요? 솔직히 기대하지 않았는데, 이렇게 빨리 고칠 줄은 몰랐습니다. ……잘했습니다.'

정말이지 그 순간의 짜릿함이란! 다른 심사위원들의 찬사에 비하면 칭찬 축에도 못 드는 '잘했습니다.' 한마디에 감격해서 눈물이 핑 돌았다. 하지만 한국말은 끝까지 들어 봐야 한다던가? '그런데! 한 가지 아쉬운 점은⋯⋯.' 이라며 기어코 그는 본론을 꺼내곤 했다.

어쩌면 그때부터였는지도 모른다. 이현이 그녀의 가슴에 깊이 자리 잡은 것은. 대체 나에게만 왜 이러느냐고 따져 묻고 싶은 마음 한구석에 어느새 그를 향한 신뢰가 싹트기 시작했다. 겉으론 까칠하게 굴어도 제 앞날을 염려해 주는 진심이 느껴졌으니까.

부드럽게 끌어안고 토닥여 주는 커다란 손길과 스웨터 너머 느껴지는 심장 박동 소리에 취해 눈물이 말라 갈 즈음, 그가 말했다.

"미안하다⋯⋯. 한루비."

루비의 양어깨를 조심스레 잡은 이현이 그녀를 제 품에서 천천히 떼어 냈다. 너무 울어서 퉁퉁 부은 눈, 새빨간 코, 아직도 흐느낌이 새어 나오는 도톰한 입술. 고개를 갸웃 기울여 루비의 얼굴을 찬찬히 들여다보던 그가 비로소 입을 열었다.

"내가, ⋯⋯너무 잘생겨서."

무, 무슨?

'대표님 잘생긴 건 누구도 부정할 수 없는 사실이지만, 이 상황에서 그 말이 왜 나오는데요? 전 진심인데, 대표님은 지금 장난치시는 거예요?' 라고 따져 묻고 싶었지만, 긴 울음 끝이라 딸꾹질만 나왔다.

"그래도 그렇지. 이렇게 자꾸 반하고 그러지 마라, 응?"

이현은 씨익, 짓궂은 미소를 머금고 그녀의 눈을 내려다보았다.

"대답해 봐, 한루비. 난, 대표. ⋯⋯넌?"

"히끅?"

"넌, 뭐다?"

난, 뭐지? 뭐라고 대답해야 하지? 그녀가 망설이다 겨우 입을 열었다.

"흐끅. ……하, 한루비요."

얼마나 울었던지 목소리가 꽉 잠겼다.

"그래. 내가 키우는 가수, 한루비지. 예쁘고 또 노래도 잘하고, 거기다 감성도 풍부하고 인기도 많은, 가수!"

그는 가수란 단어에 방점을 찍듯 특별히 강조했다. 난 대표, 넌 가수. 한마디로 우리는 계약서가 오고 간 비즈니스 파트너, 바로 그 말이렷다?

그가 한 말의 의미를 깨닫자 가슴속에서 무언가가 와르르, 허물어져 내렸다.

연애 금지. 더더군다나 사내 연애는 발각 즉시 퇴출이라던 사람에게 긍정적인 대답을 기대한 건 아니지만, 처음으로 마음에 담은 사람에게 진심으로 한 고백인데, 우스갯소리로 눙치며 거절하다니……. 이건 정말 짝사랑에 대한 예의가 아니다. 불현듯 치밀어 오르는 정의감에 루비는 앞뒤 안 가리고 외쳤다.

"가수는 감정도 없어요? 제가 가수면 뭐, ……대표님 좋아하면 안 돼요?"

진즉 멈췄어야 했는데. 농담처럼 어물쩍 넘어갈 수 있게 그가 기회를 주었을 때 그만뒀어야 했는데. 그러지 못했다. ……그러기 싫었다.

"안 돼."

조금 전까지 웃고 있던 이현의 얼굴이 차갑게 굳어졌다.

"왜요?"

"몰라서 물어? 그건 계약 위반이야."

"계약이 아무리 중요해도 마음을 지배할 순 없어요. 좋은 건…… 그냥 좋은 거예요."

"아니."

"제가, 좋아한다고요. 대표님을."

"아니라고! 그건 일시적인 착각일 뿐이야."

그의 눈빛이 왠지 슬퍼 보였다. 이 또한 착각에 지나지 않겠지만.

"왜 제 마음마저 대표님이 정하시는 건데요? 이건 제 마음이에요. 대표님을 보면 떨리고, 또 설레고, 안 보려고 해도 자꾸 눈길이 가는…… 이 마음은, 제 거라고요."

물끄러미 그녀를 내려다보던 이현이 차갑게 말했다.

"난 내 아이들의 마음까지 관리하니까."

"그놈의 관리! 관리! 관리!"

이현에게 거절당한 울분과 민망함이 새록새록 되살아나자 루비는 덮어쓰고 있던 이불을 휙 걷어차며 냅다 소리를 질렀다.

블라인드를 투과하여 들어온 햇살이 제법 환한 일요일 오전 9시. 멍하니 누워 있자니 지난밤의 일이 모두 꿈만 같았다. 아니, 꿈이었으면 좋겠다.

그래. 잠시 내 처지를 잊고 망발이 뻗쳤던 거지. 사육사한테 조련당하는 곰처럼 이현의 손에 길러지고 있는 주제에 좀 잘해 줬다고 감히 좋아한다며 들이대? 그는, 이현은…… 십 대에 데뷔한 이후 줄곧 스타였던 사람이야. 자기 좋다는 미모의 여자들에게 둘러싸여 지냈던 사람이라고. 그런 사람이 나 같은 애를 어디 여자로나 보겠어? 어림도 없지. 어림도 없어!

어젯밤엔 그리도 당당하고 용감했건만, 날이 밝으니 아주 창피해 죽겠다. 밤에 쓴 편지는 아침에 읽어 보면 오글거려서 부치지 못한다던데, 성급히 발신 버튼을 눌러 버린 메일처럼 솔직하게 다 까발린 마음은 주워 담을 수가 없었다.

"하아, ……쪽팔려."

언젠가 아빠가 하셨던 말씀대로 솔직한 게 다 좋은 건 아니라는 교훈을 루비는 지금 이 순간 뼈저리게 체감하고 있었다.

그렇지만 언제까지 죽을상을 하고 누워만 있을 순 없지!

텅 빈 피트니스실 안엔 신나는 댄스 음악과 유리를 통해 들어오는 환한 햇살만 가득 차 있었다. 질끈 올려 묶은 머리에 편안한 운동복 차림의 루비는 스트레칭으로 가볍게 몸을 풀고 트레드밀 위에 올랐다.

'잡생각 몰아내는 데는 그저 몸을 움직이는 게 최고 아니겠어? 땀나게 달리고 샤워한 다음 배 터지게 밥 먹고 정신없이 노래 연습하며 어젯밤의 일은 기억에서 지워 버려야지.'

꾹꾹. 루비는 계기판의 버튼을 눌러 시간과 속도를 세팅하고 서서히 빨라지는 속도에 맞추어 몸을 움직였다. 트레드밀 위에 설치된 텔레비전 모니터는 켜지 않고 전면 유리를 통해 보이는 풍경에 시선을 던졌다.

햇살이 내려앉아 은빛으로 반짝이는 초겨울 한강과 그 옆을 누비는 장난감처럼 작은 자동차들의 행렬, 낮게 내려앉은 하늘과 높이 솟은 빌딩이 만들어 내는 스카이라인. 늘 보던 대로 익숙하고 평화로운 광경이다.

그러나 귓가를 간질이는 부드러운 저음의 목소리에 일요일 오전, 억지로 만들어 낸 평화로움이 일순간에 박살 나 버렸다.

"한루비 착하네? 일요일인데도 게으름 안 피우고 이렇게 나와서 운동하고."

반바지에 민소매 티를 입은 이현이 루비가 걷고 있는 트레드밀 손잡이에 매달리듯 기대며 웃는다.

"대, 대표님! 어떻게 여길 오셨……?"

의외의 등장인물에 놀란 루비의 입에서 헛소리가 막 나왔다. 대체 언제 들어온 거지? 음악 소리에 묻혀 문소리도 인기척도 못 들었나? 그 와중에도 이현의 매끈한 팔 근육에 쏠리는 시선을 전방에 고정하려고 애써야만 했다.

"'어떻게'라? 날아서……는 물론 아니고, 엘리베이터 타고 내려왔지."

이현이 손가락으로 가리키는 방향을 굳이 돌아보지 않아도 대표 전용 엘리베이터가 그쪽에 있다는 건 그녀도 알고 있었다.

'이런 중요한 시점에서 왜 그런 바보 같은 소릴 한 거지?'

그를 만나면 어떤 표정을 지을지, 무슨 말을 해야 어색함이 덜할지 내내 고민한 게 무색하도록 어이없는 대면이었다. 게다가 그는, 어제 뭔 일이 있었느냐는 듯 태연자약하기 이를 데 없었다.

'그렇지 뭐. 저 사람이 여자한테 고백받고 찬 게 어디 한두 번이겠어? 어젯밤 일 따윈 이미 저 뇌에서 흔적도 없이 지워졌겠지. 일 생각만 하기도 벅찰 텐데, 내가 뭐라고 어제 일을 곱씹고 생각하겠어. 숱한 팬 중 한 명이 벌인 치기 어린 해프닝쯤으로 취급하겠지.'

그리 생각하니 마음이 조금 가벼워졌지만, 입맛은 썼다. 가슴이 쿡쿡 아렸다.

"원래 이 시간에 PT 받는데 오늘은 트레이너가 못 온대서 혼자 하려고."

그녀 바로 옆자리 트레드밀에 올라가며 이현은 천연덕스럽게 웃었다.

이 넓고 넓은 피트니스실, 하고많은 트레드밀 중에서 왜 하필 제 옆자리인가, 따지고 싶지만 진짜로 그랬다간 비웃음만 살 게 분명했다. 누가 뭐래도 여긴 '이현의 왕국'. 어디서 뭘 하든 주인 마음 아니겠어? 말이 계약 관계지 지금으로선 사육당하는 곰이랑 다를게 뭐가 있다고 감히 주인님께 태클을 걸겠는가.

루비는 아무렇지도 않은 척 창밖만 바라보며 열심히 걸었다. 마음 같아선 운동이고 뭐고 그냥 나가 버리고 싶었지만, 30분으로 세팅해 둔 시간은 아직도 25분 남았다고 반짝이고 있었다. 이미 그가 다 봐 버렸을 텐데 도망치듯 정지 버튼을 누르고 싶지도 않았다. 어쨌든 견뎌야 할 시간이고 부딪쳐야 할 사람이다.

'아자! 피할 수 없다면 즐기……지는 못해도, 버티자.'

앞으로 남은 계약 기간을 얼추 계산해 보니, 2년 하고도 9개월은 더 이 남자 옆에서 버텨야만 했다. 이를 악물었다. 더욱 빨라진 속도를 맞추느라 루비는 팔까지 열심히 흔들며 씩씩하게 걸었다.

"화요일이 녹음이지?"

옆에서 나란히 걷고 있는 길고 탄탄한 다리의 소유자가 흐트러짐 없는 목소리로 물었다. 저보다 훨씬 빠른 속도로 달리다시피 걷고 있건만, 어쩌면 호흡도 가빠지지 않는지 신기해서 돌아보았더니 촉촉하게 땀에 젖은 잔 근육들이 아름답게 반짝이는 게 시야에 박혔다. 갑자기 숨이 턱 막히며 심장이 쿵쾅거리기 시작했다.

'나, 왜 이러지? 오늘 너무 무리했나? 하지만 평소 운동량에 비하면 이 정도는 아무것도 아닌데…… . 맞아! 어젯밤 잠을 설쳐서 컨디션이 안 좋은 게지.'

루비는 심장이 뛰는 이유를 저 자신에게 납득시키느라 이현의 질문을 까맣게 잊고 말았다.

"뭐야, 한루비. 꿀이라도 훔쳐 먹었어?"

"헉! 아, 아뇨!"

꿀을 훔쳐 먹은 건 아니지만, 꿀 바른 듯 매끄러운 근육을 훔쳐보느라 대답을 못 했으니 내심 뜨끔했다.

"근데 왜 대답이 없어? 녹음 화요일이냐고 물었잖아?"

"……네."

땀에 젖은 앞머리를 쓸어 넘기며 묻는 모습이 왜 이리 섹시해 보이는지, 루비는 자꾸 옆으로 돌아가려는 시선을 애써 앞을 향해 고정하며 대답했다.

"녹음 전까지 컨디션 조절 잘해. ……운동도 탈 나지 않게 적당히 하고."

이현은 손을 뻗어 계기판 버튼을 누르더니 가볍게 뛰기 시작했다. 안 그래도 존재감 강한 사내가 옆에서 에너지를 팍팍 발산해 주시니 덩달아 심박 수가 급상승하는 거 같았다. 콩닥콩닥.

"……밥 잘 챙겨 먹고."

아까보다 조금 거칠어진 호흡으로 내뱉는 말에 괜스레 또 설렌
다.

"네."

역시나 관리엔 일가견이 있으신 분이군. 어제는 그렇게 냉정하게
쳐 내더니 오늘은 행여 일에 지장이 갈까 봐 살뜰히 챙기는 척은.
흥! 칫!

비죽, 루비의 아랫입술이 튀어나왔다.

'……마음까지, 관리하신다고요?'

'몰랐어? 계약서에 사인한 순간부터 네 마음은 네게 아니라는
걸.'

'아아. 그게 그런 거였어요? 근데요, 전 제 감정 속여 가면서
까지 성공하고 싶지 않아요. 저는요…… 적어도 좋은 건 좋다고
표현하며 살고 싶어요.'

'생각하는 대로, 느끼는 대로 내뱉으면 다야? 어린애처럼 이게
내 감정이니 알아 달라고 떼쓰는 거야? 네 깨끗하고 참신한 이미
지 덕에 찍은 사성그룹 광고, 스캔들 터지면 소송 걸리고 위약금
물어줘야 해. 네가 받은 돈의 세 배는 토해 내야 한다고. 그럴
돈 있어, 한루비?'

'…….'

'누군 감정 없고, 누군 표현할 줄 몰라서 입 닫고 사는 줄 알
아? 연예계에 발을 들였으면 너를 위해 지갑을 연 팬과 광고주
뒤통수를 치진 말아야지. 그걸 지키지 못하면 이곳에 발붙이지 못

하고 바로 밀려나는 거야.'

'…….'

'꿈이 없으면 돈을 목표로라도 일해. 네가 원하는 걸 손에 쥘 때까지 절대 한눈팔지 마.'

어제의 쓰라린 기억이 새록새록 떠오르자 루비는 계기판의 버튼을 눌러 속도를 높였다. 머릿속을 하얗게 비워 주는 데는 역시 달리기가 최고니까.

"너무 무리하는 거 아니야?"

숨이 턱에 차도록 달리는 그녀를 이현이 못마땅한 눈빛으로 쏘아보았다.

"후아, ……아뇨. 이 정도쯤이야."

"고집 하곤."

남은 시간은 5분. 마치 이현과 달리기 경주라도 하듯 루비는 안간힘을 다해 달렸다. 심장이 터질 듯 아팠지만, 속도를 줄이지 않았다. 다행히 쓰러지기 전에 계기판의 숫자가 0이 되며 트레드밀이 멈췄다. 가쁜 숨을 정리하며 제자리 걷기를 하는 루비에게 곧 이현이 다가왔다.

"운동, 더 할 거야?"

흘러내린 머리카락을 한 손으로 쓸어 넘기며 그가 물었다. 이마에 맺힌 땀 한 방울이 또르르, 턱으로 흘러내리더니 남자답게 적당히 굵은 목을 타고 미끄러졌다. 얇은 민소매 운동복이 땀에 젖어 넓고 탄탄한 가슴과 복근을 아련하게 드러냈다. 어젯밤 폭 안겼던 그 품의 감촉이 루비의 뇌리에 선연하게 떠올랐다.

흐읍!

전속력으로 달린 뒤라 내쉬어도 모자랄 숨을 꿀꺽 삼켜 버렸으니 산소 결핍으로 머리가 띵할 수밖에.

"조심해!"

어느새 이현이 손을 뻗어 휘청거리는 루비의 오른팔을 붙잡아 똑바로 세웠다.

"다칠 뻔했잖아. 괜찮아?"

"괘, 괜찮아요."

실은 괜찮지 않았다. 그에게 잡힌 팔을 통해 전해지는 열기와 그윽한 목소리 때문에 취한 듯 정신이 몽롱하고 어지러웠다. 바로 곁에 이현이 서 있는 게 불편하고 어색하고 신경 쓰이고, 또…… 좋았다. 마구 헝클어진 실타래처럼 기분이 복잡했다.

"얼굴이 왜 이리 창백해? 이렇게 비리비리해서 녹음이나 제대로 할 수 있겠어?"

'이게 다 누구 때문인데…….'

루비는 입술을 꾹 다물고 새초롬히 눈을 가라떴다.

"아침 안 먹었지?"

"……아직."

"샤워하고 식당으로 내려와. 30분 뒤에 보자."

잠시 후, 두 사람이 마주 앉은 곳은 구내식당이 아니라 근방에 있는 삼계탕집이었다. 일요일 특식으로 신경 써 준비한 브런치 메뉴가 이현의 눈에는 영 부실해 보였기 때문에 제대로 영양 보충 시킬 요량으로 루비를 데리고 왔다. 연예인이 와도 무심한 이곳 분위기가 편해서 가끔 연습생들을 데리고 오는 그의 단골집이다.

"어째 먹는 게 신통치 않다? 여기 보기엔 이래도 제대로 하는 집인데, 별로야?"

"아뇨. 너무 뜨거워서요."

"뜨거워?"

아닌 게 아니라 뚝배기 안에 담긴 삼계탕은 아직도 설설 끓고 있었다.

"사장님! 여기 그릇 하나만 더 주세요."

주인아주머니가 그릇을 가져다주자 이현은 고맙다고 인사하고는 새 수저를 꺼내 루비의 뚝배기에서 국물과 찹쌀밥을 조금 덜어 그녀 앞에 놓아 주었다.

"이렇게, 조금씩 덜어서 식혀 먹어."

"고맙습니다."

"고맙긴. ……혀라도 데면 녹음 어떻게 할래?"

모든 건 다 일 때문이야. 이곳에 데려온 것도, 이렇게 사소한 것에 신경 쓰는 것도, 전부 다…….

"고기도 먹고."

"네."

저처럼 잠을 설친 게 분명한 그녀의 해쓱한 얼굴이 마음에 걸렸다. 생각 같아선 접시에 덜어 놓은 영계의 뼈를 발라 살코기만 발라 주고 싶었지만, 이현은 꾹 참고 숟가락을 들어 뽀얀 국물을 떴다. 안 그래도 어젯밤 그녀가 말하지 않았던가. 자기한테 잘해 주지 말라고. 착각하지 않도록.

'나, 참. 내가 잘해 준 게 대체 뭐가 있다고…….'

세간에선 그를 성정이 차가운 사람이라고 평한다. 한루비에겐 그 차갑다는 마음마저 접고 또 접어 드러내지 않으려고 경계했건만, 어젯밤엔 왜 그리 풀어졌는지 아무리 생각해도 모를 일이다. 부러 밀어내고 피했던 그녀에게, 누구에게도 하지 않던 제 속 이야기를 털어놓기까지 했으니……. 아마도 그녀와 함께 있는 순간의 평온함에 젖어 잠시 정신이 어찌 되었었나 보다.

이현은 맞은편에 앉아 맛있게 삼계탕을 먹는 루비를 물끄러미 쳐다보았다. 작은 두상이며 긴 목, 가냘픈 어깨와 앙상한 손목까지. ……여리고 여리다. 쥐면 바스러질 것 같은 몸피가 애잔해 자꾸 마음이 쓰였다.

'언제부터였을까? 내 마음속에 이 여자가 들어와 버린 건.'

이제 와 돌이켜 보면, 아마 처음 본 그날부터였던 것 같다. 2차 예선이 치러진 종합 체육관의 수많은 인파 속에서도 단번에 눈에 띈 그녀의 존재감. 그날 그는, 중요한 일정을 미루고 무대 뒤편에서 한루비의 오디션을 지켜보았다. 그때 느낀 강렬했던 감정은 될성부른 떡잎을 발견한 희열 때문일 거라고 스스로 믿어 왔는데……. 그랬는데…….

분명 그 마음은, 색깔이 달랐다. 내내 부정해 왔지만, 어제 일을 계기로 인정하지 않을 수 없게 되었다. 나도 너를…… 좋아한다는 걸.

"왜요?"

"어?"

"아까부터 왜 그렇게 쳐다보시는데요? 식사는 안 하시고."

"내가 언제……."

"또 사고 칠까 봐 그러시는 거죠? 걱정 마세요. 저 밥도 잘 먹고 녹음도 잘하고 앞으로 야무지게 돈도 많이 벌 거니까요."

"하, 참. 그래! 알았다."

샐쭉하니 그를 흘겨보던 루비가 닭다리를 손으로 잡더니 다시 오물오물 먹는 데 집중했다.

이현도 숟가락을 움직여 내키지 않는 밥을 꾸역꾸역 먹었다.

'이 집, 음식 맛이 변했나? 오늘은 별로네.'

"대표님 말이 맞았어요."

삼계탕집을 나서며 자판기 커피를 쥔 루비가 뜬금없는 말을 툭 던졌다.

"뭐가?"

"그건, 첫눈이 아니었대요. ……아까 첫눈 소식 없나 찾아봤거든요."

후루룩. 커피 한 모금을 삼키며 이현은 두어 발짝 앞서 걷는 루비의 뒤를 따랐다.

"근데, 참 불쌍하죠? 사람들에게 인정도 받지 못하고, 흔적도 없이 사라져 버렸으니."

"글쎄."

"많은 사람이 인정하는 건 다 그만한 이유가 있겠지요."

"아무래도 그렇지."

"그러니까 반대로 남들이 아니라고 하는 건, 그 역시 합당한 이유가 있을 테고요."

"……."

"저는요, 이제부턴 순리대로 살래요."

앞서가던 루비가 갑자기 걸음을 멈추자 이현도 우뚝 그 자리에 멈춰 섰다.

"아닌 걸 혼자서만 옳다고 우기지 않고."

착각일까? 그녀의 어깨가 바르르 떨리는 것 같았다. 이현은 당장에라도 그녀를 돌려세워 확인하고 싶었지만, 가녀린 어깨로 뻗으려던 손을 꾹 말아 쥐고 버렸다. 만약 지금 그녀를 품에 안는다면…… 되돌리지 못할 테니까. 그로 인해 다치는 건 제가 아니라 그녀일 테니까.

"……올라가지 못할 나무 따위 쳐다보지도 않고."

어깨를 한 번 으쓱하더니 그녀는 다시 발걸음을 옮겼다.

휘이잉. 골목을 떠도는 바람이 그녀와 함께 모퉁이를 돌아가는 동안 이현은 한 걸음도 내딛지 못했다.

심장이 깨질 듯 아파 왔다.

처음이었다…….

18

달빛이 흐르는 강

「보고 싶은 아빠께.

아빠, 건강하시죠?

무슨 말로 서두를 시작할까 머뭇거리다가, 오늘도 멋없이 건강부터 여쭙고 마네요. 지금 어디 계신지, 언제쯤 돌아오실지, 왜이리 안 오시는지…… 묻고 싶은 건 너무 많지만, 가장 궁금하고 걱정되는 건 역시 아빠의 건강이니까요. 저와 진수 어릴 적부터 '체력은 국력'이라며 늘 운동시키던 아빠니까, 어떤 상황에서든 건강만큼은 꼭 잡고 계실 거라고 믿어요.

사실 3주 전에 보낸 메일을 이제야 확인하셔서 어디 아프신 건 아닌지 그동안 걱정 많이 했어요. 비록 답장은 없으셔도 제가 보낸 메일을 아빠가 열어 보신다는 게 얼마나 큰 힘이 되는데요. 부디 이 편지는 너무 늦지 않게 보시길 빌어요.

엄마와 진수 이야기는 저번에 많이 했으니 오늘은 제 이야기만 할게요. 최근 좋은 일과 나쁜 일이 연달아 있었는데, 먼저 좋은 소식부터 보고하겠습니다. 짜잔~!

아빠 딸 한루비가 드디어 가수로 정식 데뷔 한답니다. 얼마 전에 녹음을 마친 디지털 싱글 앨범이 다음 주에 음원으로 공개되고, 12월 23일부터 크리스마스인 25일까지 3일간 콘서트도 해요. 그리 규모가 크지 않은 아담한 공연장이지만, 관객들 앞에서 라이브로 노래할 생각을 하니, 걱정이 이만저만 아니랍니다.

실수하면 어쩌지? 긴장해서 가사도 다 까먹는 건 아닐까? 아니, 아무도 안 와서 객석이 텅텅 비어 있을지도 몰라. 정말 별별 생각이 다 드는 요즘이에요. 이럴 때 아빠가 제 곁에 계시면 얼마나 좋을까요. 크든 작든 제 공연이라면 열 일 제치고 와 주셨던 우리 아빠…… 저로선 아빠가 안 오시는 공연은 상상조차 할 수 없는걸요.

아마 일곱 살 때였지요? 나풀나풀한 연분홍 드레스를 입고 머리엔 화관을 쓴 제가 유치원 재롱 잔치에서 '즐거운 나의 집'을 불렀던 건. 노래 꽤나 한다고 대표로 뽑혔지만, 많은 사람 앞에서 하는 독창은 처음이라 마이크 앞에 서니 갑자기 식은땀이 나고 눈앞이 캄캄해지더군요. 맨 앞자리에 앉아 계시던 아빠가 눈치를 채고 전주가 흐르는 동안 애타게 손짓을 하셨지요. 아빠와 나만의 비밀 신호.

'사랑해! 힘내라! 우리 공주가 최고!'

손에 꼭 쥐고 있던 꽃다발을 무릎 위에 내려놓고, 두 손을 높이 들어 신호를 보내던 아빠의 모습이 눈 감으면 아직도 선해요.

아빠의 비밀 신호에 긴장을 푼 꼬맹이 루비는 목청껏 노래했고, 아빠는…… 애타는 시선을 저에게 맞춘 채 붕어처럼 입만 벙긋거리며 함께 따라 부르셨죠.

　즐거운 곳에서는 날 오라 하여도 내 쉴 곳은 작은 집 내 집뿐이리

　아빠 생각이 날 때면 지금도 가끔 이 노래를 불러요. 눈을 감고 나지막이 노래하다 보면 행여 딸이 가사라도 잊어버릴까 봐, 아니 실수하고 속상해서 펑펑 울까 봐, 잔뜩 긴장해서 함께 노래하던 젊은 아빠가 마치 제 곁에 있는 것처럼 느껴져요. 그 시절 제 눈에 비친 아빠는 세상에서 제일 힘세고 멋진 사람이었지만, 실은 어린 딸의 눈에 흐르는 눈물을 가장 두려워했던 마음 여린 분이셨다는 걸, 전 꿈에도 몰랐지요.

　그날 아빠에게 받은 꽃다발은 제 마음에 뿌리내리고 지금도 찬란하게 피어나고 있답니다. 변하지 않을 사랑이라는 이름으로.

　자, 이제 나쁜 소식을 전할 차례네요. 흐음…….

　아빠의 사랑스러운 딸 루비가 좋아하는 사람에게 얼떨결에 고백했다가 아주 그냥 장렬히, ……차였답니다.

　그런데요, 아빠. 실연당한 건 슬프지만, 녹음할 때 애틋한 분위기 잘 살렸다고 작곡가와 녹음 감독님께 칭찬 많이 들었어요. 연습할 때랑은 표현의 깊이가 다르다나? 난 막 가슴이 따끔거리고 아픈데 듣는 사람들은 감성 좋다고 칭찬을 해 주니, 진짜 어이가 없더라고요.

이런 게 바로 '새옹지마'겠죠?

아빠와 헤어져 지내는 지금 이 순간도, 먼 훗날 돌아보았을 때 우리 가족의 믿음과 사랑을 더 굳건히 해 준 '숙성의 시간'으로 기억되었으면 해요. 꼭 그렇게 될 거라고…… 믿어요. 끝날 때까지 끝이 아니라고, 포기하지 말라고, 아빠가 저희에게 늘 말씀하셨잖아요.

이번 콘서트엔 아빠가 좋아하셨던 그 노래, 'Moon River'도 부를 거예요. 보고 싶은 우리 아빠 생각하면서.

그럼 루비는 이만 물러갑니다. 부디 건강하세요, 아빠.

아빠의 어린 딸, 루비 올림.

PS. 제 공연 포스터 궁금하시죠? 파일 첨부했으니 장소와 시간 기억해 주세요.」

어둠 속에서 부옇게 빛을 뿜어내는 모니터가 마치 그리운 아빠 얼굴이라도 되는 양 루비는 하염없이 바라보았다.

"아빠……."

할아버지가 물려준 작은 의류 사업체를 탄탄한 중소기업으로 키운 아빠는 능력 있고 책임감 강한 분이셨지만, 정이 많아 사람을 너무 믿는 게 단점이었다.

동업자인 친구가 회사 자금을 빼돌려 고의로 부도를 내자, 아빠는 서둘러 중국행 비행기를 타셨다. 중국엔 동업자 김 사장의 주도하에 새로 설립한 공장이 있었으니까. 아마도 아빠 김 사장만 만나면 진정한 사과를 받을 수 있을 거란 순진한 생각을 하셨던 것 같다. 한순간의 실수일 거라고, 막상 내 얼굴을 보면 뉘우칠 거라고, 엄마에게 말씀하셨단다. 외아들인 아빠에게 김 사장은 형제와도 같은 존재였기에 끝끝내 믿음의 끈을 놓을 수 없으셨던가 보다.

하지만 현지에 도착해 보니, 김 사장은 공장까지 헐값에 팔아넘기고 브로커를 통해 필리핀으로 밀입국한 후였다. 배신감이 너무 커서 순간 이성이 마비되셨던 걸까? 아빠는 주변의 만류도 뿌리치고 그놈을 잡겠다며 그대로 필리핀으로 떠나셨다.

그래도 처음 얼마간은 자주 통화를 할 수 있었다. 곧 그놈을 잡을 수 있을 거라고, 금방 돌아간다고, 일만 잘 해결되면 예전처럼 행복하게 살 수 있다고……. 전화기 너머 아빠는 매번 같은 말씀을 하셨는데, 전화 오는 빈도가 줄어드는 것에 비례해 목소리도 점점 힘이 빠져 갔다. 그나마 반년쯤 지나자 간간이 오던 안부 전화마저 완전히 끊겨 버려 생사 확인조차 불가능해졌다.

스물다섯의 이른 봄. 엄마는 요양을 위해 강릉 이모 집으로 거처를 옮기고 대학 1학년을 마친 진수는 입대했다. 새로 얻은 코딱지만 한 원룸에 짐을 푼 날, 서늘한 냉기가 흐르는 낯선 방에 오도카니 앉아 있자니 서울 하늘 아래 이제 저 혼자란 사실이 실감 났다. 아빠도 지금 이런 심정이시겠지…….

울어서 퉁퉁 부은 눈을 비비며 아빠에게 편지를 썼다. 아빠가 메일을 열어 볼 거라는 기대를 한 건 아니다. 그저 지금 이 순간 아빠가 곁에 있다면 거칠어진 손을 꼭 잡아 드리고 싶은 마음, 그뿐이었다.

수신 확인이 되지 않은 메일이 서너 통쯤 쌓였을 때, 드디어 아빠가 메일을 열어 보셨지만, 답장은 없었다. 서운함은 잠시. 내민 손을 선뜻 잡지 못하는 아빠를 조금만 더 이해하자고 마음을 다잡았다.

어린 시절. 낯선 무대에 홀로 서서 당황했을 때 아빠가 보내 주었던 비밀 신호를 지금은 제가 돌려 드려야 할 때라고 생각했다. '보고 싶어요! 돌아오세요! 기다릴게요, 아빠!' 라고. 돈도 회사도 친형제처럼 생각했던 친구도 그리고 돌아올 집마저 사라졌지만…… 가족만큼은 떠나지 않고 그대로라는 걸 아빠에게 알려 드리고 싶었다.

'이번 콘서트에도 꼭 와 주실 거죠?'

헛된 바람인 줄 알면서도 기도하는 마음으로 딸깍, 보내기 버튼을 클릭했다.

"후우."

답답한 마음을 떨치듯 긴 한숨을 토해 낸 루비는 스탠드 불빛만 동그랗게 비추는 책상 앞 의자에 두 다리를 올리고 머리를 숙여 달팽이처럼 몸을 말았다.

사실 나…… 많이 힘들어요, 아빠. 내 마음인데 내 마음대로 안 돼서…….

그래도 시간이 지나면 그 사람, 잊을 수 있겠지? 그렇다고, 다 지나간다고, 아빠가 말해 줬으면 좋겠어. 바로 지금.

보고 싶어, 아빠. 너무. 너무…….

❊　❊　❊

띠링.

새 메일이 왔다는 알림창이 태블릿 화면에 떴다. 대일기획 강준영 전무와의 저녁 약속 시각보다 20여 분 일찍 도착해 서류를 검토하던 이현은 무심코 새로운 메일을 클릭했다. 업무에 관련된 메일이려니 생각하며.

「잘 지내지? 그간 좀 바빠서 이제야 보낸다. 조만간 한잔하자.」

임규선 감독이 보낸 메일은 본문은 짤막하니 별 내용도 없건만, 첨부 파일은 주렁주렁 많이도 달렸다.

첫 번째 파일을 열자, 말간 눈빛으로 빤히 자신을 쳐다보는 한루비와 정통으로 눈이 마주쳐 버렸다. 순간 명치가 꽉 막혀 숨을 쉴 수가 없었다. 긴 속눈썹이 검푸른 그림자를 드리운 눈동자는 마치 살아 움직이는 것처럼 반짝였다.

하아, 뭐지? 대체 이 자식은 왜 이딴 걸 보낸 거야?

그러고 보니 오키나와 촬영 때 편집본을 보내 준다며 한루비의 메일 주소를 묻는 임규선 감독에게 대신 전해 줄 테니 제 앞으로 보내라고 했던 일이 어렴풋이 떠올랐다.

겨우 숨을 몰아쉬는데 왈칵 짜증이 치민다. 이깟 사진 따위에 넋을 놓아 버리다니. 정신 차려, 이현! 저 까만 눈동자는 널 보고 있는 게 아니라고. 모니터 안의 탐스러운 뺨을 향해 내밀던 손이 허공에 머물다 허무하게 툭, 떨어졌다.

그날, 삼계탕집을 나온 한루비는 그렇게 훌쩍 그에게서 멀어져 갔다. 돌처럼 굳은 채 그녀의 뒷모습만 지켜보며 뒤돌아봐 주길 얼마나 바랐던가. 한 번만 딱, 한 번만……. 메마른 초겨울 바람이 음산하게 울부짖는 거리에 우두커니 서서 기도문을 외듯 간절히 되뇌었지만, 그녀는 돌아보지 않았다.

총총히 멀어지던 가냘픈 뒷모습이 모퉁이를 돌아 시야에서 사라지자, 어쩌면 그녀가 장난치듯 고개를 갸웃 내밀지도 모른다는 부질없는 망상을 잠시 했었다. 하지만 그런 일은 결코 일어나지 않았다.

'기다려, 한루비!'

어느새 그의 긴 다리는 성큼성큼 내달리기 시작했다. 파르르 떨리던 가녀린 어깨를 잡아 휙 돌려세우고, 그리고…….

말해야겠다.

아냐. 내 말은 틀렸어. 그건, 다 새빨간 거짓말이야. 나도 널, 널…… 좋아해. 그러니까, 우리…….

헐레벌떡 모퉁이를 돌았을 땐 이미 그녀의 자취는 남아 있지 않았다. 터질 듯 아픈 왼쪽 가슴을 부여잡고 텅 빈 골목을 휘휘 둘러보다가 문득 제 꼬락서니를 깨닫고 실소를 터뜨렸다. 미친놈! 니가 드디어 맛이 갔구나.

그날 이후 그녀는 변했다. 점점이 흩날리다 허무하게 사라져 버린 성긴 눈발 속에서 대표님을 좋아한다고 고백했던 한루비는, 이제 어디에도 없었다. 가끔 마주치면 예의 바른 인사만 건넬 뿐인 그녀의 무감한 눈빛에 가슴이 아렸다. 세상에서 가장 소중한 것을 놓친 듯, 짙은 후회가 심장을 저몄다.

만약 그 길모퉁이 뒤에 그녀가 있었더라면, ……달라졌을까? 그 순간 마음이 이끄는 대로 그녀를 안고 솔직하게 고백했다면…….

그랬다면…….

똑똑.

노크 소리에 겨우 정신이 든 이현은 급히 사진 파일을 닫았다. 곧이어 문이 열리고 종업원의 안내를 받아 강준영이 별실로 들어왔다. 얼핏 시계를 보니 약속 시각 5분 전이었다.

"그동안 안녕하셨습니까? 초대해 놓고선 한발 늦어서 죄송합니다."

정중히 인사하며 악수를 청하는 강준영에게선 '은수저를 물고 태어난 자' 특유의 여유로움과 자신감이 뿜어져 나왔다.

대일그룹 강민구 회장의 차남 강준영은 집안에서 정해 준 후계자 코스를 차근차근 밟고 있는 형과 달리 제 뜻대로 진로를 선택했다. 국내 명문 대학에서 경영학을 전공한 그는, MBA 과정을 공부하라는 아버지의 권유를 뿌리치고 SVA(School of Visual Arts)에서 광고디자인을 공부했다. 국제광고제에서 대상을 받자 세계적인 광고 회사들의 러브콜이 쇄도했지만, 모두 거절하고 대일그룹 광고계열사 대일기획에 입사했다.

입사 3년 만인 올가을에 전무로 승진하자마자, 전부터 관심을 두고 준비해 오던 엔터테인먼트 사업을 시작하려고 시동을 걸고 있던 참이다. 지난번 조부 강기춘 명예 회장의 팔순 잔치에 참석한 이현에게 그가 적극적으로 다가간 이유다.

이제 고작 서른둘, 아이돌 출신의 사내가 맨몸으로 일구어 낸 기적과도 같은 성공 신화. 그 비결을 하나라도 더 배우기 위해 오늘의 식사 자리도 마련했다.

"아닙니다. 제가 좀 일찍 왔습니다. 앉으시죠."

"아, 예. 그런데 로비에서 우연히 하라를 만났지 뭡니까. 죄송하지만, 이 녀석이 잠깐 인사나 드리고 간다고 해서 실례 좀……."

"오빠! 저 왔어요."

강준영의 말이 채 끝나기도 전에 빼꼼 열린 문 뒤에서 유하라가 불쑥 고개를 내밀었다. 예상치 못한 불청객의 등장에 이현의 눈살이 미세하게 찌푸려졌다. 지난번 유하라 모친의 깜짝 방문 이후 그 일가의 이런저런 행태가 신경 쓰이던 차였다.

"유하라 씨가 여긴 웬일로?"

"어? 오빠 나 하나도 안 반가운가 봐. 말하자면 좀 긴데…… 잠깐 앉아도 되죠?"

"하라, 너! 말이 다르잖아. 인사만 하고 간다며?"

"준영 오빠 미안. 나 와인 딱 한 잔만 마시고 갈게. 응?"

유하라는 애교스럽게 콧등을 찌푸리며 싱긋 웃곤 이현의 옆에 앉았다.

"하여튼 못 말려, 저 고집. 죄송합니다, 이 대표님. 그리고 식사는…… 저희 셰프가 특별히 마련한 코스가 있는데, 괜찮으시겠습니까?"

"네. 좋습니다."

화려한 전채 요리가 나오고 소믈리에가 각자 앞에 놓인 글라스에 와인을 따르고 물러났다.

"저 여기 피트니스 센터 회원이잖아요. 오늘 방송 없는 날이라 운동도 하고 스파에서 관리도 받고 모처럼 푹 쉬고 집에 가려는데, 글쎄 준영 오빠를 딱 마주친 거 있죠."

푹 눌러쓴 모자 아래 반지르르 윤이 흐르는 그녀의 민낯이 꿀을 바른 듯 매끄러워 보인다.

"하기야, 대일호텔에서 준영 오빠 마주치는 건 놀랄 일도 아니지만. 대충 안부만 묻고 가려는데 마침 오빠랑 만난다니 염치 불구하고 따라왔죠. 우리 얼굴 본 지 너무 오래됐잖아요. 토요일에 회사 갔는데 안 계시더라고요."

"그랬어? 필리핀에서 그저께 들어온 거야."

"필리핀은 얼마 전에도 다녀오지 않았어요? 요즘 부쩍 자주 가네?"

"어, 그런가? '코튼 캔디' 광고 계약 건도 있고……."

"그걸 뭐 오빠가 일일이 다녀요? 피곤하게. 다른 사람 시켜요, 좀."

"아니, 얘가 오늘 뭘 잘못 먹었나? 유하라. 너, 아주 대표님한테 막 기어오르네? 내가 너 그렇게 안 가르쳤다."

강준영이 짐짓 엄한 척 훈계했지만, 입가의 미소는 지울 수 없었다.

"준영 오빠 좀 빠지셔."

"아이고 죽을죄를 지었사옵니다, 공주마마."

사촌 남매 간의 장난스러운 말다툼을 지켜보며 와인을 음미하던 이현이 입을 열었다.

"남에게 시킬 일이 따로 있고 내가 할 일이 따로 있는 거야."

"그럼 전요? 저도 엄연히 D&P 소속인데, 이렇게 관리도 안 해주고 방목하기 있어요? 이러다 대표님 얼굴도 까먹겠네."

"유하라 씨 관리는 구 이사님이 알아서 잘해 주시잖아. 그쪽으론 나보다 전문가신데."

"피! 그러니까 나도 방 하나 내주세요. 같은 건물에 있으면 가끔이라도 얼굴 볼 수 있잖아요."

그냥 하는 소리가 아니다. 끈적거리며 달라붙는 걸 질색하는 이현의 성격을 알기에 그동안 제 성질을 죽이고 쿨한 척 그의 주위를 맴돌기만 했었다. 이렇게 예쁜 나를, 이렇게 잘난 나를 언젠간 돌아봐 주겠지, 하는 마음으로.

그랬는데…… 요즘 들어 괜스레 불안하고 초조한 이유가 뭘까? 인정하고 싶지 않아 내내 부인해 왔지만, 이현이 저에겐 한 번도 보여 준 적 없는 눈빛으로 다른 누군가를 바라보는 걸 더는 내버려 둘 수가 없었다. 어떻게든 그의 마음을 사로잡아야 한다. 무슨 수를 써서라도. 꼭.

"방 하나? 니 옷도 다 안 들어가겠다. 이 대표님, 이 녀석은 방 하나론 어림없습니다. 아마 층 하나 전체 비워 주셔야 할 겁니다."

"준영 오빠!"

"얘가 말이죠, 온 일가친척이 예쁘다, 예쁘다 하니까 저렇게 버릇이 없습니다. 아주 오빠들도 우습게 안다니까요? 저번에 봐서 아시겠지만, 할아버님이 하라 말이라면 절절매시거든요."

"아, 예."

일명 '재계의 호랑이'라 불리는 양반이 제 손을 꼭 잡고 우리하라 잘 부탁한다며 고개까지 숙이던 일이 떠오르자 순간 입맛이 싹 가셨다. 이현은 들었던 포크를 내려놓고 와인을 한 모금 꿀꺽 삼켰다.

"이 와인, 향이 꽤 괜찮죠?"

잔을 들어 가볍게 흔들며 와인의 향을 맡던 하라가 이현을 바라보며 묘한 웃음을 흘렸다.

"음. ……괜찮네."

물 잔을 들어 찬물을 꿀꺽꿀꺽 달게 마셨지만 여전히 속이 메슥거렸다.

하아. 오늘도 라면이 필요한 밤인가…….

✳ ✳ ✳

한루비의 디지털 싱글 앨범 '디셈버(December)'는 음원 발매 첫날부터 각종 음원 차트 1위를 휩쓸며 연일 화제에 올랐고, 콘서트 입장권은 티켓 오픈 30분도 되기 전에 전석 매진 되었다. 물론 소규모 공연장이라 가능한 일이었겠지만 갓 데뷔한 신인으로선 기대 이상의 성적이 아닐 수 없다.

'스타 탄생' 이후 이렇다 할 방송 출연이 없었음에도 팬들은 그녀의 노래를 기다렸고 대중은 그녀의 소식을 궁금해했다. 이런 현상을 두고 대중문화평론가들은 한루비의 타고난 재능에 D&P의 시기적절한 매니지먼트가 어우러진 결과라고 입을 모았다.

루비의 12월은 그 어느 때보다 빠르게 흘러갔다. 계속되는 콘서트 연습, 주 4회 규칙적인 운동, 틈틈이 받는 스페셜 피부 관리까지. 숨 돌릴 틈 없이 빡빡한 일정이었다. 그런 와중에도 광고 한 편을 찍었고, 몇몇 매체와 인터뷰도 했다.

정해진 일과를 마치고 녹초가 된 몸을 침대에 누이면 눈꺼풀이 절로 감겼다. 까무룩 잠 속으로 빠져드는 순간, 꿈인 듯 현실인 듯 뇌리를 스치는 상념.

다행이다……. 이렇게 바빠서. 아무 생각도 나지 않아서…….

그렇게 시간은 흘러갔다.

작은 콘서트홀이 떠나갈 듯 열렬한 환호를 보내는 관중을 향해 루비는 깊숙이 고개를 숙였다.

나를 보기 위해, 오로지 내 노래를 듣기 위해 이곳까지 와 준 사람들…….

목울대를 타고 무언가 뜨거운 것이 울컥 올라올 것 같아 쉬이 고개를 들지 못했다.

"……하아, 역시! 천상의 목소리네요. 오늘의 주인공 한루비 양이 부른 첫 곡, '디셈버' 였습니다."

무대 중앙으로 정시열이 걸어오는 중에도 박수는 멎지 않았다.

"안녕하세요! 한루비의 첫 콘서트 '처음'의 진행을 맡은 정시열입니다. 온 김에 이따가 저도 한 곡 부를 예정이고요. 하하."

박수가 잦아들기를 기다렸던 정시열이 관객에게 인사말을 했다.

"오랜만이에요, 한루비 양. '스타 탄생' 마지막 방송 후 '처음'이죠, 우리?"

"아, 네. 그동안 안녕하셨어요."

루비도 이내 정시열의 장단에 맞췄다. 리허설 때 이미 인사를 했지만, 어쨌든 무대 위에선 처음이니까.

"방송에도 통 안 나오고, 도대체 얼굴을 안 보여 주니 보고 싶어서 병날 뻔했습니다."

"에이, 설마요."

"진짠데? 여러분도 그러셨죠?"

네에! 관객석에서 함성이 터져 나오자 '거봐요.'라며 정시열이 의기양양한 표정을 지었다. 개구쟁이 같은 그 모습에 모두 웃음을 터뜨렸다.

"자, 그럼 본격적인 토크에 들어가기 전에, 여기 좀 앉을까요. 여러분들이 궁금해하는 이야기들이 워낙 많아서……."

두 사람은 진행 요원이 갖다 놓은 높은 의자에 앉았다.

루비의 작은 콘서트 '처음'은 노래하는 틈틈이 이야기를 나누는 형식으로 진행될 예정이었다. 그동안 어떻게 지냈는지 잡담도 하고 곡에 얽힌 사연도 이야기하면서.

"타이틀을 '처음'이라고 정한 이유가 있을 텐데요. 그냥 첫 콘서트라서?"

"그런 것도 있지만 제가 '처음'이란 말을 좋아하거든요. 처음은, 두 번 다시 오지 않는…… 일생에 단 한 번뿐인 순간이잖아요. 서툴고 수줍고 어색하지만, 가슴 설레는 바로 이 순간처럼요. 오늘 이렇게 여러분과 함께한 '처음'. 제 첫 콘서트. 마음이 외롭거나 힘들 때 꺼내 볼 수 있는 소중한 추억이 되었으면 하는 바람으로 준비했습니다. 편하게 즐겨 주세요."

"듣고 보니 고개가 끄덕여지네요. 근데 지금 한루비 양 눈가가 촉촉해졌어요."

"너무 감사해서……."

"저도 첫 콘서트 때 울었잖아요. 가수들은 다 그럴 거예요."

눈물 맺힌 속눈썹을 깜빡거리는 그녀의 시야에 앞자리에 앉은 엄마와 진수, 그리고 이모가 들어왔다. 엄마는 가만히 고개를 끄덕이며 그녀를 향해 웃어 주었고 진수는 손가락 하트를 날렸다. 이모는 손수건을 꺼내 땀을 닦는 척, 부지런히 눈가를 훔쳤다.

"고맙습니다, 여러분."

간신히 마음을 가다듬은 루비는 다시 환한 미소를 머금었다.

"그리고 숨겨진 뜻이 하나 더 있긴 합니다. 공연 포스터에 한자로 조그맣게 쓴 거 보셨는지 모르겠네요."

"그게…… 보긴 봤는데, 제가 한자에 약해서 말이죠. 그것도 '처음'이라고 읽으면 되나요?"

"네. 꾀꼬리 처(鶗)에 소리 음(音)이에요."

"꾀꼬리 소리면 한루비 양 목소리네. 안 그래요, 여러분?"

관중들도 그렇다고 큰 소리로 호응했다.

"아주 요즘 한루비 양 신곡 때문에 난리가 났어요, 난리가. 음원 차트 올킬에 콘서트 전석 매진까지. 예상 못 했던 건 아니지만, 막상 뚜껑을 열고 보니 체감 열기가 더 뜨거운 거 같아요. '디셈버'…… 12월, 맞죠?"

"네. 그 12월, 맞습니다."

"노린 건가요?"

"뭘요?"

"시즌 송이라고 하죠. 봄만 되면 좀비처럼 살아나 차트를 역주행하는 노래 있잖아요. '벚꽃 연금'이라고도 불리는 노래. 혹시 '12월 연금'을 노린 거 아닌가요?"

"거기까진 생각해 보지 못했는데, 그럼…… 저도 한번 노려보겠습니다!"

"네, 요즘 신인들…… 무섭습니다. 하하하. 어떤 중견 가수는 10월 말에 연간 수입의 90%를 번다고 하던데요. 우리 한루비 양은 12월 한 달 내내 쓸어 담겠어요."

"그렇게만 된다면 저야 감사하죠. 여러분이 제 노래를 잊지 않고 오래오래 사랑해 주시는 거니까요. 근데 '디셈버'가 그런 과분한 사랑을 받을 수 있을까요?"

"아아, 겸손은 넣어 두시고요. '디셈버' 정말 좋잖아요. 제가 음원 발매 하자마자 사서 들었거든요. 전주가 짠 하고 흐르는데 머리카락이 쭈뼛 서는 게 심상치 않더라니, 루비 양이 첫 소절을 부르는 순간 심쿵! 아, 나 진짜…… 너무 좋은 거야, 이거."

정시열이 심장을 부여잡고 오버하자 환호와 야유가 섞인 웃음으로 관객석이 들썩거렸다.

"음원으로 들어도 장난 아니었는데 오늘 라이브는 감동적이기까지 했어요. 그동안 뭘 먹었기에 목소리가 더 좋아져요? 맑고 투명한 음색은 그대로인데 파워풀해졌어요. 감성도 더 풍부해지고."

"과찬이십니다, 선배님."

"빈말 아닌데. 이현 씨가 욕심내서 잽싸게 낚아채 가더니 키우긴 잘 키웠어요, 진짜. 하긴 그 사람 그게 전문이긴 하지만. ……앗! 칭찬입니다, 칭찬. 괜히 또 인터넷에 정시열이 이현 까더라고 올리고 그러지 마세요. 싸우면 내가 지거든. 푸하하. 근데 오늘, 사장님 안 오셨어요? 소속 가수들 콘서트는 첫날 꼭 오는 양반인데."

"네. 해외 출장 가셔서……."

"아니 이 시국에 출장은 왜 자꾸 간답니까? 루비 양 콘서트보다 더 중요한 일이 어디 있다고."

"대신 화환 큰 거 보내셨어요. 로비에 있는 거 보셨죠?"

"꽃만 보내면 뭐 해, 사람이 와야지, 사람이. 이현 씨 그렇게 안 봤는데 실망이에요."

정시열의 농담에 관객들은 자지러지게 웃었다. 루비도 따라 웃었지만, 마음 한구석은 싸한 바람이 부는 것처럼 허전했다.

"음…… '디셈버'가 멜로디는 감미롭지만, 가사를 잘 들어 보면 애잔한 노래잖아요. '내가 먼저 널 지울게, 이 눈이 녹기 전에'라는 후렴 부분이 특히 가슴을 후벼 파는데요. 여러분! 오늘 제가 깜짝 놀랄 소식 하나 알려 드릴까요? 이거 아직 알려지지 않은 진짜 따끈따끈한 뉴슨데……"

정시열이 뜸을 들일수록 관객들은 귀를 더 쫑긋 세웠다. 대체 무슨 말을 하려고 저러나, 루비도 궁금했다.

"이 후렴구 가사를 누가 썼는지 아세요? 바로 한루비 양이랍니다."

우와아. 관객석에서 탄성이 터졌다.

"어! 그거 어떻게 아셨어요?"

"조사하면 다 나옵니다."

놀란 눈을 동그랗게 뜬 루비를 보고 정시열이 키득거렸다.

"사실 이 곡을 만든 최영제 씨가 저랑 좀 친해요. 며칠 전 술자리에서 만났는데 그 형이 그러더라고요. 몇 군데를 한루비 양 의견대로 손봤더니 곡이 확 살았다며, 확실히 이쪽으로 센스가 있다고. 근데 왜 공동 작사가로 이름을 올리지 않았어요?"

"어우, 어떻게 남이 다 차린 밥상에 수저 하나 달랑 놓고선 같이 차렸다고 해요. 양심도 없이."

"그렇게 하는 사람 은근 많아요. 그걸로 언플 하면 홍보도 되고 좋으니까."

"글쎄요. 여긴 이렇게 하면 감정이 더 잘 전달되지 않을까……
연습하다 보면 그런 생각이 들 때가 있거든요. 그래서 여쭤봤던 건
데 선생님께서 흔쾌히 받아 주신 거뿐이에요."

"최영제 씨 말로는 감성도 풍부하고 음악 듣는 귀도 발달했다고
하던데, 따로 음악 수업 받은 적 있나요?"

"그냥 남들처럼 어릴 때 피아노 친 거랑 아빠한테 기타 조금 배
운 거 말곤 없어요. 음악 듣는 귀라면…… 아마 발레 음악을 늘 들
어서 그런 거 아닐까요? 제가 대중가요를 많이 듣진 않았으니까."

"발레 음악은 전 차이콥스키 정도밖에 모르는데. '호두까기 인
형', '백조의 호수'……. 흐흐, 맞죠?"

"네. 그 밖에도 스트라빈스키의 '불새', 아당의 '지젤' 등 셀 수
없이 많은 아름다운 음악들이 있어요. 발레에서 음악은 안무만큼
중요하거든요."

발레 이야기를 하는 루비의 목소리에 옅은 흥분이 실렸다.

아무도 없는 텅 빈 연습실, 플레이 버튼을 누르면 이내 아름다운
선율로 가득 차던 그곳에서 음악에 흠뻑 젖어 열정적으로 춤을 추
던 한때가 떠올랐다. 오후 햇살이 창문으로 쏟아질 즈음 마룻바닥
에 철퍼덕 누워 지친 몸을 쉬게 하며 듣던 음악은 얼마나 감미로웠
던가.

흔들리는 버스 안, 이어폰을 통해 흘러나오는 쇼팽의 '레 실피
드'에 맞춰 나만의 안무를 짜 보기도 했던 몰입의 순간은 이제는
돌아갈 수 없는 추억이 되어 버렸지만, 가슴 벅찬 행복감은 아직도
마음속에 그대로 남아 있는 듯했다.

"그러고 보면 예술은 분야를 막론하고 다 통하는 거 같아요. 나를 표현하고 싶은 욕구나 창작욕 같은 거 말이죠. 막 내 얘길 하고 싶고 그렇잖아요. 혹시 곡 만들어 볼 생각 없어요?"

"제가 선생님께 '내가 먼저 널 지울게, 이 눈이 녹기 전에'라는 가사를 붙이면 어떻겠냐고 제안한 게 사실은 녹음 하루 전이었어요. 원래 '라라라'가 반복되는 부분이거든요. 가사를 수정하기엔 너무 늦어서 별 기대 안 하고 말씀드린 건데 흔쾌히 승낙을 해 주셔서 저도 놀랐습니다. 어쨌든 오케이 사인을 받고 가사를 넣어 불러 보니 기분이 참 묘하더라고요."

"묘하다?"

"아, 내 노래다! 그런 느낌이요."

"맞아요, 그 느낌! 알죠, 알아. 그 맛에 곡 만드는 건데."

싱어송라이터인 정시열이 공감의 미소를 지었다.

"어떤 노래든 감정을 실어서 부르지만, 내 생각을 가사로 만들어 부르는 건…… 정말이지 달랐어요. 제게 그럴 만한 능력이 있는진 모르겠지만, 열심히 공부해서…… 꼭 만들어 보고 싶어요. 나만의 노래를."

객석에서 응원의 박수가 터져 나왔다.

"역시. 모두 한루비 양이 만들어 부를 노래를 기대하시네요. 그런데 '내가 먼저 널 지울게'라는 가사가 왠지 심상치 않은데, 혹시…… 본인 경험담인가요?"

"네? 에이, 아니에요."

루비가 손을 내젓자 정시열이 의심의 눈초리를 보냈다.

"진짜? 남자 친구랑 헤어졌다든가, 뭐 그런 감정의 변화가 있었

346

으니 문득 떠올랐을 거 아닙니까."

"진짭니다. 헤어질 남자 친구가 있어야 말이죠."

"남자 친구가 없다……. 네, 다들 말이야 그렇게 하죠. 하하."

"저희 회사는 연애 금지라서 남자 친구 사귀면 위약금 물고 쫓겨나요."

"아이고, 그래도 할 사람은 다 합니다. 말이야 바른 말이지, 한루비 양이 나이 어린 아이돌도 아니고. 일주일 뒤면 스물일곱 살인데 연애 금지가 말이 됩니까? 이거 말도 안 되는 노예 계약이에요. 사장님께 제가 건의를 좀 해 봐야겠어요."

"꿈쩍도 안 하실걸요."

제가 좋아한다고 고백했더니 뭐라고 했는지 아세요? 정신 차리고 돈이나 벌랬어요.

루비는 큰오빠처럼 푸근한 정시열에게 덥석 고자질하고 싶은 충동을 꾹 눌러 참았다.

"거, 사람 차암…… 생긴 거랑 달리 고지식해요. 예술을 하려면 사랑도 해 봐야지. 내가 사랑을 안 해 봤는데 어떻게 진실한 사랑 노랠 만들고 불러요? 그거야말로 거짓이지. 안 그래요, 여러분?"

'맞아요!' 라는 관중의 외침 속에 '저랑 해요!' 라는 굵은 목소리가 들렸다.

"아니, 저분이! 설마 사심 있으신 건 아니죠?"

정시열이 놀란 척 과장된 리액션을 취하자 다시금 웃음보가 터졌다.

"……네. 어디까지나 한루비 양의 음악을 위해, 순수한 팬심으로 그런 거죠? 믿겠습니다, 흐흐. 자 그럼, 이제 다음 곡 들어 볼까요?"

"이번에 들려드릴 곡은 리메이크 곡인데 반응이 좋으면 정규 1집에도 실을 예정입니다. '벚꽃, 바람, 소녀'."

"'벚꽃, 바람, 소녀' 요? 그거 이현 씨 첫 솔로곡이잖아요. 얼마나 아끼는 곡인지 혼자 꼭꼭 숨겨 두고 아무도 못 부르게 하더니, 이게 어찌 된 건지 진짜 놀랍습니다. 네, 과연 어떻게 바뀌었을까요? 한루비 양의 '벚꽃, 바람, 소녀' 들어 보겠습니다."

'벚꽃, 바람, 소녀' 이후에도 루비는 몇 곡의 노래를 더 했다. 크리스마스 캐럴과 좋아하는 팝송도 불렀고 팬들의 질문에 대답하는 시간도 이어졌다. '스타 탄생'에서 인연을 맺은 윤유나와 지연우가 게스트로 출연해 이야기도 나누고 노래도 불렀다. 그들도 모두 좋은 소속사에 들어가 곧 데뷔 앨범을 낸다고 했다.

같은 소속사 '화이트 스톰'과 '코튼 캔디'가 영상으로 축하 메시지를 전할 땐 무대가 떠나갈 듯 환호성이 터졌다. 특히 서은결이 장난스럽게 '루비 누나 첫 콘서트 축하해요! 제 마음을 받아 주세요.'라며 머리 위로 하트를 그리자 객석이 뒤집힐 듯 난리가 났다.

은결은 일본 공연 때문에 직접 가지 못해 미안하다며 콘서트 직전에 루비에게 톡을 보냈다. 은결의 재치 있는 이모티콘과 멘트는 첫 공연을 앞둔 루비의 긴장을 풀어 주었다. 어디까지가 진심이고 어디까지가 장난인지 가끔은 헷갈리게 하는 은결이지만, 선배로서의 응원은 고마웠다.

하지만 정말로 기다렸던 단 한 사람에게선 끝끝내 아무런 연락도 오지 않았다. 회사에서 보냈을 게 빤한 커다란 화환 말고는. 동남아 투어 중인 '코튼 캔디'와 함께 빡빡한 스케줄을 소화 중인 건 알지만 서운했다.

'명색이 대표면서 그냥 잘하라고 전화 한 통이라도 해 주면 어디가 덧나나? '코튼 캔디'만큼 돈 잘 버는 가수는 아니지만, 그래도 데뷔 무대인데…….'

그토록 애써도 완전히 지우지 못한 이현의 그림자 때문에 가슴이 시렸다.

'Moon River'를 끝으로 첫 콘서트를 무사히 마치고 대기실에 돌아오자 긴장이 일순간에 확 풀리며 손가락 하나 까딱하기 싫었다. 그러나 곧 밀려드는 방문객으로 인해 정신을 차려야만 했다.

그리고 정작 함께 있고 싶은 가족들과는 제대로 이야기도 나누지 못했는데, 다행히 회사에서 마련해 준 레지던스호텔에 일주일간 묵기로 되어 있어 이따가 들러서 회포를 풀기로 했다.

몇몇 방문객과 인사를 나누는데 뜻밖의 인물이 나타났다.

"오늘 공연 잘 봤어. 축하해, 루비 씨."

"어머, 선배님! 일부러 오신 거예요? 고맙습니다."

유하라가 왔을 줄은 꿈에도 생각 못 했다. 환한 무대 조명 때문에 객석이 제대로 보이지도 않았지만, 관중들을 둘러볼 정도의 여유는 아직 없는 풋내기라 앞자리에 앉은 가족 말고는 누가 왔는지 알아볼 수가 없었다.

"응. 누가 루비 씨 공연 꼭 보고 싶다고 졸라서 말이야."

유하라가 시큰둥하게 대답하며 열린 문을 향해 손짓하자 한 남자가 슬그머니 들어왔다.

"여기, 인사해. 사촌 오빠야."

"처음 뵙겠습니다. 강준영이라고 합니다."

제법 준수하게 생긴 키 큰 남자가 수줍게 꽃다발을 내밀었다. 알록달록 화려한 꽃다발은 강준영이라는 남자처럼 세련미를 뽐냈다. 척 봐도 유명 플로리스트의 작품이란 티를 팍팍 내면서.

"공연에 와 주셔서 감사합니다. 꽃이 무척 예뻐요."

"제가 실은 한루비 씨 열성팬입니다. '스타 탄생' 때 첫눈에 반해서 꼬박꼬박 투표하고 그랬는데, 이렇게 직접 뵙게 되다니…… 영광입니다."

뭐가 그리 좋은지 연신 싱글거리는 남자를 유하라가 못마땅한 눈초리로 쏘아보았다.

"이제 됐지? 그만 가자."

"아, 아니. 잠깐만. 저…… 사인 좀 부탁해도 될까요?"

"사인은 무슨 사인이야. 나 먼저 나가 있을게. 빨리 나와."

유하라는 만사가 귀찮다는 듯 루비의 인사도 제대로 받지 않고 휙 나가 버렸다. 그러거나 말거나 개의치 않고 남자는 꿋꿋하게 만년필과 수첩을 내밀었다.

"성함이…… 아, 강준영 씨라고 하셨죠?"

"네. 맞습니다. 기억해 주세요, 제 이름."

덩치에 걸맞지 않게 해맑은 미소를 지으며 그가 명함을 건넸다.

"기회가 된다면 다음에 식사 한번 대접하고 싶습니다."

"마음만 감사히 받겠습니다."

"마음만 받으실 순 없는데요."

"네?"

"그럼 바쁘실 텐데, 이만 물러가겠습니다."

꾸벅. 남자는 허리를 굽혀 정중히 인사하고 대기실을 나갔다.

뭐야, 저 남자…….

「대일기획 전무 이사 강준영」

남자가 주고 간 명함을 들여다보던 루비는 기가 막혀 피식 웃고
말았다.

✳ ✳ ✳

마지막 공연일인 12월 25일. 공연 시작 5분 전. 모든 준비를 마
친 루비는 눈을 감고 차분히 마음을 가라앉혔다.

똑똑.

노크에 이어 대기실 문이 열리는 소리가 들렸다. 아마도 코디나
매니저겠지. 루비는 개의치 않고 평정심을 유지하기 위한 마인드
컨트롤을 계속했다.

'오늘도 온 마음을 다해 노래하자. 힘내라, 한루비!'

싱긋 미소를 머금고 눈을 뜨자 전면 거울에 비친 한 남자와 눈이
마주쳤다. 묵묵히 그녀를 응시하는 남자는 조금 수척해졌지만, 여
전히 아름다웠다.

"……대표님?"

꿈을 꾸고 있는 걸까? 꿈속에서는 저렇게 다정한 눈빛으로 봐
주곤 했으니까.

하지만 꿈이 아니란 걸 깨닫는 데는 그리 오랜 시간이 필요치 않
았다. 회전의자를 돌려 다시 바라본 그는, 여느 때와 같은 차갑고
건조한 눈빛으로 그녀를 내려다봤다.

그럼 그렇지. 거울의 착시 현상에 깜빡 속다니…….

잠시나마 착각으로 부풀었던 마음이 이내 바람 빠진 풍선처럼 쪼그라들었다.

"어떻게 벌써 오셨어요? 연말까지 한국에 안 들어오시는 걸로 알고 있었는데."

"……그동안 잘했다고 들었다. 끝까지 마무리 잘하도록."

꽉 잠긴 목소리에 창백한 낯빛. 마치 뛰어온 사람처럼 거친 호흡으로 제 할 말만 마치고 이현은 방을 나가 버렸다.

뭐야. 고작 그 말 하려고 온 거야?

루비의 입술이 절로 비죽 튀어나왔다.

"오늘 밤 보름달 뜨는 거 아시죠? 크리스마스에 뜨는 보름달을 '럭키문'이라고 한대요. 일생을 통틀어 몇 번밖에 볼 수 없는 럭키문이 뜨는 오늘, 여기 오신 모든 분께 특별한 행운이 깃들길 바라며…… 마지막 곡, 'Moon River' 부르겠습니다."

띠리링.

루비의 손가락이 기타 줄을 퉁기자 맑은 선율이 울려 퍼졌다.

"Moon river, wider than a mile……."

지그시 눈을 감고 루비는 아빠가 좋아했던 노래를 불렀다.

아빠가 어디 계시든, 지금 이 노래를 부르는 제 마음은 달빛을 타고 흘러 흘러 전해지리라. 아빠의 고단한 마음에 이 노래가 스며들어 부디 오늘 하루만이라도 쓸쓸하지 않길…….

"……Moon river and me."

노래를 마친 루비는 자리에서 일어나 고개를 숙였다. 쏟아지는 박수갈채 속에 한동안 굳어 있던 그녀가 서서히 고개를 들었을 때, 조명이 켜져 한결 밝아진 객석 중간쯤 앉아 있는 한 사람이 눈에 들어왔다. 손뼉 치며 환호하는 사람들 사이에서 혼자 눈물을 흘리고 있는 중년의 남자가.

시선이 얽히자 남자는 천천히 팔을 올려 그녀에게 수신호를 보냈다. 이 세상에서 오직 두 사람만 알고 있는 비밀 신호를.

아빠……!

루비의 양 뺨도 어느새 젖어들기 시작했다.

19

감각은 이성보다 솔직하다

제야의 종소리가 온누리에 울려 퍼질 즈음. D&P 사옥 펜트하우스에 사람들이 하나둘 모이기 시작했다.

신년은 가족과 보내도록 연습생들에게 연말 휴가를 주지만, 해외에서 왔거나 다른 사정으로 집에 가지 못하는 아이들도 더러 있기마련. 처음엔 그들이 쓸쓸할까 봐 치킨이나 먹자고 불렀던 게 이제는 가수들이 더 많이 참석했다.

가요시상식뿐 아니라 연기대상이며 보신각 타종 현장까지 온갖행사를 뛰느라 정신없이 바쁜 연말을 보낸 소속 가수들은 밖에서돈 쓰고 노는 것보다 이곳에서 대표님이 시켜 주는 치킨을 먹는 게더 좋단다. 시상식 뒤풀이를 밖에서 거하게 하고도 2차는 당연한듯 이곳으로 모여드는 정도니 뭐.

이번엔 임규선 감독과 그 스태프들까지 합세해 여느 때 보다 북

적거리는 치킨 파티가 됐다. 음악 전문 방송국이 주최하는 시상식에서 '너의 바람이 불면'으로 '올해의 뮤직비디오'상을 받은 임 감독이 자축 파티에 나오라고 이현을 불렀다가 역으로 초대받은 것이다.

'가요대전' 시상식에서 인기상을 받은 루비는 바빴던 하루를 샤워로 마무리하고 자려던 참에 임 감독의 톡을 받고 펜트하우스로 올라왔다. 다들 왁자지껄 먹고 마시는 분위기 속에서 치킨 다리를 뜯는 그녀의 신경은 온통 이현에게 집중되었다.

콘서트 마지막 날. 바람처럼 나타났던 이현은 맨 뒤에서 그녀의 무대를 지켜보곤 끝나자마자 번개처럼 출국해 버렸다. 정해진 스케줄을 마치고 그가 귀국한 건 30일 밤이었지만 연말 행사로 바빠 통 얼굴 볼 새가 없었다.

어쨌거나 오늘은 꼭 말해야 한다. 진심으로 감사하다고.

"저기…… 대표니임……."

호시탐탐 기회를 노리던 루비가 주방으로 들어가는 이현의 뒤를 졸졸 쫓아가 등 뒤에 바짝 다가선 순간, 갑자기 몸을 휙 돌린 그의 가슴팍에 이마를 콩 찧고 말았다.

허억!

연이어 '쨍그랑!' 어디선가 들려오는 날카로운 파열음.

"움직이지 마!"

나지막하지만 다급한 목소리가 정수리에 뜨겁게 닿았다.

"……이런. 죄, 죄송해요."

이현을 따라 주방으로 들어갈 구실을 마련하느라 집어 들었던 빈 접시는 산산조각이 나 버렸다.

"어떡해. 제가 똑같은 거로 사 드릴……."

말을 끝맺기도 전에 달 탐사선에서 내린 우주인처럼 몸이 절로 공중 부양 하더니 어딘가에 살포시 강제 착륙 당했다.

뭐지?

정신을 차려 보니 이미 제 육신은 주방 가운데에 있는 커다란 아일랜드 식탁 위에 안착해 있는 게 아닌가. 게다가 더 놀라운 건, 양 옆구리에서 느껴지는 열기가 스멀스멀 전신으로 번져 가는데, 뜨거운 화인을 찍은 주인공은 어느새 제 발치에 쭈그리고 앉아 양말을 벗겨 내려던 참이다.

아니, 왜? 하늘색 마시멜로처럼 포근포근한 수면 양말이 탐난 건 아닐 테고.

"아, 아아, 안 돼요! 벗기지 마세요, 제발!"

기가 차다는 듯 올려다보는 이현의 찌푸린 이맛살이 왜 이리 섹시해 보이는지. 루비는 마른침을 꼴깍 삼켰다.

참 내, 누가 들으면 옷이라도 벗기는 줄 알겠네. 이현이 중얼대며 훌러덩, 가차 없이 양말 두 짝을 벗겨 내자 조그맣고 하얀 발이 드러났다. 잠시 멈칫하던 그가 퉁명스럽게 말하며 몸을 일으켰다.

"그러게 왜 실내화를 안 신었어?"

화났나? 하지만 실내화 안 신었다고 분노 게이지가 상승했을 리는 없고. 아끼는 접시를 깨뜨려서?

"아니 그게, 손님이 많아서…… 실내화가 부족하니깐 다른 분께……."

신고 있던 실내화를 맨발의 여자 손님에게 양보한 건데 제가 뭘 잘못했다고 목소리가 기어들어 가는지 모르겠다. 뺨은 또 왜 이렇게 화끈 달아오르는 건지. 아마도 코에 닿을 듯 가까운 이현의 가슴팍에 자꾸 눈길이 가서 그런가 보다. 얄팍한 티셔츠 밑에서 팔딱거리는 그의 심장 박동에 맞춰 루비의 속눈썹도 바르르 경련을 일으켰다.

격하게 오르내리는 가슴에 머물던 시선이 무언가에 이끌리듯 조금씩, 조금씩 위를 향했다. 반듯한 빗장뼈를 더듬고 도드라진 목울대에 닿았을 때 꿀렁, 아담의 사과가 꿈틀댔다. 잠시 그곳을 배회하던 눈길은 다시 강인한 턱 선과 굳게 다문 입술과 우뚝 솟은 콧날을 지나 그의 눈동자에 닿았다.

그 안엔 고스란히 제가 담겨 있었다.

"……."

"……."

얽힌 시선이 끊어질 듯 팽팽하게 서로를 당겼다. 남녀 관계에서 스킨십의 후퇴는 없다더니. 아무리 비즈니스였다지만 이미 키스까지 해 본 사이여서일까. 이렇게 가까이 마주 보고 있자니 정신이 아득히 흐려지고 몸이 달아올랐다. 마치 열감기에 걸렸을 때처럼 호흡까지 가빠 왔다.

만약…… 지금, 그의 목에 팔을 두르고 그대로 입술을 맞댄다면…… 어떻게 될까?

루비는 아랫입술을 지그시 깨물며 아일랜드 식탁의 모서리를 부여잡은 손가락에 힘을 주었다. 저도 몰래 망상을 실행해 버릴까 두려워 손마디가 하얘지도록 꽉 잡고 버티는데, 이현이 목을 살짝 기울이며 느리게 다가오는 것처럼 느껴졌다.

'설마……?'

착각이려니 하면서도 심장이 터질 듯 뛰었다. 뭐라고 말이라도 해야 할 텐데, 그의 시선에 갇혀 꼼짝도 할 수 없었다.

"우와!"

때마침 거실에서 함성이 터져 나왔고, 동시에 이현이 한 걸음 뒤로 물러났다. 본능적으로 위험을 감지한 들짐승처럼.

"그게 진짜야?"

"대박이다!"

"내가 그럴 줄 알았다니깐 걔들. 어쩐지 전부터 수상하더라."

루비의 뇌리에도 경보음이 울렸다. 거실과 주방 사이에 넓은 홀이 있고 기둥과 불투명 유리 파티션 때문에 거실 쪽에서 주방이 들여다보이지는 않지만, 그래도 그렇지. 어떻게 저 많은 이들의 존재를 까맣게 잊을 수 있었을까. 모든 소음이 차단된 듯 정말이지 아무 소리도 안 들리고, 세상에 단둘뿐인 것처럼 눈앞의 남자에게 폭 빠져서는……

"꼼짝 말고 앉아 있어. 이거 다 치울 동안."

낮게 잠긴 음성이 어색한 공기를 갈랐다.

"제가 치울게요."

"가만있어. ……벌이니까."

"앉아 있는 게 무슨 벌이에요?"

"그럼, 손들고 앉아 있을래?"

루비는 피식 웃으며 고개를 절레절레 흔들었다. 조금 전 그가 다가왔다고 느낀 건 그저 제 망상에 지나지 않았음을 확신하면서.

"근데 양말은 뭐 하시려고요? 이리 주세요."

"안 돼. 버릴 거야."

"아깝게 그걸 왜 버려요!"

"어차피 못 신어. 어디에 파편이 박혀 있는지 알고."

"빨면 돼요."

"괜히 손까지 다치는 멍청한 짓은 하지 않는 게 좋겠지?"

"그거 비싼 건데……."

얼마 전 매니저와 코디를 따라갔던 심야의 마트에서 사 온 양말이다. 세일도 하지 않는 걸 그저 예쁘다는 이유로 사고는 대단한 호사라도 누린 듯 뿌듯해했던.

"그럼 접시랑 퉁치면 되겠군."

쥐고 있던 루비의 하늘색 양말을 휴지통에 휙 던져 넣은 이현은 접시 파편을 치우기 시작했다. 먼저 커다란 조각을 조심스럽게 주워 버린 후, 물에 적셔 꼭 짠 키친타월로 꼼꼼히 바닥을 닦았다.

"저기…… 대표님……."

발가락을 꼼지락대며 그 모습을 지켜보던 루비가 궁금함을 못 참고 입을 열었다.

"왜 청소기 안 쓰세요? 그럼 금방 끝날 텐데."

"유리 조각 같은 거 치울 때 청소기 쓰면 안 돼."

"왜요?"

"청소기가 고장 나거나 심하면 폭발할 수도 있거든. 눈에 보이지 않는 작은 파편들은 탈지면을 뭉쳐서 닦으면 가장 좋은데, 없으니까 이걸로 대신하는 거지."

"으, 세상에! 어떻게 그런 걸 다 아세요?"

"뭐 그냥. '생활의 지혜'나 '살림의 팁' 같은 거, 평소에 관심 있게 보거든."

카리스마 넘치는 이현이 살림 팁을 찾아보고 외워 뒀다가 실생활에 써먹는 남자였을 줄이야!

루비는 웃음이 새어 나올 거 같아 입을 앙다물었다. 이렇게 또 한 가지, 그에 대해 알게 된 게 내심 뿌듯하기도 했고.

뭐든 대충하는 게 없는 그답게 또 한차례 바닥을 훔쳐 낸다. 파편이 튀었을지도 모른다고 예상되는 반경보다 훨씬 먼 곳까지 그의 손길이 닿았다. 몸을 구부리고 열심히 바닥을 닦는 그의 넓은 등을 내려다보고 있노라니 문득 엄마가 해 주신 말씀이 떠올랐다.

'사람의 뒷모습은 거짓말을 하지 않아. 마주하고 웃으며 달콤한 말을 하기는 쉽지만, 늘 한결같은 모습으로 묵묵히 제 할 일을 해내기는 어렵거든. 엄만 내 딸이 꼭 그런 사람을 만났으면 좋겠어. 뒷모습이 진실한, 큰 나무 같은 남자.'

'엄마, 그런 사람…… 바로 여기 있네.'

가슴이 뭉클해지며 눈물이 날 것 같았다. 돌이켜 보면 그는 늘 그랬다. 앞에선 자로 잰 듯 냉철하고 까칠하게 굴어도 언제나 바른 길로 그녀를 이끌었다.

손에 쥔 상금 1억 원을 놓치게 했다고 그를 원망한 적도 있었다. 하지만 만약 그때, 준비도 되지 않은 상태에서 '파이널 5인'에 들어 주최 측에 의해 데뷔를 했다면 어떻게 되었을까? 막아 줄 방패도 없고 기본기도 없이, 그저 타고난 목소리 하나로 얼결에 가수가 되어선 이리저리 휘둘리며 힘겨워했겠지.

아빠 일도 그렇다. 자존심 때문에 내색 안 했는데 어떻게 제 마음의 그늘을 알아챘을까. '대표와의 면담' 시간에 조심스럽게 위로의 말을 건네긴 했지만, 그가 아빠 일을 마음 깊이 담아 두고 있을 줄은 몰랐다. 꿈에도 몰랐다. 그 깊은 속내를⋯⋯.

이현은 여전히 바닥만 문지르고 있었다. 티끌 같은 조각 하나라도 용납하지 않겠다는 기세로 북북 닦다가 손등으로 이마를 훔치고는 다시 하던 일에 열중한다. 훈훈하게 난방이 되는 곳에서 저렇게 움직이니 땀이 날 수밖에.

후, 루비는 입술을 오므려 아주 작은 숨결을 그를 향해 날렸다. 그의 이마에 맺힌 땀방울을 식혀 주고 싶어서. 후우, 이 작은 바람이 나비의 날갯짓처럼 언젠가는 그의 가슴에 폭풍을 일으킬 수 있을까, 헛된 바람을 숨기며.

설마 그 바람이 닿았을까, 거짓말처럼 이현이 돌아보았다. 화들짝 놀란 루비는 휘파람을 불던 중인 양 휘익, 휙, 소리까지 내며 딴청을 피웠다. 그의 시선에 볼이 발갛게 달아올랐지만 아닌 척 시치미를 뚝 떼며.

그런 루비를 물끄러미 쳐다보던 이현은 일어나 개수대 쪽으로 향했다.

'아우, 진짜! 왜 이리 정신을 못 차리는 거야. 올라가지 못할 나무는 쳐다보지도 않겠다고 큰소리친 게 얼마나 됐다고. ⋯⋯지조도 없이.'

그를 향한 마음을 접으려고 노력했지만, 잘되지 않았다. 그래도 겉으론 무심한 척 제법 그럴싸하게 연기해 왔는데, 알면 알수록 더 좋아지기만 하니 어쩌면 좋을까.

'누군 감정 없고, 누군 표현할 줄 몰라서 입 닫고 사는 줄 알아? 연예계에 발을 들였으면 너를 위해 지갑을 연 팬과 광고주 뒤통수를 치진 말아야지. 그걸 지키지 못하면 이곳에 발붙이지 못하고 바로 밀려나는 거야.'

맞다. 그의 말이 다 맞다.

하지만. 비록 올라가지 못할 나무여도 그냥 쳐다만 보는 건 괜찮지 않을까? 혼자 속으로만 좋아하면 그 누구에게도 피해를 주지 않잖아.

"이거 신어."

어느새 다가온 이현의 손에는 조금 전까지 그가 신었던 슬리퍼가 들려 있었다.

"바닥에 파편 붙었을까 봐 닦는 김에 안까지 다 닦았다."

끝까지 세심한 사람! 어떻게 이런 사람을 좋아하지 않을 수 있을까?

"대표님은 어쩌시고요?"

"양말 신었으니까 괜찮아."

손을 내밀어 슬리퍼를 받으려는데 한발 늦었다. 슬리퍼를 신겨 주는 그의 손길에 심장이 콩닥콩닥 제멋대로 날뛰었다.

정신 차려, 한루비! 이건 유리 구두가 아니라 슬리퍼라고.

아일랜드 식탁에서 내려가려는데 이번에도 이현이 빨랐다. 그의 손이 닿았던 옆구리가 감전된 것처럼 찌릿했다.

이 남자, 왜 이리 자상한 거야? 감당할 수 없게. 마음에 브레이크가 걸리질 않잖아.

"저, 대표님……. 고맙습니다."

"뭐 이깟 일로."

"아니, ……아빠 일요."

"아, 그거? 흐음. 사실 내가 한 게 거의 없어. 필리핀 지인한테 부탁했던 거라서."

대수롭지 않다는 듯 이현이 어깨를 으쓱했다. 하지만 아빠에게 자초지종을 들은 루비는 그가 얼마나 애썼는지 알고 있었다. 가족의 짐이 될 바에야 돌아가지 않겠다는 아빠를 몇 번이고 찾아가 간곡히 설득했다고 한다. 닫혀 있던 아빠의 마음을 열고 다시 시작할 수 있다는 용기와 희망을 준 것이 루비는 무엇보다 고마웠다.

"정말 어떻게 보답해야 할지……."

"보답이라……. 그럼 부침개 부치는 거나 좀 도울래? 파편 치우느라 방전됐다, 나."

"얼마든지요."

머리카락을 모두 뽑아 짚신으로 삼아 바쳐도 모자랄 판에 부침개나 부치라니. 까짓 부침개 100장이라도 부치겠네.

"언제 뒤집을지 지켜봐."

뜨겁게 달군 프라이팬에 기름을 두른 뒤 반죽을 올린 이현이 루비를 그 앞에 세워 두고 냉장고에서 밀폐 용기를 꺼냈다.

"그건 뭐예요?"

"샐러드나 좀 만들려고. 치킨이랑 부침개만 먹으면 느끼하니까 상큼한 게 필요하겠지?"

"언제 이걸 다 준비해 두셨어요?"

"드레싱만 내가 만든 거고 채소는 아주머님께 미리 부탁해 뒀어.

부침개 반죽이야 뭐 뚝딱이고."

참 쉽게도 말한다. 샐러드를 버무리는 손놀림은 말보다 더 시원시원하고.

"그만 뒤집어야 할 거 같은데, 뒤집개는 어디 있어요?"

"어디 보자…… 아! 딱 지금이네. 잠깐 이리 좀 비켜 봐."

루비를 밀쳐 내고 레인지 앞에 선 이현이 프라이팬 손잡이를 잡더니 휘익, 공중으로 부침개를 날렸다. 부침개가 공중 돌기를 무사히 마치고 프라이팬에 사뿐히 안착하자 그것을 지켜보던 루비의 입이 쩍 벌어졌다.

"뭐?"

루비의 반응이 재미난지 이현이 어깨에 힘을 딱 주고 한껏 도도한 표정으로 턱을 치켜들었다.

"우와! 지인짜 대단하세요!"

손뼉까지 치며 좋아하는 그녀 때문에 자꾸 웃음이 나왔다. 부침개 뒤집는 것만으로도 이렇게 열광적인 반응을 보여 주는 여자, 한루비가 귀여워 죽겠다.

"무슨 '태양의 서커스'라도 본 거 같다?"

"그, 그러게요."

볼을 붉히며 눈을 내리까는 모습은 또 얼마나 예쁜지. 함께 있는 이 짧은 순간도 도무지 정신을 차릴 수가 없게 만드는 너. 모든 걸 다 내려놓고, 눈 감고 귀 막고, 딱 나만 생각한다면……. 그럴 수 있다면, 난…….

"다 익었는데, 접시 어떤 거 써요?"

까만 눈을 동그랗게 뜨고 말똥말똥 저를 쳐다보는 한루비의 시선에 심장이 쿵 떨어져 내렸다. 이 여잔 왜 아무 때나 사랑스러운 건지, 정말.

"……대표님?"

"어? 어, 어 저기……."

"이거요?"

선반 위 접시꽂이에 손을 뻗친 그녀의 자태가 위태롭다고 느낀 순간,

"앗!"

몸이 빨라 다행이었다.

아니, 재앙인가?

재빠른 인터셉트 덕에 접시는 지켰지만, 정작 자신은 지키지 못했으니까.

"아, 죄송……."

"……."

"후, 다행이다. 안 떨어뜨려서."

감각은 이성보다 정직했다. 그녀의 머리카락에서 풍기는 달콤한 샴푸 냄새라든가, 가슴팍에 와 닿는 따스한 체온, 접시를 잡은 손가락끼리의 부드러운 마찰. 이 모든 게 이성을 마비시켜 머릿속을 하얗게 비워 버렸다.

그녀의 작은 손 위에 겹쳐진 손에 지그시 힘이 들어갔다. 싱크대와 자신의 몸 사이에 갇힌 가냘픈 몸의 미세한 떨림이 느껴졌다. 제 심장 박동 또한 고스란히 그녀에게 전해지고 있겠지.

"……대표님?"

그녀의 목소리에 정신이 든 이현은 저 멀리 꼬리를 감추는 이성

의 끈을 겨우 잡아챘다.

"조심하지, 또 떨어뜨리는 줄 알고 놀랐다."

당황해서 잠시 굳었던 것처럼 얼버무리고는 아무렇지 않은 척 그녀의 손에서 접시를 낚아채 부침개를 담았다.

"이거 갖다 주고 올 동안 부침개 반죽 좀 올려 줘."

부침개 접시와 샐러드 볼을 들고 거실로 향하면서 이현은 고개를 절레절레 흔들었다.

'후우, 잠깐 사이에 벌써 몇 번째 고비를 넘긴 건지…….'

머리론 그녀를 밀어내면서도 몸으로 자꾸 다가가려는 이 상황이 무척이나 혼란스러웠다. 아까만 해도 그렇다. 하마터면 입맞춤할 뻔하지 않았는가.

'미친놈! 이대론 진짜 위험해. 무슨 대책을 마련하든가 해야지.'

지켜 줘야 할 게 많은 그녀인데 지금 가장 위험한 존재가 바로 저라니, 이런 아이러니가 또 있을까. 자제력 하나만큼은 우주 최강이라고 자부해 왔는데 한루비한테는 왜 이리 쉽게 흔들리는지 모르겠다.

"어, 대장! 우리 챔피언 먹었어요!"

때마침 현관을 들어서던 은결이 호기롭게 소리쳤다. 뒤따라 들어오던 '화이트 스톰' 멤버들도 환호성을 질렀다. 가장 권위 있는 방송국의 연말 시상식에서 3년 연속 올해의 가수왕이 되었으니 왜 기쁘지 않겠는가. 이현의 입가에도 흐뭇한 미소가 감돌았다.

"그래, 수고들 했다. 어서 들어가서 치킨 먹어라."

"오빠, 저도 왔어요."

커다란 장정들 사이에 가려 보이지 않던 유하라가 쌩긋 웃으며 나타났다.

"유하라 씨가 이 시각에 웬일로?"

"어머, 오빠! 또 서운하게 그런다. 여기 사는 애들만 D&P 적자
고 난 서자야 뭐야. 시상식 뒤풀이 1차만 하고 끝내긴 아쉬워서 따
라왔죠."

"부모님께서 걱정하실까 봐 그러지. 연락은 드리고 온 거야?"

우르르 거실로 몰려가는 '화이트 스톰' 멤버들 손에 들고 있던
접시와 볼을 건네며 이현은 재차 물었다.

"칫. 나도 오늘부터 서른 살인데…… 과년한 딸, 걱정은 무슨.
여기 온다니까 우리 엄마 뭐란 줄 아세요? 집에 안 들어와도 된다
는 거 있죠?"

높은 킬힐을 벗고 실내로 들어서는 하라의 몸이 위태롭게 휘청
거렸다. 취기가 묻어나는 목소리엔 은근한 교태가 얹혀 있었다.

"취했군."

"흐응. 오늘 좀 마셨어요. 내일 방송도 없겠다, 모처럼 마음 편
히 놀아야지."

"더는 마시지 않는 게 좋겠다. 여기, 외부 사람들도 와 있어 지
금."

"그래서요?"

팔짱을 낀 이현 앞에 바짝 다가선 하라가 도발하듯 빤히 올려다
본다.

"……실수하면 어쩌려고 그래. 유하라 씨 이미지도 있는데."

"아, 짜증 나. 유하라 씨는 무슨 얼어 죽을 유하라 씨야. 하라야!
일케 좀 불러 봐여, 네? 내가 오빠를 언제부터 좋아했는데. 자그마

치 14년째야, 14년. 아니, 해 넘겼으니 이제부터 15년째네? 근데 오빠, 둘이 있을 때조차 유하라 씨라고 해야 해? 꼭 그렇게 철벽을 쳐야만 하냐구우, 나한테!"

이현의 미간에 주름이 잡혔다. 어린애처럼 투정을 부리는 모습을 보자 매일 숙소 앞에 진을 치고 그를 기다리던 열여섯 살 유하라가 떠올랐다. 그때도 이렇게 떼를 썼었지.

'오빠 좋아해요.'라는 말 뒤에 숨겨진 속내는 알고 보면 이러했다. 나처럼 예쁜 애가 널 좋아한다는데, 왜 날 안 보는 건데. 우리 집안이 어떤 집안인 줄 알아? 우리 아빠가 뭐 하는 사람인지, 우리 엄마가 어느 가문 딸인지 알면 나한테 이럴 수 없을 거야.

"오빠 내가, 어떤 마음으로 오빠 곁을 맴돌았다고 생각해요? 열여섯 살 이후로 내 마음엔 오빠밖에 없는데, 이 정도 했으면 그래도 최소한의 곁은 내줘야 할 거 아니야. 다정하게 이름 한 번 불러 줘야지."

"그만하지. 사람들 들어서 좋을 거 없잖아."

여전히 냉랭하기만 한 이현의 목소리에 하라는 오기가 생겼다.

사람들이 들으면 뭐 어때서. 스캔들? 그거야말로 바라던 바다. 이참에 스캔들 나면 결혼까지 밀어붙이는 거지. 아빠랑 외할아버지까지 나서서 압력을 넣으면 자기가 어떻게 견뎌.

"오빠…… 나, 오빠 좋아해요."

그 말을 내뱉고 하라는 이현의 품으로 몸을 던졌다.

"유하라 씨!"

다행히 이번에도 이현의 반응은 빨랐다.

"……오빠?"

지금쯤 그의 가슴에 포근히 안겨 있어야 하는데, 그런데 왜⋯⋯ 어깨가 아프지? 눈을 빼꼼히 뜨고 올려다보니 이를 악문 차가운 얼굴이 보였다.

"아, 아아, 아파. 어깨 좀 놔줘요."

"취했으면 추태 부리지 말고 곱게 집에나 가시죠, 유. 하. 라. 씨!"

"하라 씨, 맥주 하실래요?"

"아뇨. 전 이거면 충분해요."

임 감독이 맥주를 권하자 하라는 손에 쥔 페트병을 흔들어 보였다. 이현이 손수 가져다준 것이다.

얼른 술 깨고 집에 가라 이거지?

소파 한 귀퉁이에 기대앉은 하라는 억지 미소를 지으며 차가운 녹차 음료만 홀짝거렸다. 모든 건 술 때문이란 핑곗거리가 있어 그나마 다행이었다. 당장 귀가하라며 매니저를 호출하려는 이현에게 바로 꼬리를 내리고 사정했다.

'안 돼요, 오빠. 저 이대로 들어가면 부모님께 쫓겨나요. 술 좀 깨면 갈게요, 네?'

물론 거짓이었다. 취한 척 휘청거리는 연기로 어떻게든 이현과 진도를 뽑아 보려던 계획은 물거품이 되었지만, 작전상 후퇴일 뿐이었다. 술이 센 편이라 그 정도에 맛이 갈 그녀가 아니다.

두고 봐. 게임은 아직 끝나지 않았으니까.

"따끈따끈한 부침개가 나왔습니다."

다음 기회를 노리며 눈알을 굴리던 하라의 시선에 때마침 '따끈따끈한' 먹잇감이 포착되었다.

"어! 선배님도 오셨어요?"

접시를 내려놓고 '화이트 스톰' 멤버들과 축하 인사를 나누던 루비의 눈길이 하라에게 닿자 휘둥그레 커졌다.

"……수고가 많네?"

하라의 날카로운 눈빛이 루비를 훑어 내렸다.

"수고는요, 뭘. 이거 방금 부쳐서 바삭하고 맛있는데 드셔 보세요."

"나, 기름진 거 싫어하잖아. ……몰랐어?"

아니, 자기가 기름진 걸 싫어하는지 좋아하는지 그걸 내가 어찌 아느냐고!

루비는 황당함을 애써 누르고 하늘 같은 선배에게 예의 바르게 대답했다.

"네, 몰랐습니다. 그럼, 이따 뵐게요."

"어디 가?"

취조라도 하듯 따져 묻는 하라의 기세에 루비는 잠시 주춤했다.

"주방에요."

"거기 누구누구 있어?"

웬 호구 조사?

루비는 의아한 시선으로 하라를 보다가 곧 말을 이었다.

"대표님이요."

"그럼 여태 주방에 단둘이 있었던 거야?"

뭐지? 이 날 선 분위기는? 빤히 올려다보는 시선에 적의가 느껴졌다면 내가 너무 앞서 나간 걸까?

"대표님 혼자는 힘드실 거 같아서 좀 거들어 드렸어요."

"일이 되게 많나 봐?"

살짝 올라가는 말끝이 비꼬는 듯 미묘한 뉘앙스를 풍겼다.

"아, 아뇨. 이제 거의 끝나 가는데⋯⋯."

저도 몰래 루비의 말끝이 흐려졌다. 아닌 게 아니라 찔리는 구석이 있긴 했다. 이현이 다 구운 부침개를 접시에 담아 들고 나가 있는 동안 반죽을 올려놓은 거 말곤 딱히 제가 한 게 없었으니까.

괜히 옆에서 알짱대는 게 귀찮은 건 아닐까, 눈치를 슬쩍 살폈지만 다행히 그런 기색은 없었다. 부모님 안부도 묻고 소소한 이야기를 나누는 내내 그의 기분은 꽤 좋아 보였다. 살짝 입꼬리도 올라가고 간간이 웃기도 한 걸 보면 나와 함께 있는 게 이 사람도 좋은 걸까, 착각할 정도로.

"시골 잔칫집도 아니고 무슨 부침개를 이렇게 자꾸 부쳐 오는 건지, 원. 이딴 거 누가 먹는다고."

"네?"

서빙조차 못 하게 하는 이현이 걸려 온 전화를 받는 사이, 제 딴엔 돕고 싶어 잽싸게 접시를 들고 나왔던 건데 이런 지뢰를 밟게 될 줄이야! 표정 관리가 안 될 정도로 루비의 황당함은 극에 달했다.

"우어, 여기 D&P 최고의 미녀들이 뭉쳤네? 둘이서 뭘 그리 재밌게 속닥거려요?"

눈치 빠른 은결이 불쑥 끼어들지 않았다면 선배고 뭐고 발끈해서 들이받았을지도 모른다.

"근데 이 부침개 되게 맛있다. 누나! 나랑 부침개 더 가지러 가
자."

개구쟁이처럼 천진하게 웃으며 빈 접시를 들이미는 은결과 얼결
에 주방으로 향하면서 루비는 이를 빠드득 갈았다.

"흥, 이 남자 저 남자 아주 잘도 꼬드기는구나."

그런 루비의 뒷모습을 째려보던 하라가 갑자기 무슨 생각이 났
는지 휴대 전화를 꺼내며 씨익, 회심의 미소를 지었다.

"내가 그랬지. 한 번만 더 술 먹고 너한테 전화하면 난 사람이
아니다, 어? 그럼 난 개다, 개."

"그래서요?"

"그래서는 뭘 그래서야. 남아일언중천금. 몰라?"

"다시는 전화 안 하셨구나."

"돌았냐? 내가 걔처럼 예쁜 애를 어디서 또 만난다고. 다음에 또
취해서 전화했더니 다짜고짜 '이 개자식아!' 그러는 거야. 그래서
냉큼 꼬리 내리고 왈왈거렸지."

알딸딸하게 술이 오른 임 감독이 실없는 연애담을 늘어놓자 폭
소가 터졌다.

"아, 뭐예요 진짜."

"뭐긴. 개 팔자가 상팔자 아니냐. 주인님의 충견으로 사는 요즘
이 난 제일 행복하다."

"오! 다시 만나는 거예요, 그럼? 이거 완전 반전이네."

임 감독과 그 스태프들 사이에 앉은 이현도 얼결에 따라 웃었지

만, 사실 그의 모든 안테나는 맞은편 소파에 앉은 남녀를 향해 내내 곤두서 있었다.

"루비 씨는 어느 나라 좋아해요?"

"나라요? 음…… 일단 유서 깊은 발레단의 공연을 볼 수 있는 나라는 다 좋아요. 영국과 러시아는 또 가고 싶은 나라예요. 아, 그런 점에선 미국도 나쁘지 않고요."

"역시 루비 씬 쇼핑이나 유흥보다는 예술을 즐기시는군요."

술 좀 깨면 귀가하겠다던 유하라가 매니저 대신 호출한 그녀의 사촌 강준영은 넉살도 좋게 파티에 끼어들더니 팬이라며 한루비 옆에 붙어 앉아 시시덕대고 있었다.

대체 언제 갈 거냐고!

이현이 어금니를 꽉 깨물었다.

"아니, 뭐 꼭 그런 건 아닌데……. 근데 갑자기 왜 물으시는데요?"

"광고 찍을 때 참조하려고요. 기왕이면 루비 씨가 좋아하는 나라나 가고 싶은 곳에서 촬영하면 좋잖아요. 일정 넉넉하게 잡아서 간 김에 발레 공연도 보고 말이죠."

"아아, 네. 하지만 전 회사에 매인 몸이라서 쉽지 않을 거 같네요."

뭐야, 저 자식! 아직 계약서에 도장도 안 찍었는데 누구 맘대로 광고 촬영지를 들먹여?

이현의 날카로운 시선이 강준영을 벨 듯이 스쳤다.

적당히 큰 키에 균형 잡힌 몸매는 운동선수 같았고, 쌍꺼풀 없이 시원한 눈매는 웃을 때면 반달처럼 휘어 부드러운 인상을 풍겼다.

외형만으로도 이미 넘치게 훈훈하지만 학벌과 능력 또한 빼어난 강준영은, 대일그룹 회장의 차남이란 후광이 없더라도 충분히 매력적인 남자였다.

"그 정도는 제가 다 조정할 수 있으니 루비 씨는 그저 말씀만 해 주세요. 어딜 가고 싶은지, 무슨 공연을 보고 싶은지, 또 뭐가 먹고 싶은지. 알아서 제가 모시겠습니다."

피식, 웃는 그녀를 보자 피가 머리끝까지 역류하는 것 같았다.

싫지 않은 거겠지. 아니, 그녀도 내심 좋은 걸까? 모든 걸 다 갖춘 남자가 적극적으로 대시하는데 마다할 여자가 과연 있을까?

그녀의 입이 열리길 기다리는 순간이 억겁처럼 무겁게 가슴을 짓눌렀다.

"말씀은 감사하지만, 모든 스케줄은 회사와 의논해서 결정해야 하니까 제 선에서 드릴 말씀은 없네요."

"아, 그야 그렇죠. 어쨌든 구두 협상은 끝난 사안이지만, 정식 계약 때 제가 좀 더 루비 씨 편의를 생각해서 세밀하게 조정해 보겠습니다."

에라이, 끈질긴 놈아!

저도 모르게 자리를 박차고 일어난 이현은 좌중의 이목이 제게 쏠린 걸 깨닫고 '아뿔싸!' 후회했다. 당황한 기색을 숨긴 채 마치 처음부터 그럴 의도였던 것처럼 테이블 위의 빈 접시를 향해 손을 뻗었다. 술과 이야기에 취한 사람들은 이내 시선을 거두고 대화를 이어 갔다.

후우. 다행이다. 침착하게, 최대한 자연스럽게…….

차곡차곡 접시를 포개는 연기를 계속하는 중에도 들뜬 목소리로 제 이야기를 늘어놓는 강준영 옆에 다소곳이 앉아 있는 그녀가 신경 쓰였다. 겹겹이 쌓은 접시를 들고 허리를 펴며 흘깃 그녀를 보았다. 순간 눈이 마주쳤다. 눈 깜빡할 만큼 짧은 순간이었지만 그녀도 분명 저를 보았다.

숨이 멎을 듯 심장이 조여 왔지만 애써 태연한 척 접시를 들고 주방으로 향했다. 침착하게. 최대한 자연스럽게.

와장창.

그리고 요란한 소리를 내며 접시들이 개수대에 처박혔다. 마지막 인내심과 함께.

"뭐야! 괜찮아, 형? 안 다쳤어?"

뒤따라 들어온 은결이 빈 컵들을 내려놓으며 물었다.

"어. ……손이 좀 미끄러워서."

"소리는 요란하더니 다행히 박살은 안 났네. 이거 두 장만 금이 가고."

금이 간 접시를 집어 쓰레기통에 버리며 은결은 불만이 가득한 목소리로 툴툴거렸다.

"아우, 씨. 재수 없어 그 새끼. 지가 뭔데. 재벌가 자식이면 세상 여자가 다 자기 말 한마디에 빠질 거로 생각하나? 뭐, 팬이라고? 팬은 무슨 놈의 팬이야. 사심 다 드러내고 껄떡대던데."

너도 만만치 않아 자식아. 이현은 하고 싶은 말을 꾹 삼켰다.

"내가 뭐라고 한마디 하려다 형 생각 해서 참았다. 괜히 나섰다가 형 입장만 곤란해지면 안 되니까. 루비 누나 광고 계약 건도 있다며? 으윽. 그 자식 버터 바른 느끼한 목소리 때문에 속이 다 느글거리네. 뭐 좀 개운한 거 없어?"

세차게 쏟아지는 물에 접시를 헹궈 식기세척기에 꽂으며 한숨도 삼켰다. 뒤죽박죽인 마음도 이렇게 착착 정리되면 좋겠다. 이 차가운 물에 찝찝한 마음도 씻겨 내려갔으면…….

"어라? 웬일로 라면이 다 있네? 해장도 할 겸 이거나 끓여 먹어야겠다. 형도 먹을래?"

은결의 목소리에 퍼뜩 정신이 들었다.

"야! 그건 안 돼!"

"왜?"

"그거, ……유통 기한 지났어."

"어, 그래? 버릴까 그럼?"

미심쩍게 살피는 은결에게서 이현은 재빨리 라면을 낚아채 수납장 안에 다시 넣었다.

"놔둬. 나중에 내가 분리수거할 거니까."

젠장! 누군 어디 가고 싶냐, 뭘 보고 싶냐, 뭐든 다 해 주겠다, 마음껏 들이대는 판에 고작 라면 하나 가지고 뭘 어쩌자는 건지.

화가 났다. 아무것도 못 하고 그저 바라만 볼 수밖에 없다는 게. 그녀를 위한다는 명목으로 앞으로도 계속 그래야 한다는 게.

20
질투

접이식 유리문을 닫은 데크 안은 거실의 소음이 차단돼 고요했다. 언제든 차를 마실 수 있게 냉온 정수기와 여러 종류의 티백이 갖춰져 있는 바에서 머그잔 두 개를 들고 온 하라가 테이블 위에 내려놓고는 루비의 맞은편 의자에 앉았다.

"마셔. 허브차라 카페인 없어."

"감사합니다."

"아깐 내가 취해서 실수한 거 같아. 사과할게."

"……괜찮습니다."

"이해해 주니 고마워. 근데 루비 씨, 준영 오빠 어때?"

잠깐 이야기 좀 하자고 불러내더니 이 뜬금없는 질문은 뭐지?

루비가 눈을 동그랗게 뜨고 쳐다보자 머그잔 안의 티백을 휘젓던 하라가 피식 웃었다.

"놀라긴. 그만하면 괜찮지 않아?"

"글쎄요. 좋은 분이신 거 같긴 한데, 제가 그분에 대해 잘 아는 것도 아니라서……."

"사실 전부터 준영 오빠가 루비 씨 소개해 달라고 엄청 졸랐거든. 하도 사람을 달달 볶아서 콘서트에도 갔던 거고."

"제 노래 좋아해 주시니 그저 감사할 따름이죠."

"하하하. 가만 보니 루비 씨 좀 둔하네? 여우인 줄 알았더니 곰이구나."

방금 사과해 놓고 또 저런다. 루비는 기가 찼지만 사람 앞에 두고 아무 말이나 던지는 건 천성이려니 여기고 무시하기로 했다.

"제가 그런 성향이 있긴 해요. 관심이 없는 건 아예 거들떠보지도 않거든요."

"그럼 이제부터 관심 좀 가져 봐. 준영 오빠 그만하면 외모든 조건이든 어디 가서 빠지진 않잖아? 준영 오빠 아버지가 대일그룹 회장인 건 알고 있지?"

"아, 그래요?"

"놀라지 않는 거 보니 알고 있었구나. 하긴 모르는 게 더 이상하지."

알았던 건 아니지만 몰랐다 하기도 모호했다. '스타 탄생' 출연자들이 유하라의 배경과 스펙을 늘어놓으며 대일그룹 회장 조카라고 한 걸 듣긴 했으니까. 다만 그 사실을 군이 강준영과 결부시켜 생각해 본 적이 없을뿐더러, 그가 재벌가의 일원인 걸 알고 있었다 해도 달라질 게 뭐가 있겠는가. 일부러 공연장까지 찾아와 준 팬이니 고마운 마음으로 대했고, 선배의 사촌이기도 하지만 광고 계약

건도 얽혀 있으니 예의에 어긋나지 않게 응대하려고 했을 뿐이었다.

"그런 건 그다지 신경을 안 써서요."

"진짜야? 루비 씨 좀 독특한 캐릭턴가 봐?"

'그러시는 댁은 피곤한 캐릭터고요.'

"준영 오빠가 차남이기는 한데, 어떤 면에선 더 좋은 조건 아냐? 장남보다는 아무래도 자유롭게 즐길 수 있잖아."

대체 무슨 말을 하고 싶은 거야? 루비는 슬슬 짜증이 치미는 걸 애써 누르고 입을 열었다.

"저기, 선배님. 왜 그런 말씀을 저에게 하시는지 이해가 안 가는 데요."

"어?"

애, 뭐야? 정말 모르는 거야, 모른 척 연기하는 거야? 이 정도 미끼를 던졌으면 덥석 물어도 모자를 판에, 이해가 안 간다니?

너 바보냐는 말이 입 밖으로 튀어나오려는 걸 하라는 간신히 참 았다. 또 성질대로 '다다다' 했다간 모든 게 수포가 될 테니.

"으응, 내 말이 어려웠나? 한마디로 준영 오빠가 루비 씨 개인적 으로 만나고 싶어 하니까 따로 만나 보란 거지."

"개인적으로요?"

"왜 그래, 표정이? 어렵게 생각할 거 없잖아. 그냥 가끔 만나서 차도 마시고 밥도 먹고 드라이브도 하고 그러는 건데 뭐. 친구처럼 편하게."

"전 개인적으로 팬을 만나고 싶진 않은데요. 정말 제 팬이라면 공연장에서 뵙는 거로 충분하다고 생각합니다."

"하, 좀 답답하네. 그러니까 내 말은! 팬이 아니라 아는 오빠처

럼 친하게 지내 보라고. 준영 오빠랑 친해지면 루비 씨한테 여러모
로 도움이 될 테고, 나쁠 거 없잖아."

딱 꼬집어 스폰이라곤 말하지 않을 테니 대충 알아들어. 아무리
준영 오빠가 널 마음에 들어 한다 해도 알잖아, 이런 관계의 끝이
어떤지.

"죄송하지만, 전 그런 건 싫습니다."

"싫어?"

애 봐라. 진짜 당돌하네? 자기가 어디 가서 그런 남자를 만날 수
있다고 아닌 척 튕겨! 주제도 모르고. 비싸게 굴면 몸값이 올라가
는 줄 아나 본데, 그래 봐야 딴따라야, 너.

하라는 기가 막혀 벌어진 입을 이내 좌우로 당겨 억지 미소를 지
었다.

"아유, 내가 쓸데없이 오지랖이 넓었네. 오해하진 말고. 솔직히
준영 오빠가 여자한테 그렇게 적극적인 거 난 첨 봤어. 워낙 어려
서부터 여자들이 줄줄 따라서 아쉬운 게 없던 사람이거든. 아무튼,
동생 입장에서 도와주고 싶었던 거뿐이야. 옆에서 보니 루비 씨 너
무 뻣뻣하게 굴더라."

"전 아직 신인이고, 이제 정규 앨범 준비도 해야 해서 그럴 시간
도 여유도 없습니다. 솔직히 그분께 관심도 없고요."

요거 아주 순 맹추인 줄 알았더니 터진 입이라고 나불나불 지 할
말은 또 다 하네?

은근 고집스러운 루비를 보고 이쯤에서 이 주제는 마무리 짓는
게 낫겠다고 하라는 판단했다. 추진력 있는 준영이 쉽게 물러서진
않을 테고, 결국은 못 이기는 척 넘어가겠지. 재벌 3세를 마다할

정신 빠진 여자가 어디 있겠어? 물론 그 결말은 결코 해피엔딩이
될 수 없겠지만.

"알았어. 루비 씨가 싫다니 이 얘긴 그만할게. 어쨌거나 업무적
으로 종종 만나게 될 텐데 그냥 친오빠처럼 편하게 대해 줘. 그리
고 내가 이런 말 했다는 건 비밀로 해 줄 수 있지? 준영 오빠 알면
난리 날 거야."

"……네."

루비의 안색을 흘낏 살핀 하라가 머그잔을 만지작거리며 한동안
머뭇거리다가 다시 입을 열었다.

"나도 루비 씨 같은 여동생 한 명 있었으면 좋겠다. 가끔 이렇게
차 마시며 수다도 떨고 여자들만의 비밀 얘기나 고민 같은 거 털어
놓기도 하고……. 내가 외동딸이라서 사실 좀 외로울 때가 있거든.
사촌들도 죄 남자들이니 편히 대화할 상대가 없어. 루비 씬 안 그
래?"

"아, 전 그다지……. 동생이 있어서 그런지……."

댁 같은 언니는 싫거든요! 차마 그리 말할 순 없어 루비는 어색
하게 말끝을 흐렸다.

그러거나 말거나 하라는 제 하고 싶은 말만 늘어놓는다.

"나 사실 대표님…… 아니, 현이 오빠 예전부터 좋아했어. 그것
도 아주 많이."

"알아요. 팬클럽 회장까지 하셨다면서요."

예상과는 다른 루비의 무덤덤한 반응에 하라는 김이 팍 샜다.

얘 진짜 또라이 아냐? 친절하게 풀어서 가르쳐 주지 그럼.

"팬으로서 말고, 여자로서……."

순간 루비의 시선이 흔들리는 걸 포착한 하라는 기회를 놓치지 않고 쐐기를 박았다.

"……사랑한다고."

"네?"

이현을 사랑한다는 하라의 폭탄 발언에 놀란 루비는 아무 말도 할 수 없었다.

"너무, 진짜 너어무 오빠 좋아하는데…… 정식으로 고백 한번 못 하고 그동안 가슴앓이만 했어. 오빠가 지금은 사업가로 자리 잡았지만, 연예인 출신이잖아. 집에서 반대할 게 빤한데 어떻게 그런 험난한 길을 오빠에게 걷게 해? 그래서 그냥 팬인 척, 본심은 숨겨왔어. 열여섯 살 때부터 지금까지."

"……."

"다행히 요즘은 부모님이 오빠를 마음에 들어 하셔. 외할아버지나 외삼촌들도 이제 현이 오빠라면 인정을 하시니, 나 너무 기뻐. 내가 오빠에게 도움을 줄 수 있는 존재라는 게. 사실 사업하려면 인맥 무시 못 하잖아."

아랫입술을 질끈 깨무는 루비를 보며 하라는 나긋나긋한 목소리로 말을 이었다.

"아무리 똑똑하고 잘나도 배경이 없으면 무시하고 짓밟으려는 사람이 득시글한 게 이 바닥이야. 특히 연예계나 비즈니스 쪽이 유독 심하지. 적자생존, 약육강식이란 말 알지? 이 바닥은 정글과 다를 바 없어. 예전에 오빠가 전 소속사와의 분쟁으로 정말 힘들었던 적이 있어. 그때 난 오빠에게 어울리는 여자가 되려는 욕심에 공부하기 바빠서 전혀 몰랐지만, 나중에 그 사실을 알고는 얼마나 마음이 아프던지. 만약 그때 내가 오빠 옆에 있었더라면, 그런 일은 없었을 텐데…….”

촉촉하게 젖어드는 목소리와 달리 그녀의 눈빛은 집요하게 루비를 훑었다. 고개 숙인 모습을 보니 조금은 기가 꺾인 거 같아 내심 통쾌했다.

“난 그래. 내가 아무리 좋아해도 오빠한테 도움이 안 된다면 진즉에 마음 접었을 거야. 사랑하는 사람에게 도움은 못 될망정 걸림돌이 되는 건 싫거든. 굳이 잘 다니던 방송국을 나와서 오빠 회사 들어온 것도 그런 이유야. 적어도 이 유하라가 있는 소속사라면 그 누구도 우습게 보진 않을 테니까.”

하얗게 질린 루비의 표정을 보며 하라는 미소 지었다.

한루비. 이제 주제 파악이 좀 되니? 너와 내가 서 있는 자리가 다르다는 거, 조금은 실감이 나지? 태생부터 넌 나를 좇아올 수가 없다는 사실, 받아들여. 인정하면 편할 거야.

“하지만…….”

서서히 고개를 든 루비가 꼭 다물고 있던 입술을 열었다.

“……대표님은, 자신의 힘만으로 회사를 키웠다고 주변 사람들한테 들었어요. ……네. 솔직히 전 대표님의 과거는 잘 모릅니다.”

“그래서?”

“비록 짧은 시간이지만 제가 겪어 본 대표님은, 앞으로도 남의 도움 없이 회사를 잘 경영하실 분이라고 믿어요, 전.”

의외의 반격에 말문이 막힌 하라의 얼굴이 딱딱하게 굳었다.

“말씀 끝나셨으면 이만 일어나겠습니다, 선배님.”

“잠깐!”

일어나려는 루비를 저지시킨 하라가 목이 타는지 식어 버린 차를 단숨에 들이켰다. 그리고 테이블에 머그잔을 내려놓는 소리가 거칠게 울렸다.

"그동안은 혼자 힘으로 어떻게든 굴렸겠지만, 사업 규모가 커질수록 힘들지. 업계 1위라는 D&P 연간 매출, 대일그룹 계열사 하나만큼도 안 돼. 솔직히 우리 외가 쪽에서 본다면 구멍가게 수준이야. 한마디로, 작정하고 덤비면 D&P 같은 회사는 쥐도 새도 모르게 꿀꺽 삼킬 수 있다, 그 말이야."

"……."

"준영 오빠가 전무로 있는 대일기획, 여태까진 광고에 주력했지만 엔터 사업도 곧 시작해. 그 말은, 대일과 D&P가 적이 될 수도 있고 동지가 될 수도 있다는 거지. 아직까진 호의적인 양쪽의 관계, 끝까지 갈 수 있었으면 좋겠어. 안 그래도 고군분투하며 힘들었던 오빠가 거리낌 없이 날개를 활짝 펼 수 있게."

물론 그 관계의 열쇠는 나, 유하라가 쥐고 있는 거고.

"루비 씨도 알겠지만…… 현이 오빠, 야심 있는 사람이야. 그 나이 되도록 스캔들 한 번 없이 일에만 매달려 온 걸 보면 말 다했지. 사사로운 감정에 휘둘리지 않는 그런 면이 매력이긴 해. 그렇지?"

루비는 작은 한숨을 대답 대신 내뱉었다. 뭐라 답을 하겠는가. 차이고도 좋아하는 마음을 버리지 못해 짝사랑 중인 제가.

"흔히 팬들이 그러지? 꽃길만 걷자고. 딱 내 마음 같은 말이야. 오빠의 야망을 이뤄 주고 싶어."

새벽 3시가 넘어가는데 어쩌면 이렇게 다들 꿈쩍도 하지 않는지. 일어날 타이밍을 잡으려 해도 틈이 보이지 않아 루비는 거의 체념 상태로 앉아 있었다.

불과 몇 분 전. 왜 너 혼자 루비 씨를 독점하느냐고 볼멘소리를 하는 준영에 의해 하라의 마수에서 겨우 벗어나나 했더니만, 준영과 나란히 거실로 들어서는 순간 주방 쪽에서 나오던 이현과 맞닥뜨리고 말았다. 빈 접시를 챙겨 주방에 들어갔던 이현은 제가 하라에게 불려 나간 동안에도 내내 그곳에 머물렀던 모양이다.

꽤 먼 거리였지만 그의 눈에서 섬광이 번뜩이는 걸 똑똑히 보았다. 아니, 느꼈다는 표현이 더 적합하겠지. 파란 불꽃 같은 게 그대로 제 가슴에 날아와 박혀 심장이 아리고 쑤셨으니까. 아마도 벼락을 맞는다면 이런 느낌일 것이다.

아니, 아니에요! 오해하지 마세요. 유하라 선배가 불러서 나갔던 거라고요! 소리 내 말할 수도 없고, 참. 더군다나 하라는 머리 좀 식히고 들어가겠다며 데크에 남았으니 오해를 살 만도 했다.

삼십 명이 넘는 사람들이 삼삼오오 모여 앉은 거실엔 어차피 앉았던 자리 말고 남은 좌석 따윈 없었다. 선택의 여지 없이 원래의 자리에 앉으니, 맞은편에서 쏘아 대는 이현의 레이저 공격을 피할 수가 있나.

왜! 강준영이랑 스캔들이라도 날까 봐? 안 그래도 강준영과 만나 보라는 유하라의 제안을 뿌리치느라 짜증 났는데, 알지도 못하고 괜히 저래.

죄 없이 따가운 눈총을 받자니 억울하다 못해 슬슬 오기가 발동했다.

그러는 자기는 뭐! 유하라 집안에서 사윗감으로 낙점해 뒀다면서? 좋으시겠어요. 아주 플라워 카펫을 펼쳐 놓고 모신답니다. 사뿐히 즈려밟고 가시라고.

루비는 갑자기 열불이 확 뻗쳤다.

"저도 한 잔 마실래요."

"아! 뭐 드실래요? 맥주? 와인?"

그저 열받아서 한잔하겠다고 선포한 건데 이 남자, 친절하기도 해라. 주객이 전도되었지만, 레이저만 쏘아 대는 누구를 의식해 감사히 받아먹기로 했다.

"버니니요."

말이 떨어지기가 무섭게 준영이 테이블 구석에 있는 초록색 버니니 몇 병을 집어 오더니 뚜껑을 따서 손수 잔에 따라 건넸다.

"건배하시죠."

어느새 준영의 손에도 똑같은 잔이 들려 있었다.

"운전 안 하세요?"

"기사가 기다리고 있습니다. 물론 야간 수당은 몇 배로 드리니 그런 표정 짓지 마시고요."

아! 맞다! 재벌가 도련님이시지. 은근 소탈하고 자상해서 전혀 의식하지 못했다. 만약 언니나 여동생이 있다면 소개해 주고 싶은 타입이랄까.

"운전 때문에 안 드시는 줄 알았어요."

"루비 씨가 안 드시니 저도 안 마셨죠. 그리 술을 즐기는 편도 아니지만요. 그나저나 인기상 받은 거 다시 한번 축하드려요."

"감사합니다."

챙. 맞닿은 잔끼리 청량한 소리를 냈다. 가볍고 달달한 스파클링 와인이 목구멍을 타고 내려가자 파랗게 날이 섰던 신경이 조금은 누그러지는 것 같았다. 아…… 맛있다! 두 모금 째 마시니 벌써 알딸딸하게 취기가 오르려고 했다.

"루비 씨 술 못하시죠?"

"어떻게 아셨어요?"

"술 약한 여자분들이 좋아하는 거잖아요. 달콤하고 맛있어서. 그리고……."

말을 잇지 않고 빤히 저를 쳐다보는 준영의 눈길을 피해 살짝 고개를 숙였다. 내리깐 속눈썹 사이로 또 다른 시선 하나가 날카롭게 파고드는 게 느껴졌다.

저 사람은 왜 나를 못 잡아먹어 안달이람. 내가 뭐 그리 죽을죄를 지었다고!

"……볼이 빨개졌어요."

"진짜요? 아, 어떡하지."

준영의 말에 놀라서 잔을 내려놓고 손등을 양 볼에 가져다 댔다. 아닌 게 아니라 화끈한 열기가 손등에 전해졌다. 이런, 그만 마셔야겠다! 입에 짝짝 붙는 감칠맛과 목구멍을 톡 쏘는 청량함을 포기해야 하는 게 아쉬웠지만, 더 마셨다가 저번처럼 실수하면 안 되니까.

"그래서 더 예뻐 보입니다."

"아…… 하하."

예기치 못한 준영의 말에 당황해 어색한 웃음으로 얼버무리는데 이현과 또다시 눈이 마주쳤다. 언제 따라 놨는지 그의 앞엔 작은 양주잔이 놓여 있었다. 그리고 바로 그 순간, 잔을 들어 단숨에 원샷을 해 버리는 게 아닌가. 마치 무언가에 몹시 화가 난 사람처럼.

여태까지 술 한 방울 입에 안 대고 손님 접대만 하더니 뒤늦게 발동이 걸린 걸까? 스스로 빈 잔을 다시 채운 이현이 그것마저 한입에 털어 넣고는 미간을 좁힌 채 테이블 모서리만 노려보고 있었다. 저러다 테이블에 구멍 나겠네.

몰래 훔쳐보는 루비의 애간장이 졸아들 지경에 이르러서야 꾹다물고 있던 그의 입술이 벌어지며 낮은 한숨이 흘러나왔다. 서서히 고개를 든 이현의 눈길이 제게 머문 건 아주 짧은 순간이었지만, 가슴을 찌르기엔 충분했다. 가슴이 콕콕 아리고 쓰렸다.

왜 저래? 꼭 질투하는 것처럼…….

'질투?'

문득 떠오른 제 생각이 하도 어이가 없어 루비는 피식, 웃고 말았다.

질투라니. 그럴 리가 없잖아. 천하의 이현이 뭣 때문에 질투 따위를 하겠어.

루비는 다시 한 모금 차가운 액체로 마른 입술을 축였다.

'나 너무 기뻐. 내가 오빠에게 도움을 줄 수 있는 존재라는 게. 사실 사업하려면 인맥 무시 못 하잖아.'

조금 전 들었던 하라의 목소리가 이명처럼 윙윙 귓가에 맴돌았다.

이 바보. 뭐 눈엔 뭐만 보인다고, 질투는 내가 하고 있으면서.

울적한 마음에 그만 마시겠다던 결심도 잊고 루비는 잔을 들어 다디단 액체를 들이켰다.

"후아, 상쾌하다!"

뺨에 닿는 밤공기가 무척이나 산뜻하게 느껴졌다. 요 며칠 겨울답지 않게 푹한 날씨가 계속되기도 했지만, 그보다 혈관을 타고 도는 알코올 기운 때문이리라.

유하라와 강준영의 귀가를 시발점으로 치킨 파티는 슬슬 파장 분위기에 접어들었고, 그 틈에 슬그머니 빠져나온 루비는 숙소로 내려가는 엘리베이터를 타는 대신 옥상 정원으로 나왔다. 술도 깰 겸, 잠시 산책이라도 하며 복잡한 머리를 식히고 싶어서.

유명 건축가의 설계로 지어진 D&P 사옥은, 그 조형미만으로도 이 동네의 랜드마크 역할을 톡톡히 하고 있고, 밤에는 환상적인 옥외 조명으로 도시의 야경을 아름답게 만드는 데 일조했다. 거기에 겨울나무를 휘감은 꼬마전구들의 반짝임이 더해져 옥상 정원은 그 야말로 동화 속 세상 같았다.

"아 이쁘다! 별천지가 따로 없다니깐……."

비틀비틀. 정원의 산책로를 따라 한참을 걷다가 문득 올려다본 하늘은 두껍게 내려앉은 구름에 가려 별 하나 보이지 않았다.

어라? 왜 하늘이 뱅뱅 돌며 점점 가까워지나 모르겠다.

"어, 어, 어!"

하마터면 쓰러질 뻔한 몸을 겨우 가누고 벽에 기대었다.

"어휴. 너무 마셨어. 너무……."

뭐가 그리 마음에 안 드는지 연거푸 양주를 원샷하는 이현에게 자극받아 덩달아 찔끔찔끔 마셔 댄 버니니 때문에 뒷골이 당겼다.

그러게 주제를 알아야지. 먹지도 못하면서 그걸 2병이나 마시냐고오! 이 한심한 여자야아!

언제나 후회는 뒤늦게 밀려오는 법이었다.

"아이고, 머리야."

제 입에서 나오는 소리가 확성기를 통해 듣는 것처럼 귓가에 울렸다. 벽을 짚은 채 비틀비틀 몇 걸음 옮겼지만, 이내 휘청거리는 몸을 다시 벽에 기대야 했다. 그런 와중에도 이대로 더운 실내에 들어가면 속이 뒤집힐지도 모른다는 생각이 들었다.

잠시 쉴 곳을 물색하느라 고개를 두리번거리는데 눈을 깜빡여 흐릿해지는 초점을 맞추고 보니 어딘가 낯이 익은 장소가 보이는 게 아닌가.

"아! 저긴……."

이곳에 처음 왔던 날, 저를 위한 환영 파티 중에 은결을 피해 숨어들었던 그곳. 어둡던 그때와는 달리 지금은 이 구석진 곳도 나무 가득 촘촘히 매달린 꼬마전구들이 빛을 나눠 주고 있어 제법 환했다.

……이쯤이던가?

루비는 전에 앉았던 자리를 가늠해 보고 기둥과 기둥 사이에 있는 화단에 올라가 무릎을 세우고 앉았다. 마치, 그때처럼.

휘영청 밝은 보름달을 보며 뿔뿔이 흩어진 가족 생각에 눈물 흘렸던 그 자리에 이렇게 다시 앉고 보니 무언가 뜨거운 것이 가슴 깊은 곳에서 뭉클, 솟아오르는 것만 같았다.

"후우."

뽀얀 입김이 허공중에 흩어졌다.

소식조차 모르는 아빠와 아픈 엄마, 엄마 치료비에 조금이라도 보태겠다고 군대 말년 휴가에 택배 상하차 아르바이트를 몰래 했던 동생. 벼랑 끝에 서 있는 것처럼 막막했던 그 시간을 무사히 건너온 게 꿈만 같았다.

"그래도 한루비…… 너, 지인짜 대단하다."

스물일곱의 첫 새벽, 저 자신을 칭찬해 줄 수 있어 무척이나 뿌듯했다. 물론 알딸딸한 술기운 덕에 가능한 오글거리는 멘트였지만.

어쨌거나 아빠도 돌아오셨고, 엄마의 건강도 좋아지셨다. 동생 학비도 이젠 걱정 없고. 그동안 열심히 일해 모은 돈으로 가족이 모여 살 집도 마련할 계획이다. 하지만 무엇보다 기쁜 건 꿈이 생겼다는 것.

첫 콘서트, 오로지 제 노래를 듣기 위해 모여든 사람들 앞에서 노래하며 느꼈던 감정이 생생히 떠올랐다. 그저 마음을 실어 노래한 것뿐인데 관객들은 미소를 짓기도 하고 눈가를 적시기도 했다. 진심을 담은 노래의 힘이 이토록 큰 것이었나, 새삼 놀라고 감동했었지.

"그래. 이젠 진짜 내 노래를 부를 거야."

내 느낌을, 내 생각을, 내 모든 감정을, 온전한 내 경험을, 멜로디에 실어 불러 보고 싶었다. 나만의 노래, 진짜 내 노래를.

"라라라 음음 따라라라란……."

제 감정에 도취한 루비는 지그시 눈을 감고 떠오르는 멜로디를 흥얼거렸다. 다가오는 발걸음 소리도 듣지 못한 채.

"한루비 씨?"

부드러운 중저음의 목소리가 귓전을 때리자 흠칫 놀란 그녀의 몸이 굳어 버렸다.

마, 망했다!

21

씻을 수 없는 죄

"지금 여기서, 뭐 하는 거지?"

찡긋. 겨우 한 눈을 뜨고 올려다본 그녀의 망막에 잡힌 상은 세상에 둘도 없을 것처럼 아름다운 그 남자.

"대, 대표님이 왜 여기에……?"

"그건 내가 묻고 싶은 말인데? 안 보이기에 자러 간 줄 알았더니 이런 데서 술주정이나 하고 있고. 이러다 깜빡 잠들어서 얼어죽기라도 하면 어쩌려고 이래?"

예술혼을 불태우는 '아티스트'를 몰라보고 주정뱅이 취급이라니!

"술주정 아니거든요!"

루비는 감고 있던 나머지 눈을 마저 뜨고 이현을 매섭게 노려보았다. 평소라면 상상도 못 할 하극상이지만, 알코올 덕에 간땡이가 살짝 부었나 보다.

"아니라고? 그럼 이 새벽에 혼자서 고성방가하는 행위를 뭐라고 하면 좋을까?"

고개를 삐딱하게 기울이고 팔짱을 낀 채 꼬나보는 모양새가 어째 평소의 젠틀하신 대표님과는 영 거리가 멀어 보였다.

차갑지만 늘 반듯하던 대표님인데, 왜 이리 와일드해 보이지? 뭐, 그래도 여전히 멋있긴 하지만. ……아, 맞다! 저분도 꽤나 마셨지.

생각이 거기에 미치자 피시식 웃음이 새어 나왔다.

"……웃어?"

"웃으면 뭐, 안 돼요?"

이현의 미간이 좁아지는 걸 보면서도 한번 부은 간은 쉽사리 원상회복되지 않았다.

"지금 이 상황에서 웃음이 나온다……?"

"아니 그게, 대표님도 술주정하시는 건가…… 읍."

아차! 너무 나갔군.

루비는 입술을 감쳐물며 어깨를 으쓱했다.

"하아! 나 이거 참."

뭐가 그리 마음에 안 드는지, 짙은 눈썹을 구기며 이현이 거칠게 머리를 쓸어 넘겼다.

"됐다. 그만하자. ……어서 들어가서 자."

"싫은데요."

"싫어?"

"네."

"오늘 아주 날을 잡으셨군, 이 아가씨가."

고집스레 입술을 꾹 다문 루비를 보는 이현의 표정이 일그러졌다. 이 사람은 왜 저런 모습조차 멋지고 난리래. 루비의 심장이 콩콩 멋대로 날뛰었다.

"……그래. 왜 싫은지 어디 이유나 들어 보지."

"속이 막 울렁대서요. 괜찮아지면 들어갈 거니까 저 신경 쓰지 마시고 대표님은 마음껏 볼일 보고 가세요."

"볼일?"

"담배 피우러 나오신 거잖아요."

"뭐?"

기가 막힌다는 표정으로 저를 내려다보는 이현에게 루비는 도전적인 시선을 던졌다. 감히. 겁도 없이. 당돌하게.

"사실은 전에 제가 다 봤거든요. 인제 와서 안 핀다고 잡아떼셔도 소용없다고요."

"……끊었어. 그날 피운 게 마지막이었어."

"우와! 역시 대표님, 생긴 대로 독하시다. 우리 아빠가 금연에 성공한 사람은 상종도 말라던데. 푸하하하."

의외로 순순히 인정하네? 그런데, 가만……! '그날'이라고 하면?

시원하게 웃다 말고 문득 스치는 생각에 루비는 얼음이 되었다.

그럼 대표님도 그날 여기서 날 봤다는 거잖아? 설마…… 우는 것도 본 걸까?

"원래 어쩌다 한 번, 그것도 입에 대기만 하던 거라서 끊는 건 그다지 어렵지 않았어."

이현은 허공을 향해 긴 한숨을 날렸다.

그런데 왜 이런 구차한 변명을 늘어놓고 있는 거지? 한루비가 독한 놈이라고 상종도 안 할까 봐?

누구와도 의논할 수 없는 중대한 결정을 내려야 할 때나 풀리지 않는 문제를 붙잡고 씨름하느라 머리가 터질 것 같을 때 입에 댔던, 나름의 일탈이었다. 모든 게 한계에 다다라 호흡이 되지 않을 정도로 답답한 순간, 한 모금의 연기를 토해 내면 잠시나마 숨통이 트이는 기분이 들었으니까.

하지만 그마저 완전히 끊기로 한 건, 지금 제 눈앞에 서 있는 이 작은 여자 때문이었다.

언제부턴가 가슴에 무언가가 걸린 듯 뻐근한 게 체한 것처럼 갑갑한 증상이 계속되었다. 어떨 땐 심장이 고장 난 듯 멋대로 쿵쾅거렸고 때로는 숨이 턱턱 막혔다. 병원에서 정밀 검사도 받아 봤지만, 몸에는 아무 이상 없다고 했다. 이렇게 고통스러운데 병명조차 없다니! 기가 막힐 노릇이다.

불행인지 다행인지, 얼마 지나지 않아 모든 것을 저절로 깨닫게 되었다. 이 이름 모를 불치병의 원인이 한루비임을.

그녀가 시야에 들어오면 심장이 요동쳤고, 시야를 벗어나면 가슴이 시큰거렸다. 그녀 생각을 하면 멀미라도 하듯 속이 울렁댔고, 억지로 밀어내려 애쓰면 마음이 텅 빈 듯 허기가 졌다. 옆에 있으면 자꾸 눈길이 갔고, 한 발짝이라도 더 가까이 다가가고 싶은 본능 때문에 갈증이 났다.

그녀 때문에 매일, 매 순간, 이토록 숨 막히는데……. 이 답답함을 내뿜는 연기에 실어 해소하려 들자면 골초가 되어도 모자랄 판이니 차라리 끊을 수밖에.

나에게 제일 어려운 문제는 바로 너, 한루비인걸.

"그날, 절 보신 거예요?"

"……어."

"아아, 그랬구나. 나 바보같이 우는 거 보고 우리 아빠 데려오신 거구나. ……불쌍해서."

"그건……."

그땐 뭘 어찌해야 할지 몰라서 가만히 바라볼 수밖에 없었다. 흔들리는 가녀린 어깨로 뻗었던 손을 거둬들이며 한숨만 쉬다 발걸음을 돌렸지만, 어떻게든 그녀의 눈물을 닦아 주고 싶었기에 백방으로 그녀의 아버지를 수소문했다.

거기까지가 제가 해 줄 수 있는 최선이었으니까. 한 발짝 더 내디뎌도 안 되고 제 마음을 들켜서도 안 되고, 딱 거기까지만…….

"아니 뭐. 그래서…… 감사하다고요."

피식, 쓰게 웃고는 그녀가 말을 이었다.

"대표님 눈에 제가 딱해 보이는 건 싫지만, 어쨌든 모든 게 대표님 덕분이잖아요. 아빠도 돌아오시고, 정말 하고 싶은 게 뭔지 내 마음을 들여다볼 여유도 생겼고. 그러니까…… 더, 열심히 할게요."

"……그래."

"이 은혜, 꼭 갚을게요."

"어. ……꼭 갚아라."

"네. 저 성공할 거예요. 대표님한테 동정 같은 거, 이젠 받고 싶진 않으니까……."

그녀의 검고 큰 눈망울이 촉촉이 젖어들고 목소리에 물기가 스며들었다.

"아니, 그게 왜 동정이야? 난 그냥……."

난 그냥…… 네가 우는 게 싫어서. 아니, 네가 웃는 모습이 예뻐서. 아니, 아니…….

하고 싶은 말은, 전부 해서는 안 되는 말이기에 꾹꾹 눌러 삼켰다. 좋아하는 여자를 이렇게 눈앞에 두고 만질 수도 없고 안을 수도 없는, 미칠 것 같은 마음과 함께.

"그래. 관리지, 관리. 가수가 행복해야 좋은 노래가 나오는 거니까 소속사가 그 정도 관리는 해 주는 게 당연한 건데, 그걸 왜 계속 곱씹고 그래? 자꾸 그러니까 내가 무슨 일수쟁이라도 된 거 같잖아. 간단하게 생각해. 투자한 거보다 몇 배로 더 벌어 와. 그럼 된 거야."

"헤헤. 알겠습니다, 대표님! 저 진짜 좋은 가수 될게요."

눈빛은 여전히 촉촉한데 괜히 밝은 척 소리 내 웃는다.

하아, 분명 심장엔 이상이 없다고 했는데……. 저 살 떨리게 예쁜 여자 때문에 또 숨이 막힌다. 이럴 땐 빨리 화제를 돌리는 게 상책이다.

"춥겠다."

편한 실내복에 털실로 짠 카디건 하나만 걸친 루비를 이현은 가만히 내려다보았다. 털이 복슬복슬한 갈색 크록스 안은 맨발임을 알기에 아까부터 신경이 쓰였다.

"아뇨, 괜찮아요. 추우시면 대표님 먼저 들어가세요. 전 좀 더 있다……."

이현은 입고 있던 패딩을 벗어 작은 어깨에 둘러 주고 성큼 뒤로 물러났다. 마치 그녀가 닿아서는 안 될 전염병 환자라도 되는 양.

"……하나도 안 추운데."

그녀의 볼이 발그스름해진 건 추워서가 아니라, 알코올 때문일까? 덩달아 제 얼굴까지 후끈 달아오르자 멋쩍은 마음에 또 잔소리가 나갔다.

"찬 데 앉지 말랬지."

"아……!"

그녀도 그날 밤을 떠올렸을까? 늦여름의 열기가 채 가시지 않은 9월의 밤, 그녀가 부르던 'Try To Remember'의 선율처럼 달콤하던 자판기 커피 맛이 혀끝에 되살아났다.

그때만 해도 이 정도로 마음이 깊어질 줄은 몰랐는데…….

제 마음 정도는 충분히 컨트롤하고 살 수 있다 자부했던 어리석은 자를 벌하기 위해 운명의 신이 이 여자를 보냈을지도 모른다. 지금쯤 그 빌어먹을 신은, 수백 개의 바늘이 시시각각 심장을 찔러 대는 형벌에 괴로워하는 오만한 인간을 비웃고 있겠지.

"그러게 왜 먹지도 못하는 술을 그렇게 먹어?"

강준영 옆에 앉아 홀짝홀짝 잔을 비우며 볼을 붉히던 그녀의 모습이 불현듯 떠오르자 저도 몰래 버럭, 목소리가 커졌다.

"그딴 게 어디 술 축에나 드나요."

루비의 표정도 못지않게 뾰로통했다. 그리고 보니 강준영과 데크에 나갔다 들어온 이후로 저를 대하는 그녀의 태도에 미묘한 변화가 감지되었다. 대체 강준영과 무슨 대화를 나눴기에 저러는 걸까?

"술 축에 안 들면?"

"음료수죠, 뭐."

히! 술도 못 마시는 게 어디서!

"아아, 요즘 음료수는 마시면 얼굴이 빨개지고 속까지 울렁거리는구나?"

꽈배기라도 먹었는지 말이 영 곱게 안 나갔다. 그런 제가 한심해서 이현은 미간을 찌푸렸다. 못난 놈!

"치이. 대표님은 좋으시겠네요. 양주를 그렇게 마시고도 얼굴색하나 안 변하고 말짱하시니."

지금 네 눈엔 내가 말짱해 보이니? 이렇게 속이 시커멓게 타들어 가는데…….

그녀 앞에 계속 서 있다간 또 무슨 말이 튀어나올지, 또 어떤 행동을 할지, 이젠 정말 자신할 수 없을 지경이다.

묵묵히 루비를 내려다보던 이현은 무심한 척 몸을 돌려 옥상 난간을 향해 발걸음을 옮기며 입을 열었다.

"최대한 빨리 들어가도록 해. 괜히 버티다 덜컥 감기라도 걸리면 일에 지장 생기니까."

"어디 가세요?"

"볼일 보러."

D&P 사옥 옥상에서 바라보는 야경은 어느 방향이나 멋지지만, 아파트와 빌딩의 화려한 불빛을 배경으로 주택들의 올망졸망한 불빛이 촘촘히 수놓인 이 북쪽 전망은 시원한 남쪽 한강 전망과는 다른 아름다움이 있었다. 마음이 울적할 때 이곳에 서서 먼 불빛을 바라보고 있노라면, 제 사소한 고민도 저 무수한 불빛 중 하나인 양 대수롭지 않게 여겨지곤 했다.

그런 작은 위안을 얻기 위해 잠시 나왔던 건데, 새벽이라 드문드문 켜진 성긴 불빛을 바라보아도 여느 때와 달리 마음의 동요가 쉽사리 가라앉질 않았다.

"대표님! 화나셨죠?"

어느새 다가왔는지 한루비가 불쑥 고개를 들이밀었다. 장난기 묻어나는 해맑은 얼굴이 커다란 패딩에 파묻혀 더욱 작아 보였다. 아직 가시지 않은 알코올 기운 때문인지 그녀의 기분도 쉴 새 없이 롤러코스터를 타는 모양이다. 조금 전만 해도 샐쭉하니 토라져 있더니만, 콧잔등을 찌푸리며 배시시 웃기까지 하네? 아주 사람 홀리려고 작정을 했군, 이 여자.

"……아니."

"피이, 거짓말. 화났으면서."

화가, 났다? 지금 내가…… 화가 난 건가?

한루비와 강준영이 나란히 앉아 있는 것만 봐도 기분이 매우 좋지 않았던 건…… 그래, 인정한다. 도란도란 이야기를 나누는 꼴을 보는 내내 속이 뒤틀렸지. 두 사람이 데크에서 나란히 들어오는 걸 보니 왠지 모르게 목이 타서 술잔을 들었었고.

몇 잔을 거푸 마셔도 이유 모를 갈증은 가시질 않았다. 다정하게 술잔을 나누는 두 사람을 앞에 두고 폭음을 하는 내내 폭풍을 만나 흔들리는 뱃전에 서 있는 것처럼 마음이 위태롭게 휘청거렸다.

감정을 절제하고 포커페이스로 살아온 세월이 너무 길어서일까. 이 복잡하고 격한 마음이 무언지 정의할 수가 없었는데, ……화가 났다? 과연 이 감정이 단순한 화일까? 그렇다면 대체 왜, 누구에게 화가 난 걸까?

틈만 나면 한루비에게 들이대던 강준영에게? 저를 좋아한다 해놓고 한동안 거들떠보지도 않더니 이젠 다른 남자에게 눈길을 돌리는 한루비에게? 그도 아니면, 이토록 좋아하면서도 한루비를 위한다는 명목으로 이러지도 저러지도 못하는 지질한 자신에게?

"후우."

나오는 건 한숨뿐이었다.

"거봐요. 입 꾹 다물고, 눈썹 쫙 모으고. 이마에 딱 써 놨네."

"뭘?"

"나. 뿔. 났. 음."

검지를 세워 허공을 짚으며 또박또박 읽는 품이 진짜 제 이마에 글자라도 새겨진 게 아닐까 순간 착각할 정도였다. 그 모습이 너무 귀여워 웃음이 나올까 봐 이를 악물었더니, 무서워 보였나?

"아! 죄송합다. 제가 쫌 취했습니다! 인정, 인정!"

금세 또 꼬리를 내리네?

"저기…… 이거요."

그런 루비가 갑자기 주섬주섬 어깨에 걸친 패딩을 벗더니 앞으로 쑥 내민다.

"왜?"

"대표님 추우실까 봐."

"안 추워."

"자요. 어서 받으세요. 감기 걸렸다고 나중에 저 원망하지 마시고요."

"고집은 하여튼."

루비가 억지로 떠안기는 패딩을 받은 이현은 잠시 그것을 들고 있다가 불시에 휙, 그녀의 어깨에 둘러씌웠다.

"앗!"

멋대로 벗지 못하도록 옷깃을 모아 잡고 놓아주지 않았더니 그녀가 가녀린 몸을 바둥대며 벗어나려 했다.

"이런 법이 어디 있어요! 치사하게 반칙이나 하고."

살짝 눈을 흘기며 입술을 비죽 내미는 모습은 또 왜 이리 사랑스러운지, 이런 실랑이조차 마냥 달콤하게 느껴졌다. 잠시나마 연인이 된 기분이랄까.

"입어. 내 고집도 만만찮으니까."

"아이참. 일단 손부터 좀 놔주세요."

"입겠다고 약속하면."

"치! ……알았어요. 입으면 되잖아요."

"……."

"대표님?"

"……어, 그래."

그대로 끌어당겨 그녀를 품에 안는 상상을 억지로 떨치며 이현은 쥐고 있던 옷깃을 겨우 놓았다.

"저 불빛 봐. 여기 진짜 멋지다!"

"……."

"대표님 '볼일'이 이거였어요? 아하! 그러고 보니 진짜 '볼' 일 맞네. 헤헤."

취하고 싶어 마신 술인데, 어쩌면 이렇게 정신이 명료해지기만 할까……. 들뜬 듯 조잘대는 고운 음성과 차가운 공기에 녹아 전해지는 향긋한 그녀의 머리카락 냄새. 만져 보고 싶게 탐스러운 뺨.

오래오래 들여다보고 싶은 맑은 눈동자. 그녀의 모든 게 생생하게 심장에 아로새겨지는 지금, 이 순간이 너무 좋아서…… 숨이 멎을 듯 고통스러웠다.

"……한루비 씨."

"네?"

침묵이 길어서일까. 그녀가 의아한 시선을 던진다.

"무슨……?"

무슨 말을 하려고 했던가……. 그녀의 까만 눈동자에 사로잡힌 채 머릿속이 하얗게 비워지는 거 같았다.

그리고 톡, 그녀의 뺨 위에 떨어지는 차가운 꽃잎.

"와! 눈 온다! 눈이에요, 눈."

검은 머리카락 위에, 오뚝한 콧날 위에, 긴 속눈썹 위에 어지럽게 내려앉는 하얀 꽃잎의 향연을 즐기듯, 양팔을 벌리고 하늘을 올려다보며 팽그르르 돌고 있는 한루비를 보자, 먼 기억 속의 소녀가 그에게로 걸어왔다.

아마…… 해 질 녘이었지? 벚꽃이 활짝 핀 교정에 따스한 바람이 불자 천천히 흩날리던, 4월의 눈송이 같던 꽃잎. 그 속에서 사뿐히 턴을 하던 교복 입은 소녀의 실루엣.

"완전 함박눈이네. 꼭 팝콘 같다, 그죠?"

"……."

"대표님!"

"어?"

"무슨 생각을 그렇게 골똘히 하세요?"

"아, 아니. 아무 생각도……."

왜 갑자기 그때의 기억이 떠올랐는지 모르겠다.

이현은 펑펑 쏟아지는 눈 속에서 강아지처럼 좋아하는 루비를 지켜보며 빙긋 웃었다.

"대표님 머리 위에 눈이 하얗게 쌓였어요."

"너도."

손을 뻗어 루비의 머리에 내려앉은 눈을 툭툭 털다가 갑자기 패딩에 달린 후드를 푹 눌러씌우자 시야가 가려진 그녀가 고개를 도리도리 저었다.

"어푸. 뭐야!"

푸하하. 이현이 크게 웃으며 다시 눈이 나오게 후드를 고쳐 씌워주자 그녀도 배시시 따라 웃었다. 그 선한 눈망울을 볼 수 있다는 것만으로도 그저 행복했다.

"저기, 대표님도 이쪽으로…… 고개 좀 숙여 보세요."

잠시 망설였지만, 왠지 그녀의 명령에 복종하고 싶었다. 이현이 구부정한 자세로 순순히 고개를 들이밀자 루비가 작은 손으로 정성스럽게 머리카락 위에 쌓인 눈을 털어 줬다.

"진짜 눈 펑펑 온다. 근데 나 이러고 있으니까 꼭 그거 같아요."

술 때문인지 눈 때문인지, 아니면 두 가지가 섞여 상승 작용을 일으킨 건지, 그녀는 여느 때보다 경쾌했고, 뭐가 그리 재밌는지 웃음이 끊이질 않았다.

"……너의 죄를 사하노라. 흐흐."

그 한마디가 날카롭게 심장에 박혔다.

"그만."

이현은 제 머리 위에 놓인 두 손을 모아 잡으며 천천히 고개를 들었다. 파르르 떨리는 작은 손을 꼭 감싸 쥔 채 오래오래 그녀의 눈동자를 들여다보았다. 그녀의 차가운 손이 제 손의 온기에 눈처럼 녹아 버릴지도 모른다는 조바심이 들 만큼 시간이 흘렀다.

"한루비."

"……."

"……루비야."

어쩌면 지금, 이 여자에게 씻을 수 없는 죄를 짓게 될지도 모른다는 예감이 들었다.

22

마지막 지푸라기

낙타의 등뼈를 부러뜨리는 건 언제나 마지막 한 올의 지푸라기. 이 정도는 괜찮을 거라며 욕심껏 낙타의 등에 짚더미를 쌓아 올리던 주인이 지푸라기 하나를 더 얹는 순간, 한계에 다다른 낙타가 주저앉고 마는 것처럼, 겹겹이 둘러쳤던 장벽이 일순간 와르르 무너져 내렸다.

고작, 그녀의 여린 눈빛 하나에.

"널 생각하면…… 이래선 안 되는 거 아는데. 내가 이기적인 놈이라서 그런지 이제 못 참겠다. 미쳤다고 해도 좋아."

안전핀을 제거한 수류탄처럼 언제 폭발해도 이상할 게 없을 만큼, 이미 너무 많은 것들이 심장에 켜켜이 쌓여 있었다.

"나, 니가……."

둑이 터진 것처럼 가두었던 마음이 넘쳐흘러 더는 어찌할 수 없었다.

"……너무 좋다."

"……!"

"전부터, 사실 좋아했어."

기억나지 않는 아주 오래전. 어쩌면…… 태어나기 훨씬 이전의 세상에서부터 이 여자를 가슴에 품고 산 건 아닐까, 말도 안 되는 착각이 들 정도로 깊고도 짙은, 마음이었다.

"좋아하면서 아닌 척하는 거 더는 못 하겠다."

그녀의 긴 속눈썹 위에 내려앉은 눈송이가 파르르 떨렸다.

"정말이지 숨이 안 쉬어져 죽을 거 같아. 이젠…… 나도 어쩔 수가 없어."

"……"

"루비야."

살기 위해서 토해 내는 한숨처럼, 억눌렀던 진심이 터져 나왔다.

"사랑해."

아마도 이 순간을 위해서였나 보다. 단 한 번도 한눈팔지 않고 앞만 보며 묵묵히 달려왔던 건. 너라는 운명을 만났을 때 부끄럽지 않도록, 신이 눈과 마음을 멀게 했음이 분명하다. 그러지 않고서야 설명할 수 없는 기적. 오직 너만을 바라보고 너만을 마음에 담기 위해…… 나는, 태어난 게 아닐까?

놀라움에 동그랗게 커진 눈망울이 더 커지기 전에 그녀를 그대로 끌어당겨 품에 안았다. 패딩을 덧입혔지만, 여전히 가냘픈 몸피가 애처로운 한루비, ……내 운명을.

"대표……님?"

사랑, 한다고? 대표님이…… 나를, 사랑한다고?

충격이었다. 얇은 티셔츠 너머 쿵쿵 울리는 그의 심장 박동 소리만 아니었다면 이 모든 건 그저 꿈이려니, 했을 것이다. 깊은 밤, 눈을 감으면 늘 꾸던 그 꿈. 아무리 간절히 원해도 이룰 수 없는 헛된 꿈.

그래. 이건 꿈이야. 너무 바라고 바라서 난 지금 눈을 뜬 채로 꿈을 꾸고 있는 거야.

하지만 점점 더 강하게 죄어 오는 팔의 힘은 꿈이라기엔 너무도 생생했다.

아니, 이게 꿈이 아니라면…… 술에 취해 헛것이 보이고 헛것이 들리는 게 분명해. 제발 정신 좀 차리자, 한루비!

"저기……."

겨우 입을 열었지만, 가느다란 목소리는 이내 탄탄한 가슴팍에 묻혀 버렸다.

"음?"

"어, 그러니까……. 지금 이 상황이…… 대체, 뭐죠?"

꽉 조이던 팔이 조금 느슨해지나 싶더니 이현이 상체를 뒤로 슬쩍 젖히며 내려다본다. 지그시.

"뭐긴."

꼬마전구의 불빛이 반사되어 더욱 반짝이는 눈동자가 서서히 가늘어졌다.

어라? 이 남자, 눈웃음까지 짓네? 게다가 조금씩 가까워지는 숨결. 또, 녹일 듯 다정한 음성.

"한마디로…… 사랑한다고, 널."

부드럽게 속삭이는 목소리보다 더 감미로운 감촉이 입술에 닿았다. 입술만 살짝 닿았다가 떨어졌는데도 백만 볼트의 전류에 감전된 듯 온몸의 솜털이 올올이 곤두섰다.

그러니까, 이건……! 아프게 볼을 꼬집어 보지 않고도 알 수 있었다. 이 모든 게 꿈이 아니라 현실임을!

"너무, 너무……."

낮게 잠겨 드는 그의 달콤한 음성 때문에 목구멍이 따끔거리고 눈물이 날 거 같아 루비는 고개를 푹 숙였다. 그러자 소복이 쌓인 눈에 파묻힌 두 사람의 신발이 시야에 들어왔다. 그 위로 축복 같은 눈송이가 하염없이 내려앉았다.

"루비야."

왜요. 왜 그리 다정하게 부르는데요. 자꾸만 설레게.

"고개 좀, 들어 볼래?"

"……."

"잠깐만 이렇게. ……음?"

뺨을 감싸 쥔 커다란 손이 고개를 조심스레 젖히자 루비는 눈을 꾹 감고 말았다.

"눈 뜨고 나 좀 봐, 제발."

칭얼대듯 조르는 이현의 목소리에 이끌려 감았던 눈을 뜰 수밖에 없었다. 깊은 눈동자에 담긴 것은 숨길 수 없는 그의 마음일까? 오롯이 저만 담고 있는 까만 눈이 차츰 흐리게 번져 보였다.

"애나? ……울긴."

울긴 누가 운다고.

"어쩌면 이렇게 우는 것도 예쁠까?"

눈가를 부드럽게 쓸던 손가락이 멈칫하더니 긴 한숨 소리가 들렸다.

"왜 이렇게 멀리 돌아왔을까? 내 마음은 처음부터, ……너였는데."

루비의 입술에 이현의 시선이 머문다. 그리고 서서히 그가 다가왔다.

"그러니까 우리, ……사귀자."

살포시, 두 사람의 입술이 맞닿았다.

사르락 사르락, 눈 내리는 소리가 들릴 듯 고요한 새해 첫새벽이었다.

※ ✲ ※

'한루비 정규 1집' 콘셉트 회의가 진행 중인 D&P 6층 회의실. 기획실 직원들은 물론 이번 앨범 작업에 참여하는 작곡가와 프로듀서들까지 둘러앉은 테이블엔 한파도 녹일 듯 열기가 뜨거웠다.

"……그러니까, 첫사랑 콘셉트로 가자구요. 한루비 씨 하면 떠오르는 이미지가 '첫사랑 그녀' 아닙니까? 물 들어올 때 노 저으라잖아요. 대중이 원하는 이미지가 그건데, 먹힐 때 뽕을 뽑아야죠."

"아이고, 김 팀장님. 루비 씨도 이제 스물일곱입니다, 스물일곱. 열일곱이 아니라! 가수 나이도 좀 생각합시다."

"아, 왜에! 우리 루비 씨 나이가 어때서?"

앨범 콘셉트를 두고 갑론을박이 오가는 와중에 '뽕기'를 살짝 가미한 기획실 한지우 실장의 능청스러운 목소리가 끼어들자 곳곳에서 웃음이 터져 나오며 팽팽했던 공기가 한결 누그러들었다. 다들 그 틈을 타서 손도 대지 않던 다과를 집어 먹으며 소소한 한담을 나누기 시작했다.

'그러게. 내 나이가 어때서!'

피식, 실소를 흘리며 루비도 앞에 놓인 찻잔을 들었다. 잔을 기울이자 상큼한 유자 향이 코끝을 파고들었다. 천천히 한 모금 머금으며 내리깐 속눈썹을 방패 삼아 또르르, 눈동자를 굴렸다. 날이 선 신경이 내내 감지하고 있던, 오른쪽 대각선 방향 상석에 앉은 한 남자를 향해.

줄곧 굳은 표정으로 다른 이들의 의견을 경청하던 남자의 입꼬리가 살짝 휘었다가 다시 꽉 다물리는 순간이 루비의 시선에 포착됐다.

'……많이 피곤해 보이네.'

자유분방한 복장을 한 사람들 사이에서 이현의 안색은 그가 입은 새하얀 셔츠만큼이나 창백해 보여 괜스레 마음이 쓰였다.

'그래도 그렇지. 어쩜 한 번을 안 쳐다본담? 얼굴 못 본 지가 얼마나 오래됐는데…….'

새해가 시작되고 바로 다음 날, 파리에서 열릴 '한류 페스티벌' 준비 겸 유럽 출장을 다녀와 열흘 만에 귀국한 이현은 회의 시작 전 다급히 회의실로 들어왔다. 방송국에 들렀다 오느라 늦었다며 슈트 상의를 벗어 의자 등받이에 대충 걸쳐 놓고 자리에 앉은 이후로 그는 한 번도 루비 쪽을 보지 않았다. 심지어 그녀가 발언하고 있을 때조차 시선을 내리깐 채 묵묵히 듣기만 했으니까.

'뭐야, 진짜. 설마…… 그날 일 때문에 저러는 거야?'

그러니까…… 그날, 흰 눈이 펑펑 내리던 새해 첫 새벽. 황홀하고 짜릿한 입맞춤 끝에 떨리는 목소리로 그녀가 한 대답은, '연애…… 금지잖아요.' 였다. 참으로 어이없게도.

뒤통수를 한 대 맞은 듯 얼이 빠진 표정으로 내려다보던 이현이 잠시 후 겨우 입을 열었다.

"어, 그게, 음……. 스물여섯까지는 안 되지만, 스물일곱부터는 괜찮아."

"저 만으론 아직 스물다섯이거든요!"

"뭐?"

"풉!"

"왜, 왜 이래? 여긴 한국이라고!"

그녀의 도발에 잠시 주춤했던 이현이 다급하게 외쳤다.

내가 알던 그 냉철한 대표님은 어딜 가셨을까나? 루비의 입 끝에 살포시 미소가 걸렸다.

"칫! 사내 연애는 무조건 퇴출이라더니."

어쨌거나 이런 이현의 모습도 그녀는 싫지 않았다. 아니, 솔직히 무척 설레었다.

나 혼자만 좋아한 게 아니었어. 이 사람도 나와 같은 마음이었던 거야. 그저 보고만 있어도 이렇게 가슴이 뛰고 좋지만, 무모한 짓인 줄 알면서도 한 발짝 더 다가서고 싶은 마음.

"그거야…… 연예인이나 연습생들끼리 안 된다는 거지. 상대가 대표일 땐 예외야."

못이라도 쾅쾅 두드려 박을 듯 위압적인 태도로 그는 신성불가침의 특권을 선포했다.

"그놈의 연애 금지법은 아주 코에 걸었다가 귀에 걸었다가, 대표님 마음대로네요?"

알코올만 취하는 게 아니다. 달콤한 키스는 그보다 더 강한 마력을 발휘했다. 두근두근. 심장이 터질 듯 마구 날뛰는데도 이렇게 조잘조잘, 하고 싶은 말은 다 하고 있으니.

"흠. 그야 당연한 거 아니야? 내가 만든 법이니 내 마음대로지."

"순 독재자!"

"뭐어? 독재자?"

루비의 말에 귀엽다는 듯 웃던 이현이 다시 정색하며 말했다.

"그래, 맞아. ……독재자."

가녀린 몸을 내내 가두고 있던 굳건한 팔에 더욱 힘이 들어갔다. 영원히 놓지 않겠다는 듯 강인하게 끌어당기는 힘이 그녀의 마음까지 당겨 안는 것 같았다.

"내 맘대로 하려고 회사 차린 거니까. ……이렇게."

따뜻하고 보드라운 것이 입술에 닿자 루비의 속눈썹이 춤을 추듯 떨렸다.

"그리고 또……."

뺨과 콧잔등과 이마에 입술의 온기와 눈꽃의 냉기가 번갈아 내려앉자, 짜릿한 전류가 온몸을 휘돌아 심장까지 관통하는 듯했다.

"그러니까 루비야, ……허락해 줄래?"

눈송이처럼 가벼운 입맞춤이지만 달콤함은 강렬했고 여운은 진했다. 게다가 부드럽게 속삭이는 이현의 음성까지 가세하니 절로 고개가 끄덕여지려는데…….

'흔히 팬들이 그러지? 꽃길만 걷자고. 딱 내 마음 같은 말이
야. 오빠의 야망을 이뤄 주고 싶어.'

구름 위를 걷는 듯 몽롱한 와중에 귓속에선 이명처럼 윙윙 유하
라의 목소리가 울렸다.

왜 하필 지금!

"루비야?"

유하라의 마수를 떨쳐 내려는 듯 루비는 고개를 좌우로 거세게
흔들었다.

"왜 그래? 어디 아파?"

"……."

걱정스레 저를 내려다보는 이현의 눈동자를 마주하자 또 다른
목소리가 귓전을 맴돌았다.

'솔직히 말해서 언니가 대표님하고 스캔들 났으면 저거보다 더
하면 더했지 덜하지는 않았을 거라는 데 치킨 한 마리 걸게요.'

아이돌 스타와 신인 배우의 메가톤급 스캔들이 어떤 결과를 가
져왔는지 조곤조곤 알려 주던 코디 예리의 말까지 연달아 떠오르
자, 알딸딸하던 기운은 순식간에 사라지고 찬물을 뒤집어쓴 듯 퍼
뜩 정신이 들었다.

사랑 앞에 망설이고 싶진 않았다. 비겁하게 도망갈 생각도 없었
다. 하지만……! 나는 이 사람에게 어떤 도움을 줄 수 있을까? 누
구처럼 꽃길을 만들어 주지는 못할망정 행여 그의 앞길에 걸림돌이

되는 건 아닐지, 전에 없던 걱정이 뒷덜미를 잡아챘다.

아마도 제 기분에 취해 철없는 고백을 했던 그때보다 한층 더 깊어진 마음 탓이리라. 듬성듬성 날리던 성긴 눈발이 어느덧 함박눈이 되어 소복이 쌓이듯, 그렇게 깊어진 마음은 제 감정보다 상대의 안위를 우선순위로 삼았다.

이 사람이 다치진 않을지⋯⋯. 나 때문에. 단지 나를 사랑한다는 이유로. 겁 없이 용감했던 마음에 두려움이 서렸다.

"뭐야, 그 표정은?"

이현의 미간이 서서히 좁혀졌다.

"설마⋯⋯ 그새 마음이 변한 건가?"

아니에요. 아니라고요!

대답 대신 루비는 입술을 꼭 깨물었다.

오히려 그 반대여서 문제였다. 사랑은, 단순했던 마음을 복잡하게 얽혀 버리기도 한다는 걸 이제야 알게 되었다.

조금만 덜 사랑했어도⋯⋯. 아니 조금만 더 이기적이었어도, 망설임 따윈 없었을 것. 그가 이끄는 대로 따라가면 그만일 것을.

"전에 나 좋아한다고 했던 건 그럼 다 뭐였어? 일종의 팬심 같은 건데 나 혼자 멋대로 착각한 건가?"

긴 한숨과 함께 몰아세우듯 다그치는 이현의 눈동자가 흔들렸다. 그 모습을 보는 루비의 심장도 아프게 흔들렸다.

"⋯⋯아뇨."

좋아하는 마음과 사귄다는 건 엄연히 다른 문제. 적어도 대중에게 제 이름과 얼굴을 팔며 살아야 하는 연예계에선.

연예인의 연애는 호사가들의 입방아에 오르내리다 끝나는 것이 아니라는 걸 강훈과 이휘연 사태로 루비도 확실히 알게 되었다. 스캔들로 여론이 떠들썩했던 게 나무를 뽑을 듯 거센 태풍이었다면, 그 후 일어난 줄 이은 소송과 그로 인한 경제적 손실은 마을을 삼킨 해일이었다.

한때는 떠오르는 샛별이라 불렸던 신인 여배우의 바닥없는 침몰과 쟁쟁한 한류 스타의 추락, 그 모든 것은 결코 개인적인 손해로만 끝나지 않았다. 주가가 곤두박질치고 팬들이 안티로 돌아서는 등, 제법 탄탄하던 그들의 소속사를 뿌리째 흔들 만큼 거대한 후폭풍을 몰고 왔으니.

'제가 대표님께 그만큼의 가치가 있는 존재일까요? 어쩌면 저로 인해 그동안 힘겹게 쌓아 온 많은 걸 잃을 수도 있는데…….'

차마 물어볼 수 없었다.

"……그건 아닌데요."

"그럼 뭐가 문젠데?"

심중을 꿰뚫어 볼 듯 깊숙이 던지는 이현의 눈길에 애써 다잡은 마음이 허물어지려 했다. 그냥 눈 딱 감고 이대로 그의 품에 안겨 버리고만 싶다는 유혹이 그녀의 가슴 한구석에서 스멀스멀 피어올랐다.

안 돼! 이런 때일수록 신중해야 해.

"그러니까, 음…… 생각할 시간을 좀 주세요."

"뭐? 생각할 시간?"

허탈한 웃음을 짓던 이현이 거칠게 앞머리를 쓸어 넘기며 가쁜 숨을 몰아쉬었다.

"그동안 눈앞에 두고도 억지로 밀어내며 다가가지 못한 시간만도 아까워 죽겠는데, 시간이라니! 너 그게 진심이야? 대체 우리에게 무슨 시간이 더 필요한데?"

"그냥…… 모든 게 너무…… 너무, 갑작스러워서요."

"갑작스러워?"

"……"

"정말 몰랐던 거야? 내가, 너……."

후우, 길게 내뿜는 이현의 입김이 쏟아져 내리는 눈송이를 갈랐다.

"좋아하는 거."

좋아한다는 말이 이토록 감미로운 단어였던가. 처음 듣는 고백도 아니건만 새삼스레 심장이 콩닥거렸다.

"……몰랐어요."

"하, 참! 아니 어떻게! 어떻게 그걸 모를 수가 있지?"

뭐가 그리 분한지 이현은 씩씩거리며 한숨을 내뱉었다.

"그걸……."

그걸 어떻게 알아요? 만날 입 꾹 다물고 화난 사람처럼 찬바람 쌩쌩 일으키고 다녀서 난 또 우리가 전생의 원수라도 되는 줄 알았네요!

하지만 그런 속내를 술술 털어놓기엔 그의 표정이 너무 어두웠다. 어깨마저 축 처져 보이는 건 기분 탓이겠지? 그의 짙은 눈썹 위에 내려앉은 눈송이를 털어 주고 싶다는 생각이 머리를 스치자 루비는 손가락을 꽉 말아 쥐었다.

약해지면 안 돼. 고집스레 입술을 깨물며 흐트러지려는 마음을 다잡았다.

"나, 내일 파리 가. 열흘 정도 걸릴 거야. 답은 다녀와서 듣도록 하지."

어쨌든 시간은 벌었구나, 안도의 한숨이 도톰한 입술 사이에서 새어 나오자 그 소리를 놓치지 않은 이현이 일침을 가했다.

"물론 어떤 답을 듣든 내 결정이 흔들리는 일은 없을 거야. 쉽사리 물러설 거면 시작도 안 했을 테니까."

두 사람 사이를 가로막으며 날리는 무성한 눈발 속에서도 그의 진중한 눈빛은 가려지지 않고 더욱 형형히 빛났다.

"그동안 내가 너를 좋아하면서도 밀어냈던 이유는 단 한 가지."

"……."

"바로…… 너."

순간 심장이 멎는 줄 알았다. 단지 '너'라고 했을 뿐인데, 왜 그의 입을 통해 나오는 '너'는 다르게 들릴까?

"가수 한루비를 지킬 수 있을지도 걱정이었지만, 솔직히 그보다는 내가 사랑하는 여자 한루비가 다치지는 않을지, 그게 더 두려웠어. 물론 지금도 그걸 가장 염려하지만, 내 모든 걸 걸고라도 너만은…… 지킬게."

'어쩌면 이 사람은…… 이런 눈빛으로, 이런 말로, 자꾸만 내 마음을 무장 해제 시켜 버리는 걸까.'

겨우 걸어 잠근 마음의 빗장이 스르르 풀릴 것 같아 두려워진 루비는 억지로 그의 품에서 벗어나 몸을 돌렸다.

"그만 들어갈게요."

하지만 채 몇 걸음을 떼기도 전에 성큼 다가온 이현이 그녀의 몸을 뒤에서 감싸 안았다.

"루비야!"

"……."

그의 품 안은 아늑했다. 그칠 줄 모르고 펑펑 쏟아져 내리는 함박눈으로부터 완벽하게 지켜 주는 요새처럼.

"나만 믿고 따라와."

나지막하게 속삭이는 진중한 언어는 믿음직스러웠다. 어쩌면 앞으로 겪게 될지도 모를 세상의 모진 눈길과 손가락질로부터 막아 줄 든든한 방패인 양.

"……그럼 말씀드린 대로 새로운 레이블에 적합한 아이디어, 다음 미팅까지 많이들 생각해 오시고요."

막간을 이용한 티타임이 끝난 후, 회의는 이현의 주도하에 빠르게 진행되었다. 회의 초반엔 참석자들이 자유롭게 발언할 수 있도록 묵묵히 들어 주다가 후반부에 접어들면 여태까지 나온 의견을 취합하여 합리적인 결론을 도출한 후 새로운 아이디어를 제시하며 마무리를 짓는 게 이현의 스타일이었다.

오늘도 그랬다. 한루비 정규 1집 준비를 시발점으로 신규 레이블을 론칭하고 전략적으로 싱어송라이터를 키우겠다는 이현의 선언에 프로듀서들도 놀라 입을 떡 벌렸다. 그간 아이돌과 한류 스타 양성을 최우선으로 했던 D&P 스타일을 생각한다면 이는 매우 파격적인 행보가 아닐 수 없었으니까.

급작스러운 변화를 우려하는 목소리도 물론 있었다. 하지만 조만간 진행자와 배우 파트를 완전히 분리하고 음반과 공연 쪽을 더욱 강화해 음악 전문 기획사로서의 정체성을 확고히 하겠다는 이현의 설명을 듣자, 다들 고개를 끄덕이며 수긍했다. 자타공인 업계 최고라고 인정받는 정점에서도 현실에 안주하지 않고 늘 새롭게 도전하는 보스에게 새삼 존경의 눈길을 보내며.

"자, 오늘은 이만하죠. 수고하셨습니다!"

이현이 마무리 멘트를 하자 모두 주섬주섬 자료 파일을 챙기며 자리에서 일어났다.

꾸벅 인사하며 나가는 직원들에게 가볍게 묵례를 하던 이현의 시선이 홍보실 김혜은 실장과 소곤대며 문 쪽으로 향하는 루비의 뒤통수에 날아와 꽂혔다.

"거기, 한루비 씨?"

어깨를 움츠리며 고개를 돌리는 루비의 눈동자가 곶감이라도 빼먹다 들킨 아이처럼 불안하게 흔들렸다.

"잠깐 남으시죠."

"……저, 저요?"

"여기 한루비 씨가 또 있습니까?"

그, 그렇긴 하지. 근데 회의 내내 눈길 한번 안 주던 사람이 갑자기 왜!

뾰로통한 마음이 고스란히 묻어나는 루비의 눈길이 이현에게 닿자 그의 입꼬리가 살짝 올라가는 것도 같더니만 이내 꾹, 한일자를 그린다.

"마저 할 얘기 있는데, 시간 안 됩니까?"

"저 스케줄 있는데요."

루비가 복수하듯 날름 대답하자 이현의 미간이 살짝 구겨졌다.

"루비 씨 1시간 뒤에 '뮤즈'랑 인터뷰 있습니다."

두 사람 사이에 뭔가 묘한 기류가 떠도는 걸 감지한 '눈치 빠른'

김 실장이 또랑또랑한 목소리로 잽싸게 부연 설명을 했다.

"뮤즈?"

"네. 12월 초에 결재해 주신 인터뷰 건 있잖아요. 취재 팀이 4시까지 회사에 오기로 했어요."

"아아, 그…… 콘서트 리뷰 기사도 썼던……."

"네. 바로 그 안문주 기자요."

"그런데 그게, 오늘이란 말인가요?"

"네."

왜 저러시지? 오늘이면 안 될 이유라도 있는 건가? 어째 심기가 불편해 보이는 대표님의 안색을 살피며 김 실장이 냉큼 사족을 덧붙였다.

"안 기자라면 기사 잘 써 줄 거예요. 리뷰 쓴 거 보니 완전 루비 씨 팬이던데요, 뭐."

"아, 예."

'지금 한루비 씨 인터뷰를 걱정하는 게 아닙니다, 김 실장님!'

하지만 그리 말할 수야 있나.

"뭐 더 준비할 거 있습니까?"

한시라도 빨리 한루비와 단둘이 남고 싶은 들뜬 마음이 행여 묻어날까, 이현은 부러 목소리를 가라앉혔다.

"준비야 뭐, 질문지 미리 받아서 리허설도 충분히 했으니까…… 10분 전에만 풀어 주시면 괜찮습니다. 어차피 인터뷰 후 사진 찍기 직전에 메이크업 한 번 더 수정하고 옷도 몇 벌 더 갈아입을 거니까요."

"알겠습니다."

"저기요오, 대표님. 우리 루비 씨 얼굴 좀 보세요. 가뜩이나 조막만 한 얼굴이 완전 소멸 직전이잖아요. 요즘 작곡 공부까지 하느라 엄청 힘든가 봐요."

또 무슨 일로 애를 잡을까 염려스러워진 김 실장의 오지랖이 발동했다. 안 그래도 유난히 한루비에게 박하게 구는 대표님이 아닌가.

연예계 소식이 궁금한 그녀의 지인들은 뭣도 모르고 한루비랑 이현이 썸 타는 거 아니냐, 묻곤 하지만 그건 다 방송이 만들어 낸 이미지에 자신들의 로망을 덧입힌 허상일 뿐. 막상 가까이서 접하는 사무실 사람들은 안다. 바늘로 찔러도 피 한 방울 안 나올 대표님이 한루비에게 얼마나 냉정한지. 순둥이 한루비가 대표님을 얼마나 어려워하는지. 더군다나 눈치 빠르기론 둘째가라면 서러울 제 레이다에 전혀 포착되지 않은 거로 봐선, 진짜 이 둘은 아닌 거다. 앞으로도 그리될 가능성은 아메바 눈곱만큼도 없고!

"오늘 저랑 점심 같이 먹었는데 반이나 덜어 낸 밥을 그마저도 깨작깨작 겨우 먹는 거 있죠."

"어우, 김 실장님. 아까 간식 먹은 게 있어서 그런 거라니까요."

"가만있어 봐, 루비 씨는."

루비가 살짝 울상을 지으며 하소연했지만 김 실장은 끄떡도 안 하고 제 할 말을 했다.

"저기, 제 생각엔 대표님. 아무래도 곡 만드는 게 부담이 돼서 그런 게 아닐까 싶어요. 요즘 들어 부쩍 기운도 없어 보이고 가끔 보면 무슨 생각에 빠졌는지 멍하고. 말 못 할 고민이라도 있나 싶은 게, 암튼 평소보다 힘들어 보이더라고요."

"그런가요?"

'그런가요?'는 무슨!

이현의 뚱한 반응에 말문이 턱 막힌 김 실장은 머쓱함을 어색한 웃음으로 얼버무리더니 꾸벅 고개를 숙였다.

"그럼, 전 이만 나가 보겠습니다! 루비 씨, 이따 3시 50분까지 사무실로 와요."

늑대에게 붙잡힌 어린양을 보듯 측은지심을 담은 미소를 루비를 향해 지어 보이고는 사뿐히 몸을 돌렸다.

달칵.

부드럽게 문 닫히는 소리에 맞춰 철렁, 제 심장이 내려앉는 소리가 들리는 거 같아 루비는 마른침을 삼켰다. 이제 단둘뿐이다.

……어쩌지?

그렇게 잠시 어색한 침묵이 흐르는가 했지만.

"밥은 왜 조금 먹고 그래? 쓰러지면 어쩌려고."

긴 다리로 성큼 다가서며 훅 치고 들어오는 이현의 공격에 루비는 흐읍, 놀란 숨을 삼키며 뒤로 한 걸음 물러섰다.

"아니, 아까 떡볶이를 먹어서 그런 건데, 김 실장님은 괜히……."

"떡볶이가 밥이야? 영양가도 없는 거."

"밥은 아니지만, 입맛이 없어서……."

"안 그래도 말라서 걱정인데 좀 잘 먹어라."

자꾸만 다가오는 이현을 피해 뒷걸음질 치다 보니 어느새 등 뒤엔 딱딱한 벽이었다. 몸도, 마음도, 진퇴양난이다.

"왜, 왜요?"

이현이 왼팔을 뻗어 제 머리 위 벽을 짚자 화들짝 놀란 루비가 눈을 동그랗게 떴다.

"보고 싶었다, 한루비."

교묘한 각도로 목을 비틀며 느리게 다가오는 조각 같은 마스크. 오랜 비행과 격무에 지쳐서인지 살짝 갈라졌음에도 불구하고 여전히 감미롭기만 한 음성. 그리고 깊숙이 파고드는 뜨거운 시선.

어쩌면 이건……?

"거짓말!"

둘 사이에 흐르는 묘한 기류를 단번에 깬 건 루비였다.

"진짜야."

이현의 목소리엔 왠지 모를 아쉬움과 억울함이 실려 있었다.

"그런데 아까는 왜 그렇게……."

"음?"

이현의 눈썹이 살짝 찌푸려졌다.

"……아니에요."

"아니긴 뭐가 아니야. 아까 뭐가 어쨌다고?"

엉겁결에 튀어나오려던 말을 겨우 삼켰더니 이현이 어린애처럼 보챘다.

"말해 봐, 얼른. 응?"

이건 반칙이다. 멀리서 바라만 봐도 심장 벌렁거리게 하는 그 잘난 얼굴을, 이렇게 바짝 들이대면 어쩌라는 건가. 그의 숨결이 이마에 닿자 가슴이 콩닥거리고 볼이 발갛게 달아올랐다.

"아이참. 아니라니까요. 그냥……."

"그냥은 무슨 그냥. 얼굴에 다 쓰여 있는데."

"뭐라고요?"

"나. 삐. 졌. 음."

검지를 세워 루비의 코앞 허공을 짚으며 이현이 또박또박 말했다. 술 취한 새벽, 그녀가 그랬던 것처럼.

뭐, 뭐, 뭐야, 지금! 나 놀리는 거야?

"거짓말 맞잖아요! 보고 싶었다는 사람이 어쩜 그렇게 한 번을 안 쳐다볼까."

욱하는 감정을 주체 못 해 내뱉었지만, 이내 후회가 밀물처럼 덮쳐 왔다. 정식으로 사귀는 사이도 아닌데 무슨 권리로 이런 말을 한 거지? 내가 뭐라고.

"뭐?"

잠시 어리둥절해 있던 이현이 한숨을 쉬었다.

"하…… 이거 어떡하지? 진짜 삐졌네?"

새치름하게 눈을 내리깔고 입술을 비죽 내민 루비의 모습이 너무 귀여워 볼을 꼬집고 싶은 걸 간신히 참으며 이현이 말을 이었다.

"저기요, 한루비 씨. 아까 내가 안 쳐다본 거, 왜 그런 건지 정말 모르세요?"

"모르긴 뭘요!"

생각해 보니 그동안 문자 한 통이 없었잖아. 아무리, 아무리…… 사귀자는 말에 대답을 미뤘기로서니!

생각이 그리 미치자 뺨이 퉁퉁 부어올랐다.

"이 바보야, ……얼마나 보고 싶었는데."

순간 루비의 입꼬리가 보일 듯 말 듯 휘어졌다가 흠흠, 헛기침을 몇 번 하고는 이내 앵두처럼 꾹 다물렸다. 실실 비어져 나오는 웃음을 참으려는 품새였다.

"정말 니 생각밖에 안 나서 미치겠는데, 머릿속엔 니 얼굴만 동동 떠다니는데……."

"……."

"막상 널 보면, 그 순간 눈을 떼지 못할까 봐……."

……두려웠어.

내가 나를 제어하지 못할까 봐.

자꾸만 널 향하려는 시선을 억지로 돌려 서류에 못 박아도, 글자는 그저 의미 없는 검은 점일 뿐. 모든 감각이 너에게로 활짝 열려, 자분자분 말하는 네 목소리, 쾌활하게 터지던 맑은 웃음소리, 멀리 있어도 생생히 느껴지던 여린 숨결까지 손에 잡힐 듯했어. 본능에 져서 그때 만약 널 봤다면……. 회의실에 가득한 사람들이 순식간에 증발해 버리고 내 눈 안엔 오로지 너로만 가득 찼겠지. 바보처럼.

그렇게 내 솔직한 마음이 너에게 붙박여 떨어지지 않을까 봐, 무서웠어.

"한루비."

"네?"

벽을 짚지 않은 이현의 오른손이 그녀의 뺨 근처를 배회하다가 차마 만지지 못하고 스르르 내려와 가녀린 손가락 끝에 닿았다.

"메이크업했지?"

"네. 왜요? ……별로예요?"

아무런 의심 없이 천진하게 묻는 그녀에게 뭐라고 해야 하나.

'응. 별로야. 만지고 싶은데 만지지도 못하고. 아주, 아주 별로야.'

루비의 손끝을 만지작거리던 이현이 잠시 멈칫하다가 이내 다정하게 웃으며 작은 손을 폭 감싸 잡았다.

"······예뻐."

이번엔 티 나게 올라가는 입꼬리를 루비도 감추지 못했다.

예쁘다고 말해 주는 사람이 있어서 좋다. 그 사람이 대표님이어서 정말 좋다. 지난 열흘간 고민하고 또 고민했던 게 무색해지도록 지금 이 순간이 마냥 좋기만 하니, 아 진짜 한루비, 너 어쩔 거니? 이렇게 대표님 앞에만 서면 순식간에 흐물흐물 녹아 버리는 주제에 생각은 무슨 생각. 당장 저 품 안으로 돌진하지 않는 것만도 다행이었다.

"뭐가 그렇게 좋냐?"

"아닌데······. 히힛."

그녀의 해맑은 웃음에 전염되었는지 이현의 입가에도 미소가 지워지질 않았다. 아직 어떠한 질문도 하지 않았고 명확한 답도 듣지 못했지만, 이것만은 분명했다. 한루비와 함께 있는 이 순간이 벅차게 행복하다는 거.

떨어져 있던 내내 저로 인해 그녀가 잃게 될지도 모를 것들에 대해 고민하고 또 고민했다. 떠오르는 신인에게 스캔들이란 게 얼마나 치명적인지 누구보다 잘 알기에. 가수로서의 커리어, 여자로서의 사생활, 인간으로서의 존엄성. 이 모든 걸 단숨에 처참히 뭉개 버릴 수 있는 게 스캔들이었다. 그래서 행여나 돌이킬 수 없는 실수로 그녀를 나락에 떨어뜨리면 안 되기에 밤마다 긴긴 문자를 쓰고도 보내지 못했다.

하나, 지금은 그 숱한 고민을 잠시나마 접어 두고 그저 한 남자로 이 여자 앞에 서고 싶었다. 이토록 이기적이고 맹목적인 마음이 제 속에 도사리고 있을 줄이야⋯⋯.

게다가 눈먼 사랑은 자꾸만 그녀의 모든 걸 만지고 싶어 했다.

위험하다!

갑자기 누가 문을 열고 들어올지 모를 위험이 도사린 사내 회의실 안에서 그녀에게 정말 위험한 존재는 타인이 아니라 자신이라는 걸 절감하며 이현은 겨우 입을 열었다.

"⋯⋯얼른 가."

"아직 시간 넉넉한데요?"

벽에 걸린 시계를 흘낏 올려다보며 루비가 고개를 갸웃했다. 눈빛은 그게 아니면서 왜 벌써 가라는 거지?

"메이크업 다시 할 정도로 여유 있는 건 아니잖아."

"왜 메이크업을 다시 해요?"

동그란 눈망울이 뭐 잘못된 거라도 있냐고 묻는다.

"여기 이렇게 계속 있다가는⋯⋯ 아무래도 내가 다 지워 버릴 거 같아서."

"⋯⋯?"

잠시 멍해 있던 루비의 뺨이 서서히 달아올랐다. 무대 조명 뺨치게 뜨거운 저 눈빛만으로도 화장이 다 벗겨질 판인데, 뭘 더 어찌해 지워 버리겠다는 건지⋯⋯.

"가, 갈게요 그럼."

당황해서 목이 잠겼다. 그에게 꽉 잡힌 손을 빼내려는데 어째 악력이 더 세지는 거 같았다.

"가라면서요."

"응."

"근데 어떻게 가요?"

"어?"

"손."

"손?"

루비의 눈동자에 사로잡혀 있던 이현의 시선이 의아한 빛을 띠다가 서서히 아래로 내려갔다. 가라는 말과는 반대로 그녀의 손을 여전히 꼭 잡고 있는 자신의 손을 보고서도 꿈속이라도 헤매는 것처럼 반응이 더뎠다.

"……아하, 손!"

멋쩍게 웃는 그의 귓불이 꽃물이 든 듯 붉었다. 수줍은 고백이라도 한 소년처럼.

"진짜 갈게요."

아닌 게 아니라 이 분위기로 더 있다간 제가 먼저 덮칠지도 모를 일이라 루비는 그의 손아귀에서 억지로 손을 빼내려 했다.

"후아, 왜 하필 오늘이냐?"

"대표님이 결재하셨다면서요."

"왜 그랬지 나? 그날의 나를 몹시 치고 싶구나."

여전히 손을 놓아주지 않는 이현의 한숨 소리가 처량했다.

"푸홋. 근데 왜 이렇게 제 손에 집착하세요? 무슨 그런 거 있나?"

"그런 거? 어떤 거?"

"대표님 혹시…… '손 성애자' 세요?"

"푸하하하."

뭐가 그리 웃긴지 한동안 웃음을 그치지 못하던 이현의 입 끝에 익살스러운 미소가 걸렸다.

"진짜 그런가 봐. 왜 이렇게 네 손이 좋지? 하긴. 한루비의 신체라면 어디든 안 좋을까. 그러니 '손 성애자' 말고 '루비 성애자'가 맞지?"

"헐. 대표님 정말 이런 분일 줄 몰랐네요."

늘 차갑고 도도하던 이현의 입을 통해 나온 말이 맞나 싶게 솔직한 애정 표현에 괜스레 부끄러워진 루비는 아무렇지 않은 척 농담으로 얼버무렸지만, 구름 위를 걷는 듯 자꾸 몸이 부웅 뜨는 것 같았다.

"나도 내가 이럴 줄 몰랐다니깐. 이게 다 너 때문이잖아."

"칫! 괜히 제 탓 하지 마시구요."

"어쨌든 기대된다. 너랑 단둘이 있으면 나도 몰랐던 내 모습이 얼마나 나올지. 너도 궁금하지?"

그저 손만 잡고 있어도 이리 심장이 뛰고 숨 막히는데, 앞으로 대체 뭘 어쩌겠다는 건지 그녀로선 상상도 못 할 노릇이다.

"전 아니거든요! 저 진짜 갑니다."

"얼른 가."

"놔주세요. 손!"

"그래."

하지만 이현은 그러고도 한참을 그 작은 손을 놓지 못했다.

23

노크

작전을 바꿨다.

똑. 똑. 똑.

그녀의 마음이 완전히 열릴 때까지 인내심을 가지고 두드리기로.
솔직하게 다가가되, 부담은 주지 말 것!

그런고로 파리에 다녀오면 묻기로 했던 질문은 일단 보류하기로
했다. 역지사지해 보면 답이 나온다. 불과 얼마 전까지 소속사 대
표랍시고 고압적으로 군림하던 작자가 느닷없이 고백하더니 대뜸
사귀자고 하는데 어느 여자가 순순히 그러자고 할까. 그것도 제가
좋다 할 땐 차갑게 밀어낸 전과가 있는 놈인데.

"이거."

"뭔데요?"

무심한 듯 시크하게 건넨 꾸러미를 이리저리 돌려 보며 루비가

물었다.

"풀어 봐."

"으음, 뭐지? 푹신한데……."

궁금함을 못 참고 손가락으로 꾹 눌러 보던 그녀가 조심조심 은빛 리본을 풀고 하늘색 포장지를 뜯는 걸 이현은 어금니를 꽉 문 채 지켜보았다. 그녀만 보면 가슴속 어딘가가 간질거리고, 그저 떠올리기만 해도 자꾸만 웃음이 비어져 나와, 요즘은 괜히 입 끝에 힘을 주고 다닌다. 얼빠진 인간으로 보이지 않으려면 어쩔 수가 없었다.

"와아, 예쁘다!"

역시!

애써 브레이크를 걸고 있던 이현의 입꼬리가 스르르 올라갔다.

"맘에 들어?"

"네. 정말 다 예뻐요. 고맙습니다, 대표님!"

"고맙긴 뭘."

"근데, 너무 무리하신 거 같은데요? 대체 이게 몇 개야. 하나, 둘, 세엣……."

"풉. 그냥 넣어 둬. 그 정도 능력은 있으니까."

거만하게 팔짱을 끼고 어깨를 으쓱해 보이는 이현의 눈빛에 장난기가 묻어났다.

"세상에, 요일별로 신어도 세 켤레가 남네. 완전 보들보들, 색도 다 이쁘고……."

물방울무늬가 콕콕 찍힌 연분홍색 수면 양말을 손에 끼어 보며 루비가 연신 감탄사를 내뱉었다.

"누가 보면 명품 양말인 줄 알겠다. 그거, '사장님이 미쳤어요'에서 산 거야."

"네?"

"지나가다가 보이기에 기사님께 잠깐 세워 달라고 했지. 공장이 망했어요, 핵폭탄 파격 세일, 또 뭐더라? 다 못 팔면 마누라가 굶으래요, 그런 거 막 붙어 있는 트럭. 암튼 싼 거야."

유리 파편이 박혔을지도 모를 양말을 버렸을 때 너무도 아쉬워하던 루비의 모습이 내내 마음에 걸렸었다. 언제 마트에 들러 비슷한 거라도 사다 줘야지 했는데, 마침 노점상이 눈에 띄기에 주저하지 않고 차에서 내렸다. 알록달록 총천연색 양말 더미에서 파스텔 색조로만 고른 건 그녀의 취향을 가늠해서였고.

"우리 사장님도 미쳤나 봐, 이런 걸 손수 사다 주시고. 이러다 내일 기사 뜨는 거 아니에요? 이현, 길거리 쇼핑 현장 포착. 부농부농 소녀 감성, 이현의 취향."

복슬복슬한 양말을 낀 두 손을 머리에 올린 루비가 토끼 흉내를 내며 장난스레 외쳤다. 작전은 순조롭게 진행 중인 듯하다. 그녀가 예전보다 편하게 저를 대하는 걸 보면.

"큭큭. 그래. 미쳤다, 미쳤어."

"인정?"

"어, 인정. 미쳐도 보통 미친 게 아니지 내가."

비닐봉지에 담아 온 싸구려 양말을 고급 포장지로 포장하면서 콧노래를 흥얼거렸던 제 모습을 누가 봤다면 머리에 꽃을 달아 주지 않았을까.

"……너한테."

"피이."

새침하게 흘겨보는 눈망울과 금세 붉어지는 뺨, 그녀의 모든 것이 사랑스럽기 그지없었다. 와락 끌어안고 키스하고 싶은 걸 참으려니 말 그대로 미칠 지경이다.

하아, 참아야 하느니라!

옛 성현의 말씀을 떠올리며 마음속에 참을 인(忍)을 세 번 새겨 봤지만, 별 효험은 없었다. 여전히 심장은 야생마처럼 멋대로 날뛰고 있으니.

강이 내려다보이는 전면 창 말고도 복도를 향해 작은 창이 난 사내 휴게실에 커피가 든 종이컵을 앞에 두고 마주 앉은 두 사람의 모습은 복도를 지나는 누군가의 눈에 띄더라도 그저 업무 이야기나 소소한 잡담을 나누는 기획사 대표와 소속 가수로만 보일 터. '등잔 밑이 어둡다.'는 속담이 이토록 피부에 와닿을 수가 없었다. 너무 몸 사리지 말고 자연스럽게, 주어진 시간과 공간을 적절히 활용하는 게 사내 연애의 성공 비결 아니겠는가.

'아오! 아무리 그렇다 해도 정말이지 오늘은 장소를 너무 잘못 골랐다니까……'

이토록 사랑스러운 한루비의 모습에 시도 때도 없이 반응하는 제 마음을 계산에 넣지 못한 게 이현은 후회스러웠다. 종일 그녀의 동선을 좇다 덥석 접선한 게 하필이면 이곳이라니!

사실 급하긴 했다. 한시라도 빨리 양말을 전해 주고 싶기도 했지만, 그 핑계로 잠시나마 얼굴 보며 얘기도 나누고 싶었으니까.

"……저녁에 올라올래? 라면 끓여 줄게."

"어, 오늘은 안 되는데."

"왜?"

급한 마음에 던진 미끼가 마음에 들지 않았던 걸까? 이현의 시선이 초조하게 흔들렸다.

"은결이가 모처럼 시간이 된다고 해서 작업하기로 했어요."

"다른 날로 바꾸면 안 되나?"

"다른 날요? 그게 언제가 될 줄 알고요."

"아니 난…… 라면도 유통 기한이 있는데, 아까운 음식 버리게 될까 봐."

라면이 아까워서가 아닌 건 하늘도 알고 땅도 알지만, 어쨌든 라면을 핑계로 졸라 봤다.

"되게 알뜰하시다, 우리 대표님. 유통 기한 전에는 제가 다 먹을 거니까 그건 걱정하지 마시고요. 암튼 오늘은 안 돼요. 대한민국에서 제일 바쁜 은결느님께서 시간 내 주신다는데 까마득한 후배가 무조건 맞춰야지 어떡해요."

그, 그야 그렇지. 몸이 열 개라도 부족한 은결이가 본인의 쉴 시간을 쪼개어 도와준다는데.

콘서트 이후 자작곡 만들기에 부쩍 욕심내는 루비의 눈동자가 반짝였다. '한루비 정규 1집'에는 유명 작곡가들의 곡과 함께 루비와 은결이 공동 작곡 한 곡도 실릴 예정이라 이 기회를 놓칠 수 없다는 의지가 확연히 드러나는 눈빛이다.

부정할 수 없는 사실인데도 왠지 창자가 배배 꼬이고 속이 쓰렸다.

"은결이만 스케줄 빡센 거 아니거든. 미리 알려 주는데, 나 당분간 되게 바쁠 예정이다."

일 때문인 거야 알지만 그래도 그녀에게 언제나 1순위, 아니 0순위고 싶은 이 나쁜 마음을 어쩌나.

"네에, 네. 대표님도 무지 바쁘신 건 알죠."

"빈말 아니라 진짜 얼굴 보기 힘들 수도 있어."

"아이고, 어쩌나! 그래도 오늘은 선약을 따라야 해서요."

뒤틀린 심사가 고스란히 드러나는 이현의 말투에 루비는 비어져 나오는 웃음을 삼켰다.

"뭐…… 그러든가. 대신! 한 열흘 내 얼굴 못 볼 수도 있다는 건 염두에 두고."

"열흘이나요? 아, 아쉽다. 어머! 시간이 벌써 이렇게 됐네. 보컬 수업 있는데."

별로 아쉽지 않아 보이는 얼굴로 서둘러 양말을 챙겨 일어난 루비가 문을 향해 발걸음을 떼자 이현은 입안이 바싹 말랐다.

"어, 어, 벌써 가?"

자존심 따윈 어디에 내팽개쳤는지 다급한 마음에 손을 뻗었지만, 손에 잡히는 건 창을 통해 들어오는 뽀얀 햇살뿐.

"수업 시작 전에 미리 가서 목 풀고 있어야죠. 양말 고맙습니다, 대표님!"

이미 저만치 걸어간 루비가 문고리를 잡은 채 고개를 살짝 돌리고 양말 꾸러미를 쥔 손을 흔들며 상큼하게 웃었다.

"……그, 그래."

목표물을 놓친 채 허공에 붕 떠 버린 제 손을 뒤늦게 깨달은 이현은 어색하게 몇 번 흔들어 보이고는 멋쩍은 미소를 지으며 종이컵을 쥐었다. 원래 그러려고 했던 것처럼 보이길 간절히 바라며.

루비의 뒷모습이 사라지고 문이 닫히자 이현은 손에 쥔 종이컵을 노려보다가 얼마 남지 않은 커피를 단숨에 들이켰다.

"아오, 유치하게!"

식어 버린 아메리카노는 쓰디썼다.

"이 나이 먹고 뭔 짓인지 모르겠다, 내가."

어느새 그의 왼손에는 형체도 없이 구겨진 종이컵의 잔해만 남았다.

"하아!"

언제나 일이 먼저였던 제가 한 여자 때문에 허우적대는 꼴이 우스워 피식, 헛웃음이 났다. 웃음 끝에 느닷없이 작고 말간 얼굴이 떠오르자 또다시 심장이 쿵쿵대며 존재감을 뽐낸다.

"루비야……."

환영처럼 아른대는 그녀의 이름을 나지막이 부르자 아메리카노의 쓸쓸한 맛이 남은 혀끝에 부드럽고 달콤한 뒷맛이 감돌았다.

❊　❊　❊

"너 여자 생겼지?"

던지듯 툭 내뱉는 정시열의 말에 서류를 넘기던 이현의 손이 순간 멈칫했다.

'딱 걸렸네!'

시열이 내심 쾌재를 부르는데, 이맛살을 찌푸리며 건너다보는 이현의 눈빛은 평소와 다를 바 없이 건조했다.

"뭐?"

"아무래도 연애하는 거 같아서."

"참 나, 뜬금없긴."

"맞지? 맞지?"

"그럴 일 없습니다."

무슨 개소리냐는 듯 다시 서류로 눈을 돌리는 이현의 무표정한 얼굴을 맞은편에 앉은 시열이 집요하게 훑었다.

"아냐, 아냐. 내가 그쪽으로 촉이 얼마나 발달했는데. 흐음. 뭔가 분위기가 미묘하게 달라졌거든. 낯짝에 광채가 나면서……."

"제가 본래 후광이 비추는 마스큰데요?"

"풉! 뭐래, 재수 없게. 하여튼 잘난 것들은……."

"아부는 그만하시죠. 그런다고 계약 조건 올려 주지 않습니다."

여전히 서류에서 눈도 떼지 않고 받아치는 이현을 기가 막힌다는 표정으로 보던 시열이 픽 웃더니 고개를 절레절레 흔들었다.

"아, 예. 어련하시겠습니까, 우리 대표님이."

"아직 그쪽 대표님 아닙니다."

"……야! 찍어! 찍어, 그냥. 변호사 입회고 뭐고 다 필요 없으니까. 미팅만 몇 번째냐? 또 오기 귀찮으니까 우리 오늘은 끝장을 보자."

"그런 말은 농담이라도 넣어 둬. 서로에게 뒤탈 없도록 정식 절차 밟을 거니까. 뭐 더 요구하고 싶은 거 없어?"

계약상의 세세한 조항들을 고치고 보완하느라 이미 수차례 만나 조율했음에도 꼼꼼한 이현답게 쐐기를 박았다.

"알아서 잘해 주는데 뭘."

빈말이 아니다. 현 소속사와 계약 만기를 앞둔 정시열에게 D&P가 제시한 스카우트 조건은 업계 최고 대우를 받는 그로서도 혹할 만했다. 계약금이나 수익 배분율도 만족스러웠지만, 아티스트로서의 역량을 마음껏 펼칠 수 있도록 물심양면으로 지원을 약속한 점에 끌렸다.

그러나 그런 외적인 조건보다 더 시열의 마음을 잡아끈 건 D&P의 대표가 이현이라는 점이었다. 연예계의 화려한 조명 뒤에 존재하는 추악한 그늘을 누구보다 잘 아는 그에게 이현은 그런 존재였다. 세상이 다 변해도 변하지 않을 단 한 사람.

사실 한 달 전 D&P의 러브콜을 받았을 때 정시열은 고개를 갸웃했었다. D&P 하면 쟁쟁한 아이돌 그룹과 한류 스타가 포진한 곳 아닌가. 그런 곳에서 대체 왜 나를?

하지만 이현의 대답은 간단명료했다. 여태까지 D&P가 해 왔던 것과는 전혀 다른 색의 음악을 시도할 레이블을 만들고 있고, 그에 맞는 아티스트를 적극 영입 중이라고.

"나중에 후회하지 말고 도장 찍기 전에 확실히 해."

"후회할 게 뭐 있겠냐? 다 만족인데. 그보다 나 출출한데 야식이나 줘."

"다이어트한다며?"

"다이어트는 원래 내일부터 하는 겁니다. 이왕이면 쐬주도 한잔, 오케이?"

소주잔 꺾는 흉내를 내며 시열이 눈을 찡긋하자 이현이 보던 서류를 파일에 넣어 들고 소파에서 일어나 책상을 향해 걸어갔다.

"올라가지 그럼."

"오오! 나 뭐 해 줄 건데?"

"뭐 먹고 싶은데?"

"골뱅이무침 되냐? 소면 넣어서 비벼 먹자."

엉거주춤 자리에서 일어나며 묻는 시열에게 파일을 서류함에 꽂던 이현이 고개를 끄덕였다. 바로 그때 책상 위에 놓인 휴대 전화가 울렸다.

"아, 잠시만."

액정에 뜬 발신자를 확인하는 이현의 미간이 살짝 찌푸려지는 걸 보니 달갑지 않은 업무 전화임이 분명하다고 시열은 생각했다.

"미안한데, 형 먼저 올라가 있을래?"

"아니, 난 연습실 좀 둘러볼게. 끝나면 전화해."

이현이 알았다는 눈짓을 하며 통화를 시작했다.

"네, 이현입니다. 그간 안녕하셨습니까?"

낮게 깔리는 음성을 뒤로하고 시열은 조용히 문을 닫았다.

"혀엉!"

삶은 소면을 얼음 동동 띄운 냉수에 헹구던 이현이 뒤를 흘낏 돌아보다 미간을 구겼다.

"뭐야, 얘들은?"

펜트하우스 2층 계단을 올라오는 발소리로 보아 시열 혼자가 아님을 짐작은 했지만, 하필 은결과 루비를 달고 올 줄이야…….

"여태 작업하고 있더라고. 출출할 거 같아서 끌고 왔지."

"어라! 반응이 어째 좀 쎄하다? 우리가 반갑지 않은 거야?"

"퍽이나 반갑겠다. 설마 너…… 야식 먹겠다고 온 건 아니겠지?"

"아니 그럼, 이 시각에 야식을 먹지, 조식을 먹겠어, 중식을 먹겠어? 이야! 골뱅이무침이다!"

먹음직스러운 골뱅이무침과 샐러드가 차려진 식탁 위를 둘러보며 은결이 입맛을 다셨다.

"관리 안 하지, 서은결? 너 다음 주에 화보 찍잖아."

"관리 안 해도 본투더 미남인데 여기서 뭘 더……가 아니고 하, 할게요! 하겠습니다, 대표님. 충성!"

돌돌 만 소면 사리를 얹은 채반을 식탁에 올리던 이현이 고개를 휙 돌려 일별하자 은결은 금세 꼬리를 내렸다.

"이제 겨우 10신데 좀 먹으면 어떠냐. 앉아, 앉아. 루비 씨, 앉으세요. 우리 할 얘기 많잖아요. 아까 하던 곡 얘기도 마저 해야죠."

"……네."

"먼저 한 잔 받으시고요."

시열의 너스레에 일단 앉기는 했지만, 이현의 시선이 따갑게 느껴져 루비는 마음이 편치 않았다. 얼결에 술잔까지 받게 되니 더욱 가시방석이다.

"어떻게…… 오늘도 둘이, 시간이 맞았나 봐?"

손에 든 잔 안의 맑은 액체를 뚫어져라 바라보던 이현이 입을 열었다.

"어. 마침 내가 저녁 일정이 비더라고."

거리낌 없이 냉큼 대답하는 은결과는 달리 골뱅이를 집으려던 루비의 젓가락은 순간 멈칫했다. 다른 사람에게는 그저 평범한 질문으로 들리겠지만 묘하게 날이 서 있음을 그녀는 알고 있으니까.

하긴 그럴 만도 하지…….

당분간 못 볼지도 모른다며 볼멘소리를 해 놓고도 이현은 거의 매일 얼굴을 비쳤다. 때론 휴게실에 어떨 땐 연습실에 불쑥 나타나 간식을 주고 간 적도 있고, 복도에서 인사만 하고 스쳐 지난 적도 있었다.

어제는 구내식당에서 함께 점심을 먹었다. 아니, 엄밀히 말하자면 점심시간을 함께했다.

일정이 밀려 느지막이 간 식당은 썰렁했고, 식판을 받아 와 구석에 앉았을 땐 그나마 남아 있던 몇 명도 자리를 뜨기 시작했다. 빈 식판을 들고 일어서는 사람들과 눈이 마주치자 가볍게 묵례하고는 습관처럼 이어폰을 꽂고 휴대 전화의 뮤직 플레이어를 작동시켰다. 은결이 편곡해서 파일로 보내 준 그녀의 자작곡이 흘러나왔다.

와우, 서은결 진짜 대박! 이런 게 바로 편곡의 힘이구나…….

원곡의 어쿠스틱 감성을 그대로 살리며 과하지도 모자라지도 않게 적당히 힘을 준 편곡이 마음에 쏙 들었다. 음악에 취해 고개를 까닥이며 젓가락을 움직였다. 멜로디에 어울리는 가사들이 획획 머릿속을 스쳐 지나가고 달걀말이와 도토리묵무침도 유달리 맛있어 혼자여도 즐거운 점심이었다.

그렇게 밥을 반쯤 먹었을 때, 테이블 맞은편 자리를 툭툭 두드리는 커다란 손에 화들짝 놀라 고개를 치켜들었다.

"여기, 자리 있습니까?"

"대표님!"

근사한 슈트 차림에 어울리지 않게 식판을 들고 서 있는 이현을 발견한 루비가 허겁지겁 이어폰을 빼며 반가움의 탄성을 질렀다.

"자리 있냐고 물었는데요."

"자리…… 있어요."

루비는 부러 모호하게 대답했다. 빈자리가 있느냐인지, 자리의 임자가 있느냐인지 모를 이현의 언어유희에 대뜸 장난기가 발동한 탓에.

"누구 자립니까?"

"제가 좋아하는 사람이요."

장난이 너무 심했나?

툭 내뱉고 보니 손발이 오그라들고 뺨이 화끈 달아올랐다. 루비는 무안함을 숨기려 고개를 푹 숙이고 열심히 수저를 움직였다.

"······어? 그럼 저네요."

식판을 내려놓고 맞은편 의자에 앉은 이현이 정결한 치아를 드러내며 씩 웃었다.

"내 자리, 맞지?"

"읍!"

꾸역꾸역 밀어 넣은 밥알이 터져 나올까 봐 반박도 못 한 채 입안의 것을 오물오물 열심히 씹었다. 그러다 슬쩍 이현을 훔쳐보았더니 꾹 다문 입술 끝이 눈꼬리를 향해 휘어 있고 착각일진 모르겠지만, 귀와 목에 옅은 홍조도 보였다. 그리고 검고 큰 눈동자 가득 오롯이 저를 담고 있었다.

그와 눈이 마주치자 두근두근, 심장이 마구 날뛰었다.

"근데 여긴 웬일이세요?"

"밥 먹으려고."

어색함을 떨치려고 던진 우문에 현답이 돌아왔다. 식당에 식판 들고 온 사람에게 물 게 따로 있지! 괜스레 무안해진 그녀는 재빨리 이현의 식판으로 화살을 돌렸다.

"에계, 무슨 밥이 그래요? 귤이랑 요구르트랑 방울토마토밖에 없네."

"어? 아아, 이거……. 별로 배가 안 고파서."

"그래도 때 되면 제대로 챙겨 드셔야죠. 그거 드시고 어떻게 일을 하……."

정말로 배가 안 고픈지 그마저도 손이 가지 않는 걸 보니 염려스러운 마음이 들긴 했다. 하지만 잔소리로 들릴지도 모른다는 뒤늦은 자각에 말끝을 흐리는데, 이현이 아이처럼 헤벌쭉 웃는다.

"지금 나 걱정해 주는 거야?"

"걱정은 무슨요. 그러니까 제 말은, 활동량에 맞는 열량 섭취를 하란 얘긴데……."

"알았어. 알았으니까 얼른 먹어."

뭐가 그리 좋은지 여전히 싱글거리며 귤껍질을 벗기는 이분이, 바빠서 얼굴도 못 볼 거라던 그분 맞아?

"근데요오, 대표님."

"음?"

"바쁘시다면서요?"

"아아, 그게……."

"그것도 되게 되게."

"아니 뭐, 바쁘지 않은 건 아니지만……."

"딱히 드시는 것도 없으면서 여기서 이러고 계신 거 보면 많이 한가하신 거 같은데."

말문이 막히는지 눈만 껌뻑대던 이현은 방울토마토 몇 알을 입에 털어 넣고 우물거리며 애꿎은 귤만 못살게 굴었다. 과육에 붙은 하얀 속껍질까지 모조리 벗겨 내 주황색 속살이 드러난 귤이 긴 손가락 안에서 자태를 드러낼 즈음 루비도 수저를 놓았다.

"이거 먹어."

마시던 물컵을 내려놓는 루비에게 그가 내민 건 여태 공들여 벗긴 귤.

"받아, 얼른. ……왜? 나 손 깨끗해."

"하하. 그게 아니고요. 그렇게 열심히 까시더니 절 주시면 어떡해요."

"바보. 너 줄 거니까 열심히 깠지. 빨리 안 받으면 누가 보든 말든 먹여 준다."

루비는 진짜 그가 먹여 줄까 봐 냉큼 받아 들었다. 어쩌면 제 낯빛이 귤보다 더 붉을지도 모른다 생각하며 그가 건넨 귤을 쪼개 한 알을 삼켰다.

"음, 맛있다! 대표님도 드세요. ……자요."

"됐어. 너 먹는 거 보는 게 더 좋아. 너 다 먹어."

"저만 계속 먹고 있잖아요."

"실은 나, 오찬 모임 다녀오던 길이라 배불러."

"네에? 근데 왜……."

숨길 일도 아닌데 아까는 왜 그랬느냐 물으려다 루비는 입을 다물었다. 완벽하게 차려입은 상태로 점심시간이 훌쩍 지난 시각에 구내식당에 뜬금없이 나타나서는 정작 밥은 먹지도 않고 내내 마주 앉아 있었던 이유가, 그러니까…….

"보고 싶어서."

보고 싶어서란다!

"잠깐이라도 얼굴 보고 싶어서 회사 오자마자 여기저기 찾아다

넀어. 이렇게라도 안 하면 못 볼까 봐."

"……."

"근데 막상 찾으니까 또 욕심이 생기더라. 좀 더 같이 있고 싶어서 밥 먹으러 온 척한 거야."

고해성사라도 하듯 솔직한 마음을 털어놓는 낮은 음성이 고막을 두드리고 심장을 울렸다.

아…… 이럴 땐 뭐라고 해야 하지?

"바, 바쁘시면 그만 가세요."

"귤 다 먹는 거 보고 갈게."

이번에도 어찌해야 할지 몰라 루비는 귤만 오물오물 씹어 삼켰다. 말캉한 과육이 톡톡 터지며 상큼한 과즙이 입안을 적시고 몸으로 스며들었다. 좋아하는 사람이 정성을 다해 까 준 귤은 유난히 달았다. 지그시 바라보는 그의 눈빛처럼.

"맛있게도 먹네."

"흐흐."

그저 마주 보고만 있어도 좋은 시간이 고요히 흐르고 있었다.

"자, 마셔."

그녀가 마지막 귤 조각을 삼키자마자 이번엔 요구르트 뚜껑을 따서 손에 쥐여 주는 게 아닌가.

"아니, 대표님! 제가 돼지도 아니고 진짜 너무하시는 거 아니에요?"

"돼지가 아니니까 그러지. 많이 먹고 좀 찌자. 이것도 꼭꼭 씹어 먹어."

이현이 방울토마토 세 알이 담긴 제 식판을 루비 앞으로 밀어 주고는 그녀의 빈 식판을 들고 일어났다.

"그럼 난 간다."

"디저트 감사해요."

루비가 꾸벅 인사하고 요구르트 한 모금을 마시는데, 몇 걸음 떼던 이현이 갑자기 돌아보았다.

"……루비야."

"네?"

"우리, 내일은 꼭 보자."

"아, 네."

"오래 보자."

진중한 어조로 '오래'라는 단어에 힘을 주어 말하는 이현의 눈빛엔 간절함이 배어 있었다. 루비가 고개를 끄덕이자 이현은 안심한 듯 미소를 지어 보이고는 반납대를 향해 갔다.

식판을 반납한 이현은 다시 한번 뒤돌아 그녀에게 손을 흔들어 주고는 휴대 전화의 전원을 켜며 바삐 걸어 나갔다.

"그럼…… 전화까지 꺼 두고 있었던 거야?"

얼굴 한번 보겠다고 여기저기 찾아다니고, 잠시라도 같이 있고 싶어서 마주 앉아 귤껍질을 까 주고, 함께 있는 시간을 방해받기 싫어 휴대 전화까지 꺼 놓았던 사람.

각성의 순간은 그렇게 찾아왔다.

지난 몇 달간 한 공간 안에 머물면서도 우연히 만난 적은 손에 꼽는 사람을, 왜 요즘은 거의 매일 마주칠 수 있었는지. 연습실에서, 휴게실에서, 또 복도와 계단에서……. 우연을 가장한 그 짧은 만남을 위해 저 남자가 얼마나 바삐 돌아다녔을지, 굳이 말하지 않아도 다 알 거 같은, 이현의 마음이었다.

그래 놓고선! 그가 그토록 기대하던 만남이 또 어긋나고 말았으니.

"한루비 씨, 나랑도 볼일 있잖아요. 아까 복도에서 봤을 땐 오늘 뺄 시간 없다더니?"

"죄송해요. 그땐 시간이 정말로 없었어요. 갑자기 은결이가 시간이 난다고……."

정말로 미안한 마음에 사과하는데 은결이 끼어들었다.

"원래 시간이란 있다가도 없고 없다가도 있는 거 아냐?"

"짜샤! 그건 돈이지."

"돈이야 항상 있는 거고."

시열이 킥킥대며 핀잔을 주는데도 은결은 끄떡없다.

"쩐다! 이게 말로만 듣던 한류 스타의 위엄이구나. 난 시간은 많은데 돈이 없어서……."

"어우, 이 형은 또 엄살. 형 빌딩 산 거 요즘 장안의 화제야. 인터넷이고 방송이고 다 그 얘기던데, 돈이 없어?"

"야, 야! 빌딩은 무슨. 다 쓰러져 가는 3층 건물, 그나마도 은행 건데 내 지분은 아마 화장실 한 칸이나 될까 모르겠다."

"그래서…… 없던 시간이 생긴 거야?"

티격태격하는 두 사람 사이를 이현의 까칠한 음성이 파고들었다.

"아니, 형은 또 왜 그렇게 시간에 집착해? 없으면 만들라, 그게 내 좌우명이잖아. 루비 누나 보컬 쌤이 죽어도 안 된다는데, 뇌물과 애교로 시간 좀 옮겨 달라고 했지 내가."

"딴건 몰라도 수업 시간은 건드리지 말자."

"그건 그런데, 나 다음 주부터 일본 콘서트 준비에 새 앨범 작업도 시작해야 하고, 또 중국 광고랑 동남아 팬 사인회 일정까지 줄줄이잖아. 오늘 곡 작업 마무리 안 해 두면 어떻게 될지 몰라서."

"그래, 알았다."

오해가 풀렸는지 한결 부드러워진 목소리로 이현이 대답했다.

"참! 아까 아래서 하던 얘기 마저 해야지. 내가 어디까지 얘기했더라?"

"루비 누나 곡 준다며."

"아, 그랬지. 여름에 나올 앨범이랬으니 산뜻한 느낌으로…… 트로피컬 하우스 장르로 하나 써 볼까 하는데, 이 대표 생각은 어때? 루비 씨 청량한 음색에 잘 어울릴 거 같지 않아?"

"나쁘진 않을 거 같은데, 앨범 콘셉트에 맞아야 하니까 곡 쓰기 전에 우리 A&R 팀하고 상의 먼저 해 봐."

"그래야겠다. 아, 근데 루비 씨가 만든 곡 진짜 좋던데요? 콘서트에서 소질 있으니 곡 만들어 보라고 부추기긴 했지만 기대 이상이어서 놀랐어요."

"감사합니다. 은결이가 많이 가르쳐 준 덕분이죠. 편곡도 잘해 주고."

이어지는 음악 이야기로 술자리가 무르익자 분위기에 취한 루비도 자신이 하고 싶은 음악에 관해 허심탄회하게 털어놓았다.

"지금 이 순간 내가 느끼는 아주 사소한 감정, 일상의 떨림, 그런 걸 노래로 만들어 보고 싶어요. 이렇게 내 생각, 내 마음을 마음껏 표현할 수 있는 수단이 있다는 건 너무 좋은데요, 사실 곡 만드는 게 쉽진 않네요. 가슴 속에 뱅뱅 도는 감정을 끄집어내지 못하면 너무 속상해요."

"하아, 그 느낌 알지. 내가 진짜 루비 씨한테 추천해 주고 싶은 기가 막힌 커리큘럼이 있기는 한데……."

"뭔데요?"

루비가 눈을 반짝이며 묻자 시열은 신이 나서 떠들기 시작했다.

5년 전, 작곡은커녕 노래 부르기도 싫을 정도로 심한 슬럼프를 겪던 시열이 지친 몸과 마음을 위해 떠난 하와이에서 우연히 알게 된 오하우 뮤직 아카데미, 일명 O.M.A는 그의 음악 인생에 터닝 포인트가 되었다.

"우리나라엔 알려지지도 않았지만, 알려져도 어차피 인기 없을 거예요. 커리큘럼이 음악 이론이나 실기 위주가 아니거든. 누가 하와이까지 가서 비싼 수업료 내고 명상을 하고 요가를 하겠어요. 우린 인풋을 하면 아웃풋이 바로 팍팍 나와 줘야 좋아하잖아. 거기선 바람의 소리를 듣고 몸으로 표현하라고 하고, 되게 독특한 수업이 많아요."

"말만 들어도 끌리네요. 나중에 꼭 가 보고 싶어요."

"나중이 아니라 당장에라도 갈 수 있다면 가는 게 좋아요. 이 대표, 루비 씨 보낼 생각 없어? 이건 투자 가치 확실한 게임이야."

"무슨 소리야? 앨범 준비 중인데."

잠시나마 기대로 부풀었던 루비의 마음이 이현의 단호한 대답을 듣자 푸시시 가라앉았다.

"난 앨범 준비를 위해서 더 추천하는 건데? 12주 단기 코스만 들어도 음악을 바라보는 시각 자체가 바뀐다니까. 루비 씨, 거기 다녀오면 인생 곡 하나 건질지도 몰라요."

"형 그러니까 꼭 사이비 종교 전도사 같잖아."

은결이 킥킥 웃으며 초를 쳐도 시열의 O.M.A. 전도는 한동안 계속되었다.

"크아, 오늘따라 술이 받는다. 안주가 좋아서 그런가? 모인 멤버들이 좋아서 그런가?"

"둘 다겠지."

"그래, 은결이 말이 맞다. 말 많고 탈 많은 이 바닥에서 이렇게 편히 술잔 나눌 사람들이 있다는 게 얼마나 좋은지 모르겠다. 게다가 우리 대표님 손맛까지 죽이니 이것도 내 복이지."

"우리 대표님? 형 진짜 우리 회사 들어와?"

"도장 찍을 일만 남았는데 느그 대표께서 괜히 시간 질질 끈다. 하여튼 꼼꼼해. 워낙 업계에서도 소문이 자자하긴 하지만, 내가 몸소 겪어 보니까 답답할 정도로 단계를 차근차근 밟네. 근데 뭐, 이게 다 아티스트 보호 차원이니까 따지고 보면 나 좋은 일인 건 맞지."

뭐, 뭐, 뭐? 답답할 정도로 차근차근 단계를 밟아? 나한텐 당장 계약서에 도장 찍으라며 집까지 찾아와 놓고선?

루비의 눈동자에서 발사된 레이저가 그대로 이현에게 꽂혔다. 다행히 다른 두 사람은 이야기에 빠져 눈치를 못 챈 듯했지만, 이현은 괜스레 루비의 눈치를 살피며 헛기침을 했다.

"흠. 아직 도장도 안 찍었는데 자꾸 이렇게 천기누설하면 모두 없었던 일로 하겠습니다."

"푸하하. 그런 법이 어디 있나?"

"시열 형 아직도 우리 대장 무서운 거 모르나 봐. 얼마 전에 진짜로 다 된 밥에 코 빠뜨리는 놈 있었는데, 와아! 바로 밥솥을 엎더라니까. 대일기획 강준영 알지?"

"유하라 외사촌?"

"응. 그 자식이 루비 누나한테 엄청 치근댔거든. 그러니까 형이 딱 도장만 찍으면 되는 광고를 칼같이……."

"그만해라, 서은결. 취했으면 가서 자고."

"아, 왜에?"

한껏 억울한 표정을 지으면서도 은결은 바로 입을 다물었다.

루비는 문득 이현과 은결의 진짜 관계가 궁금해졌다. 사석에선 주로 형이라 부르며 이현의 머리 꼭대기에 앉은 듯 굴다가도 결정적인 순간엔 납작 엎드리는 은결을 보면 제가 알지 못하는 무언가가 둘 사이에 있을 것 같아서.

"……어? 루비 씨, 한 잔 더 하실래요? 난 또 고사 지내나 했더니 그래도 잔은 비우셨네."

"어! 내가 언제 이걸 다 마셨지? 아뇨, 아뇨. 전 그만 마실래요."

루비의 말이 떨어지기가 무섭게 이현이 벌떡 일어나 냉장고로 가더니 온갖 음료수를 양팔 가득 챙겨 와서는 테이블 위에 올렸다.

"우워, 집에 편의점 차렸어? 없는 게 없네. 이따 냉장고 속 구경 좀 해야겠다."

"마시고 싶은 사람 마시라고."

심드렁한 목소리와는 달리 루비 쪽으로 그것들을 슬쩍슬쩍 밀고 있는 이현의 손에 두 남자의 시선이 박혔다.

"이현! 너 뭐 하냐?"

"응?"

"왜 안 하던 짓을 해?"

시열의 핀잔에 정신이 든 이현은 그들의 시선이 쏠린 제 손을 내려다보았다. 대놓고 권하는 거면 모를까, 누군가에게 은근슬쩍 음식을 밀어 주는 행위는 그와 전혀 어울리지 않았다. 오랜 시간 저를 알고 지켜봤던 두 사람에게 이런 제 행동이 낯설 테니 무어라 변명을 해야 하나, 머리를 굴렸다.

"그러게. 내가 좀 취했나 봐."

"겨우 그거 먹고?"

바로 그때, 은결이 굳은 얼굴로 자리를 박차고 일어났다.

"넌 또 왜?"

시열은 황당한 표정으로 은결을 쳐다보며 눈만 끔뻑거렸다. 동시다발적으로 일어난 이 어색한 상황들의 인과관계를 술이 적당히 오른 머리로는 도저히 유추할 수가 없어서.

"……피곤해서. 먼저 잘게."

누군가 만류하기라도 하면 그대로 주먹을 날릴지도 모른다는 비장한 포스를 풍기며 은결이 자리를 떴다.

"아……! 나도 가야겠다. 뒷정리 못 도와줘서 미안. 루비 씨 다음에 봐요. 야! 은결아! 같이 가."

은결의 뒤를 따라 계단을 내려가는 시열의 요란한 발소리가 멀어진 지 한참 후.

"하아, 나 왜 이러지?"

이현이 머리카락을 거칠게 헝클며 한숨을 쉬었다.

"요즘은 나도 내가 낯설어."

"……."

"아침에 눈을 떠서 밤에 눈 감을 때까지, 아니 어떤 날은 꿈속에

서조차 종일 네 생각에 사로잡혀서…… 제정신이 아닌 거 같아."

그저 묵묵히 듣고만 있던 루비가 자리에서 일어나 이현에게 다가갔다. 그러고선 그의 어깨에 조심스럽게 손을 올렸다.

"너만 보였어. 행여 실수할까 봐 정신을 바짝 차려도 아까처럼 너만 보일 때 세상이 통째로 사라진 거 같아. 그냥 시원한 걸 먹이고 싶다는 생각에 사로잡혀서는……. 좀 더 조심했어야 했는데."

"괜찮아요. 그럴 수도 있죠. 대표님이 큰 실수 한 것도 아닌데 너무 마음 쓰지 마세요."

"너를 사랑하는 내 마음이…… 너에게, 또 가까운 다른 사람에게 상처를 줄 수 있다는 게 겁이 나."

서서히 고개를 든 이현이 옆에 서 있는 가녀린 몸을 무릎 사이에 가둬 안았다.

"따뜻해……."

허리를 감싸 안고 그녀의 배에 얼굴을 묻었다. 그녀의 향기와 체온이 막연히 불안했던 마음을 어루만져 주었다.

"난 너 없인 살 수 없을 거야, 한루비."

이현은 제 머리카락을 부드럽게 어루만지는 손을 잡으며 의자에서 일어났다. 테이블과 의자 사이에 낀 두 사람은 말없이 서로를 바라보았다.

"사랑해."

달콤하게 웃으며 이현이 다가왔다.

24

어쩌면 우린

"다녀오셨어요? 생각보다 일찍 오셨네."

"음."

"그래, 이 대표 만난 건 어떻게 됐어요?"

여느 때 같지 않게 살갑게 반기는 아내를 본 체도 않고 유태수가 서재로 휙 들어가 버렸다.

"아니, 저 양반이?"

무안해진 강미희가 샐쭉한 표정으로 닫힌 서재 문을 노려보다가 이내 마음을 고쳐먹고 주방으로 향했다.

"아줌마, 홍삼 달인 거랑 과일 좀 준비해요."

평소 같으면 남편의 냉대에 빈정 상해 며칠 말도 안 섞었을 텐데, 딸아이 문제다 보니 자존심이고 뭐고 궁금함이 먼저였다.

'일이 잘 안 풀린 건가? 표정이 영 아니네. 아냐. 저 음침한 인

간이 언제는 얼굴에 속내를 드러내고 다녔나 뭐. 자초지종 들어 보기 전에는 모르는 거지.'

식탁 의자에 앉아 다과가 준비되길 기다리는 동안 강미희의 머릿속엔 온갖 생각이 꼬리를 물었다.

똑똑.

형식적인 노크를 하고 서재에 들어간 미희는 셔츠 차림으로 책상 앞 의자에 앉아 눈을 감고 있는 태수를 보고 멈칫했다. 평소라면 샤워부터 할 양반이 양복 상의만 벗어 놓고 여태 저러고 앉아 있는 걸 보니, 아무래도 일이 순조롭지 않은 게 분명했다.

그녀는 들고 온 쟁반을 테이블 위에 놓고 서재 중앙에 놓인 소파에 앉았다.

"피곤하신가 봐요. 이리 와서 이거 좀 드세요. 홍삼 달인 거랑 당신 좋아하는 애플망곤데."

천천히 눈을 뜬 태수가 한동안 눈을 끔뻑거리다가 입을 뗐다.

"하라는?"

"하라요?"

이현을 만나 무슨 이야길 나눴는지 궁금해 죽겠는데 속 시원히 털어놓지 않고 자꾸 뜸을 들이는 남편이 얄미워 그녀는 딴전을 피웠다.

"언제 온대?"

"올 때 되면 오겠죠, 뭐. 여행 간 지 얼마나 됐다고."

새해 들어 방송 일을 모두 정리한 하라는 유럽으로 여행을 떠났다. 파리를 시작으로 여러 나라를 돌아다니며 쇼핑과 식도락을 즐길 거라고 했다. 마침 소속사와의 계약 기간도 끝나 가고, 어차피 재계약도 하지 않겠다니 모처럼 자유의 시간을 만끽할 것이다.

태수는 끄응, 소리를 내며 의자에서 몸을 일으키더니 미희의 맞은편 소파로 와 앉았다.

"얼른 말 좀 해 봐요. 이 대표가 뭐래요?"

"……여자 있대."

"하! 기가 막혀서! 아니, 그게 어른 앞에서 할 소리래? 건방진 녀석 같으니라고."

사실 하라도 남자 친구 바꿔 가며 사귀었으니, 이현이 연애를 하든 말든 문제 될 건 없다고 미희는 생각했다. 다만, 결혼은 연애와 별개가 아닌가. 대한민국 어디에도 하라보다 나은 조건의 신붓감은 없다고 자부하는 터라 결혼 이야기를 꺼내면 무조건 넙죽 엎드릴 줄 알았기에 더 화가 났다.

"어디 가서 제까짓 게 우리 하라보다 나은 여자를 만날 수 있다고 까불어, 까불길. 집안이며 학벌이며 미모, 우리 하라가 뭐가 빠지는 게 있어야 말이지. 어우, 열불 나. 그러게 내가 그만두자고 했잖아요. 그 자식 건방지다고. 이참에 하라 들어오면 신진그룹 차남이랑 선이나 보게 해야겠어요. 그만하면 걔도 조건 나쁘진 않은데."

"신진그룹 차남? 얼마 전 인터넷에서 난리 난 기내 난동 사건 알지? 그게 걔야."

"뭐라고요? 아니, 그게 정말이에요?"

"어떻게 재벌가 자식들은 제대로 정신 박힌 놈을 찾기가 힘들어. 이러니 내가 그놈에게 공을 들였던 건데……."

사실 제 딸이지만 하라도 다를 바 없음을 알고 있었다. 수시로 남자를 바꿔 가며 해외 여행을 다니면서도 운이 좋아 여태 스캔들은 안 났지만, 언제 망신살이 뻗칠지 모를 일이라 최대한 빨리 이현과 결혼시키고 싶었다. 아비도 어쩌지 못하는 못된 성정을 조종할 수 있는 남자는 이현 말고는 없을 것이기에.

"세상에나. 그래 놓곤 모임에 나와서는 아들 이야기를 꺼내? 감히 우리 하라한테?"

미희가 펄펄 뛰는 동안 태수는 잔을 들어 홍삼즙을 한 모금 마셨다. 입안 가득 싸하게 번져 가는 씁쓸한 맛이 이현과의 만남을 상기시켰다.

'죄송합니다만, 저는 마음에 둔 사람이 있습니다.'

'크흠. 그래, 자네같이 잘생긴 젊은이가 여자가 없다면 그게 더 이상한 일이겠지. 젊어선 좀 놀아 보는 것도 나쁘지 않아.'

'결혼할 여자입니다.'

'내가 인생 선배로서 조언해 주고 싶은 건 말일세. 남자에게 사랑은 껌과 같거든. 처음에야 단물이 줄줄 흐르니 좋겠지만, 얼마 못 가 단물 다 빠진 질긴 껌만 남게 되면 버리지 못해 안달이 나지. 맛없는 질긴 껌을 평생 씹을 수는 없으니까. 그런 부질없는 사랑보다는 일생에 한 번 올까 말까 한 기회를 잡는 것이 성공의 지름길이지.'

'충고 감사합니다. 그런데 어르신께서는 저와 생각이 많이 다르신 거 같습니다. 다음 스케줄 때문에 이만 일어나 보겠습니다.'

흐트러짐 없이 자신을 직시하던 이현의 눈빛이 떠오르자 태수는 고개를 절레절레 흔들었다.

"무서운 놈이야."

"예? 아니 그런 조무래기가 무섭긴 뭐가 무서워요?"

"눈빛이 달라."

법조계에 몸담은 지 30여 년. 대통령부터 흉악범까지 수많은 사람을 가까이서 겪어 보았지만, 이현과 같은 눈빛은 본 적이 없다. 부도 명예도 탐하지 않는 투명한 눈빛.

"그런 눈빛을 가진 놈을 내 편으로 만들지 못한다면, 차라리……."

✻ ✱ ✻

유하라와의 결혼을 거부한 대가는 생각보다 컸다.

하라의 아버지 유태수를 만나고 온 저녁. 이현은 정시열을 급하게 호출했다. 전에 그가 말했던 하와이 소재 뮤직 아카데미에 루비가 최대한 빨리 들어갈 수 있도록 알아봐 달라고 부탁했다.

'털어 먼지 안 나는 놈은 없지. 그럼 행운을 비네. 몸조심하게.'

태수의 마지막 인사는 협박이었다.

세무 조사, 악성 루머, 스캔들. 유태수가 손에 쥘 수 있는 세 개의 검 중 어떤 걸 휘둘러도 이미지로 먹고 사는 연예인 출신 기획사 대표에겐 데미지가 클 수밖에 없었다. 언제, 어느 방향으로 공격이 들어올지 모르니 미리 조처할 수 있는 사안부터 처리하기로 했다.

그 첫 번째가 한루비 신변 보호.

루비가 하와이의 뮤직 아카데미에 들어간다면, 스캔들이 터질 확률도 줄고 그녀가 바라던 음악 공부도 할 수 있어 앨범 준비에도 큰 도움이 될 것이다. 몇 달간 얼굴도 보지 못할 걸 생각하면 보내기 싫은 게 솔직한 심정이지만, 곁에 있으며 행여나 벌어질지 모를 일련의 험한 과정을 그녀가 지켜보는 것보다는 나았다. 그녀는 아무것도 모르길 바라니까.

그 밖에 세무 조사를 대비한 자료 준비와 악성 루머 유포를 감시하는 비상 대책 팀을 꾸려 어떠한 공격에도 방어할 수 있는 체계를 갖추도록 지시했다.

그리고 마지막으로, 협상을 위한 히든카드를 준비하기로 했다.

※ ✻ ※

루비를 하와이에 보내기로 마음먹자 이현은 오히려 마음이 편안해졌다.

3월 둘째 주 목요일 오후 9시 20분. 그녀가 떠날 비행기 편이 정해졌다. 하루하루가 너무 빨리 지나갔고 함께할 시간은 입안의 사탕처럼 덧없이 사라지고 있었다. 1분 1초가 아깝고 소중했다. 사랑만 하고 살기에도 짧은 인생이라던 할머니 말씀이 옳았다.

함박눈 내리는 2월의 마지막 일요일, D&P 옥상 정원 데크. 라면 그릇을 사이에 두고 두 사람이 마주 앉았다.

"오랜만에 부모님 봐서 좋았겠다. 안녕들 하시지?"

"네. 엄마도 건강하시고, 아빠도 이모부 일 도와 드리면서 잘 지내세요."

출국 전 짬을 내 강릉에 다녀온 루비가 부모님 소식을 전하며 활짝 웃었다.

"하와이 간다고 서운해하지 않으셔?"

"어차피 같은 땅에 살면서도 자주 못 보는데요, 뭐. 회사에서 좋은 공부 시켜 준다고 고맙대요. 아 참! 아빠가 대표님 강릉 한번 놀러 오시래요."

"진짜? 언제 뵈러 가지? 뭐 사 가야 좋아하실까? 부모님 뭐 좋아하시는지 알려 줘. 이참에 부모님께 점수 좀 따야지."

들뜬 목소리로 묻는 이현을 루비가 난감한 표정으로 바라보다 겨우 말문을 열었다.

"아니, 그게 아니라요. 아빠 그냥…… 신세 진 게 많다고, 오시면 경포대 가서 회라도 대접한다고 놀러 오시라는 건데……. 뭐 사가고 그러면 부담스러워하실 거예요."

"아, 미안. 내가 괜히 오버했네."

풀 죽은 이현을 보자 루비는 괜스레 미안한 마음이 들었다.

요즘 들어 이현은 더욱 적극적으로 애정 표현을 했다. 아무리 바빠도 얼굴은 꼭 보려고 애썼고, 틈만 나면 함께 있으려 했다. 맛있는 거 하나라도 더 입에 넣어 주지 못해 안달했고, 그녀가 먹는 걸 지켜보며 어쩜 너는 먹는 것도 예쁘냐며 눈을 떼지 못했다. 그의 모든 행동, 말 한마디, 눈빛에서 사랑이 새어 나왔다. 숨기지 않고 마음을 드러냈지만, 행동은 절제했다.

그가 기다려 주고 있음을 루비도 잘 안다. 그래서 더 미안했다.

"잘 먹었습니다."

"맛있었어? 맛있는 거 해 준대도 왜 맨날 라면이냐?"

"일요일 아침의 라면은 최고의 브런치 아닌가요?"

"유통 기한 전에 다 먹고 가려고 무리하는 건 아니고?"

"솔직히 그런 이유도 조금은. 흐흐. 약속은 꼭 지키는 게 제 신조거든요."

"무려 아홉 개나 남았는데?"

"겨우 아홉 개밖에 안 남았어요? 난 매일 먹어도 좋은데."

"더 맛있는 거 해 줄게. ……매일."

"진짜 매일요?"

매일이라고 해 봐야 며칠이나 남았다고 저리 좋아할까? 해맑은 루비의 미소가 이현은 아팠다.

"음. 그동안 골치 아픈 일들이 있어서 바빴는데, 급한 건 일단 마무리했으니까 이제 시간 좀 날 거야."

내내 붙어 있어도 모자랄 시간이었지만, 유태수에게 빌미 잡히지 않도록 대책을 마련하고 그녀가 하와이에서 편히 지낼 수 있도록 만반의 준비도 해야 했다. 이제 기본 업무 외의 시간은 모두 그녀를 위해서만 쓸 것이다.

"차 마실까?"

빈 그릇을 챙기며 이현이 물었다.

"여기서요?"

"……응."

그냥 물어본 걸까? 아니면, 무슨 의밀까?

짧은 순간에 별별 생각이 이현의 머리를 스쳤다.

들어가서 마시자고 할 걸 그랬나?

그동안 그녀와 데크에서 라면을 먹고 차를 마셨지만, '특별 사유 없이 실내 출입은 금한다'는 나름의 규칙은 지켜지고 있었다. 물론 날조한 규칙이라 꼭 지켜야 할 이유는 없지만, 그녀를 보면 자꾸만 만지고 싶고 안고 싶은 본능이 폐쇄된 공간에서 자제가 될지 자신이 없어 굳이 철회하지 않았을 뿐이다.

"혹시, 추운 건 아니지?"

"전혀요."

춥다고 말해 주길 바랐는지도 모르겠다. 아직 유리를 철거하지 않은 데크 안은 난로가 내뿜는 훈기로 가득 차 있지만.

"……추우면 말해. 흠…… 무슨 차 마시고 싶어?"

"레몬차요."

이 겨울의 마지막이 될지도 모를 눈이 내리는 풍경을 감상하며 차를 마시던 루비가 갑자기 고개를 획 돌리자 내내 그녀만을 바라보던 이현의 눈동자가 흔들렸다.

"저기요, 대표니임."

말꼬리를 길게 늘이며 저를 부르는 맑은 음성에 심장이 요동쳤다.

"저, 부탁이 있는데요."

두 손을 꼭 모아 쥐고 초롱초롱 빛나는 눈망울로 쳐다보는데 무슨 부탁인들 못 들어줄까. 달을 따다 주면 되니? 아니면 별을 원해? 두 개 다?

"뭐? 뭔데? 말만 해. 말만."

"우리…… 눈사람 만들어요."

"에취!"

"어! 또 재채기하네. 큰일 났다. 지금이라도 병원 가자. 일요일이니까 응급실 가야겠다."

"저기요, 대표님. 제발 고정하세요, 좀! 저 재채기 고작 두 번째고요, 그것도 코가 간질거려서지 감기 걸린 거 아니거든요."

눈사람을 만들다 장난기가 동한 루비가 이현에게 눈을 뭉쳐 던진 게 이 사태의 시발점이었다. 이현도 이내 반격해 왔지만, 희한하게도 그가 던진 눈 뭉치는 던지는 족족 빗나갔다.

신나게 놀다 제 풀에 넘어진 루비를 이현이 일으켜 안았을 때 마침 재채기가 터지고 말았다. 그랬더니 응급 환자라도 되는 양 이현이 그녀를 안아 들고 숙소로 데리고 왔다. 샤워하고 나온 그녀의 머리를 말려 주고 코코아까지 타다 바치더니 이제는 중환자 취급이다. 재채기 두 번에 응급실을 가?

"아직은 아닐지 몰라도 감기로 발전할 가능성을 무시할 수 없잖아. 안 되겠다. 쌍화차라도 마시든가 해야지. 잠깐 기다려."

"아니, 아니요. 저 이 코코아만 마셔도 충분해요. 진짜 괜찮다고요, 대표니임!"

재채기 한 번 했다고 옆에서 안절부절 야단법석을 떨던 이현이 루비의 만류에도 불구하고 기어코 쌍화차를 타러 주방으로 향했다.

루비는 폭신한 샤워 가운을 걸친 채 긴 소파의 끝자락에 앉아 뜨거운 코코아를 홀짝거리며 이현의 뒷모습을 지켜보았다. 펜트하우스 2층은 거실과 주방이 막힘없이 트여 있는 구조라 그의 움직임이 한눈에 들어왔다.

"그러게, 눈이 이렇게 오는데 무슨 눈사람을 만들자고 해서 는……."

주전자에 물을 올리고 선반에서 머그를 꺼내며 한숨을 길게 쉬는 이현의 목소리도 들렸다.

"뭐라고요? 눈이 오니까 눈사람을 만들자고 하죠. 눈이 안 오면 무슨 수로 눈사람을 만들어요?"

루비의 반격에 뜨끔했는지 뒤를 한 번 돌아본 이현이 다시 쌍화차를 타면서 중얼거렸다.

"내가 뭐랬어. 감기 걸리면 안 되니까 넌 그 안에서 구경만 하랬잖아. 내가 다 만들어 줄 테니까 안에서 차나 마시라고."

"눈사람을 같이 만들자고 했지, 제가 언제 눈사람 감상 하고 싶다고 했어요?"

"그건 그렇지만, 그래도 눈 펑펑 오는데 그거 다 맞으면서……."

"눈을 맞아요? 누가요? 대표님이 머리부터 발끝까지 꽁꽁 싸매서 누가 봤으면 저, 펭귄인 줄 알았을 거예요. 아주 그냥 뒤뚱뒤뚱."

"그래 아기 펭귄처럼 귀엽긴 하더라."

이현이 제 코트와 목도리로 둘둘 말아 놓았던 루비를 떠올리며 킥킥거렸다.

"아 진짜, 뭐예요!"

"쌍화차예요."

타이밍도 절묘해라!

기사처럼 한쪽 무릎을 꿇고 쌍화차를 대령하는 이현을 루비가 흘겨보았다.

"칫, 안 먹어요."

"아아아, 그러지 말고오, 딱 한 모금만 마셔. 응?"

어린애처럼 울상을 지으며 이현이 쌍화차가 담긴 머그를 호호 불어 다시 내밀자 루비도 피식 웃고 말았다.

'정말 이 사람은 내가 뭐라고 이렇게까지…….'

따뜻한 차를 한 모금 머금는데 갑자기 뜨거운 것이 가슴속에서 울컥 치밀며 눈에 물기가 차올랐다.

"대표님……."

"음?"

"하아……."

"왜? 맛없어? 맛없어서 한숨 나올 정도야?"

그녀의 발치에 무릎을 꿇고 앉아 걱정 어린 눈빛으로 올려다보는 이현은 마치 '주인님 없이 전 살 수 없어요.' 라고 꼬리를 흔드는 몸집 큰 강아지 같았다.

"제가…… 그렇게 좋으세요?"

대답보다 깊은 한숨이 먼저 돌아왔다.

"……너무너무 좋아. 좋아서 미칠 거 같아."

매일 듣는 말이지만, 새삼 또 가슴이 떨렸다. 이 세상 그 누가, 이토록 맹목적으로 날 사랑해 줄 수 있을까…….

"저도 대표님 너무 좋아해요. 그래서 이제라도 솔직하게 말씀드릴게요. ……유하라 씨 말인데요."

"유하라? 그 여자 이야기가 대체 여기서 왜 나오지?"

"……혼담이 오간다는 말을 들었어요. 그쪽 어른들이 대표님을 사윗감으로 점찍었다고.”

“대체 누가 그따위 소릴 해?”

여태 순한 강아지처럼 발치에 앉아 있던 이현이 벌컥 화를 내며 일어났다.

“유하라 씨에게 직접 들었어요.”

“미친 여자 같으니라고. 제정신이 아니야 그 여자. 그래서. 그 말을 믿었어, 넌? 내가 그 인간들 손아귀에 줏대 없이 놀아날 놈으로 보였어?”

치미는 화를 삭이려는 듯 이현이 소파 주변을 서성거렸다.

“유하라 씨가 대표님께 더 좋은 짝이 아닐까, 고민했어요. 대일 기업하고 관계도 그렇고, 대표님의 야망을 위해서도 그렇고요. 그래서 대표님을 좋아하면서도 사귀는 건 망설였고요.”

“야망? 내가 너 말고 야망을 품을 대상이 있다고 생각해? 네가 없으면 다 없는 거야, 난.”

머리를 거칠게 쓸어 넘긴 이현이 주방으로 가 찬물 한 컵을 들이켜고는 다시 돌아와 루비의 옆자리에 앉았다.

“루비야, 나 좀 봐.”

한결 차분해진 목소리로 부드럽게 루비의 이름을 부르며 그녀의 양팔을 잡아 자신의 눈을 볼 수 있게 몸을 돌렸다.

“한루비, 명심해. 내가 가고 싶은 길은 너와 함께 걷는 길이야. 화려하고 안락한 꽃길이 아니라.”

“······.”

“난 너 아니면 안 돼. 너 말곤 아무도 내 눈에 들어오지 않아. 과거에도, 지금도. 그리고 앞으로도 영원히.”

"……."

"언젠가 네가 그런 말 했지? 좋아하는 마음은 내 거라고. 그 마음, 내가 받고 싶어. 아주 소중히, 귀하게 여길게. 한 번도 다른 여자를 원해 본 적 없어. 단 한 번도. 하지만 너만은 놓치고 싶지 않아."

"……."

"사랑해. 결혼하자, 우리."

❅　✱　❅

떠나기 3일 전. 짐을 챙기느라 종일 바빴던 루비는 시원한 생과일 주스를 마시러 휴게실에 잠시 들렀다. 달콤한 오렌지 주스를 한 모금 쭉 들이켜고 눈을 잠시 감고 있는데, 문 열리는 소리가 들렸다.

"여기 있었네?"

빼꼼 열린 문틈으로 은결이가 고개를 디밀었다.

"뭐 해? 들어와."

루비가 반갑게 손짓하자 잠시 머뭇대던 은결이 뒷머리를 벅벅 긁으며 들어와 루비의 맞은편에 앉았다.

"진짜 오랜만이다. 너 정말 바쁘긴 되게 바빴나 봐."

"어. 중국에서 어젯밤에 왔어. 여태 자다가 이제 밥 좀 먹었고."

평소와는 다르게 뭔가 어색해 보이는 은결을 루비가 말끄러미 쳐다봤다.

"너 좀 이상해."

"내가?"

"응. 뭔가 분위기가 바뀌었어."

"흠, 흠."

"왜 똥폼을 잡고 그러니? 너답지 않게."

갑자기 은결이 깔깔거리며 웃음을 터뜨렸다.

"이쯤에서 나와 줘야 하는데 말이야."

"뭐가?"

"나다운 게 뭔데?"

목소리를 그윽하게 낮추고 눈썹을 찌푸리며 드라마 속 남자 주인공에 빙의한 은결의 열연에 루비는 한참을 웃었다.

"그래 그거야. 그게 너다운 거지."

"누난 내가 그렇게 우습게만 보여?"

"아니, 우습게 보이는 게 아니라 넌 웃겨. 너랑 있는 내내 많이 웃었고 즐거웠어."

"아이 씨, 왜 이래? 무슨 사랑 고백이라도 할 것처럼."

"하하하. 맞아. 우리 은결이 누나가 많이 사랑한다."

해맑게 웃는 루비를 바라보는 은결의 눈빛이 순간 어두워졌다.

"저번에 있었던 일, 기억 안 나? 아니면 안 나는 척하는 거야?"

"저번에? 아……! 정시열 씨랑 술 마신 날? 기억은 나는데, 왜?"

"나 그날 왜 먼저 갔는지 몰라?"

"너 피곤하다고 먼저 자러 갔잖아. 아냐?"

"허, 이건 뭐. 눈치가 없는 건지, 완전 고단수라 그런 건지. 어째 비집고 들어갈 틈을 안 주나?"

은결이 허망한 표정으로 한숨을 쉬었다.

"아, 미안해. 그날 나 소주 한 잔 마셨지? 그거 나한텐 치사량이야. 기억은 다 나는데, 세세한 건 놓쳤을 거야 아마. 혹시 내가 너한테 뭐 실수한 거라도 있니?"

"아 몰라. 됐어. 누나랑은 이제 말 안 해."

"야! 있어도 좀 봐줘라. 곧 떠날 사람인데."

저렇게 천진하게 웃는 여자한테 무슨 말을 할 수 있을까…….

한동안 말없이 루비를 바라보던 은결이 자리에서 일어났다.

"잘 다녀와. 그 말 하려고 왔어."

"왜 벌써 가? 더 놀자."

"귀찮게 하지 말고 혼자 놀아. 나 피곤해. 내일 방송 하나 찍고 다시 나가."

문 앞에서 뒤도 돌아보지 않고 손을 들어 보인 은결이 그대로 밖으로 나갔다.

"쟤 진짜 오늘 이상하네?"

루비가 고개를 갸웃거리는데 갑자기 문이 벌컥 열렸다.

"한루비!"

느닷없이 다시 나타나 진지한 표정으로 제 이름을 부르는 은결을 놀란 눈으로 루비가 빤히 쳐다보았다.

"윤회를 믿어?"

"뭐? 얘 갑자기 왜 이래, 또? 차라리 도를 믿냐고 묻는 게 낫겠다."

"난 예전엔 그런 거 안 믿었거든. 사람 죽으면 그걸로 끝이지 구질구질하게 뭘 다시 태어나나 그랬는데, 이젠 믿고 싶어."

"……?"

"만약에 다음 생이 우리에게 주어진다면, 난…….."

차갑게 굳은 표정으로 한동안 침묵하던 은결이 루비의 낯빛이 하얗게 질려 가는 걸 보고는 쓰게 웃고 말았다.

"나, ……누나 아들로 태어나고 싶다."

"뭐, 뭐라고?"

"생각해 보니까 그게 장땡인 거 같아. 가장 소중한 남자가 될 거 아냐."

"야! 서은결! 난 싫거든. 너 같은 아들은 트럭으로 줘도 트럭도 안 가질 거야!"

"다음 생에 봅시다, 그럼."

그대로 문이 닫혔고, 다시 열리지 않았다.

❊　✱　❊

"사랑해. 결혼하자, 우리."

이현의 프러포즈를 받고 제가 뭐라고 대답했는지 기억이 나지 않았다.

'그래요.' 라고 했는지, '좋아요.' 라고 했는지, 아니면 '네.' 라고 했는지. 어쩌면 말없이 고개만 끄덕였을지도 모른다.

어쨌든 그날. 뜨거운 입맞춤 끝에 두 사람은 하나가 되……고 싶었지만, 불행인지 다행인지 거사를 치르지는 못했다.

이현의 뜨거운 손길에 온몸이 활활 타올라 정말 괜찮겠느냐고 그가 물었을 때 고개를 마구 끄덕이기까지 해 놓고는, 막상 결정적인 순간에 주체할 수 없는 비명이 터져 나왔으니…….

눈 뭉치조차 아플까 봐 던지지 못하는, '한루비 특정 심약한 인간' 이현은 당연히 진도를 빼지 못했다.

"어떡해. 많이 아파? 미안해. 내가 죽일 놈이지."

끝까지 가진 못했지만, 과정엔 심히 충실했던지라 지친 상태로 뻗어 버렸더니 이 남자 또 난리가 났다. 재채기 두 번에 응급실 가자던 인간이니 오죽했겠는가.

손가락 하나 까딱하기 힘들어 그가 원하는 대로 몸을 맡겼더니 씻기고 말리고, 만지면 깨질까 쥐면 터질까, 눈물겨운 간호로 밤을 지새울 기세였다.

그렇게 부드러운 손길에 취해 깜빡 잠이 들었던 것 같다. 그의 품 안에서.

"사랑해, 루비야. 영원히…… 너만."

낮은 속삭임이 귓가에 들려오고 미풍 같은 손가락이 머리카락을 부드럽게 쓸어 넘기는 익숙한 꿈속에서 노래를 불렀다.

처음 본 그대가 왜 낯설지 않을까
깊은 눈망울 또 고운 입술 그 미소
어쩌면 우린 오늘이 처음이 아닐지도 몰라
어느 옛날, 아주 오래전에도 우린 서로를 알았을까
네 눈빛에 어린 내가 너무도 익숙해
수많은 사람을 스쳐 지나도 이렇지 않은데

세상이 변하고 변해 천년이 흘러도
나는 너 아니면 안 될 거 같은데……

헤어지기 전 그 아까운 시간을, 두 사람은 서로를 깊이 바라보고, 애틋한 손길로 쓰다듬으며 보냈다. 서로가 서로에게 눈이 멀어 그것만으로도 충분했다. 아니, 충분하다는 건 어쩌면 그녀 혼자만의 착각일지도 모른다.

"가끔은 후회했어. 왜 너랑 계약 같은 걸 했을까. 처음부터 그냥 내 여자 하라고 할걸. 그깟 계약서 빡빡 찢어 버리고, 가수 같은 거 이제라도 때려치우고 나만 보고 살라고도 하고 싶었어. 하지만 네가 노래 부를 때 행복해하는 모습을 보면, 네가 다시 꿈을 찾도록 기다려 준 시간이 헛되지 않았구나, 뿌듯하기도 해."

떠나기 전날 밤. 그녀의 몸을 소중하게 어루만지며 그가 말했다.

"시간을 되돌려 다시 널 만나도, 이게 옳은 결정이라고 믿을래. 네가 날개를 활짝 펼치고 마음껏 날 수 있도록 뒤에서 받쳐 주는, 내가 너의 둥지가 될게."

그의 진심 어린 따뜻한 말에 루비의 눈이 시큰해졌다.

'모든 걸 다 주어도 아깝지 않을 남자. 내 남자, 이현.'

"우리, 계약할래요?"

마지막 밤을 눈물로 보내긴 싫어 어설픈 장난을 쳐 봤다.

"계약? 무슨 계약을 또 해?"

"'나는 한루비의 남자다. 평생 한루비에게만 복종한다.' 이렇게 크게 써서 도장 쾅 찍어 주세요. 내일 계약서 품고 비행기 타게요."

"그런 계약이라면 언제든 콜."

"그럼 계약서부터 작성해야죠."

"그런 거 쓸 시간이 어디 있어, 지금."

"그럼 구두 계약이라도."

"알았어. 알았다고. 영원히 너의 노예가 되겠다고 맹세해."

"어, 어? 왜, 왜 이러세요?"

"왜 이러긴. 도장 찍어야지."

뜨거운 두 입술이 포개졌다.

영원히 떨어지지 않을 것처럼…….

에필로그

그대를 또 만나

Q. 한루비 정규 1집 앨범 발매를 축하한다. 이번 앨범을 보니, 서은결과 공동 작곡 한 곡 말고도 자작곡이 세 곡이나 되더라.

A. 어려서부터 노래 부르는 걸 좋아했다. 하지만 이게 일이 되니 나만의 노래를 만들어 부르고 싶다는 욕심이 생겼다. 내가 생각하는 것, 느끼는 감정을 노래로 불러 보고 싶어 직접 곡을 만들었다.

Q. 앞으로도 계속 곡을 만들 것인가?

A. 당연하다. 노래하는 것만큼 곡을 만드는 일이 좋다. 이번엔 처음이라 다른 작곡가분들 곡도 받았지만, 다음 앨범은 내가 만든 곡으로만 채우고 싶다. 콘셉트 잡는 것부터 프로듀싱, 편곡까지 내가 다 하고 싶다.

Q. '스타 탄생'으로 스포트라이트를 받는 위치에 서 봤지 않은가. 그 후의 행보가 대중들의 예상과는 너무 달라서 솔직히 놀랍다.

A. 그런가? 대체 어떤 행보를 기대했기에? (웃음)

Q. 소속사가 무려 D&P다. '스타 탄생' 파이널 5인의 스타 문턱에서 아깝게 탈락했을 때 화제성이 최고조에 달했고, 방송과 CF, 심지어 드라마 쪽에서도 러브콜이 잇달았는데 얼굴 보기 힘들었다. D&P라 하면 떠오르는 화려한 이미지와는 달리 조용히 음악 활동에 전념해서 서운한 팬들도 많았다.

A. 그런 분들껜 죄송하다. 좋은 음악으로 보답하려고 한다. 이번엔 좀 더 큰 공연장에서 콘서트를 할 예정이니 좀 더 많은 분을 모실 수 있을 것이다. 곧 한국에 가니 직접 만나 뵙고 노래로 인사드리겠다.

Q. 이런 행보는 D&P 대표 이현의 전략적 매니지먼트인가?

A. 이 대표님은 나란 사람을 잘 파악해서 내게 맞는 길로 이끌어 주신 은인이다. 처음엔 반발심도 있었지만, 지금에 와선 그분의 선택이 모두 옳았다고 생각한다. 큰 그림을 그리실 줄 아는 분이다. 존경한다.

Q. 어떤 점이 특히 고마웠나?

A. 꿈을 잃었을 때 새로운 꿈을 찾도록 묵묵히 지켜봐 주셨다.

물심양면으로 지원도 풍족해서 마음껏 꿈을 꿀 수 있었다. 이 자리를 빌려 감사의 인사를 전한다.

Q. 이번 하와이행만 봐도 물심양면의 지원이 풍족하단 말이 실감 난다. 하와이에서의 생활은 어떠했나? 정시열의 추천으로 O.M.A에 들어갔다던데.

A. 한마디로 신선놀음하다 온 것 같다. 아름다운 자연 속에서 어떤 억압도 없는 자유를 만끽하며 지냈다. 새소리, 바람 소리, 물소리. 우리가 듣는 모든 자연의 소리가 음악이더라. 정시열 선배 말대로 '인생 곡' 많이 건져 왔다. 이 정도면 손해 본 투자는 아닐 거라고 회사에 어필하고 싶다. (웃음)

Q. 한국 소식은 종종 들었나? 그립지 않던가?

A. O.M.A는 외부와 단절된 곳이라 한국 소식은 전혀 알 수 없었다. 인터넷도 안 되고 TV나 라디오도 없다. 그곳에선 밖으로 향하는 에너지를 모두 나에게만 집중하라고 한다. 그런 방식이 작곡에는 도움이 되더라. 누군가 그리울 땐 그 마음을 담아 곡을 만들었으니까.

Q. 이번 앨범은 L.A의 스튜디오에서 전곡을 녹음했던데, 특별한 이유라도 있는가?

A. 회사의 방침이었다. 난 한시라도 빨리 한국에 가고 싶었는데, 무슨 이유인지 못 오게 하더라. 음반 작업에만 올인하기엔 정말 최고의 환경이었다. 회사에 큰일이 있었다던데, 그것도 앨범

작업 끝나고야 알았다. 음악에 몰두할 수 있도록 애써 주신 회사의 배려에 감사드린다.

Q. 어제 음원으로 선공개한 자작곡 '어쩌면 우린'이 지금 각종 차트를 휩쓸고 있다. 들어 보니 사랑 노래더라. 자신이 느끼고 생각하는 걸 노래로 만들었다고 했는데, 그럼 이것도 본인의 경험인가?

A. (웃음) 아마도?

Q. 상당히 솔직해서 놀랐다. 팬들 역시 놀라지 않을까?

A. 예전이라면 모를까, 지금은 나를 연예인으로 보는 사람이 별로 없는 것 같다. 그냥 자기 생각을 노래로 만들어 부르는 사람으로 봐 주시는 분들이 늘었다. 그게 내가 생각하는 나의 참모습이라 기쁘다. 화려한 무대에서 노래만 부르고 살 순 없지 않은가. 밥도 먹고 사랑도 하고, 남들과 다를 바 없이 지내고 있다.

Q. 그런 자연스러운 생활에서 나온 곡이라 더욱 공감을 얻는 것 같다. 노래 속 주인공이 누군지 궁금하다. 어떤 분인지 조금 더 이야기해 줄 수 없는가?

A. 굳이 숨길 생각은 없지만, 미리 드러내고 밝힐 생각도 없다. 남들처럼 평범하게 일하고 사랑하고 살고 있다. 그분도 같은 마음일 것이다.

Q. 프러포즈는 받았는가?

A. 받았다.

Q. 대답은?
A. 정확히 기억이 나지 않는다. 너무 좋아서.

Q. 그럼 곧 좋은 소식을 들을 수 있는 건가?
A. 지금 하는 일이 정말 좋다. 아직은 일에 더 집중하고 싶다. 이대로도 넘치게 행복하다.

'한루비 정규 1집' 발매에 관한 기사들을 모니터링하던 이현의 표정이 시시각각 변하더니 끝내 고함을 치고 말았다.

"하아, 한루비! 대형 사고 쳤네."

밀려드는 인터뷰 요청 중 엄선한 한 신문사와 인터뷰를 진행했다. 사생활에 관한 질문은 일절 하지 않기로 기자와 미리 협의했고, 루비에게도 그런 유의 질문은 노코멘트하라고 지시했건만, 이게 웬일인가!

언제까지 꼭꼭 숨기고 숨죽여 지낼 생각은 없었다. 하지만 정규 앨범도 나오기 전에 스캔들이 먼저 터진다면, 가수로서 좋을 일이 하나도 없기에 몸을 사렸던 건데, 본인이 먼저 빵 터뜨려 주시다니!

마음 같아선 한루비에게 전화해 왜 그랬느냐 묻고 싶지만, 그보다 대책 마련이 시급했다. 이현은 책상 위 인터폰 버튼을 눌러 윤 비서에게 홍보 팀 집합을 지시했다. 현지 매니저도 문책해야 하고, 기자에게도 기사를 내리든가 수정하라고 요구해야 하고……. 마른 하늘에 날벼락이 떨어진 바람에 갑자기 할 일이 태산이다.

홍보 팀을 기다리는 동안 이현은 떨리는 손가락으로 조심스럽게 스크롤을 내려 댓글 창을 보았다. 다행히 네티즌 반응은 생각보다 나쁘지 않았다. 한루비를 만들어진 이미지로 인기를 얻는 연예인이 아니라, 진솔한 경험을 곡으로 만들어 노래하는 아티스트로 보는 사람이 많아져서 그럴 것이다.

그동안 방송 활동을 자제하고 밀려드는 광고도 선별해서 진행했던 게 다행이란 생각이 들었다. 물론 물 들어올 때 열심히 노를 저었다면 그녀도 빌딩 한 채 샀을지 모르지만, 지금처럼 노래를 만들고 부르며 행복해지진 않았을 것이다.

어쨌든 루비도 광고 수입을 종잣돈 삼아 양평에 작은 땅도 사 두었고, 이제 좀 더 벌면 예쁜 집을 지어 부모님을 모셔 올 거라는 기대에 차 있으니 그나마 다행이었다.

스크롤을 내리는 이현의 손이 더욱 빨라졌다.

호의적인 댓글이 70% 이상은 되는 거 같아 안도하던 중 '누구지? 설마 이현?' 이란 댓글에 '좋아요'가 3천 개 넘는 걸 발견하자 얼굴이 벌겋게 달아올랐다.

"아오, 이걸 어떻게 알았지? 진짜 스캔들 크게 터지기 전에 차라리 결혼 발표를 해?"

이 난국을 타개할 대책은 결혼 발표밖에 없다는 결론에 도달하니, 더욱 표정 관리가 안 되었다.

그런데 이 심각한 상황에 입꼬리는 왜 멋대로 올라가는 걸까?

하지만 '아직은 일에 더 집중하고 싶다.' 라는 루비의 발언이 눈엣가시였다. 아니, 일은 일이고 결혼은 결혼이지. 결혼한다고 일 못 하는 거 아니잖아. 결혼만 하면 지금보다 뒷바라지 더 잘해 줄 자신 있는데. 매일 '우리 루비 하고 싶은 거 다 해.' 라며 응원해 주고, 수고했다고 엉덩이 툭툭 두드려 주고, 업어 주고, 안아 주고, 뽀뽀해 주고…….

'안아 주고, 뽀뽀해 주고' 대목에서 뇌가 고장이라도 났는지 그녀와의 황홀했던 첫날밤을 멋대로 상영했다. 주인의 명령 따윈 무시하고.

"아! 보고 싶다, 한루비!"

당장에라도 달려가 안고 싶은 내 여자, 한루비. 드디어 그녀가 내일 한국에 온다.

＊　＊　＊

오후 5시 50분. 인천 공항 입국장 E 게이트가 열리자 헐렁한 면 원피스에 모자를 푹 눌러쓴 루비가 캐리어를 끌며 걸어 나왔다.

'빨간 후드티 입은 키 큰 사람이라고 했지? 짐도 없고 알아서 리무진 버스 타고 가겠다는데, 뭐 하러 차를 보낸다고.'

회사에서 보낸 기사를 찾아 장내를 한 바퀴 둘러보려는데, 미처 고개를 다 돌리기도 전에 어디선가 나타난 거구의 사내가 캐리어를 낚아챘다.

"앗! 깜짝이야! ……안녕하세요? 처음 뵙는 분 같은데, D&P에서 나오신 기사님 맞죠?"

빨간 후드티를 입은 남자에게 엉거주춤 인사를 하면서도 뭔가 미심쩍어 그의 행색을 훑어보았다. 이 더운 여름에 커다란 후드를 눈썹 위까지 뒤집어쓰고 선글라스에 마스크까지 하다니. 본인이 연예인인 줄 아나?

빨간 후드티는 말도 없이 고개만 꾸벅해 보이고는 캐리어를 끌고 성큼성큼 앞서갔다. 설마 캐리어 훔쳐 가려는 도둑은 아니겠지? 조바심이 난 루비가 종종걸음 치며 그를 쫓아갔다. 빨간 후드티는 큰 보폭으로 성큼성큼 걷다가도 그녀가 잘 따라오나 한 번씩 돌아보며 주차장으로 향했다. 그나마 주차해 둔 곳이 멀지 않아 다행이었다.

캐리어를 트렁크에 넣은 빨간 후드티는 조수석 문을 열고 루비가 오길 기다렸다.

'조수석에 타라고?'

루비는 짙은 선팅이 된 세단을 기웃거리며 조금은 찜찜한 기분으로 조수석에 앉았다. 곧이어 운전석에 탄 빨간 후드티가 시동을 걸고 에어컨을 켜자 실내는 금세 시원해졌다.

하지만 바빠서 마중 못 나온다던 이현에게 한달음에 달려가고 싶어 죽겠는데, 그런 마음을 알 리 없는 빨간 후드티는 출발할 생각은 안 하고 아까부터 꼼지락대고만 있었다.

남자의 행동이 왠지 거슬려 고개를 꼬아 오른쪽 창밖만 보고 있는데, 빨간 후드티…… 아니, 어느새 후드티를 벗었는지 흰 반소매 티셔츠 차림이 된 남자가 몸을 기울여 가까이 다가오는 게 아닌가. 잔 근육이 멋진 긴 팔뚝을 뻗으며.

"뭐, 뭐, 뭐 하시는 거예요, 지금?"

"뭐 하긴. 키스하려고."

잇달아 마스크와 선글라스를 벗으며 남자가 싱긋 웃었다.

"대표님!"

비명과 함께 기쁨인지 슬픔인지 모를 눈물이 루비의 양 뺨을 하염없이 적셨다.

"아이고, 놀랐어? 미안, 미안. 그래도 그렇지, 왜 이렇게 울어?"

루비의 뺨에 흐르는 눈물을 연신 닦으며 웃고 있는 이현의 뺨에도 눈물이 흘렀다.

"마음 같아선 멋지게 빼입고 꽃다발 들고 마중 나가서 사람들이 보든 말든 한달음에 뛰어가 널 안고서 빙글빙글 열 바퀴는 돌고선 키스하고 싶었는데."

"뭐예요, 진짜. 괜히 사람 놀라게 하고. 그런 거 하나도 안 해도 돼요. 내가 얼마나 보고 싶었는지 알아요? 처음 만났을 때 알려나 주지."

"그랬으면 입국장 앞에서부터 울었을 거 아냐."

"누가요? 전 안 울었을 거예요. 지금은 놀라서 눈물이 그냥 나오는 거라고요."

"그래, 알아. 아마 내가 엉엉 울었겠지."

이현의 말에 루비는 웃음이 터졌다.

"이제야 웃네. 자, 그럼 하려던 건 마저 하고 출발해야지."

조심스럽게 다가온 부드러운 입술이 작은 입술을 머금었다. 잘 지냈냐는 말, 그리웠다는 말, 사랑한다는 말까지 모두 담은…… 짙은 입맞춤이었다.

"강화도요?"

"응. 펜션 예약 해 뒀지. 내 사춘기 때 로망이 여자 친구 옆에 태우고 여행 가는 거였는데, 이제야 소원 성취 한다."

"진짜 그동안 여자 친구 없었어요?"

운전대를 잡은 이현의 옆모습을 의심쩍게 살피며 루비가 물었다.

"그러니까 말이다. 한루비. 너, 왜 이렇게 늦게 나타났니? 늦게 나타난 주제에 사람 애나 태우고."

"대표님은 뭐, 안 그러셨어요? 내가 먼저 고백했을 때 찬 게 누군데."

"하— 내가 그때 너 때문에 진짜 심장 터져 죽을 뻔했다. 사랑하는 여자가 나 좋아한다는데 그녀를 위해 밀어내야 하는 남자의 아픔을 누가 알겠니?"

"진짜 그 정도였어요?"

"그것도 몰랐어? 내가 그때 계약서 찢어 버리고 너 가수 때려치우라고 할까 진지하게 고민했다. 하루에도 몇 번씩."

"왜 안 그러셨어요?"

한동안 입을 굳게 다물고 운전에만 열중하던 이현이 천천히 입을 열었다.

"……내가 널 아니까. 네가 더 행복해지는 길이 뭔지 잘 아니까."

이현의 진실한 마음이 루비의 가슴에 콕콕 박혀 들었다.

어떻게 이런 사람이 내게 왔을까?

이 사람은 어디서부터 나를 찾아왔을까?

차창 밖으로 펼쳐지는 노을이 번진 하늘을 보며 루비는 이 상황이 왠지 낯설지 않게 느껴졌다. 문득 윤회를 믿느냐고 묻던 은결의 말이 떠올랐다.

"나는요, 사람이 또 태어난다는 건 믿지 않는데요. 그래도 내가 모르는 세상이 있어 다시 태어나고 또 만나길 반복한다면, 너무 오래 헤매지 않고, 아프지 말고 만난 거였으면 좋겠어요. 대표님이 저를 찾아 헤맸을 거라고 상상하면…… 마음이 너무 아파서요."

"……."

하늘이 검붉게 변할 때쯤 이현이 낮은 목소리로 말했다.

"루비야, 나는…… 아무리 힘들게 찾아 헤매도 그 길 끝에 너만 있다면 다 괜찮아. 네가 없는 세상이 무서운 거지, 너만 있다면…… 어떻게든 내가 널 찾아낼 거야. 무슨 일이 있어도 꼭."

"……."

"아까 했던 말 취소할게."

"……."

"이제라도 나타나 줘서 정말 고맙다, 한루비."

별이 총총 뜬 펜션 마당에서 둘만의 바비큐 파티가 열렸다. 삼겹살뿐 아니라 목살, 소시지, 대하, 버섯 등 구워 먹을 재료도 풍성했고 밥과 찌개까지 예약한 대로 정갈하게 준비되어 있어 번거롭지 않았다.

넓은 정원에 2층 건물과 수영장이 있는 이곳은 펜션이라기보다는 누군가의 저택 같은 분위기였다. 모든 것이 불편함 없이 갖춰져 있는데 사람은 한 명도 보이지 않았다.

"여기 원래 그래. 딱 한 팀만 예약받고 호출하지 않으면 아무도 안 와."

"그럼 이 넓은 집에 우리만 있는 거예요?"

"응. 둘만 있으니 진짜 좋다. 자, 이거 먹어."

"전 됐으니까 대표님 드세요."

서로 고기를 입에 넣어 주며 떨어져 지낸 동안 있었던 일들을 묻고 답하기 바빴다. 나누고 싶은 이야기가 끝이 없었다.

"LA에서 은결이 만났다며?"

"네. 7월 초에 공연 왔을 때 잠깐 녹음 스튜디오에 들렀어요."

"무슨 얘기 했어?"

"음...... 밥 먹으러 순두붓집에 같이 갔는데 한국이 아니라 여기 LA가 본점이라고 해서 좀 놀랐어요. 그리고 숨은 맛집 몇 군데 가르쳐 주고 가서 거기 있는 동안 매니저 언니하고 다녀왔고요."

"그게 다야?"

"으음...... 은결이가 대표님 좋아한다고 했어요. 아니다, 사랑한다고 했지."

"뭐? 미친놈."

루비의 말에 기가 막힌 듯 이현이 웃었다. 루비도 함께 웃었지만, 가슴 한구석이 아려 왔다. 보답할 수 없는 귀한 마음을 자격도 없는 제가 일방적으로 받았다는 사실을 뒤늦게 알아서, 은결에게 미안했다.

"은결이가 절 좀 좋아했대요."

"......알아."

"아셨어요?"

"음."

"근데 저보다 대표님을 더 많이 좋아하기 때문에, 포기했대요."

"짜식, 참."

"대표님은 좋으시겠네, 대한민국 최고 아이돌 스타의 사랑을 한 몸에 받고."

"됐다, 그만해."

다음 생에서 만나자던 은결을 오래지 않아 LA에서 다시 만났을 때, 그는 처음으로 자신의 이야기를 담담하게 털어놓았다.

빛나는 외모와 재능으로 아역 스타 때부터 이름을 날렸던 은결을 망가뜨린 건 그의 부모였다. 아들이 잘나갈수록 부모는 아들을 돈으로 봤고, 부부간에 믿음이 깨지고 불화가 깊어졌다. 부부는 결국 헤어졌고, 사춘기의 은결은 걷잡을 수 없이 빗나갔다.

그런 은결에게 스물세 살의 이현이 찾아와 손을 내밀었다. 나에겐 네 도움이 필요하다며. 부모에게 받은 상처로 누구도 믿지 않게 된 은결이었지만, 마땅히 갈 곳 없어 이현의 제안을 받아들였고, 그렇게 두 사람의 인연이 시작되었다.

'어떻게 형은 나를 그렇게 믿어 주고 사랑해 줬을까? 연습은 안 해도 되니, 학교는 빠지지 말라고 학교에 데려다주곤 했어. 끊임없이 사고 치고 거짓말을 해도 형은 항상 나를 믿는다며 기다려 줬어. 그때의 형이 지금 나보다 세 살이나 어렸다는 게 믿어지지 않아.'

'만약에 누나보다 형을 더 늦게 알았다면 달라졌을 텐데, 적어도 지금처럼 시도도 안 해 보고 접지는 않았을 텐데……. 아쉽지만, 난 누나보다 형을 더 오래 좋아했으니까…….'

은결이 했던 말들이 루비의 머릿속에 토막토막 떠올랐다 사라졌다. 타오르던 숯불도 연기만 남긴 채 꺼져 가고 하늘의 별도 기울고 있었다.

"얼굴이 왜 이렇게 핼쑥해졌어요?"

루비의 두 손이 이현의 뺨을 쓰다듬고 또 쓰다듬었다.

"네가 너무 보고 싶어서."

제 팔을 베고 누운 루비의 가녀린 등을 한 손으로 쓸어내리며 이현이 미소 지었다.

"내가 하와이에서 편히 작곡하고 노래하는 동안, 대표님 혼자 얼마나 힘들었을까……."

"바보야. 네가 거기 있었기 때문에 내가 버틸 수 있었던 거 몰라?"

모든 것은 지나갔다. 온갖 악성 루머와 탈세 의혹에 시달렸던 D&P도 누명을 벗고, 화형식이라도 할 듯 달려들던 여론 재판도 명명백백한 증거 앞에 수그러들었다. 격한 풍랑에 배가 뒤집힐 듯 흔들려도 파도가 멈추면 다시 잔잔해지듯이.

"몰라요. 앞으로는 대표님 옆에만 있을 거예요. 아프면 같이 아프고, 힘들면 나도 힘들래요."

"이런 일쯤은 나한텐 아무것도 아니야. 어릴 땐 이보다 더한 일도 겪어 본걸. 내가 힘든 건 네가 다치거나 아프거나 고통받는 거야. 다른 건 아무것도 힘들지 않아."

뜨거운 입술이 그녀의 입술을 지나 목덜미로 향했다. 부드럽게 스치는 입술의 감촉에 루비는 몸을 떨었다.

"아, 대표니임……."

목덜미를 지나 가슴골을 향하던 입술이 갑자기 움직임을 멈췄다.

"저기 루비야."

"네?"

이현의 기교에 신음을 내뱉던 루비가 지그시 감고 있던 눈을 반짝 떴다.

"나 언제까지 너한테 대표님 해야 해?"

"……그럼 뭐라 불러요?"

"뭐 애칭 같은 거 없을까? 다른 땐 몰라도 침실에서는 좀……."

한동안 고민하던 루비가 고개를 갸웃하며 물었다.

"오빠?"

"아니, 아니. 다른 건 몰라도 오빠는 절대 안 돼! 나 오빠 소리라면 아주 질리게 듣는 사람이야."

하긴 그렇지. 아이돌 시절부터 '국민 오빠'로 살았던 사람이니까. 루비가 머리를 굴려 보려는데 이현의 공격이 다시 시작되었다.

"하아, 그…… 그만해요. 아흐, 대표……."

"또 대표님? 우리 밤새 연구 좀 해 보자."

밤새 연구는 계속되었지만, 동이 틀 때까지도 정답을 찾을 수 없었다.

✷　✷　✷

"잘 잤어?"

부드러운 이현의 입맞춤에 살포시 눈 뜬 루비가 기지개를 켰다. 린넨 커튼을 뚫고 들어오는 빛의 양으로 보아, 해가 중천에 뜬 게 분명한데 여태 자 버렸다니!

"피곤했지? 비행도 힘든데 밤새 잠도 안 자고……."

"아이, 몰라요."

부끄러워하는 루비를 일으켜 앉힌 이현이 가지고 온 베드 트레이를 침대 위에 올렸다.

"자, 아침 먹어. 팬케이크 구웠어."

노릇노릇 폭신하게 구운 팬케이크와 아메리카노, 오렌지 주스에 예쁘게 손질한 멜론과 체리까지 정성이 돋보이는 브런치 메뉴였다.

"메이플 시럽 뿌려 줄까? 아— 해 봐."

이현이 옆에 붙어 앉아 시중을 들어 주니, 고개만 끄덕여도, 입만 벌려도 모든 게 척척 이루어지는 마법 세계 공주가 된 기분이었다. 두께가 족히 3센티는 될 거 같은 팬케이크는 입안에서 사르르 녹아내렸다.

"음, 맛있다. 진짜 맛있어요. 어쩜 이렇게 부드럽지?"

"리코타 치즈 넣어서 만들었거든."

이현이 뿌듯한 미소를 지으며 루비를 바라보았다.

"제가 먹을게요. 포크 이리 주세요."

"안 돼. 이건 내가 먹여 줘야 해. 부드러우니까 이로 씹지 말고 혀로 지그시 눌러서 녹여 먹어, 알았지?"

팬케이크로 입안이 꽉 찬 루비는 알았다고 고개를 끄덕였다.

"자, 또 한 입. 아— 해."

"대표님은 어쩜 이런 것도 잘 만드세요?"

"하하하. 대표님 딱지 떼기 진짜 힘들다. 밤새 연구해도 답이 안 나오니, 어떡하지 우리?"

"그냥 대표님이라고 계속 부르면 안 돼요?"

"그건 싫거든! 자 이쪽 먹어 봐."

"아니, 이제 배부른데……."

"배불러도 이거 한 입만 더 먹어 봐. 여기가 특히 맛있는 부분이야. 절대 씹지 말고 녹여 먹어. 응?"

이쯤에서 눈치챘어야 했다. 멀쩡히 두 손 다 있는 사람에게 굳이 먹여 주겠다고 포크로 팬케이크를 난도질하는 거며, 이는 뒀다가 뭐에 쓰는 물건이기에 혀로만 녹여 먹으라고 먹는 방법까지 지시하는지를.

"읍!"

루비의 표정이 굳고, 이현의 눈이 기대감에 반짝거렸다.

"뱉어 봐."

이현이 손바닥을 펴서 루비의 턱 밑에 가져다 댔다. 그녀의 입에서 나온 건 은박지 뭉치였다. 이현이 은박지를 조심스레 벗기자 반짝반짝 빛나는 커다란 알이 박힌 반지가 나왔다.

'설마 저게 말로만 듣던 캐럿 다이아?'

어느새 베드 트레이를 치운 이현이 침대 밑에 한쪽 무릎을 꿇고는 그녀를 올려다보며 떨리는 목소리로 말했다.

"사랑하는 루비 씨, 나랑 결혼해 주세요."

처음엔 웃음이 터질 것 같았다. 자고 일어나 꼬질꼬질한 상태로 프러포즈를 받다니! 게다가 케이크 안의 반지는 너무 창의성 없는 프러포즈잖아. 저 올드한 멘트는 또 뭐람?

그런데 이상하게 눈물이 흘렀다. 나를 위해 반지를 고르고 노심초사하며 팬케이크를 구웠을 이 남자의 마음이 여실히 느껴져서.

"할게요."

루비가 왼손을 내밀자 그녀의 약지에 이현이 반지를 끼웠다.

"고마워. 내 프러포즈 받아 줘서. 지난번엔 너무 급해서 반지도 준비 못 했는데, 이제 진짜 내 여자가 된 거 같아. 결혼식은 빠를수록 좋겠지?"

"글쎄요. 그건 아직 생각 못 해 봤는데요."

"난 아들 하나, 딸 하나면 좋겠어."

"너무 급하시네요, 대표님."

"대표님? 이제 여보라고 불러 줘."

"연습해 볼게요."

"그럼 난 다른 연습을 해야겠군."

서서히 다가온 이현이 루비의 입술에 묻어 있는 시럽을 핥았다.

꿀같이 달콤한 허니문의 시작이다.

— The end

작가 후기

　어쩌면 이 순간이 두려워 그리도 미루고 미루었는지도 모르겠습니다.

　머릿속에서 상상한 이야기가 내 손가락을 통해 형상을 드러내고 '책'이라는 형태로 만들어져 수많은 '독자'의 손에 들어간다는 게 얼마나 두려운 일인지 알게 되었으니까요.

　2014년 여름부터 집필 중인 〈숲의 눈물〉이란 작품이 있습니다. 신비한 숲을 사이에 두고 서로를 모르고 살던 동양인 루와 서양인 라이언의 운명적인 사랑 이야기입니다.

　글을 쓰던 중 문득 이런 사랑을 하는 아이들은 이번 생이 아닌 다음 생에도 다시 만나 사랑하지 않을까, 하는 혼자만의 상상을 펼치기 시작했고 그 상상의 결실이 〈우리, 계약할래요?〉로 태어났습니다.

황제라는 세습 권력에 회의를 느끼는 라이언과 신비한 목소리를 지닌 루는 〈우리, 계약할래요?〉에선 자수성가한 기획사 사장 이현과 오디션 참가자 한루비로 만나 또다시 아름다운 사랑을 합니다.

이런 저만의 설정이 있다 보니 전생에서 여주를 위해 목숨을 내놓았던 서은결을 삼각관계의 희생양으로 만들 수가 없어 조금은 비껴가도록 했습니다. 작품의 재미 면에선 은결을 적극 활용하는 게 좋았겠지만 차마 그리할 수 없었습니다.

한 권의 책으로 묶여 나오다 보니 전반부의 느린 전개에 비해 후반부는 급전개가 되었는데, 다 하지 못한 이야기는 후에 외전으로 찾아뵈려고 합니다. 어쨌거나 제 손을 떠난 루비와 이현이 독자님들께 작은 기쁨이나마 줄 수 있었으면 하는 바람으로 수줍은 인사 마칩니다.

2015년 6월에 첫 연재를 시작했던 글이 세상에 나올 때까지 오래 기다려 주시고 도와주신 다향 편집팀 분들께 고마운 마음 전합니다.

김소현 올림.

※본문 인용 곡: 지연 〈점점〉, 등려군 〈月亮代表我的心〉, 〈Moon River〉, 〈Try to Remember〉

www.b-books.co.kr

www.b-books.co.kr